Antes de los 18, MATTHEW DICKS había muerto dos veces y «resucitado» gracias a los médicos de las ambulancias. A los 18 se fue de casa y se puso a trabajar en múltiples trabajos «sin futuro» hasta que le robaron a punta de pistola, a los 23. Este tercer cara a cara con el destino le convenció para levantar el trasero e ir a la universidad. Ahora es titulado en Filología Inglesa y Educación, y tiene un máster de Enseñanza con Tecnología. Tiene dos libros para adultos publicados y trabaja de maestro de primaria en Connecticut, donde vive con su esposa y su hija.

Memorias de un amigo imaginario

Matthew Dicks

Traducción de Victoria Alonso Blanco

El papel utilizado para la impresión de este libro ha sido fabricado a partir de madera procedente de bosques y plantaciones gestionadas con los más altos estándares ambientales, garantizando una explotación de los recursos sostenible con el medio ambiente y beneficiosa para las personas.

Memorias de un amigo imaginario

Título original: *Memoirs of an Imaginary Friend*

Primera edición en B de Bolsillo en México: marzo, 2025

D. R. © 2011, Matthew Dicks
Publicado originalmente en el Reino Unido por Sphere,
un sello de Little Brown Book Group.
Publicado por acuerdo con Taryn Fagerness Agency LLC y
Sandra Bruna Agencia Literaria, S. A.

D. R. © 2025, derechos de edición mundiales en lengua castellana:
Penguin Random House Grupo Editorial, S. A. de C. V.
Blvd. Miguel de Cervantes Saavedra núm. 301, 1er piso,
colonia Granada, alcaldía Miguel Hidalgo, C. P. 11520,
Ciudad de México

penguinlibros.com

D. R. © 2012, Victoria Alonso Franco, por la traducción
Diseño de la portada: adaptación de la portada original de © mecob.org
Fotografías de la portada: © David Preutz / Alamy
y Shutterstock.com / Karkas

Penguin Random House Grupo Editorial apoya la protección del *copyright*.
El *copyright* estimula la creatividad, defiende la diversidad en el ámbito de las ideas y el conocimiento, promueve la libre expresión y favorece una cultura viva. Gracias por comprar una edición autorizada de este libro y por respetar las leyes del Derecho de Autor y *copyright*. Al hacerlo está respaldando a los autores y permitiendo que PRHGE continúe publicando libros para todos los lectores.

Queda prohibido bajo las sanciones establecidas por las leyes escanear, reproducir total o parcialmente esta obra por cualquier medio o procedimiento, incluyendo utilizarla para efectos de entrenar inteligencia artificial generativa o de otro tipo, así como la distribución de ejemplares mediante alquiler o préstamo público sin previa autorización.
Si necesita fotocopiar o escanear algún fragmento de esta obra diríjase a CeMPro
(Centro Mexicano de Protección y Fomento de los Derechos de Autor, https://cempro.org.mx).

ISBN: 978-607-385-528-0

Impreso en México – *Printed in Mexico*

Para Clara

Capítulo 1

Os voy a contar lo que sé:
Me llamo Budo.
Hace cinco años que estoy en el mundo.
Cinco años es mucho tiempo para alguien como yo.
Fue Max quien me puso ese nombre.
Max es el único ser humano que puede verme.
Los padres de Max dicen que soy un «amigo imaginario».
Me gusta mucho la maestra de Max, la señorita Gosk.
No me gusta la otra maestra de Max, la señorita Patterson.
No soy imaginario.

Capítulo 2

Soy un amigo imaginario con suerte. Llevo más tiempo en el mundo que casi todos los amigos imaginarios. Una vez conocí a uno que se llamaba Philippe. Era el amigo imaginario de un niño que iba a la guardería con Max. No duró ni una semana. Llegó al mundo un día, con pinta bastante humana pese a que no tenía orejas (hay muchos amigos imaginarios que no las tienen) y en unos días ya había desaparecido.

También tengo suerte de que Max sea tan imaginativo. Una vez conocí a un amigo imaginario llamado Chomp que no pasó de ser más que una mancha en la pared. Una masa negra y borrosa sin ninguna forma. Solo sabía hablar y reptar pared arriba y pared abajo, pero como era más plano que un papel no podía despegarse de allí. Chomp no tenía brazos ni piernas como tengo yo. Ni siquiera tenía cara.

Cómo sea el amigo imaginario depende de la imaginación de su amigo humano. Max es un niño muy creativo, por eso yo tengo dos brazos, dos piernas y una cara. No me falta ninguna parte del cuerpo, y eso me convierte en algo muy raro en el mundo de los amigos imaginarios. A casi todos les falta algo en el cuerpo y algunos ni tienen aspecto humano. Como Chomp.

Pero tener mucha imaginación también puede ser malo. Una vez conocí a un amigo imaginario que se llamaba Pterodáctilo y tenía los ojos pegados en la punta de dos antenas pequeñas verdes, largas y delgadas. Quien lo imaginó pensaría que era genial, pero el pobre Pterodáctilo no podía fijar la vista en nada. Me dijo que se pasaba el día mareado y dándose porrazos por todas partes, porque en vez de pies tenía solamente dos sombras borrosas pegadas a las piernas. Su amigo humano se obsesionó tanto con la cabeza y los ojos del pobre Pterodáctilo que no pensó en darle forma también de cintura para abajo.

Pasa mucho.

También tengo suerte de poder ir de un sitio a otro. Muchos amigos imaginarios van siempre pegados a sus amigos humanos. Atados a ellos con una correa al cuello. Otros miden como mucho ocho centímetros y se pasan el día metidos en el bolsillo de un abrigo. Y otros no son más que una mancha en la pared, como Chomp. Yo, en cambio, gracias a Max, puedo ir solo a donde yo quiera. Y también puedo separarme de él si me apetece.

Aunque no creo que sea demasiado bueno para mí que haga eso muy a menudo.

Si existo es porque Max cree en mí. Algunos dicen, la madre de Max por ejemplo, y también mi amiga Graham, que por eso soy imaginario. Pero no es verdad. Puede que necesite de la imaginación de Max para existir, pero tengo mis propios pensamientos, mis propias ideas y una vida aparte de la suya. Estoy atado a Max de la misma manera que un astronauta está atado a la nave espacial con tubos y cables. Si la nave espacial estalla y el astronauta muere, no quiere decir que sea imaginario. Solo que ha sido desconectado de la máquina que le hacía vivir.

Pues igual pasa con Max y conmigo.

Yo necesito a Max para seguir viviendo, pero tengo mi propia vida. Puedo decir y hacer lo que quiera. Max y yo a veces discutimos, pero nunca por cosas serias. Solo tonterías, como qué programa de televisión vamos a poner o a qué vamos a jugar. Eso sí, me «es menester» (eso se lo he copiado a la señorita Gosk, lo dijo en clase la semana pasada) no separarme mucho de Max, porque necesito que Max siga pensando en mí. Que siga creyendo en mí. No quiero que me pase eso de «la distancia es el olvido», como le dice la madre de Max a su marido cuando no se acuerda de llamarla por teléfono para avisar de que llegará tarde a casa. Si paso mucho tiempo sin estar cerca de Max, puede que deje de creer en mí, y si eso ocurre, adiós muy buenas.

Capítulo 3

Cuando Max estaba en primero, la maestra dijo una vez en clase que las moscas no viven más de tres días. Y yo me pregunto: ¿cuánto tiempo vivirá un amigo imaginario? Supongo que no mucho. O sea, que en el mundo de los seres imaginarios quizá yo sea lo que llaman un vejestorio.

Max me imaginó a los cuatro años, y así fue como de pronto vine al mundo. Cuando nací, sabía lo mismo que él, nada más. Me sabía los colores, algunos números y el nombre de muchas cosas, como «mesa», «microondas» y «portaaviones». Además, Max me imaginó mucho mayor que él. Con la edad de un adolescente más o menos. Incluso más mayor. O puede que como un niño, pero con cerebro de persona mayor. No sé. No soy mucho más alto que Max, pero soy diferente, eso está claro. Cuando nací ya estaba mucho más centrado que él. Podía entender muchas cosas que a él lo confundían. Veía soluciones para problemas que él era incapaz de resolver. Quizá todos los amigos imaginarios vengan al mundo así. No lo sé.

Max no se acuerda del día en que nací, así que tampoco puede recordar en qué estaba pensando en aquel momento. Pero, como me imaginó con más edad y más centrado, he aprendido mucho más rápido que él. Cuando nací ya podía concentrarme y estar más atento de lo que él es capaz de conseguir ahora. Recuerdo que aquel día la madre de Max estaba intentando enseñarle qué eran los números pares, y él no se aclaraba. Pero yo lo pillé enseguida. Lo entendí porque mi cerebro estaba preparado para aprender los números pares. El de Max, no.

O al menos, eso creo.

Además, como no duermo, porque Max no imaginó que yo necesitara dormir, tengo más horas para aprender. Y, como no paso todo el tiempo a su lado, he visto y oído muchas más cosas que él. Cuando Max se va a dormir, me siento con sus padres en la sala de estar o en la cocina. Vemos la tele juntos o escucho lo que hablan. A veces me escapo de casa. Voy a una gasolinera que está abierta a todas horas, porque las personas que más me gustan del mundo entero, aparte de Max y de sus padres y de la señorita Gosk, están allí. También voy a Doogies, un sitio donde hacen perritos calientes que está un poco más abajo, en la misma calle, o también a la comisaría de policía o al hospital (aunque al hospital últimamente ya no voy porque allí dentro está Oswald y le tengo miedo). Y cuando Max y yo estamos en el cole, a veces me cuelo en la sala de profesores o en otras aulas, y a veces incluso en el despacho de la directora, así me entero de lo que está pasando. No soy más listo que Max, solo sé muchas más cosas que él porque paso más horas despierto y voy a sitios a los que él no puede ir. Y eso es bueno. Así, a veces puedo ayudarlo cuando las cosas no le salen.

Como la semana pasada, cuando quería abrir un bote de mermelada para untarla en el bocadillo de mantequilla de cacahuete que se estaba haciendo y no podía.

—¡Budo! —me llamó dando voces—. No puedo abrir el bote.

—Claro que puedes —le dije—. Gira la tapa hacia el otro lado. A la derecha, cosa hecha.

Es una frase que le oigo a veces decir a la mamá de Max cuando va a abrir un tarro. Y con Max funcionó: consiguió abrirlo. Pero se emocionó tanto que el bote se le cayó de las manos y se hizo pedazos en las baldosas del suelo.

La vida puede ser muy complicada para Max. Incluso cuando las cosas le salen bien, siempre puede terminar torciéndose algo.

Yo vivo en un mundo aparte. En el espacio entre las personas. La mayor parte del tiempo la paso con Max, en el mundo de los niños, pero también paso muchas horas con personas mayores, como los padres de Max, las maestras y mis amigos de la gasolinera, aunque ninguno de ellos me ve. «Nado entre dos aguas», como diría la madre de Max. Eso es lo que le dice a su hijo cuando Max no acaba de decidirse, lo que le pasa muy a menudo.

—¿Quieres el polo azul o el amarillo? —le pregunta, y Max se paraliza. Se queda congelado, como el polo. Y es que, cuando tiene que decidir, hay demasiadas cosas que le vienen a la cabeza.

¿Será mejor el rojo que el amarillo?
¿Será mejor el verde que el azul?
¿Cuál de los dos estará más frío?
¿Cuál de los dos se derretirá más rápido?
¿A qué sabrá el polo verde?

¿A qué sabrá el polo rojo?

¿Cada color tiene un sabor distinto?

Ojalá su madre decidiera por él. Ella sabe muy bien que le cuesta mucho tomar decisiones. Cuando lo obliga a decidir, y lo veo dudar tanto, a veces decido yo por él. Le digo muy bajito «Coge el azul», y entonces él dice «El azul», y asunto terminado. Se acabó nadar entre dos aguas.

Eso es lo que viene a ser mi vida: un continuo nadar entre dos aguas. Vivo en el mundo amarillo y en el azul. Vivo con niños y con personas mayores. No soy del todo niño, pero tampoco soy del todo adulto.

Soy amarillo, pero también soy azul.

Soy verde.

Pero también sé combinar colores.

Capítulo 4

La maestra de Max es la señorita Gosk. Me gusta mucho su maestra. La señorita Gosk se pasea por la clase con una regla a la que ella llama «palmeta» y amenaza a los alumnos poniendo voz de institutriz británica, pero ellos saben que solo pretende hacerles reír. Es muy estricta y procura que estudien mucho, pero sería incapaz de pegarles. Ahora que severa lo es, eso sí. Los obliga a sentarse rectos en clase y a hacer los deberes bien calladitos, y cuando un niño se porta mal, le dice «¡Vergüenza debería darte! ¡Di tu nombre en alto ante todos tus compañeros!» o cosas como «¡Si crees que te vas a salir con la tuya, estás tú fresco, jovencito!». Los demás profesores dicen que la señorita Gosk es una maestra chapada a la antigua, pero sus alumnos saben que es dura con ellos porque los quiere.

A Max no le cae bien mucha gente, pero la señorita Gosk, sí.

El año pasado le daba clase la señorita Silbor. También era una maestra muy estricta. Los hacía trabajar en clase tan duro como la señorita Gosk. Pero se notaba que no quería a sus alumnos como la señorita Gosk, por eso no estudiaban tanto como están haciendo este curso. Es curioso, los maestros se pasan montones de años en la universidad aprendiendo a enseñar, y los hay que salen sin haber aprendido las cosas más sencillas. Como que hay que hacer reír a los niños. O demostrarles que los quieres.

A mí no me gusta la señorita Patterson. No es una maestra de verdad. Es una maestra de apoyo. Una persona que ayuda a la señorita Gosk a cuidar de Max. Max no es como los demás niños, y no siempre está en la clase de la señorita Gosk. A veces va a Educación Especial con la señorita McGinn, junto con otros compañeros que necesitan refuerzo, otras veces va a logopedia con la señorita Riner y otras juega con otros niños en el despacho de la señorita Hume. Y a veces la señorita Patterson lo ayuda con la lectura y los deberes.

Que yo sepa, nadie tiene muy claro en qué se diferencia Max de los demás niños. Según su padre, lo único que le pasa es que se ha desarrollado un poco más tarde, pero, cada vez que dice eso, la madre de Max se enfada tanto que se pasa un día entero, como poco, sin dirigirle la palabra.

Yo no entiendo por qué todo el mundo piensa que Max es tan difícil. Lo único que tiene es que no le gusta la gente como a los demás niños. Bueno, le gusta la gente, pero de otra manera. De lejos. Cuanto más te alejas de él, más le gustas.

Tampoco le gusta que lo toquen. Cuando alguien lo toca, él tiene la sensación de que todo tiembla y brilla. Así mismo me lo dijo una vez. Yo no puedo tocar a Max, ni él puede tocarme a mí. A lo mejor por eso nos llevamos tan bien.

Además, no entiende que le digan una cosa cuando quieren decir otra. Como la semana pasada, cuando Max estaba leyendo un libro en el patio y un niño de cuarto se acercó a él y le dijo: «Mira el lumbrera, qué aplicado».

Max no contestó, porque sabía que si lo hacía, aquel niño no lo dejaría en paz. Pero yo sé que Max no entendía nada, porque parecía que aquel niño lo había llamado listo pero en realidad estaba tomándole el pelo. Estaba siendo sarcástico, pero Max no entiende de sarcasmos. Max sabía que estaba metiéndose con él, pero solo porque ese niño siempre se mete con él. Lo que no le cuadraba era que lo llamara lumbrera, porque llamar lumbrera a alguien normalmente es algo bueno.

Max no entiende del todo a la gente, por eso se le hace tan difícil tratarla. Y por eso va al despacho de la señorita Hume a jugar con niños de otras clases. Aunque a él le parece una pérdida de tiempo. No soporta tener que sentarse en el suelo a jugar al Monopoly, con lo cómodo que es estar sentado en una silla. Pero la señorita Hume quiere que Max juegue con los otros niños, para ver si así consigue entender cuándo están siendo sarcásticos con él o gastándole bromas. Cosas de esas que lo confunden. Cuando los padres de Max se pelean, su madre le dice a Max que a su padre los árboles no le dejan ver el bosque. Pues lo mismo le pasa a Max, solo que con la vida en general. Las cosas insignificantes no le dejan ver las importantes.

Hoy la señorita Patterson no ha venido al colegio. Cuando los maestros no se presentan en el cole normalmente es porque están enfermos o porque tienen a algún hijo enfermo o porque se les ha muerto alguien de la familia. A la señorita Patterson se le murió un familiar una vez. Lo sé porque de vez en cuando las demás maestras le dicen cosas bonitas como: «¿Qué tal, guapa, cómo lo llevas?», y a veces cuchichean entre sí cuando ella sale de la sala de profesores. Pero de esa muerte hace ya mucho tiempo. Ahora, cuando la señorita Patterson no viene a clase, normalmente quiere decir que es viernes.

Hoy no ha venido nadie a sustituirla, y me parece muy bien, porque eso significa que de esta manera Max y yo podremos pasar todo el día en la clase de la señorita Gosk. A mí no me gusta la señorita Patterson. Ni a Max tampoco, pero a él no le gusta por la misma razón que no le gustan la mayoría de sus maestras. Él no ve lo mismo que yo, porque los árboles no le dejan ver el bosque. Yo en cambio veo que la señorita Patterson no es igual que la señorita Gosk, ni que la señorita Riner o la señorita McGinn. La señorita Patterson tiene una sonrisa falsa. Cuando sonríe se le nota en la cara que está pensando en otra cosa. Creo que Max no le cae bien, pero ella hace como que sí, y eso todavía es peor que si simplemente no le gustara, da más miedo.

«¿Qué tal, hijo?», saluda la señorita Gosk a Max cuando entramos en el aula.

A Max no le gusta que la señorita Gosk lo llame «hijo» porque él no es hijo «suyo». Él ya tiene madre. Pero no le pide que no lo llame «hijo» porque le costaría más decirle que no lo hiciera que oír ese «hijo» día tras día.

Max prefiere no decir nada a nadie en general que decirle algo a alguien en particular.

Pero aunque Max no entiende por qué la señorita Gosk lo llama «hijo», sí sabe que lo quiere. Sabe que ella no se mete con él. Solo que lo confunde.

Ojalá me fuera posible decirle a su maestra que no llamara «hijo» a Max, pero la señorita Gosk ni me ve ni me oye, y yo no puedo hacer nada para que me vea ni para que me oiga. Los amigos imaginarios no pueden tocar o cambiar nada en el mundo de los seres humanos. O sea, que no puedo abrir un bote de mermelada, ni coger un lápiz del suelo, ni escribir en un teclado. Si pudiera, le mandaría una nota a la señorita Gosk pidiéndole que no llamara «hijo» a Max.

Puedo darme topetazos con el mundo real, pero no puedo tocarlo.

De todos modos, tengo suerte, porque Max me imaginó capaz de atravesar puertas y ventanas aunque estuvieran cerradas. Creo que tenía miedo de que sus padres cerraran la puerta del dormitorio por la noche al acostarlo y me dejaran fuera, y a Max no le gusta dormir sin que yo esté a su lado, sentado junto a su cama. Gracias a eso, puedo moverme por donde me da la gana atravesando puertas y ventanas, aunque no paredes ni suelos. No puedo atravesar paredes o suelos porque Max no me imaginó así. La verdad es que hubiera sido muy raro que se le ocurriera eso.

Hay amigos imaginarios que son capaces de atravesar puertas y ventanas como yo, y algunos hasta pueden atravesar paredes, pero la mayoría es incapaz de atravesar nada, y se quedan atrapados en los sitios sin poder moverse. Es lo que le pasó a Chucho, un perro imaginario que hace un par de semanas pasó toda la noche encerrado en el armario del conserje. Su amiga humana, una niña de preescolar llamada Piper, pasó una noche horrible, porque no tenía idea de dónde se había metido Chucho.

Pero Chucho lo pasó peor todavía, porque así es como desaparecen para siempre algunos amigos imaginarios: quedándose encerrados en un armario. El niño o la niña, sin querer (o a veces «sin queriendo»), encierra a su amigo imaginario en un armario, un mueble o un sótano y ¡adiós! La distancia es el olvido: se terminó el amigo imaginario.

Atravesar puertas es muy socorrido.

Pero hoy no pienso moverme de clase porque la señorita Gosk está leyendo *Charlie y la fábrica de chocolate* a sus alumnos, y me encanta escucharla leer. Como lee susurrando, muy bajito, los niños se ven obligados a inclinarse sobre los pupitres y a guardar un silencio absoluto para no perderse nada, cosa que le viene muy bien a Max. Los ruidos lo distraen. Cuando Joey Miller da golpes en el pupitre con el lápiz o Danielle Ganner zapatea el suelo como hace siempre, Max no oye otra cosa que ese lápiz y esos zapatazos. Él no puede dejar de oír esos sonidos como los demás niños, pero cuando la señorita Gosk lee en clase todos se ven obligados a estar quietos y callados.

La señorita Gosk siempre escoge libros interesantes, y después cuenta anécdotas divertidas de su propia vida que están relacionadas con el libro. Charlie Bucket, el protagonista, hace alguna locura, y luego la señorita Gosk nos cuenta alguna locura de su hijo Michael, y nos reímos todos a carcajadas. Incluso Max ríe a veces.

A Max no le gusta reír. Algunos piensan que es porque no le ve la gracia a las cosas, pero eso no es verdad. Es que hay gracias que Max no entiende. Los juegos de palabras y los chistes con doble sentido se le escapan, porque dicen una cosa cuando quieren decir otra. Cuando una palabra tiene más de un significado, le cuesta mucho decidir qué significado escoger. Ni siquiera entiende por qué las palabras tienen que tener distintos significados según en el momento en que se usan. No me extraña, la verdad, a mí tampoco me hace mucha gracia.

Pero hay cosas con las que se parte de risa. Como el día en que la señorita Gosk nos contó que una vez su hijo Michael quiso gastarle una broma al matón del cole y le mandó a casa veinte pizzas, con la cuenta incluida. Cuando la policía se presentó en casa de la señorita Gosk para asustar un poco a Michael, ella le dijo al agente: «Deténgalo», porque quería darle una lección a su hijo. Todos se rieron con la anécdota aquella. Incluso Max. Porque no había doble sentido. Era una historia con principio, desenlace y final.

La señorita Gosk también nos está enseñando cosas sobre la Segunda Guerra Mundial, que dice que no entra en el programa pero debería. A los niños les gusta mucho, sobre todo a Max, porque él piensa en guerras, batallas, tanques y aviones siempre. A veces pasa muchos días pensando solo en eso. Si en el cole hablaran solo de guerras y batallas, y no de matemáticas y lengua, Max sería el mejor alumno del mundo mundial.

Hoy la señorita Gosk está hablando de Pearl Harbor. Los japoneses bombardearon Pearl Harbor el 7 de diciembre de 1941. Ella dice que los americanos no estaban preparados para un ataque sorpresa como aquel, porque no imaginaban que los japoneses atacaran estando tan lejos.

«Nos faltó imaginación», dijo.

Si Max hubiera estado en el mundo en 1941 las cosas podrían haber sido muy distintas, porque a él imaginación no le falta en absoluto. Apuesto a que se hubiera imaginado el ataque del almirante Yamamoto al detalle, con sus submarinos en miniatura y sus torpedos con aletas de madera y todo lo demás. Max podría haber advertido a los soldados americanos del plan, porque eso es lo mejor que hace Max: imaginar. Se le pasan tantas cosas por la cabeza a todas horas que le da un poco igual lo que pase fuera. Eso es lo que la gente no entiende.

Y esa es la razón por la que debo estar a su lado siempre que pueda. Porque Max a veces no presta tanta atención como debiera al mundo exterior. La semana pasada iba a subir al autocar cuando un golpe de viento le voló el informe escolar que tenía en la mano y se lo tiró al suelo, entre el autocar 8 y el 53. Max salió de la cola para recogerlo, pero no miró a ambos lados de la carretera y tuve que gritarle.

«¡Max Delaney! ¡Stop!»

Siempre que quiero atraer su atención lo llamo por el apellido. Es una táctica que aprendí de la señorita Gosk. Y funcionó. Max se quedó quieto, y menos mal, porque en ese preciso momento un vehículo adelantaba a los autocares del colegio, cosa que está prohibida.

Graham dijo que yo le había salvado la vida a Max. Con Graham ya somos tres los amigos imaginarios del colegio de Max, que yo sepa. Graham lo vio todo. Aunque tenga nombre de niño, en realidad, es una niña. Parece casi tan humana como yo, solo que tiene el pelo totalmente de punta, como si alguien se lo estuviera estirando, cabello por cabello, desde la luna. No se le mueve. Está duro como una piedra. Graham oyó que le gritaba a Max y le avisaba de que no se moviera, y después de que Max volviera con los demás a la cola, ella se acercó a mí y me dijo: «¡Budo! ¡Le has salvado la vida! ¡Ese coche lo iba a chafar!».

Pero yo le dije que en realidad me había salvado a mí mismo, porque, el día en que Max muera, creo que yo moriré con él.

¿No?

Yo creo que sí. No estoy muy seguro, porque no sé de ningún amigo imaginario cuyo amigo humano haya muerto antes de que él desapareciera.

En fin, que creo que sí. Que me moriría, quiero decir. Si Max se muriera.

Capítulo 5

—¿Tú crees que existo? —le pregunto a Max.

—Sí —contesta—. Pásame ese bibotón azul.

Un bibotón es una pieza de Lego. Max le ha puesto nombre a todas las piezas del juego.

—No puedo —le digo.

—Ah, es verdad. Se me olvidaba.

—Y si existo, ¿por qué eres el único que puede verme?

—Yo qué sé —responde él, con irritación—. Yo creo que sí existes. ¿Por qué siempre me preguntas lo mismo?

Tiene razón. Se lo pregunto mucho. Y lo hago adrede. No voy a vivir para siempre, lo sé. Pero, mientras Max crea en mi existencia, seguiré vivo. Por eso le hago repetirme una y otra vez que existo, porque creo que así viviré más tiempo.

Claro que también sé que, si le doy la tabarra con esa pregunta, es posible que acabe dudando de si soy imaginario o no. Es un riesgo que corro. Por el momento, todo va bien.

La señorita Hume le dijo una vez a la mamá de Max que «es habitual que los niños como él tengan amigos imaginarios, y que suelen perdurar más que los que crean los demás niños».

«Perdurar.» Me gusta esa palabra.
Yo perduro.

Los padres de Max ya se están peleando otra vez. Max no los oye porque está en el sótano con sus videojuegos y sus padres se gritan en voz baja. Parece como si llevaran mucho rato chillando y se hubieran quedado afónicos, que es lo que más o menos ha ocurrido.

—Me importa un bledo lo que diga la tonta de la terapeuta —dice el padre de Max, con la cara colorada, gritando en voz baja—. Es un niño normal... con desarrollo tardío, sí, pero normal. Juega con sus juguetes. Hace deporte. Tiene amigos...

El papá de Max se equivoca. El único amigo de Max soy yo. Los demás niños del cole lo aprecian o lo odian o no le hacen ni caso, pero amigo de él no es ninguno, y tampoco creo que él quiera hacerse amigo de ellos. Max prefiere estar solo. Incluso yo le molesto a veces.

Los compañeros del colegio que lo aprecian también lo tratan de otra manera. Como Ella Barbara, por ejemplo, una niña que quiere mucho a Max, pero como se quiere a una muñeca o a un osito de peluche. Ella lo llama «mi pequeño Max», y se empeña en llevarle la fiambrera al comedor y subirle la cremallera del abrigo cuando salimos al patio, y eso que sabe que lo puede hacer solo. Max no soporta a Ella. Cada vez que se acerca a ayudarlo, o que lo toca siquiera, se pone de mal humor, pero no es capaz de decirle que lo deje en paz, porque le resulta más fácil ponerse de mal humor y aguantarla que decirle lo que piensa. La señorita Silbor los puso juntos en clase porque pensaba que les vendría bien a los dos. Puede que a Ella le haga bien la compañía de Max, porque puede jugar con él como si fuera una muñeca, pero a Max no le va bien la compañía de Ella.

—Haz el favor de no volver a repetir eso del desarrollo tardío —dice la mamá de Max, con la misma voz que se le pone siempre que intenta no desesperarse—. Ya sé que no soportas tener que admitirlo, John, pero es lo que hay. ¿O es que todos los especialistas que lo han visto van a estar equivocados?

—Ahí está el problema —dice el papá de Max, y de pronto la frente se le llena de manchas rojas—. ¡Que los especialistas no coinciden, bien lo sabes! —El padre de Max habla como si disparara las palabras—. Y si ninguno sabe lo que tiene, ¿por qué mi opinión tiene que ser menos válida que la de un montón de expertos que no se ponen de acuerdo en nada?

—Lo de menos es la etiqueta que se le ponga —dice la madre de Max—. Da igual lo que tenga, el caso es que necesita ayuda.

—Es que no lo entiendo —dice el padre de Max—. Anoche estuvimos los dos jugando con la pelota en el jardín. Hemos salido juntos de acampada. El niño saca buenas notas. Se porta bien en clase. ¿Por qué tenemos que arreglar al pobre crío si no tiene nada?

La mamá de Max empieza a llorar. Parpadea y se le llenan los ojos de lágrimas. No soporto verla así, y el padre de Max tampoco. Yo nunca he llorado, pero ver llorar a una persona es feísimo.

—John, pero si no le gusta abrazarnos. Es incapaz de mirar a la gente a los ojos. Cada vez que le cambio las sábanas o le compro una nueva marca de pasta de dientes se pone como loco. Siempre está hablando solo. Un niño normal no hace esas cosas. No estoy diciendo que necesite medicación, ni tampoco que no pueda ser normal cuando crezca. Solo que necesita ayuda profesional para hacer frente a ciertos problemas. Y quiero que busquemos esa ayuda antes de que me quede embarazada otra vez. Ahora que podemos dedicarle toda nuestra atención.

El padre de Max se da la vuelta y se va. Sale por la puerta mosquitera dando un portazo. La puerta hace blam, blam, blam y luego se queda quieta. Antes yo pensaba que si el padre de Max se marchaba en mitad de una pelea, quería decir que había ganado su madre. Pensaba que su padre se retiraba como se retiraban los soldaditos de Max. Que se había rendido. Pero parece ser que retirarse no significa siempre rendirse. No es la primera vez que el padre de Max se retira, que hace vibrar la puerta con el portazo, pero luego todo sigue igual. Es como si le diera a la pausa en el mando a distancia. La discusión queda en pausa. Pero no termina.

Por cierto, Max es el único niño que hace retirarse o rendirse a sus soldaditos, al menos que yo haya visto.

Todos los demás siempre les hacen morirse.

No estoy seguro de que Max necesite un terapeuta y, para ser sincero, tampoco sé exactamente qué hace un terapeuta. Sé algunas cosas que hacen, pero no todas, y eso me preocupa. Seguramente los padres de Max se pelearán muchas más veces, y aunque ninguno de los dos diga «¡Vale, me rindo!» o «¡Tú ganas!» o «Tienes razón», Max terminará yendo al terapeuta porque, al final, casi siempre sale ganando la madre de Max.

Creo que su padre se equivoca con eso que dice del desarrollo tardío. Yo paso casi todo el día con Max y veo lo diferente que es a los demás niños de su clase. Max vive hacia dentro y los demás hacia fuera. Eso es lo que lo hace tan diferente. Max no tiene vida hacia fuera. Es toda hacia dentro.

Yo no quiero que Max vaya a la consulta de un terapeuta. Los terapeutas te comen el coco y te sacan la verdad. Te ven la cabeza por dentro y saben exactamente lo que estás pensando, y si Max va a un terapeuta y le da por pensar en mí cuando esté allí, el terapeuta acabará comiéndole el coco para que le hable de mí. Y luego puede que lo convenza para que deje de creer que existo.

Pero me da pena el padre de Max, aunque ahora su madre esté llorando. A veces me gustaría poder decirle que fuera más comprensiva con él. En casa quien manda es ella, y también manda sobre el padre de Max, y no creo que eso sea bueno para él. Hace que el pobre hombre se sienta poquita cosa, tonto. Como los miércoles por la noche, cuando quiere echar la partida de póquer con sus amigos, pero no se atreve a decirles con seguridad que va a ir. Antes tiene que consultar con la madre de Max si le importa que vaya y, encima, pillarla en un buen momento, de buen humor, porque, si no, puede que no lo deje ir.

Es posible que le diga «Pues esa noche me convendría que te quedaras en casa» o «¿No jugaste la semana pasada?». O peor aún, puede que le diga «Vale», cuando en realidad querría decir «Pues sí me importa, y como vayas, voy a estar de morros, ¡como mínimo tres días!».

Me hace pensar que a Max le pasaría lo mismo si tuviera que pedir permiso para jugar en casa de algún amigo, si es que alguna vez le apeteciera jugar con otro que no fuera yo, que no le apetece.

No entiendo por qué el padre de Max tiene que pedir permiso, ni por qué querrá la madre de Max que su marido le pida permiso. ¿No sería mejor que fuera él quien decidiera lo que quiere hacer?

Pero lo peor de todo es que el padre de Max trabaja como encargado de un Burger King. Max piensa que es un trabajo fantástico, y seguro que si yo comiera hamburguesas dobles de queso con beicon y patatas fritas también pensaría lo mismo. Lo malo es que, en el mundo de los mayores, ser el encargado de un Burger King no es un gran trabajo, y el padre de Max lo sabe. Se nota porque no le gusta decir en qué trabaja. Él nunca pregunta a los demás de qué trabajan, y eso que entre los adultos es la pregunta que más se repite en el mundo mundial. Cuando al padre de Max le preguntan por su trabajo, baja la vista y dice «Soy gerente de hostelería». Le cuesta más decir «Burger King» que a Max decidir entre sopa de pollo con fideos y sopa de ternera con verduras. Hace lo imposible por evitar esas dos palabras.

La madre de Max también es gerente. En un sitio que se llama Aetna, pero no sé qué hacen allí. Seguro que hamburguesas, no. Una vez la seguí al trabajo, para descubrir qué hacía durante el día, pero solo vi personas sentadas delante de unos ordenadores, en una especie de cajitas minúsculas sin tapa. Y otras estaban metidas en unas habitaciones pequeñitas sin ventilación, sentadas alrededor de unas mesas, dando con los pies en el suelo y mirando el reloj mientras una persona ya muy mayor hablaba de cosas que a nadie le interesaban.

Pero, aunque el trabajo de la madre de Max sea aburrido y no hagan hamburguesas, se nota que es mejor, porque en el edificio en que trabaja ella, la gente va con camisas, vestidos y corbatas, y no con uniformes. A ella nunca la oyes lamentarse de que les hayan robado o de que alguien no se haya presentado al trabajo como hace el padre de Max. Además, él entra en la hamburguesería a las cinco de la mañana, y otras veces trabaja toda la noche y llega a casa a las cinco de la mañana. Es curioso, porque, aunque el trabajo de su padre parece mucho más duro, su madre gana más dinero, y a los mayores les parece mucho mejor trabajo. La madre de Max nunca baja los ojos cuando dice a qué se dedica.

Me alegro de que Max no los haya oído discutir esta vez. A veces sí los oye. A veces a los dos se les olvida gritar en voz baja y a veces se pelean cuando van en el coche, donde por muy en voz baja que hables se oye igual. Cuando sus padres se pelean, Max se pone triste.

—Se pelean por mi culpa —me dijo una vez.

Ese día, Max estaba jugando con sus piezas de Lego, que es su momento preferido para hablar de cosas importantes. Habla sin mirarme. Sigue montando sus avionetas, sus fuertes, sus acorazados y naves espaciales.

—Qué va —le contesté—. Se pelean porque son mayores. A los mayores les gusta discutir.

—No. Solo discuten por mí.

—No —contesté—. Anoche discutieron por la película que iban a ver en la tele.

Yo quería que ganara el padre de Max, porque entonces veríamos la peli de detectives, pero perdió y tuvo que tragarse un programa musical de lo más rollo.

—Eso no fue una discusión —dijo Max—. Fue una desavenencia. Es distinto.

La diferencia nos la ha enseñado la señorita Gosk. Ella dice que se puede no estar de acuerdo, pero que eso no significa que haya que discutir. «Una desavenencia la tolero —nos dice muchas veces—. Lo que no soporto es que se discuta en mi presencia.»

—Si discuten es solo porque no saben qué es lo mejor para ti —le dije a Max—. Están intentando averiguarlo.

Max me miró un momento. Parecía enfadado, pero fue un segundo, luego enseguida le cambió la cara.

—Cuando la gente tergiversa las palabras para hacerme sentir mejor, lo único que consigue es que me sienta peor. Y si eres tú quien lo hace, mucho peor todavía.

—Lo siento —le dije.

—No pasa nada.

—No —le dije—. No siento lo que he dicho, porque es verdad. Es verdad que tus padres están intentando averiguar qué es lo que más te conviene. Lo que he querido decir es que siento que tus padres discutan por ti, aunque solo sea porque te quieren.

—Ah —dijo Max, y sonrió.

No fue del todo una sonrisa, porque Max en realidad nunca sonríe. Pero se le ensancharon un poco los ojos y ladeó la cabeza un poquito a la derecha. Para él eso es toda una sonrisa.

—Gracias —me dijo, y supe que estaba siendo sincero.

Capítulo 6

Max ha entrado en el váter. Está haciendo caca, que es algo que no soporta hacer fuera de casa. Y menos, en un servicio público. Pero es la una y cuarto, quedan todavía dos horas de clase y Max ya no podía aguantar. Siempre intenta hacer caca por la noche antes de acostarse, y, si no lo consigue, vuelve a intentarlo por la mañana antes de salir para el colegio. Hoy ya había hecho después de desayunar, así que esta es de propina.

Max odia las cacas de propina. Odia todo lo que sea sorpresa.

Siempre que hace caca en el cole, procura usar el lavabo para minusválidos que está cerca de la enfermería, porque hay más intimidad, pero hoy estaba allí el bedel, limpiando una vomitona. Cuando un niño dice que tiene ganas de vomitar, la enfermera siempre lo manda a ese lavabo.

Cuando a Max no le queda más remedio que entrar en el lavabo normal, yo me quedo fuera en la puerta para avisarle de si viene alguien. A Max no le gusta hacer caca cuando hay gente alrededor, ni siquiera yo. Pero como las sorpresas todavía le gustan menos, me deja pasar, aunque solo si es una emergencia.

Una emergencia quiere decir que se presente alguien de pronto con la intención de ir al lavabo.

Cuando le aviso de que se acerca alguien, él levanta los pies del suelo para que no vean que el váter está ocupado, y hasta que la otra persona no se ha marchado no termina de hacer caca. Con suerte, el otro no se entera siquiera de que hay alguien dentro, a menos que venga con ganas de hacer caca también y llame a la puerta. Entonces Max vuelve a poner los pies en el suelo y espera a que el otro se marche.

Uno de los problemas que Max tiene con hacer caca es que tarda mucho, incluso cuando está tan tranquilo en el váter de su casa. Ahora mismo lleva ya diez minutos dentro y seguro que todavía le queda un buen rato. Puede ser que ni siquiera haya empezado. Puede que todavía esté colocando los pantalones sobre las zapatillas para que no rocen el suelo.

De pronto veo que hay peligro a la vista. Tommy Swinden acaba de salir de su aula, que está al final del pasillo, y viene hacia aquí. Por el camino, arranca los mapas de los asentamientos coloniales británicos que la señorita Vera tenía colgados en el tablón de anuncios junto a su clase. Tommy suelta una risotada, tira los mapas al suelo y los lanza por todas partes a patadas. Tommy Swinden está en quinto y Max no le cae bien.

Nunca le ha caído bien.

Pero ahora aún menos. Hace tres meses, Tommy Swinden trajo al colegio una navajita suiza para hacerse el chulo con sus amigos. Tommy estaba junto al bosque, sacando punta a un palo con su navajita para demostrarles lo afilada que era, y Max lo pilló y se lo contó a la maestra. Max no sabe callarse esas cosas. Se fue corriendo a la señorita Davis, gritando: «¡Tommy tiene una navaja! ¡Una navaja!». Muchos niños lo oyeron, y unos cuantos pequeños empezaron a dar chillidos y corrieron hacia Tommy, con lo que se asustaron más todavía. A Tommy le cayó un castigo de los gordos. Lo expulsaron del cole una semana, le prohibieron subir al autocar escolar lo que quedaba de año y tuvo que ir a unas clases después del cole en las que se enseñaba buen comportamiento.

Para un niño de quinto es un castigo muy gordo.

Aunque la señorita Davis, la señorita Gosk y todos los demás profesores le dijeron a Max que había hecho bien dando parte de la navaja (porque está prohibido llevar armas al cole, es una norma muy seria), nadie se preocupó de enseñarle cómo había que chivarse de un compañero sin que se enterara todo el patio. Yo es que no lo entiendo. Con la de horas que pasa la señorita Hume enseñando a Max a esperar su turno y a pedir ayuda, ¿por qué nadie se toma la molestia de enseñarle cosas tan importantes como esa? ¿Es que los profesores no se dan cuenta de que Tommy Swinden va a matar a Max por el pedazo de castigo que le ha caído encima?

Quizá no le enseñan esas cosas porque casi todos los maestros del cole de Max son mujeres, y a lo mejor ellas nunca se metían en líos cuando iban al colegio. A lo mejor nunca llevaron una navaja al recreo ni tenían problemas para hacer caca en los lavabos. O puede que no sepan lo que siente un niño cuando le cae un castigo así de gordo. Y quizá por eso se pasan la hora de comer diciendo cosas como «No entiendo en qué estaría pensando ese niño para traerse una navaja al colegio».

Yo sí sé en qué estaba pensando. Estaba pensando que si enseñaba a sus compañeros que sabía sacarle punta a un palo con aquella navajita, a lo mejor dejaban de llamarle subnormal por no haber aprendido aún a leer. Son cosas que hacen los niños. Intentan tapar sus problemas con navajitas y cosas de esas.

Pero no creo que los profesores entiendan esas cosas, por eso seguramente nadie le enseñó a Max cómo ir a un maestro con el cuento de que uno de quinto tiene una navaja sin que se entere todo el mundo. El caso es que ahora Tommy Swinden, el niño de quinto que no sabe leer, el que tiene una navaja y es el doble de grande que Max, viene hacia el lavabo precisamente cuando Max está en el váter intentando hacer caca.

«¡Max! —digo, atravesando la puerta del lavabo—. ¡Tommy Swinden viene hacia aquí!»

Max deja escapar un gruñido y sus zapatillas desaparecen por el hueco bajo la puerta. Me gustaría atravesar también la puerta del retrete y hacerle compañía, para que no se sienta solo, pero sé que no puedo. No le gustaría nada que lo viera sentado en la taza, y sabe que le soy más útil fuera, donde puedo ver lo que él no ve.

Tommy Swinden, que es tan alto como la maestra de plástica y casi tan grandote como el profe de gimnasia, entra en el lavabo y va hacia uno de los urinarios que cuelgan de la pared. Echa un vistazo rápido bajo las puertas, no ve pies, y seguramente piensa que está solo. Luego mira hacia la puerta de entrada a los lavabos, me atraviesa con la mirada sin verme y se lleva la mano atrás para sacarse los calzoncillos remetidos en la raja del trasero. Eso es algo que veo hacer muy a menudo, porque paso mucho tiempo alrededor de gente que cree estar sola. Tiene que ser algo muy incómodo. A mí nunca se me han quedado los calzoncillos remetidos en el culo, porque Max no me imaginó en esa circunstancia, a Dios gracias.

Tommy Swinden vuelve la vista hacia el urinario colgado de la pared y hace pis. Cuando termina, antes de subirse la cremallera y abrocharse el botón de los pantalones, se sacude un poco la cosa. No como el niño aquel que vi una vez en el servicio para minusválidos que está junto a la enfermería, un día que Max me pidió que echara un vistazo para ver si había alguien dentro. No tengo ni idea de lo que aquel niño estaría haciendo, pero era algo más que sacudirse unas gotitas. No me gusta espiar a la gente en el váter, y menos cuando se están tirando de su cosa, pero Max no soporta llamar a la puerta del lavabo, porque cuando él está haciendo sus cosas y le llaman a la puerta, nunca sabe qué responder. Antes decía siempre «¡Max está haciendo caca!», pero una vez un niño fue y le contó a la maestra lo que le había dicho y Max se la cargó.

La maestra le dijo que no era correcto decir que uno está haciendo caca.

—La próxima vez que alguien llame dices «Estoy yo» y punto —le dijo.

—Es que suena tonto —replicó Max—. No sabrán quién es ese yo. No puedo decir «Soy yo» y ya está.

—Bueno —dijo ella, con el tono que usan los profesores para decirles a los niños que hagan cosas ridículas cuando no saben por dónde salir y no quieren seguir hablando—, pues entonces diles quién eres.

Así que ahora cuando está en el váter y alguien llama a la puerta, Max dice:

—¡Ocupado por Max Delaney!

Y el otro se ríe o se queda mirando la puerta con cara rara. Normal.

Tommy Swinden ha terminado ya de hacer pis y está de pie delante del lavabo; lleva la mano al grifo y, justo antes de girarlo y de que el sonido del agua llene el cuarto de baño, oye un «¡plop!» que sale del retrete donde Max está escondido.

—¿Eh? —dice Tommy y se agacha otra vez, para ver si asoma algún pie. Como no ve nada, se acerca al primer váter y aporrea la puerta a lo bestia. Tan a lo bestia que el retrete entero tiembla—. ¡Sé que estás ahí! ¡Te veo por las rendijas!

No creo que Tommy sepa que es Max quien está al otro lado, porque las rendijas entre la puerta del váter y la pared son demasiado finas como para verle bien la cara. Pero lo bueno que tiene ser uno de los más grandullones del cole es que puedes aporrear la puerta de un váter haya quien haya al otro lado, porque eres capaz de meterte con casi cualquier niño del cole y darle una paliza.

Imaginad lo que se debe de sentir.

Viendo que Max no contesta, Tommy aporrea la puerta otra vez.

—¿Quién hay? ¡Quiero saberlo!

—¡No digas nada, Max! —le advierto a mi amigo desde el otro lado de la puerta—. Tommy no puede entrar. ¡Al final se cansará y se irá!

Pero no, estoy muy equivocado, porque Tommy, viendo que nadie responde a la segunda, se pone a cuatro patas y asoma la cabeza bajo la puerta.

—Pero si es Max el Memo —dice Tommy, y veo cómo se le dibuja una sonrisa en la cara. No es una sonrisa bonita. Es una sonrisa de alguien malo—. Qué casualidad. Es mi día de suerte. ¿Qué pasa, no has podido aguantar el cagarro o qué?

—¡No! —exclama Max, y noto ya la alarma en su voz—. ¡Me estaba saliendo ya!

Esto pinta fatal.

Max está atrapado en un lavabo público, que es un sitio que ya de por sí le da miedo. Tiene los pantalones por los tobillos y seguramente todavía no ha terminado de hacer caca. Y Tommy Swinden está al otro lado del váter, con intenciones nada buenas. No hay nadie más alrededor. Aparte de mí, claro, pero yo es como si no estuviera, porque para lo que le puedo servir…

Lo que me asusta es el modo en que Max ha contestado a Tommy. Había algo más que alarma en su voz. Había miedo. Como cuando la gente va al cine y sale el fantasma o el monstruo en la pantalla la primera vez. Max acaba de ver a un monstruo asomando por debajo de la puerta de su váter y tiene miedo. Es posible que esté a punto de bloquearse ya, cosa que nunca es buena.

—¡Abre la puerta, capullo! —dice Tommy, apartando la cabeza y poniéndose de pie—. Si me lo pones fácil, te hago solo una ahogadilla y ya está.

No sé qué será una ahogadilla, pero imagino que nada bueno.

—¡Ocupado por Max Delaney! —dice Max, chillando como una niña pequeña—. ¡Ocupado por Max Delaney!

—Es tu última oportunidad, Max Memo. ¡Ábreme o tiro la puerta abajo!

—¡Ocupado por Max Delaney! —repite Max a voces—. ¡Ocupado por Max Delaney!

Tommy Swinden se pone a cuatro patas de nuevo, dispuesto a pasar por debajo de la puerta, y no sé qué hacer.

Max necesita más apoyo que la mayoría de niños de su clase, y yo siempre estoy a su lado, dispuesto a ayudarle. También el día en que se chivó de Tommy Swinden estaba a su lado, pidiéndole que bajara la voz, suplicándole «¡Tranquilo! ¡No te aceleres! ¡No grites!». Aquel día Max no me hizo caso porque alguien había metido una navaja en la escuela, y desobedecer aquella norma era tan grave que no pudo controlarse. Era como si el mundo se hubiera roto en mil pedazos y tuviera que encontrar un profesor para recomponerlo. Aquel día no conseguí detenerlo, pero lo intenté.

Entonces al menos supe cómo reaccionar.

Ahora, en cambio, no lo sé. Tommy Swinden va a colarse por debajo de la puerta y a meterse en ese minúsculo váter donde Max está atrapado, seguramente encima de la taza, abrazado a las rodillas, con los pantalones caídos, paralizado por el miedo. No está llorando, pero no tardará en hacerlo y, antes de que Tommy haya pasado al otro lado, ya estará Max gritando, con ese grito agudo y desesperado que le pone la cara roja como un tomate y le llena los ojos de lágrimas. Luego apretará los puños, se tapará la cara con los brazos, cerrará los ojos y se pondrá a gritar, con ese chillido leve, casi silencioso, que me recuerda a los aparatos de ultrasonidos que se usan para adiestrar a los perros y los humanos no pueden oír. Como un silbido que apenas hace ruido.

Antes de que llegue algún maestro a ver qué está pasando, Tommy Swinden ya le habrá hecho la ahogadilla a Max, sea lo que sea eso. Estoy seguro de que nada agradable para ningún niño, pero aún peor para Max, porque él es como es:

se lo guarda todo. Nunca olvida. E incluso una tontería insignificante puede afectarle para siempre. Sea lo que sea esa ahogadilla, le cambiará la vida para siempre. Lo sé, pero no sé qué hacer.

«¡Socorro! —me dan ganas de gritar—. ¡Que alguien auxilie a mi amigo!»

Pero el único que me oiría sería Max.

La cabeza de Tommy desaparece bajo la puerta, y grito: «¡Pelea, Max! ¡Pelea! ¡No lo dejes entrar!».

No sé por qué he dicho eso. Me he sorprendido a mí mismo al oírlo. No es muy buena idea. No tiene nada de inteligente, ni siquiera de original. Pero es la única salida. Si Max no pelea, le harán esa ahogadilla.

Tommy ya ha metido la cabeza y los hombros por debajo de la puerta y, por lo que veo, con un rápido movimiento más pasará las caderas y las piernas y estará ya al otro lado, plantado dentro del retrete sobre el pequeño y tembloroso Max, dispuesto a pegarle. A hacerle una ahogadilla.

Me he quedado como un tonto al otro lado. Por una parte me gustaría atravesar la puerta e ir a hacerle compañía, pero a Max no le gusta que lo vean desnudo ni haciendo caca. Estoy más bloqueado de lo que Max ha estado en su vida.

Alguien está gritando, y esta vez no es mi amigo. Es Tommy. No suena como el grito aterrorizado y acorralado de Max. Es un grito distinto. No hay alarma, ni miedo en él. Más bien parece que no se creyera lo que está pasando. Tommy grita a la vez que intenta decir algo y ponerse en pie, pero se olvida de que está encajonado bajo una puerta y se da un golpe en la espalda, y entonces suelta otro grito, pero esta vez de dolor. Luego se abre la puerta de golpe y aparece Max, con los pantalones subidos pero sin abrochar, la cremallera bajada aún, y las piernas a caballo sobre la cabeza de Tommy.

—¡Corre! —exclamo, y Max echa a correr, pisándole la mano a Tommy, que vuelve a gritar de dolor.

Max pasa junto a mí a toda prisa, sujetándose los pantalones, y sale por la puerta. Le sigo. En lugar de torcer a la izquierda, en dirección al aula, gira a la derecha y, sin dejar de correr, se sube la cremallera y se abrocha el pantalón.

—¿Adónde vas?

—No he terminado aún —dice—. A lo mejor ya han limpiado el váter de la enfermería.

—¿Qué le ha pasado a Tommy? —pregunto—. ¿Qué has hecho?

—Caca, me he hecho caca en su cabeza —responde Max.

—¿Que has hecho caca con alguien delante?

No me lo puedo creer. Que se haya hecho caca en la cabeza de Tommy Swinden ya cuesta de creer, pero lo más asombroso es que lo haya podido hacer en presencia de otra persona.

—Solo ha sido un poquito —dice Max—. Cuando ha entrado, ya casi había terminado.

Sigue andando pasillo abajo y luego dice algo más:

—Como ya hice esta mañana, no había mucha. Era una caca de propina, acuérdate.

Capítulo 7

Max está preocupado porque piensa que Tommy se va a chivar como él se chivó de lo de la navajita. Pero yo sé que no la hará. Ningún niño querría que sus amigos o sus maestros se enteraran de algo así. Lo que querrá será matarlo. Pero matarlo en serio. Hacer que se le pare el corazón y todas esas cosas que se hacen para terminar con la vida de una persona.

Pero ya nos preocuparemos de eso cuando llegue el día.

Max puede vivir con el miedo a morir mientras no lo castiguen por haberse hecho caca en la cabeza de Tommy Swinden. Los niños siempre tienen miedo a morir, así que es normal que Max tenga miedo de que Tommy Swinden lo estrangule o le dé un puñetazo en la nariz. Pero a un niño no lo expulsan del colegio por hacerse caca en la cabeza de un compañero. Sería muy raro que pasara eso.

Le digo a Max que no se preocupe por el posible castigo. Él me cree solo a medias, pero al menos consigo que no se bloquee.

Además, han pasado ya tres días de aquello, y no hemos vuelto a ver a Tommy. En un principio pensé que a lo mejor no había venido al colegio, pero me acerqué a la clase de la señorita Parenti, y allí estaba. Sentado en primera fila, muy cerquita de la maestra, que seguramente lo habrá colocado allí para echarle el ojo.

No sé qué le estará rondando a Tommy por la cabeza. A lo mejor le da tanta vergüenza que alguien se le haya hecho caca encima que ha decidido olvidarlo todo. O puede que esté tan rabioso que se proponga torturar a Max antes de matarlo. Como esos niños que en el recreo queman hormigas con lupas en lugar de pisotearlas y frotarse los restos en las suelas de sus zapatillas.

Eso es lo que piensa Max, y, aunque yo le digo que se equivoca, sé que seguramente tiene razón.

No puedes hacerte caca encima de un niño como Tommy Swinden y creer que las cosas se van a quedar como estaban.

Capítulo 8

Hoy he visto a Graham en el colegio. Me la he cruzado cuando iba hacia el comedor. Me ha saludado con la mano.

Está empezando a desvanecerse.

No me lo puedo creer.

Cuando ha levantado la mano para saludarme, a través de ella he visto su pelo pincho y su sonrisa dentuda.

Hay amigos imaginarios que tardan mucho tiempo en desaparecer y otros que muy poco, pero tengo la impresión de que a Graham no le queda mucho tiempo en este mundo.

Su amiga humana es una niña de seis años que se llama Meghan. Graham lleva solo dos años en el mundo, pero es mi amiga imaginaria más antigua y no quiero que desaparezca. Es la única amiga de verdad que tengo aparte de Max.

Temo por ella.

Y por mí también.

Algún día también yo levantaré la mano para saludar y veré a Max a través de ella: entonces sabré que yo también estoy desapareciendo. Algún día me moriré, si es que los amigos imaginarios se mueren.

Que supongo que sí... ¿no?

Me gustaría hablar con Graham, pero no sé qué decirle. No sé si sabrá que está desapareciendo.

¿Tendría que decírselo por si no lo sabe?

Hay muchos seres imaginarios en el mundo que nunca llegaré a conocer porque no salen de su casa. Muchos no tienen la suerte de poder ir al colegio o de ir por ahí solos como Graham y yo. Un día la madre de Max nos llevó a casa de una amiga suya y conocí a tres amigas imaginarias. Estaban las tres delante de una pizarra, sentadas en unas sillitas minúsculas. Tenían los brazos cruzados y escuchaban, quietas como estatuas, a una niñita llamada Jessica que les recitaba el alfabeto y les ponía problemas de matemáticas. Pero aquellas amigas imaginarias no podían andar ni hablar. Cuando entré en la habitación, se quedaron las tres quietas mirándome. Parpadeando y ya está.

Parpadeaban nada más.

Esa clase de amigos imaginarios no suele vivir mucho. Una vez, en la clase de preescolar, de repente apareció una amiga imaginaria y a los quince minutos ya había desaparecido. Fue creciendo en mitad de la habitación, como uno de esos globos con forma de persona que venden en los desfiles, y acabó más o menos con mi misma altura. Era una niña grandota, de color rosa, con coletas y flores amarillas en lugar de pies. Pero pasado el momento del cuento, fue como si la hubieran pinchado con un alfiler. Se encogió poco a poco hasta que ya no la vi más.

Pasé mucho miedo viendo cómo aquella niña rosa desaparecía. Quince minutos no son nada.

La pobre ni siquiera llegó a oír el cuento entero.

Graham, en cambio, lleva mucho tiempo en el mundo. Somos amigos desde hace dos años. No me puedo creer que se esté muriendo.

Me gustaría regañar a su amiga humana, Meghan, porque es culpa suya que Graham se esté muriendo. Meghan ya no cree en Graham.

Cuando Graham muera, la madre de Meghan le preguntará a su hija qué ha sido de su amiga imaginaria, y Meghan contestará algo así como «Graham ya no vive aquí» o «No sé dónde está» o «Se ha ido de vacaciones». Y su madre se dará la vuelta muy risueña, pensando que su hijita se está haciendo mayor.

Pero no. No será eso lo que pase. Graham no se marchará de vacaciones. Ni se irá a vivir a otro país.

Graham se está muriendo.

«Has dejado de creer, Meghan, y ahora mi amiga se va a morir. Pero, aunque tú seas el único ser humano capaz de verla y oírla, eso no significa que Graham no sea real. Yo también soy capaz de verla y oírla. Graham es mi amiga.

»A veces, cuando tú y Max estáis en clase, nosotros dos quedamos en los columpios y charlamos un rato.

»Cuando tú y Max teníais recreo a la misma hora, ella y yo jugábamos al corre que te pillo.

»El día que Max salió corriendo entre los autocares y yo evité que lo atropellaran, Graham me dijo que yo era un héroe y, aunque yo no creo que fuera ningún héroe, me gustó mucho oírla decir eso.

»Y ahora Graham se va a morir porque tú ya no crees en ella.»

Estamos sentados en el comedor del colegio. Max ha ido a clase de Música y Meghan está comiendo. Viendo la manera en que Meghan habla con las otras niñas en la mesa del comedor, me doy cuenta de que ya no necesita a Graham como antes. Sonríe. Ríe. Sigue la conversación con la mirada. Incluso interviene de vez en cuando. Ahora ya forma parte de un grupo.

Meghan ya no es la misma.

—¿Cómo te encuentras hoy? —le pregunto a Graham, confiando en que sea ella la que saque el tema de su desaparición.

Y lo hace.

—Sé lo que me está pasando, si te refieres a eso —contesta.

Suena muy triste, pero también suena como si hubiera tirado la toalla. Como si se hubiera rendido.

—Ah —digo, y luego me quedo un momento sin saber qué añadir.

La miro a los ojos y luego hago como que miro alrededor, por encima de mi hombro y a mi izquierda, como si hubiera oído algo en algún rincón del comedor que me hubiera llamado la atención. No me atrevo a mirarla porque sé que veré a través de ella. Al final, vuelvo la cabeza. Me obligo a mirarla a los ojos.

—¿Qué se siente?

—No se siente nada.

Levanta las manos para demostrármelo y le veo la cara a través de ellas, pero esta vez no hay sonrisa al otro lado. Parece que estuvieran hechas de papel de cera.

—No lo entiendo —le digo—. ¿Qué ha pasado? ¿Meghan aún te oye cuando le hablas?

—Sí, claro. Y me ve también. Acabamos de pasar diez minutos en el recreo jugando a la rayuela.

—Entonces, ¿por qué ya no cree en ti?

Graham deja escapar un suspiro. Y luego otro.

—No es que no crea en mí. Es que ya no me necesita. Antes Meghan tenía miedo a hablar con los demás niños. De pequeña tartamudeaba. Ya no, pero de pequeña se perdió conocer a muchos niños y hacer amigos por culpa del tartamudeo. Ahora está recuperando el tiempo perdido. Hace un par de semanas fue a jugar a casa de Annie. Era la primera vez que iba a casa de alguien a jugar. Y ahora juega con Annie a todas horas. Ayer incluso las castigaron en clase por hablar en vez de leer. Y hoy, cuando sus compañeras nos han visto jugando a la rayuela, se han acercado a jugar con ella.

—¿Qué es tartamudear? —le pregunto. Puede que Max tartamudee también.

—Es cuando no te salen las palabras. Meghan a veces se atascaba al hablar. Sabía lo que tenía que decir pero no le salía. Muchas veces yo le decía la palabra muy despacito, y así conseguía repetirla. Pero ahora ya solo tartamudea cuando tiene miedo o está nerviosa, o cuando algo la coge por sorpresa.

—¿Se curó?

—Supongo —dice Graham—. Durante la semana iba a clase con la señorita Riner, y después del colegio, con el señor Davidoff. Le ha costado mucho esfuerzo, pero ahora habla normal, por eso está haciendo amigas.

Max también va a clase con la señorita Riner. Me pregunto si él también podrá curarse. Y si ese señor Davidoff será el mismo terapeuta que la madre de Max quiere que visite a su hijo.

—¿Y qué vas a hacer? —le pregunto—. No quiero que desaparezcas. ¿Qué puedes hacer para no seguir desapareciendo?

Me preocupa lo que le pase a Graham, pero si pregunto todo eso es también por mí, por si un día desaparece justo delante de mis narices. Tengo que aprovechar para preguntarle ahora que todavía puedo.

Graham abre la boca para decir algo, pero se calla. Cierra los ojos. Sacude la cabeza y se frota los ojos con las manos. Me pregunto si estará tartamudeando. Pero de pronto rompe a llorar. Intento recordar si alguna vez he visto llorar a un amigo imaginario.

No creo.

La observo bajar la barbilla hacia el pecho y sollozar. Las lágrimas le resbalan por las mejillas; una de ellas va a parar al mentón, y yo observo cómo cae, salpica sobre la mesa y desaparece por completo.

Igual que hará Graham dentro de poco.

Me siento como el otro día en los váteres de los niños. Tommy Swinden se está colando bajo la puerta del retrete. Max se ha subido a la taza del váter y tiene los pantalones caídos. Y yo me quedo plantado en el rincón, sin saber qué hacer ni qué decir.

Espero hasta que los sollozos de Graham pasan a ser gimoteos. Hasta que dejan de caerle las lágrimas. Hasta que abre los ojos de nuevo.

Y entonces hablo.

—Tengo una idea.

Espero a que Graham diga algo.

Pero Graham sigue gimoteando.

—Tengo un plan —insisto—. Un plan para salvarte.

—¿Sí? —dice Graham, pero noto que no me cree.

—Sí. Solo tienes que hacerte amiga de Meghan.

Pero eso no es exactamente lo que quería decir y me doy cuenta en cuanto lo digo.

—No, espera. No es eso lo que quería decir.

Callo un momento. La idea está ahí. Lo único que tengo que hacer es encontrar el modo de expresarla correctamente.

«Dilo sin tartamudear», pienso.

Y de pronto me sale:

—Tengo un plan —digo de nuevo—. Tenemos que asegurarnos de que Meghan siga necesitándote. Hay que encontrar el modo de que Meghan no pueda vivir sin ti.

Capítulo 9

No entiendo cómo no se nos había ocurrido antes. Todos los viernes la maestra de Meghan, la señorita Pandolfe, les pone a sus alumnos un examen de ortografía, y a Meghan la ortografía se le da bastante mal.

No creo que Max haya escrito mal una palabra nunca, pero Graham dice que Meghan hace unas ocho faltas cada semana, y eso son casi la mitad de las palabras del examen, aunque Graham no sabía que la mitad de doce es seis. Me pareció muy curioso que no lo supiera, porque parece que está muy claro. Quiero decir, que si seis más seis son doce, ¿cómo no vas a saber que la mitad de doce son seis?

Aunque la verdad es que yo seguramente tampoco sabía qué era la mitad de doce cuando Max y yo estábamos en primero.

Aunque creo que sí lo sabía.

Graham y yo nos pasamos toda la hora de comer haciendo una lista con los problemas de Meghan. Le dije a Graham que teníamos que encontrar un problema que ella le pudiera solucionar, porque así, una vez solucionado, Meghan se daría cuenta de lo mucho que la necesitaba.

A Graham le pareció una idea estupenda.

«A lo mejor funciona —dijo, y se le iluminaron los ojos por primera vez desde que empezó a desaparecer—. Es una gran idea. A lo mejor funciona de verdad.»

Pero tengo la impresión de que a Graham en este momento cualquier idea le podría parecer estupenda, porque está desvaneciéndose por minutos.

Intenté hacerla reír diciéndole que ya le habían desaparecido las orejas —que nunca ha tenido—, pero no conseguí sacarle ni una sonrisa. Tiene miedo. Dice que hoy se siente menos real, como si estuviera a punto de desaparecer flotando en el cielo. Yo le hablé de los satélites y de que sus órbitas a veces decaen y pueden acabar también flotando en el espacio, por ver si era eso lo que sentía, pero luego me callé.

No creo que a Meghan le apetezca hablar de esas cosas.

Max me contó eso del decaimiento orbital el año pasado. Lo había leído en un libro. Soy un amigo imaginario con mucha suerte, porque, como Max es un niño muy listo y lee mucho, yo también aprendo muchas cosas. Por eso sé que la mitad de doce es seis y que los satélites pueden salirse de sus órbitas y flotar en el espacio para siempre.

Estoy muy contento de que mi amigo sea Max y no Meghan. Ella ni siquiera sabe escribir correctamente la palabra «barco».

En fin, que hicimos una lista con los problemas de Meghan. No en papel, claro, porque ni Graham ni yo podemos coger un lápiz, pero nos la aprendimos de memoria porque no era muy larga.

Meghan tartamudea cuando se altera.

Tiene miedo a la oscuridad.

Se le da mal la ortografía.

No sabe atarse los cordones de los zapatos.

Cada noche a la hora de acostarse le da una rabieta.

No sabe subirse la cremallera del abrigo.

No sabe tirar la pelota.

La lista no es muy útil que digamos, porque Graham es incapaz de ayudarla con la mayoría de esos problemas. Si pudiera atar cordones o subir cremalleras, podría ayudar a Meghan a atarse las zapatillas o subirse la cremallera del abrigo, pero le es imposible. Solo sé de un amigo imaginario que es capaz de tocar y mover cosas en el mundo de los humanos, pero ese no nos echaría una mano ni que se lo pidiéramos de rodillas.

Además, no me atrevería a ir a verle.

Graham tuvo que explicarme lo que era una rabieta, porque yo no sabía qué era eso. Suena como lo que le pasa a Max cuando se bloquea. A Meghan no le gusta acostarse, y cuando su madre le dice que es hora de lavarse los dientes se pone a gritar y a dar patadas en el suelo, y a veces su papá la tiene que llevar a cuestas al dormitorio.

—¿Y le pasa cada noche? —le pregunto a Graham.

—Pues sí. Se pone roja, le suda todo el cuerpo y al final siempre llora. Muchas noches se duerme llorando. Me da mucha lástima. Pero, por mucho que le digamos sus padres o yo, no sirve de nada.

—Vaya —digo, incapaz de imaginar lo pesado que tiene que ser tener que soportar una rabieta noche tras noche.

Cuando Max se bloquea, que no suele pasar muy a menudo, es como si le diera una rabieta pero por dentro. Se queda callado, aprieta los puños y el cuerpo le tiembla un poco, pero no se pone rojo, ni suda o chilla. Para mí que todas esas cosas las hace por dentro; por fuera solo se bloquea. Y a veces puede tardar un buen rato en desbloquearse.

Al menos, cuando le da, no arma escándalo ni se hace molesto. Y nunca le pasa por no querer acostarse. A Max no le importa irse a la cama, siempre que sea a la hora de siempre.

Las ocho y media.

Si es antes o después, se pone nervioso.

No se me ocurrió nada en lo que Graham pudiera ayudar a Meghan con sus rabietas, y la lista de problemas no era muy larga. Por eso, al final terminamos decidiéndonos por los exámenes de ortografía.

—¿Cómo podría ayudarla a escribir mejor? —preguntó Graham.

—Yo te enseño.

Cada semana, la señorita Pandolfe deja las palabras que van a entrar en el examen de ortografía anotadas en una hoja de papel milimetrado que cuelga al frente del aula, igual que hace la señorita Gosk en su clase. Los jueves por la tarde quita la hoja, así que, antes de volver a casa, Graham y yo nos pasamos una hora de pie frente a esa hoja, memorizando las palabras. Yo nunca me he fijado mucho en las pruebas de ortografía que hace Max, y la verdad es que no suelo prestar atención a la señorita Gosk cuando habla de eso, así que se me hizo mucho más difícil de lo que imaginaba. Muchísimo más.

En cambio Graham, en menos de una hora, ya había aprendido a escribir correctamente todas y cada una de aquellas palabras.

Mañana, cuando llegue el momento de hacer el examen, se pegará a Meghan, y si escribe mal alguna palabra, se la corregirá. Es un plan genial, porque Meghan tiene que hacer un examen de ortografía semanal, así que no va a ser la única ocasión. Podrá ayudarla cada semana. Incluso puede que acabe ayudándola con otros exámenes.

Creo que nuestro plan va a salir bien, siempre que Graham no desaparezca a lo largo de esta noche. Un amigo imaginario que se llamaba Señor Dedo me dijo una vez que la mayoría de amigos imaginarios desaparece mientras sus amigos humanos están durmiendo, pero me parece que eso fue un invento suyo para impresionarme. ¿Cómo podía él saber eso? He estado a punto de decirle a Graham que se asegurara de mantener despierta a Meghan toda la noche, por si acaso el Señor Dedo me había dicho la verdad, pero Meghan no tiene más que seis años, y a esa edad los niños no pueden pasar toda una noche sin dormir. Hiciera lo que hiciese Graham, Meghan terminaría cayendo rendida.

En fin, espero que Graham aguante viva toda la noche.

Capítulo 10

Max está enfadado conmigo porque últimamente paso mucho tiempo con Graham. En realidad, él no sabe que estoy con Graham. Solo sabe que he estado en otro sitio, y está enfadado. Tengo la impresión de que eso es bueno. Siempre me pongo un poco nervioso cuando llevo un rato sin ver a Max, pero si se ha enfadado conmigo porque no paso más tiempo con él, quiere decir que ha estado pensando en mí y me ha echado en falta.

—He tenido que ir a hacer pis y no estabas para echar un vistazo por si había alguien en el váter —dice Max—. He tenido que llamar a la puerta.

Ahora mismo estamos sentados en el autocar del cole, camino de casa, y Max se ha agachado en el asiento y me habla entre susurros para que no nos oigan los demás niños. Pero nos oyen. Siempre nos oyen. Max no ve lo mismo que los demás niños, pero yo sí. A mí los árboles sí me dejan ver el bosque.

—Tuve que ir a hacer pis y no estabas allí para echar un vistazo por si había alguien en el váter —dice Max de nuevo.

Cuando no le contestas, Max siempre te repite la pregunta, porque necesita una respuesta antes de seguir hablando. El caso es que Max no siempre hace las preguntas como si fueran preguntas. Muchas veces espera que adivines que lo que te ha dicho es una pregunta. Cuando tiene que repetirla tres o cuatro veces, cosa que conmigo nunca pasa, pero sí a veces con los profesores y con su padre, se altera mucho. A veces se bloquea por culpa de eso.

—He ido a la clase de Tommy —le digo—. Quería averiguar si está tramando algo. Para asegurarme de que no se tomará la revancha esta semana.

—Lo has estado espiando —dice Max, y yo sé que eso también es una pregunta, aunque no suene a pregunta.

—Sí —le digo—. Lo he estado espiando.

—Vale —dice Max, pero noto que aún sigue un poco enfadado.

No puedo decirle que he estado con Graham porque no quiero que Max sepa que existen otros amigos imaginarios. Si cree que soy el único amigo imaginario del mundo mundial, creerá que soy alguien especial. Que soy único. Y eso es bueno, creo yo.

Me ayuda a perdurar.

Si Max, en cambio, supiera que existen otros amigos imaginarios, y estuviera enfadado conmigo como está ahora, es posible que se olvidara de mí y se imaginara a un nuevo amigo. Con lo cual yo desaparecería igual que ahora mismo está desapareciendo Graham.

Me está costando mucho trabajo mantener la boca cerrada, porque me gustaría contarle a Max lo de Graham. Al principio pensé que si se lo contaba, igual me podía ayudar. Pensé que como es tan inteligente quizá se le ocurriría algo útil. O que tal vez pudiera echarnos una mano directamente con los problemas de Meghan, enseñándole, por ejemplo, a atarse los cordones de los zapatos; luego podría decirle a Meghan que la idea había sido de Graham y mi amiga podría ganar unos cuantos puntos.

Pero ahora deseo contárselo porque tengo miedo. Tengo miedo de perder a mi amiga y no tener a nadie con quien hablar. Supongo que podría hablar con Chucho, pero no lo conozco demasiado, al menos no tanto como a Max o Graham. De todos modos, aun en el caso de que Chucho pudiera hablar, sería muy raro hablar con un perro. Mi amigo es Max, y es con él con quien debería hablar si estoy triste o tengo miedo, pero no puedo.

Solo espero que Graham se presente en el colegio mañana y no sea ya demasiado tarde.

Al padre de Max le gusta ir diciendo por ahí que todas las noches juega a la pelota en el jardín con su hijo, que es justo lo que están haciendo los dos ahora mismo. Le cuenta a todo el mundo lo bien que Max coge la pelota, y a veces insiste mucho en ello, aunque generalmente lo hace cuando la madre de Max no está delante. A veces, si sabe que su mujer puede volver en cualquier momento, lo suelta nada más salir ella de la habitación.

Pero la verdad es que jugar, jugar, no juegan. Su padre le lanza la pelota, y Max la deja caer al suelo e irse rodando, y cuando la pelota se para, la coge e intenta lanzársela de vuelta. Solo que el padre de Max siempre está demasiado lejos y él siempre se queda demasiado corto, por mucho que su padre lo anime diciendo: «¡Date impulso!» o «¡Lánzala con todo el cuerpo!» o «¡A por todas, hijo!».

Siempre que juegan a tirarse la pelota, el padre de Max lo llama «hijo» en lugar de Max.

Pero aunque Max se diera «impulso» o fuera «a por todas» (yo no sé qué significan ninguna de las dos cosas, y me parece que Max tampoco), a su padre nunca le llega la pelota.

Pero digo yo, si quiere que le llegue, ¿por qué no se acerca un poco más?

Max está acostado. Durmiendo. Sin rabietas de por medio, claro. Se ha lavado los dientes, se ha puesto el mismo pijama que se pone todos los jueves, ha leído un capítulo de su libro y ha dejado caer la cabeza en la almohada a las ocho y media en punto. Esta noche, como la madre de Max tenía una reunión, ha sido su padre quien le ha dado el beso de buenas noches en la frente. Luego ha apagado la luz principal de su habitación, pero no las otras lucecitas, esas que se dejan encendidas toda la noche.

Hay tres de ellas.

Yo estoy sentado a oscuras junto a la cama de Max, pensando en Graham. Me pregunto si habrá algo más en lo que pensar. Si habrá algo más que yo pueda hacer.

La madre de Max vuelve a casa un poco más tarde. Entra silenciosamente en la habitación de Max, se acerca de puntillas a su cama y le da un beso en la frente. A sus padres sí les deja que lo besen, pero tiene que ser un beso rapidito, siempre en la mejilla o en la frente, y siempre se encoge cuando se lo dan. Por eso, cuando está dormido como ahora, su madre aprovecha para darle un beso más largo, por lo general en la frente, pero algunas noches también en la mejilla. A veces entra dos o tres veces en su dormitorio para darle un beso antes de irse a la cama, aunque sea ella misma quien lo ha acostado y ya le haya dado un beso antes.

Una mañana, en el desayuno, la madre de Max le dijo a su hijo que le había dado un beso cuando estaba dormido.

—Anoche cuando entré a darte el beso de buenas noches parecías un angelito —le dijo.

—Si fue papá quien me acostó, no tú —dijo Max.

Era una de esas preguntas que Max hace sin preguntar, enseguida me di cuenta. Y su madre igual. Ella siempre se da cuenta. Lo conoce mejor que yo todavía.

—Es verdad —le dijo—. Yo fui al hospital a ver al abuelo, pero cuando llegué a casa entré de puntillas en tu habitación y te di un beso de buenas noches.

—Me diste un beso de buenas noches —repitió Max.

—Sí —dijo su madre.

Después, cuando estábamos en el autocar camino del cole, Max se agachó en el asiento y me dijo:

—¿Fue un beso en los labios?

—No —respondí—. Te besó en la frente.

Max se tocó la frente, se la frotó con los dedos y luego se los miró.

—¿Fue un beso largo? —preguntó.

—No —respondí—. Supercorto.

Pero no era cierto. Yo no le miento casi nunca, pero esa vez lo hice porque pensé que sería mejor tanto para él como para su madre.

Ahora, cada vez que ella no está en casa para acostarlo, Max me pregunta si la noche anterior le dio un beso largo de buenas noches.

—No —le digo yo siempre—. No. Supercorto.

Tampoco le he hablado nunca de todos los otros besos de propina que le da antes de acostarse.

Aunque eso no es mentir, porque Max nunca me ha preguntado si le da besos de propina.

La mamá de Max está cenando. Se ha calentado las sobras que le ha dejado su marido. Él está sentado a la mesa, frente a ella, leyendo una revista. No sé leer muy bien, pero sé que esa revista se llama *Sports Illustrated* porque es la que le llega cada semana en el correo.

Estoy enfadado porque no parece que ninguno de los dos tenga intención de ver la tele esta noche, y a mí me apetece mucho. Me gusta sentarme en el sofá a ver la tele junto a la mamá de Max y a escucharlos a los dos hablar durante los anuncios.

Los anuncios son como programas cortitos que ponen en medio del programa largo, pero, como la mayoría son tan tontos y tan aburridos, en realidad no los ve nadie. La gente aprovecha los anuncios para hablar, ir al cuarto de baño o servirse otro refresco.

El padre de Max siempre está criticando lo que ponen en la tele. Nunca le parece que haya nada bueno. Dice que son historias «absurdas» y que había demasiadas «oportunidades desaprovechadas». No estoy seguro de lo que quiere decir con eso, pero me parece que se refiere a que esos programas serían mejores si lo dejaran a él decidir lo que hay que hacer.

La madre de Max a veces se enfada cuando se pone criticón, porque a ella le gusta ver la tele sin más, y no ponerse a buscar «oportunidades desaprovechadas».

—Yo lo único que busco al final del día es desconectar —le dice, y a mí me parece muy bien.

Yo no veo esos programas pensando en cómo mejorarlos. Los veo porque me gusta que me cuenten historias. Pero casi todo el rato los padres de Max simplemente se ríen con los programas que son divertidos, y se muerden las uñas cuando dan miedo o hay suspense. Seguro que no se dan cuenta de que los dos están delante de la tele mordiéndose las uñas justo al mismo tiempo.

También les encanta ponerse a adivinar qué va a pasar en el programa siguiente. No estoy seguro, pero no me extrañaría que los dos hubieran tenido a la señorita Gosk en tercero, porque ella siempre les pide a sus alumnos que adivinen qué va a pasar en el libro que toca leer, y me parece que con lo que más disfrutan los padres de Max es adivinando lo que va a suceder. A mí también me gusta jugar a adivinar, porque así puedo esperar a ver si tenía razón. A la mamá de Max le gusta predecir que va a pasar algo bueno incluso cuando parece que todo va mal. Yo suelo predecir siempre el peor final posible, y a veces acierto, sobre todo cuando vemos películas.

Por eso hoy estoy tan nervioso con lo de Graham. No puedo evitar ponerme en lo peor.

Algunas noches me toca sentarme en la butaca, porque el papá de Max se sienta junto a su mujer y le pasa el brazo por encima, y ella se arrima a él y los dos sonríen. Me gustan esas noches porque sé que están contentos, aunque la verdad es que también me siento un poco desplazado. Como si no tuviera que estar allí. En las noches así, a veces cojo y me marcho, sobre todo si están viendo un programa de los que no cuentan ninguna historia, como ese en que unos tienen que decidir quién canta mejor y el que gana se lleva un premio.

La verdad es que lo divertido sería decidir quién canta peor.

Los padres de Max llevan un buen rato en silencio. Ella come, y él lee. No se oyen más que los cubiertos tintineando en el plato. Normalmente, la mamá de Max solo está tan callada cuando quiere que su marido hable primero. Siempre tiene un montón de cosas que contar, pero a veces, cuando se están peleando, le gusta esperar a que él diga algo antes. No es que ella me lo haya contado, es que llevo tanto tiempo observándolos que lo sé y punto.

No sé a qué se debe la pelea de esta noche, o sea que es casi como si estuviera viendo un programa en la tele. Sé que empezarán a discutir de un momento a otro, pero no sé de qué. Es un misterio. Adivino que tendrá que ver con Max, porque sus peleas casi siempre son por él.

La madre de Max termina de cenar y habla por fin.

—¿Has pensado en lo de consultar con un especialista?

El padre de Max suspira.

—¿Crees que es necesario?

No ha levantado la vista de su lectura, lo cual es una mala señal.

—Son diez meses ya.

—Lo sé, pero diez meses no es tanto. Ni que hubiéramos tenido problemas antes.

Ahora sí la mira.

—Ya —dice ella—. Pero entonces, ¿cuánto tiempo vamos a dejar pasar? No quiero estar un año o dos esperando a ir a un especialista y que luego resulte que tenemos un problema. Preferiría saberlo antes y hacer algo.

El padre de Max pone los ojos en blanco.

—A mí no me parece que diez meses sea tanto. Scott y Melanie tardaron casi dos años. ¿Recuerdas?

La madre de Max suspira. No sé si es que se siente triste, frustrada u otra cosa.

—Sí, ya —dice—, pero no te va a pasar nada por hablarlo con un especialista, ¿no?

—Ya —dice el padre de Max, y ahora suena enfadado—. Si no tuviéramos nada más que hacer, vale. Pero, si hay un problema, no va a servir de nada hablar con un médico. Querrán hacernos pruebas. No han pasado más que diez meses.

—Pero ¿no te gustaría saberlo?

El padre de Max no responde. Si la madre de Max fuera como su hijo, le repetiría la pregunta, pero los adultos a veces responden a las preguntas no contestándolas. Creo que eso es lo que está haciendo en este momento el padre de Max.

Cuando por fin abre la boca, contesta a la primera pregunta de su mujer en lugar de a la última.

—Está bien, vamos a hablar con un médico. ¿Pides tú hora?

La madre de Max asiente. Yo pensaba que se iba a alegrar por que su marido hubiera decidido ir al médico, pero parece que sigue triste. El padre de Max también parece triste, pero no se miran el uno al otro. Ni una mirada. Es como si hubiera no una mesa, sino cientos de ellas entre ambos.

Yo también me siento triste, por ellos.

Si hubieran puesto la tele, no habría pasado esto.

Capítulo 11

Le digo a Max que me voy otra vez a vigilar a Tommy Swinden. No le importa que me vaya porque ya ha hecho caca esta mañana, y hasta la hora de comer no va a necesitar que yo pase a ver si hay alguien en el váter. Además, la señorita Gosk ha empezado el día leyéndonos un libro. A Max le encanta que la señorita Gosk les lea. La escucha tan concentrado que se olvida de todo, así que seguramente ni siquiera notará que no estoy.

Pero no voy a la clase de Tommy Swinden. Voy al aula de la señorita Pandolfe. Aunque sin muchas ganas, porque tengo miedo de lo que me voy a encontrar. O de lo que no me voy a encontrar.

Entro en el aula, que está mucho más limpia y ordenada que la de la señorita Gosk. Todos los pupitres están muy bien alineados y sobre el escritorio de la maestra no hay montañas de papeles. Está casi demasiado limpia.

Miro a derecha e izquierda, y vuelta otra vez. Graham no está. Miro en el rincón que queda detrás de las estanterías y en el armario de los abrigos. Tampoco.

Los alumnos están sentados a sus pupitres, mirando a la señorita Pandolfe, que, de pie ante la clase, señala un calendario y les habla del tiempo y de la fecha de hoy. La hoja con la lista de palabras para el examen de ortografía ha desaparecido.

Veo a Meghan. Está sentada al fondo. Ha levantado la mano. La señorita Pandolfe acaba de preguntar a sus alumnos cuántos días tenía octubre y ella quiere contestar.

Son treinta y uno. También yo lo sé.

No veo a Graham.

Me gustaría acercarme a Meghan y preguntarle si anoche dejó de creer en su amiga imaginaria.

«¿Has dejado de creer en la niña del pelo pincho que te hacía compañía cuando no te salían las palabras y todos se burlaban de ti?

»¿Te has olvidado de tu amiga ahora que ya no tartamudeas?

»¿Te fijaste siquiera en que estaba desapareciendo poco a poco?

»¿Has matado a mi amiga?»

Meghan no puede oírme. Su amiga imaginaria es Graham, no yo.

Mejor dicho, era Graham.

De pronto la veo. Está de pie a unos pasos de Meghan, en el fondo de la clase, pero es casi transparente. Cuando he mirado hacia las ventanas, he visto a través de ella sin darme cuenta. Es como si alguien hubiera pintado su retrato en los cristales hace tiempo y ahora estuviera deslucido y gastado. Si Graham no hubiera parpadeado, no creo que me hubiera dado cuenta de que estaba allí. Me he fijado porque he visto que algo se movía. No porque la viera a ella.

—Creí que no ibas a verme —dice Graham. No sé qué decir—. No importa —continúa Graham—. Sé que no es fácil. Yo misma esta mañana, cuando he abierto los ojos, al principio no me he visto las manos. Pensaba que había desaparecido.

—No sabía que durmieras —le digo.

—Sí. Pues claro. ¿Tú no?

—No —respondo.

—Y entonces, ¿qué haces cuando Max duerme?

—Me quedo con sus padres hasta que se acuestan —digo—. Y después salgo por ahí a dar una vuelta.

No le cuento de mis escapadas a la gasolinera, a Doogies, al hospital o a la comisaría de policía. Nunca he hablado con ningún amigo imaginario de eso. Son cosas mías. Cosas particulares mías.

—¡Hala! —dice Graham, y noto por primera vez que también la voz se le está yendo. Suena muy floja y apagada, como si me llegara desde el otro lado de una puerta—. No sabía que no necesitabas dormir. Lo siento.

—¿Lo sientes? ¿Por qué? —le pregunto—. ¿Qué tiene de bueno dormir?

—Pues que cuando estás durmiendo, sueñas.

—¿Tú sueñas? —le pregunto.

—Pues claro —dice Graham—. Anoche soñé que Meghan y yo éramos hermanas gemelas. Estábamos jugando en un parque, y yo podía tocar la arena con los dedos. La cogía a manos llenas y la dejaba resbalar entre los dedos, como hace Meghan.

—No me puedo creer que sueñes.

—Y yo que tú no sueñes.

Los dos nos quedamos callados un minuto.

En primera fila hay un niño que se llama Norman; está hablando de una visita que hizo a la prisión de Old Newgate. Yo sé lo que es una prisión, por eso sé que Norman está mintiendo: a los niños no los dejan entrar en las prisiones. Lo que no entiendo es por qué la señorita Pandolfe no lo obliga a decir la verdad. Si la señorita Gosk estuviera ahora mismo oyendo a Norman, diría «¡Vergüenza debería darte! ¡Di tu nombre en alto ante todos tus compañeros!». Y a Norman no le quedaría más remedio que reconocer su mentira.

Norman tiene una piedra en la mano; dice que la sacó de la prisión. Que era de una mina. Eso tampoco me cuadra. Una mina es una bomba que los soldados entierran en el suelo para que cuando pasen otros soldados la pisen y salten por los aires. Lo sé porque Max siempre hace como que excava campos de minas para sus soldaditos de juguete. ¿Por qué se habrá inventado Norman eso de que la piedra ha salido de una mina?

Norman los tiene a todos engañados, porque ahora la clase entera quiere acercarse a tocar esa piedra, aunque lo más probable es que sea un pedrusco que ha cogido del patio esta mañana. Pero aunque de verdad la hubiera sacado de una mina, no es más que una piedra. ¿A qué viene tanto jaleo? La señorita Pandolfe pone orden y pide a los alumnos que vuelvan a su sitio. Cuando quiere que se calmen, ella siempre les dice: «La paciencia es la madre de la ciencia». No sé lo que significa, pero tiene gracia.

La señorita Pandolfe les ordena por segunda vez que vuelvan a su sitio. Y promete que, si son pacientes, todos podrán tocar esa piedra.

«¡Pero si es un pedrusco inútil!», me dan ganas de gritarles. Tanta tontería y, mientras tanto, mi amiga muriéndose.

—¿Cuándo es la prueba de ortografía? —pregunto por fin.

—Creo que después de esto —responde Graham, con la voz aún más apagada que antes. Ahora suena como si hubiera tres puertas entre nosotros—. Normalmente la prueba de ortografía se hace después de la actividad en la que un alumno trae un objeto a clase y lo explica ante todos sus compañeros.

Graham tiene razón. Cuando Norman termina de contar el cuento de su falsa visita a la prisión y todos han tenido oportunidad de tocar el pedrusco inútil ese, la señorita Pandolfe reparte por fin entre sus alumnos el papel pautado en el que tendrán que hacer la prueba de ortografía.

Yo me quedo al fondo de la clase durante el examen y Graham se coloca al lado de Meghan. Ya apenas la veo. Cuando está quieta, desaparece casi por completo.

Estoy aquí en el fondo, deseando que Meghan cometa aunque sea un solo error. La ortografía se le da bastante mal, pero Graham dice que algunas veces le sale la prueba perfecta. Si hoy escribe todas las palabras sin una sola falta, no tendremos tiempo para hacer otros planes.

Siento que Graham puede desaparecer en cualquier momento.

De pronto, sucede. La señorita Pandolfe dice «gigante» y Meghan escribe la palabra en su hoja. Al instante, Graham se inclina hacia ella, señala la palabra y le dice algo. Meghan la ha escrito mal, seguramente con «j» en lugar de con «g» y, viéndola borrar la palabra con la goma y escribirla de nuevo, siento una alegría loca.

Tres palabras más tarde, vuelve a pasar lo mismo, esta vez con el verbo «haber». Cuando el examen termina, Graham ha ayudado a Meghan a escribir correctamente un total de cinco palabras, y yo confío en que Graham recupere su forma de antes y no tener que esperar a que haga un movimiento para poder verla. Mi amiga va a volver a aparecer entera en cualquier momento. Estará fuera de peligro.

Espero.

Graham espera.

El examen ha terminado. Estamos sentados a una mesita al fondo de la clase. Los dos nos miramos. Estoy deseando saltar y exclamar muy alto: «¡Por fin! ¡Te veo!».

La señorita Pandolfe ha empezado ya con la clase de matemáticas, y seguimos esperando.

Pero no pasa nada. En realidad, creo que Graham se ha hecho aún más transparente. La tengo justo al lado, y apenas la veo.

No quiero creérmelo. Seguro que los ojos me están gastando una mala pasada. Pero de pronto comprendo que es cierto: Graham no ha dejado de desvanecerse. Cada segundo que pasa se hace más transparente.

No puedo decírselo. No quiero decirle que el plan no ha funcionado, porque debería haberlo hecho. Tenía que funcionar.

Pero no ha sido así. Graham está desapareciendo. Casi ha desaparecido del todo.

—No ha funcionado —dice Graham por fin, rompiendo el silencio—. Lo noto. Pero no te preocupes.

—Tendría que haber funcionado. Si Meghan ha escrito bien esas palabras, ha sido gracias a ti. Te necesita. Ahora lo sabe. Tendría que haber funcionado.

—Pero no lo ha hecho —replica Graham—. Lo noto. Me lo noto en el cuerpo.

—¿Te duele?

Al instante me arrepiento de habérselo preguntado. Me siento culpable porque en realidad lo pregunto por mí. No por ella.

—Doler, no duele. Nada. —Aunque me cuesta distinguirle la cara, me parece que sonríe—. Siento como si flotara. Como si fuera libre.

—Tiene que haber algo que podamos hacer —le digo.

Sueno desesperado. No puedo evitarlo. Siento como si estuviera en un barco que se hunde en el mar y no hubiera ningún bote salvavidas.

Creo que Graham está diciendo que no con la cabeza, pero no estoy seguro. Apenas se la ve ya.

—Tiene que haber algo que podamos hacer —repito—. Un momento. Me dijiste que Meghan tenía miedo a la oscuridad. Ve y dile que hay un monstruo viviendo bajo su cama, que solo sale por la noche, y que si no se la ha comido hasta ahora ha sido gracias a ti. Dile que tú la proteges del monstruo noche tras noche y que, si mueres, se la comerá.

—Budo, no puedo hacer eso.

—Ya sé que está feo, pero si no se lo dices te morirás. Tienes que intentarlo.

—No te preocupes, Budo. Estoy preparada para irme.

—¿Qué es eso de que estás preparada para irte? ¿Para irte adónde? ¿Tú sabes lo que ocurre cuando desapareces?

—No, pero no te preocupes. Pase lo que pase, estaré bien, y Meghan también.

Ya casi no la oigo.

—Tienes que intentarlo, Graham. Acércate a ella y dile que te necesita. ¡Dile lo del monstruo bajo la cama!

—No es eso, Budo. No tiene que ver con que Meghan me necesite. Nos equivocamos. Lo que pasa es que Meghan está creciendo. Ahora me ha tocado a mí, luego le tocará al Ratoncito Pérez y el año que viene serán los Reyes Magos. Meghan se ha hecho mayor.

—¡Pero el Ratoncito Pérez no existe y tú sí! Lucha, Graham. ¡Lucha! ¡Por favor! ¡No me dejes!

—Has sido un buen amigo, Budo, pero me tengo que ir. Voy a sentarme al lado de Meghan. Quiero pasar los últimos minutos que me quedan con ella. Sentada junto a mi amiga. En realidad, eso es lo único que me hace sentir triste.

—¿Qué?

—No poder mirarla. Ni verla crecer. La echaré mucho de menos. —Se queda callada un momento y luego añade—: La quiero tanto...

Yo me echo a llorar. Al principio no me doy cuenta, porque hasta ahora nunca había llorado. De pronto se me llena la nariz de mocos y los ojos se me humedecen. Siento calor y tristeza. Mucha tristeza. Me siento como un nudo en una manguera, que en cualquier momento puede saltar y expulsar un chorro de agua. Siento como si fuera a estallar en lágrimas. Pero me alegro de llorar, porque no tengo palabras para despedirme de Graham, y sé que debo hacerlo. Dentro de nada ya no estará aquí y me habré quedado sin amiga. Quiero despedirme y también decirle lo mucho que la quiero, pero no sé cómo. Espero que estas lágrimas lo digan por mí.

Graham se levanta y me sonríe. Hace un gesto de despedida con la cabeza. Luego va hacia Meghan. Se sienta detrás de ella y le dice algo al oído. No creo que Meghan pueda oírla ya. Meghan está escuchando a la señorita Pandolfe y sonríe.

Me levanto. Voy hacia la puerta. Quiero salir del aula. No quiero estar presente cuando Graham desaparezca. Miro atrás otra vez. Meghan ha levantado la mano de nuevo, dispuesta a contestar a otra pregunta. A contestar sin tartamudear. Graham sigue sentada detrás de ella, en el filo de una sillita. Ya casi no la veo. Creo que bastaría con que la señorita Pandolfe abriera la ventana y entrara un soplo de aire, para que lo poco que queda de Graham saliera volando para siempre.

Miro una vez más antes de irme. Graham sonríe todavía. Mira fijamente a Meghan, alargando el cuello para poder verle bien la cara a la niña, y sonríe.

Me doy la vuelta. Dejo atrás a mi amiga.

Capítulo 12

La señorita Gosk está enseñando matemáticas. Sus alumnos se han repartido en grupos por el aula; juegan con dados y cuentan con los dedos. Busco por todos los rincones y enseguida me doy cuenta de que Max no está. Mejor. Max odia esos juegos. No soporta oír a los niños gritar de alegría cuando tiran los dados y sacan doble seis. Él lo único que quiere es que lo dejen en paz con sus problemas de matemáticas.

No estoy seguro de dónde le toca estar en este momento. Puede que en Educación Especial con la señorita McGinn o con la señorita Patterson, o también podría estar en el despacho de la señorita Hume. Max pasa por tantas maestras a lo largo del día que es difícil seguirle la pista. Además, yo todavía no he aprendido a leer bien la hora en un reloj de manecillas, que es el único que hay en la clase de la señorita Gosk.

Miro en el despacho de la señora Hume primero, porque es el que está más cerca de la clase de la señorita Gosk, pero Max tampoco está allí. La señorita Hume está hablando con la directora del colegio sobre un chico que por lo que dicen se parece bastante a Tommy Swinden, solo que se llama Danny y está en segundo. La directora parece preocupada. Dice tres veces «incidente». Cuando los adultos repiten mucho la palabra «incidente» significa que la cosa es grave.

La directora se llama Palmer de apellido. Es algo mayor que las demás maestras y no le gusta castigar a los niños o imponer medidas disciplinarias, por eso suele hablar mucho con la señorita Hume de «métodos alternativos» para que los alumnos se porten bien. Ella cree que los niños como Tommy aprenden mejor a comportarse ayudando a sus compañeros de las clases de preescolar.

Yo creo que así lo único que consigue es dar a Tommy la oportunidad de maltratar a niños más pequeños todavía.

La señorita Hume piensa que la directora del colegio está mal de la cabeza, pero no se lo dice. Aunque yo la he oído comentarlo más de una vez con los otros profesores. Ella cree que, si la señora Palmer castigara más a menudo a niños como Tommy Swinden, estos no intentarían hacerles ahogadillas a los que son como Max.

Yo creo que la señorita Hume tiene razón.

La madre de Max dice que hacer lo correcto suele ser lo más difícil. No creo que la señora Palmer haya aprendido todavía esa lección.

Voy a echar un vistazo en Educación Especial, pero tampoco veo a Max por aquí. La señorita McGinn está con un niño que se llama Gregory. Gregory es un niño de primero que tiene convulsiones. Es una enfermedad. Tiene que llevar siempre puesto un casco por si se da un golpe en la cabeza cuando le da una de esas convulsiones. Una convulsión es como una mezcla de rabieta y de bloqueo como los que le dan a Max.

Quizá si yo hubiera encontrado el modo de que Graham ayudara a Meghan con sus rabietas, mi amiga aún estaría aquí. Puede que a Meghan le dé igual hacer faltas de ortografía. Quizá tendríamos que haber intentado ayudarla con algo más importante todavía que un examen de ortografía.

Es probable que Max haya ido al lavabo que hay junto a la enfermería. Igual le han entrado ganas de hacer una caca de propina después de todo. Como sea así, se va a enfadar mucho conmigo. Serían dos días seguidos de tener que llamar a la puerta del váter antes de entrar.

Pero Max tampoco está allí. En el lavabo no hay nadie.

Empiezo a preocuparme.

Ya solo se me ocurre que pudiera estar en el despacho de la señorita Riner, pero Max solo tiene logopedia los martes y los jueves. Quizá haya tenido que ir hoy por alguna razón especial. Puede que la señorita Riner tenga una boda el próximo martes y no pueda atenderlo ese día. Es el único sitio que se me ocurre. Pero el despacho de la señorita Riner está en la otra punta del colegio, y para llegar hasta allí voy a tener que pasar por delante de la clase de la señorita Pandolfe.

Hacía tres minutos que no pensaba en Graham y ya empezaba a sentirme mejor. Ahora me entran dudas de si habrá desaparecido del todo. Si paso por delante del aula, quizá pueda asomarme un momento y ver si sigue sentada al lado de Meghan. Quizá ya lo único que quede de ella sean unos cuantos mechones de pelo.

Quisiera esperar a que Max vuelva a la clase de la señorita Gosk, pero sé que debería ir a buscarlo al despacho de la señorita Riner. Max se pondría muy contento de verme, y yo también de verlo a él, la verdad. Desde que he visto desaparecer a Graham tengo más ganas que nunca de ver a Max, incluso si no me queda más remedio que pasar por la clase de la señorita Pandolfe.

Pero no tengo que ir hasta allí.

Al pasar de largo el gimnasio, que separa el edificio de los niños pequeños del de los grandes, veo a Max. Acaba de entrar en el colegio, cruzando las puertas dobles que dan a la calle. No lo entiendo. No es la hora del recreo, y de todos modos al patio no se sale por esas puertas. Dan al aparcamiento y a la calle. Es la primera vez que veo a un niño cruzar esas puertas.

La señorita Patterson entra detrás de él. Se para un momento antes de meterse en el edificio y mira a derecha e izquierda, como si pudiera haber alguien esperando al otro lado de esas puertas.

—¡Max! —lo llamo, y él se vuelve y me ve.

No me saluda, porque sabe que, si lo hace, la señorita Patterson se pondrá a hacerle preguntas. Algunos mayores lo tratan como a un bebé cuando le preguntan por mí. Dicen: «¿Budo está aquí con nosotros en este momento?» o «¿Crees que Budo tiene algo que decirme?»

«Sí —le digo yo siempre a Max—. Diles que ojalá pudiera darles un puñetazo en la nariz.»

Pero Max nunca lo hace.

También hay adultos que cuando Max les cuenta de mí lo miran como si estuviera enfermo. Como si le pasara algo. A veces incluso con un poco de miedo. Por eso él y yo nunca hablamos cuando hay gente delante, y si alguien nos oye de lejos, en el patio, en el autocar o en los servicios, Max siempre les dice que estaba hablando solo.

—¿Dónde te habías metido? —le pregunto, aun sabiendo que no me va a responder.

Max mira hacia el aparcamiento. Abre mucho los ojos, como queriendo decir que, estuviera donde estuviera, se lo ha pasado bien.

Vamos hacia la clase de la señora Gosk, siguiendo a la señora Patterson. Cuando estamos a punto de llegar, la señora Patterson se para un momento. Se vuelve y mira a Max. Luego se agacha para mirarlo directamente a los ojos.

—Recuerda lo que te he dicho, Max. Yo solo quiero lo mejor para ti. A veces pienso que soy la única que sabe lo que es mejor para ti.

No estoy muy seguro, pero creo que eso último lo ha dicho más para sí misma que para él.

Va a decir algo más, pero Max la interrumpe.

—Me molesta que me repita tanto las cosas. Es como si pensara que soy tonto.

—Perdona —dice la señorita Patterson—. No es esa mi intención. Eres el chico más listo que conozco. No volveré a hacerlo.

La señorita Patterson hace una pausa, y noto que está esperando a que Max diga algo. Suele pasar. Él no nota esas pausas, se queda esperando a que la gente siga hablando. Si no hay una pregunta que responder y no tiene nada más que decir, espera y punto. A él los silencios no lo incomodan como a los demás.

—Gracias, Max —dice por fin la señorita Patterson—. Además de ser listísimo, eres un encanto de niño.

Creo que la señorita Patterson no miente, que de verdad piensa que Max es un niño listo y encantador, pero ella le habla como si fuera más pequeño de lo que es, con el mismo tono que suele usar la gente para hablarle de mí. Suena falsa porque parece que intente ser sincera en vez de serlo de verdad.

No me gusta nada la señorita Patterson.

—¿Adónde has ido hoy con la señorita Patterson? —le pregunto.

—No puedo decírtelo. Prometí que le guardaría el secreto.

—Pero tú nunca has tenido secretos conmigo.

Max hace una mueca. No es una sonrisa del todo, pero en su caso es lo que más se le parece.

—Nunca me habían pedido que guardara un secreto. Es la primera vez.

—¿Es un secreto malo? —le pregunto.

—¿Qué quieres decir?

—¿Has hecho algo malo? ¿O ha hecho algo malo la señorita Patterson?

—No.

Me quedo pensando un momento.

—¿Estabas ayudando a alguien?

—Más o menos, pero es un secreto —dice Max, haciendo una mueca otra vez. Ensancha los ojos—. No puedo contarte nada más.

—¿De verdad no piensas decírmelo? —le pregunto.

—No. Es un secreto. Mi primer secreto.

Capítulo 13

Hoy Max no ha ido al colegio. Es Halloween, y él no va al colegio el día de Halloween. Le dan miedo las máscaras con las que se disfrazan sus compañeros. Un año, en preescolar, se bloqueó al ver a un niño que se llamaba JP saliendo del baño con una careta de Spiderman. Era la primera vez que se bloqueaba en el colegio y la maestra no sabía qué hacer. Creo que nunca he visto a una maestra tan asustada.

En primero, el día de Halloween sus padres lo mandaron al colegio, pensando que ya lo habría «superado». O sea, que no lo tenían muy claro, así que se limitaron a confiar en que Max no reaccionaría de la misma manera que el año anterior solo porque hubiera crecido y llevara un número más grande de zapatillas.

Pero en cuanto un niño se puso una careta, Max se bloqueó otra vez.

El año pasado no fue a clase el día de Halloween, y este año tampoco irá. El padre de Max se ha tomado el día libre para poder estar con él. Ha llamado por teléfono a su jefe y le ha dicho que se encontraba mal. Los adultos no tienen que encontrarse mal para decir que se encuentran mal, pero, si un niño quiere quedarse en casa en lugar de ir al cole, tiene que encontrarse mal de verdad.

Eso o tenerle pánico a las caretas de Halloween.

Nos vamos a comer fuera, al International House of Pancakes, un bar de carretera cuya especialidad son una especie de tortitas que en inglés se llaman *pancakes*. A Max le gusta mucho el sitio. Es uno de sus favoritos. A él solo hay cuatro restaurantes que le gusten.

Estos son los cuatro locales favoritos de Max:

1. El International House of Pancakes.
2. La hamburguesería Wendy's (Max es incapaz de comer en un Burger King desde que su padre le contó una vez que un cliente suyo se había tragado una espina de pescado: ahora Max cree que en el Burger King de su padre todo lleva espinas).
3. El Max Burger (de hecho hay montones de restaurantes que se llaman Max algo, y a él le encanta que lleven su nombre. Pero, como la primera hamburguesería a la que sus padres lo llevaron fue el Max Burger, se empeña en que tenemos que ir a esa y solo a esa).
4. El Corner Pug.

Cuando Max va a un restaurante nuevo, no puede comer. A veces incluso se bloquea. No sé muy bien cómo explicaros el porqué. Para Max solo los *pancakes* del International House son auténticos, los que ponen en el restaurante del barrio, no. Aunque parezcan iguales y probablemente sepan igual, para Max son otra cosa. Dice que son *pancakes*, sí, pero que no son «sus» *pancakes*.

Como os decía, no es fácil de explicar.

—¿Y si hoy probaras el *pancake* de arándanos? —le dice su padre.

—No —contesta Max.

—Vale. La próxima vez que vengamos quizá.

—No.

Nos quedamos un rato callados, esperando que llegue la comida. El padre de Max mira la carta, aunque ya ha pedido. La camarera ha dejado las cartas apoyadas detrás del frasco de sirope, pero, en cuanto se ha dado la vuelta, ha cogido una. Para mí que hace eso porque le gusta tener algo con que entretenerse cuando no sabe qué decir.

Max y yo jugamos a sostenernos la mirada. Jugamos mucho a eso los dos.

La primera vez gana él. Yo me he distraído porque a una camarera se le ha caído un vaso con zumo de naranja al suelo.

—¿Estás contento de no tener que ir hoy al colegio? —le pregunta su padre en el momento en que Max y yo empezamos otra partida. Al oír de pronto su voz, doy un respingo y parpadeo.

Max gana otra vez.

—Sí —le dice.

—¿Quieres que salgamos esta noche por el barrio y juguemos al truco o trato?

—No.

—No hace falta que nos pongamos caretas —dice el padre de Max—. Ni disfraz tampoco si no te apetece.

—No.

Yo creo que a veces al padre de Max le pone triste hablar con su hijo. Se lo noto en los ojos y en la voz. Y cuanto más se alarga la conversación, peor. Encorva la espalda. Suspira mucho. Baja la barbilla hasta el pecho. Creo que el padre de Max cree que es culpa suya que su hijo le conteste tan brevemente. Que si no quiere hablar es por culpa suya. Pero la verdad es que Max no habla a menos que tenga algo que decir, le pasa con todo el mundo, y si le hacen preguntas que se puedan responder con un sí o un no, responde con un sí o un no.

Max no sabe hablar por hablar.

Bueno, la verdad es que tampoco le interesa saberlo.

Nos quedamos callados otra vez. El padre de Max está ojeando la carta.

Un amigo imaginario acaba de entrar en el local. Llega detrás de unos padres y de una niña pelirroja con pecas. De hecho, ese amigo imaginario se parece mucho a mí. Si no fuera porque es amarillo, parecería un ser humano. No es que sea un poco amarillo, es que parece como pintado con el amarillo más chillón del mundo. Además, no tiene cejas, algo muy común entre amigos imaginarios. Si no fuera por esos detalles, podría pasar por un ser humano, siempre que alguien, además de la niña pelirroja y de mí, pudiera verlo, claro.

—Voy a inspeccionar la cocina —le digo a Max—. A ver si está limpia.

Es lo que suelo decir cuando me apetece dar una vuelta y explorar un poco. A Max le gusta que inspeccione los sitios para ver si están limpios.

Max hace un gesto con la cabeza como diciéndome que vale. Está tamborileando con los dedos, marcando un ritmo sobre la mesa.

Me acerco al niño amarillo, que se ha sentado al lado de su amiguita. Están en la otra punta del restaurante, y Max no puede verme.

—Hola —lo saludo—. Me llamo Budo. ¿Quieres que hablemos un rato?

El niño amarillo se queda tan asombrado que casi se cae del asiento. Me pasa muchas veces.

—¿Me ves? —pregunta el niño amarillo.

Tiene voz de niña pequeña, algo también muy común en los amigos imaginarios. Parece que a los niños humanos nunca se les ocurre crearlos con voz profunda. Supongo que será más fácil imaginarlos con una voz como la suya.

—Sí —respondo—. Te veo. Soy como tú.

—¿De verdad?

—Sí.

No le digo que yo también soy un «amigo imaginario», porque no todos los amigos imaginarios conocen esa expresión, y algunos se asustan cuando la oyen por primera vez.

—¿Con quién hablas?

Eso lo ha dicho la pelirroja. Es una niña de unos tres o cuatro años. Ha oído parte de nuestra conversación.

El niño amarillo pone ojos de espanto. No sabe qué decir.

—Dile que estabas hablando solo —le aconsejo.

—Perdona, Alexis. Estaba hablando solo.

—¿Eres capaz de levantarte y andar solo? —le pregunto.

—Voy al cuarto de baño —le dice entonces a Alexis.

—Vale —dice Alexis.

—¿Vale qué? —pregunta la señora que está sentada delante de Alexis. Seguro que es su madre. Se parecen mucho. Las dos son pelirrojas y pecosas.

—Vale que Jo-Jo haga pipí —dice Alexis.

—Ah —dice el padre de Alexis—. Jo-Jo va a hacer pipí, ¿verdad?

El padre de Alexis le habla como si fuera un bebé. No me gusta ese hombre.

—Sígueme —le digo.

Jo-Jo me sigue a la cocina, bajamos por unas escaleras y entramos en el sótano.

Ya he explorado antes este sitio. Como solo vamos a comer a cuatro restaurantes, y en uno de ellos pides desde el coche y ni siquiera pasamos dentro, me los conozco los tres muy bien. A mi derecha hay una cámara refrigeradora; y a mi izquierda, un almacén. El almacén es un espacio rodeado por una valla de tela metálica. La valla va del suelo hasta el techo. Atravieso la puerta, que también es de tela metálica, y me siento sobre una de las cajas.

—¡Hala! —exclama Jo-Jo—. ¿Cómo has hecho eso?

—¿Tú no puedes atravesar puertas?

—No lo sé.

—Si pudieras, ya te habrías enterado —le digo—. No te preocupes.

Atravieso la puerta otra vez y me siento sobre un cubo de plástico que hay en un rincón, junto a las escaleras. Jo-Jo se queda de pie un rato junto a la valla metálica, mirándola fijamente. Alarga una mano hacia ella, muy despacio, como si tuviera miedo de electrocutarse. Al final no se atreve a tocarla. La mano se detiene. No es la valla lo que le impide entrar. Es la idea misma de la valla.

Eso es algo que también he visto otras veces. Es la misma razón por la que yo no me hundo en el suelo. Cuando ando, mis pisadas no dejan huella porque, de hecho, no toco el suelo. Toco la idea del suelo.

Hay ideas que, al igual que los suelos, son demasiado fuertes para que un amigo imaginario las pueda atravesar. Nadie imagina a un amigo imaginario que sea capaz de hundirse en el suelo y desaparecer. La idea del suelo es demasiado fuerte para la mente de un niño pequeño. Demasiado fija. Como las paredes.

Esa suerte que tenemos.

—Siéntate —le digo, señalándole un barril.

Jo-Jo toma asiento.

—Me llamo Budo. Siento haberte asustado.

—No importa. Pero es que pareces tan real...

—Ya —le digo.

No es la primera vez que me dirijo a un ser imaginario y se me asusta al verme tan real. Normalmente los amigos imaginarios tienen la piel amarilla o no tienen cejas, cosas así.

La mayoría no parecen seres humanos en absoluto.

Pero yo sí. Por eso doy un poco de miedo. Porque parezco real.

—¿Me podrías explicar qué está pasando? —dice Jo-Jo.

—Mejor cuéntame tú lo que sabes, y así luego te voy dando más datos sobre la marcha.

Cuando hablas con un amigo imaginario por primera vez, esa es la mejor forma de empezar.

—De acuerdo —dice Jo-Jo—. Pero no sé por dónde empezar.

—¿Sabes cuánto tiempo llevas en este mundo? —le pregunto.

—No lo sé. Poco.

—¿Más de unos días? —le pregunto.

—Sí, claro.

—¿Más de unas semanas?

Jo-Jo se queda pensando un momento.

—No lo sé.

—Vale —le digo—. Entonces pongamos que hace varias semanas. ¿Alguien te ha dicho ya quién eres?

—Mamá dice que soy el amigo imaginario de Alexis. No se lo dijo a ella, sino a papá.

Sonrío. Muchos amigos imaginarios piensan que los padres de sus amigos humanos son también sus padres.

—Bien —le digo—. Entonces ya lo sabes. Eres un amigo imaginario. Solo Alexis y otros amigos imaginarios pueden verte.

—¿Tú también eres un amigo imaginario?

—Sí.

Jo-Jo se acerca más a mí.

—¿Eso quiere decir que no somos de verdad?

—No —respondo—. Solo quiere decir que pertenecemos a una realidad distinta. Una realidad que los mayores no entienden, por eso dicen que somos imaginarios.

—¿Cómo es que tú puedes atravesar vallas y yo no?

—Porque nosotros solo somos capaces de hacer lo que nuestros amigos humanos imaginaron. Mi amigo me imaginó con este aspecto, y capaz de atravesar puertas. Alexis te imaginó con la piel amarilla, pero no capaz de atravesar puertas.

—Oh.

Esa es la clase de «oh» que viene a decir «Acabas de explicarme algo sensacional».

—¿Es verdad que puedes ir al váter? —le pregunto.

—No. Es lo que le digo a Alexis cuando quiero escaparme a dar una vuelta.

—Ojalá a mí se me hubiera ocurrido inventarme eso.

—¿Sabes de algún amigo imaginario que vaya al váter? —me pregunta.

Me río.

—Yo no conozco a ninguno.

—Oh.

—Creo que deberías volver con Alexis —le digo, pensando que seguramente Max también estará intranquilo por mi ausencia.

—Ah. Bueno. ¿Volveremos a vernos?

—No creo. ¿Dónde vives?

—No lo sé —dice—. En la casa verde.

—Deberías aprenderte la dirección de tu casa, por si acaso te pierdes un día. Sobre todo teniendo en cuenta que no puedes atravesar puertas.

—No te entiendo —dice. Parece preocupado. Y debería estarlo.

—Lo digo para que tengas cuidado de no quedarte atrás. Procura entrar en el coche en cuanto abran la puerta, por si se van sin ti.

—Pero Alexis nunca dejaría que pasara eso.

—Alexis es una niña. Ella no es quien manda. Los que mandan son sus padres, y para ellos no eres real. Por eso tienes que cuidar de ti mismo. ¿Entiendes?

—Entiendo —dice, pero suena tan pequeñito cuando habla…—. Ojalá pudiera volver a verte.

—Max y yo venimos mucho a comer por aquí. A lo mejor nos vemos otra vez. ¿Vale?

—Vale. —Suena casi como un deseo.

Me levanto, dispuesto a volver con Max. Pero Jo-Jo se queda sentado en el cubo.

—Budo —dice—, ¿tú sabes dónde están mis padres?

—¿Cómo?

—Mis padres —dice—. Alexis tiene padres pero yo no. Alexis dice que ellos también son mis padres, pero no pueden verme ni oírme. ¿Dónde están mis padres? Los que me pueden ver.

—Los amigos imaginarios no tenemos padres —contesto.

Me gustaría decirle algo más agradable, pero esa es la verdad. Jo-Jo me mira con cara triste, y le entiendo, porque a mí también me da pena que las cosas sean así.

—Por eso tienes que cuidar de ti mismo —insisto.

—Ya —dice, pero sigue sin moverse del sitio. Se queda sentado en el cubo, con la vista fija en los pies.

—Tenemos que irnos ya. ¿Estás bien?

—Sí. —Se levanta por fin—. Te echaré de menos, Budo.

—Y yo a ti.

Max empieza a dar gritos exactamente a las 21.28. Lo sé porque llevo un rato sin quitarle ojo al reloj, esperando que den las 21.30 y sus padres cambien de canal y pongan mi programa favorito de la semana.

No sé por qué gritará, pero lo que sí sé es que no es normal. No se ha despertado en mitad de una pesadilla ni ha visto una araña. No son gritos normales. Aunque sus padres suban las escaleras a toda prisa, estoy convencido de que se va a bloquear.

De pronto oigo ruidos.

Tres golpes que vienen de la parte exterior de la casa. Golpean contra la fachada. Puede que empezaran antes de que Max rompiera a gritar. En la tele estaban poniendo un anuncio, y los anuncios son muy escandalosos.

Oigo dos golpes más. Luego el sonido de cristales que se rompen. Una ventana, parece. Se ha roto una ventana. Es la ventana del dormitorio de Max. No sé cómo lo sé, pero lo sé. Los padres de Max ya están arriba. Los oigo correr por el pasillo en dirección a la habitación de Max.

Yo me he quedado sentado en la butaca. Bloqueado yo también por un momento. No como Max, pero todos esos gritos, golpes y cristales rotos me han dejado clavado en el sitio. No sé qué hacer.

Max dice que un buen soldado siempre «responde bajo presión». Yo no respondo bien bajo presión. Yo me paralizo. No sé qué hacer.

Pero de pronto me pongo en movimiento.

Me levanto y voy hacia la entrada. Atravieso la puerta y salgo al porche. Veo de refilón a un niño que desaparece por detrás de la casa de enfrente. Es la casa de los Tyler. El señor y la señora Tyler son ya ancianos. No tienen hijos pequeños, así que ese niño seguramente se ha colado en su jardín para escaparse. Por un momento se me ocurre salir tras él, pero no hace falta.

Sé quién es.

Aunque lo pillara, no podría hacer nada.

Me vuelvo y miro la casa, esperando ver algún agujero en la fachada. O quizá chispas y fuego. Pero solo veo huevos. Cáscaras y yema de huevo chorreando por la ventana de la habitación de Max. Y el cristal de la ventana roto. Parte del cristal de la ventana ya no está.

Ya no oigo gritar a Max.

Se ha bloqueado.

Cuando se bloquea no se le oye.

Cuando Max se bloquea, no hay quien pueda hacer nada para ayudarlo. Su madre le acaricia el brazo o la cabeza, pero yo creo que más que nada para calmarse a sí misma. Me parece que Max ni se da cuenta. Al final siempre sale solo del bloqueo. Y aunque la madre de Max está preocupada porque dice que ha sido «el peor episodio que ha tenido en su vida», Max nunca tiene episodios peores o mejores. Se bloquea y punto. Lo único que cambia es el rato que está bloqueado. Es la primera vez que le rompen la ventana de su habitación y le llenan la cama de cristales estando dormido, así que creo que esta vez el bloqueo le va a durar un buen rato.

Cuando Max se bloquea, se sienta con las rodillas muy pegadas al pecho y gime balanceándose hacia delante y hacia atrás. Se queda con los ojos abiertos, pero parece como si no viera nada. La verdad es que en esos momentos tampoco es capaz de oír nada. Una vez me dijo que sí que oye lo que dicen alrededor cuando está bloqueado, pero que es como si el sonido saliera del televisor de los vecinos, débil y lejano.

Más o menos como sonaba Graham antes de desaparecer.

El caso es que no puedo decir o hacer nada para ayudarlo.

Por eso me voy a ir a la gasolinera. No es por falta de interés, es que aquí no sirvo para nada.

He esperado hasta que ha llegado un policía y se ha puesto a hacer montones de preguntas a sus padres. El hombre, que era mucho más bajito y delgado que los que salen en la tele, ha sacado fotos de la casa, de la ventana y del dormitorio de Max, y ha tomado muchas notas en una libretita. El policía les ha preguntado a sus padres si sabían de alguien que pudiera tener motivos para lanzar huevos contra su casa, y ellos le han dicho que no.

—Es Halloween —ha dicho el padre de Max—. ¿No es normal que pasen cosas así en un día como hoy?

—Sí, pero no rompen las ventanas a pedradas —ha contestado el policía—. Además, parece que las han lanzado adrede contra la ventana de su hijo.

—¿Cómo iban a saber que era la ventana de Max? —ha preguntado su madre.

—Antes me ha dicho que en el cristal de esa ventana había un montón de calcomanías de *La guerra de las galaxias*, ¿no es así?

—Ah, ya.

Hasta yo sabía la respuesta a esa pregunta.

—¿Max tiene problemas con algún compañero del colegio? —ha preguntado el policía.

—No —ha saltado el padre de Max enseguida, sin dar tiempo a que su madre dijera nada. Como si tuviera miedo de lo que ella pudiera decir—. Le va muy bien en el colegio. No tiene ningún problema.

Eso contando con que hacerse caca en la cabeza de un matón no sea un problema.

Capítulo 14

La gasolinera queda calle abajo, seis manzanas más adelante. Está abierta siempre. No cierra como la tienda de comestibles y la otra gasolinera del barrio, por eso me gusta tanto. A cualquier hora de la noche que pase siempre encuentro a gente despierta. Si tuviera que hacer una lista con mis sitios preferidos del mundo mundial, creo que la clase de la señorita Gosk iría en cabeza, pero en segundo lugar estaría esta gasolinera.

Atravieso la puerta y veo que esta noche le toca el turno a Sally y a Dee. Sally normalmente es nombre de chica, pero esta Sally es un chico.

De pronto me acuerdo de Graham, mi amiga con nombre de chico.

Una vez le pregunté a Max si Budo era nombre de chico y me dijo que sí, pero arrugando las cejas, así que creo que no estaba seguro.

Sally aún es más flaco y más bajito que el policía que ha estado en casa esta noche. Es casi diminuto. No creo que se llame Sally de verdad. Creo que la gente lo llama así porque es más pequeñito que la mayoría de las niñas.

Dee está de pie en el pasillo de las golosinas y los Twinkies, colocando más golosinas y Twinkies en los estantes. Un Twinkie es un bollito con relleno, amarillo por fuera; todo el mundo piensa que son una porquería, pero todo el mundo los compra, por eso está Dee poniendo más en el estante. Dee tiene la cabeza llena de rizos y masca chicle. Siempre está mascando chicle. Parece como si mascara con todo el cuerpo, porque se le mueve todo. Dee siempre está contenta y enfadada al mismo tiempo. Se pone rabiosa por tonterías insignificantes, pero cuando grita siempre tiene una sonrisa en los labios. Le gusta mucho gritar y quejarse, pero yo creo que ella es feliz así.

A mí me parece muy graciosa. Me encanta Dee. Si tuviera que hacer una lista de todos los seres humanos con los que me gustaría poder hablar, aparte de Max, creo que la señorita Gosk iría en cabeza, pero creo que Dee también.

Sally está detrás del mostrador. Tiene un sujetapapeles en la mano y hace como si contara los paquetes de tabaco que hay en una caja de plástico sobre su cabeza. Pero en realidad está viendo el pequeño televisor colocado en el mostrador del fondo. Siempre hace igual. No reconozco el programa, pero veo que salen policías, como en casi todos los programas de la tele.

Hay un solo cliente en la tienda. Un señor mayor que merodea al fondo del local, junto a las cámaras frigoríficas, buscando a través del cristal algún zumo o refresco. No es un cliente asiduo. Clientes asiduos son los que están siempre en la gasolinera.

Los hay que vienen todos los días.

A Dee y a Sally no les molesta verlos por aquí a diario, pero Dorothy, que hace de vez en cuando el turno de noche, no soporta a los asiduos.

«Con la de sitios que hay en el mundo para perder el tiempo —dice Dorothy—, ¿por qué tendrán que venir los haraganes estos a dar la lata en una gasolinera perdida de la mano de Dios?»

Supongo que entonces yo también debo de ser un asiduo. Hay montones de sitios a los que podría ir, pero siempre termino aquí.

Me da lo mismo lo que diga Dorothy. Me encanta esta gasolinera. Fue el primer sitio donde me sentí a gusto cuando empecé a salir sin Max por la noche.

Y si me sentí a gusto fue gracias a Dee.

Dee está agachada y yo estoy de pie a su lado. De pronto se da cuenta de que Sally no está trabajando.

—¡Eh, Sally! Deja de tocarte las narices y termina de hacer el inventario ya de una vez.

Sally levanta la mano y apunta a Dee con el dedo del medio. Es un gesto que hace mucho. Yo antes pensaba que levantaba la mano para preguntar algo, como hace Max en clase de la señorita Gosk o como hizo Meghan el día que vi a Graham por última vez. Pero creo que Sally quiere decir otra cosa porque luego nunca hace ninguna pregunta. A veces Dee responde apuntándole con el dedo del medio también y otras veces le dice «Vete a la mierda», que yo sé que no es una frase muy bonita porque un día en el comedor del colegio pillaron a Cissy Lamont diciéndoselo a Jane Feber y le cayó un buen castigo. Cuando Sally y Dee se hacen ese gesto es como si estuvieran chocando esos cinco sin tocarse. Aunque creo que debe entenderse como un gesto grosero, como sacarle la lengua a alguien que no te cae bien, porque Sally se lo hace a Dee solo cuando se mete con él. A los clientes que dicen cosas desagradables nunca se lo hace, y eso que a algunos los he visto hacer y decir cosas diez veces más desagradables que las que hace y dice Dee. En fin, que no entiendo muy bien lo que quieren decir con ese gesto.

Y a Max no puedo preguntárselo, porque él no sabe que vengo por aquí.

En realidad, Sally y Dee se llevan muy bien. Pero, en cuanto entra un cliente en la tienda, hacen como si se pelearan. No en plan violento. La madre de Max lo llamaría regañar, que es como pelearse sin el riesgo de acabar odiando al otro cuando termina la pelea. Eso es lo que hacen Sally y Dee: regañar. Y, en cuanto el cliente se marcha, vuelven a estar tan simpáticos el uno con el otro. Creo que lo que les gusta es montar numeritos cuando hay gente delante.

Max no lo entendería. Él no comprende que la gente se comporte de manera distinta según la situación.

El año pasado su amigo Joey vino a casa a pasar la tarde, y la madre de Max les dijo:

—¿Queréis jugar a un videojuego?

—Yo no —replicó Max—. No puedo jugar a videojuegos hasta después de la cena.

—Da igual, Max, no pasa nada. Hoy estás con Joey. Os dejo jugar si os apetece.

—Yo solo puedo jugar a videojuegos después de la cena, y media hora nada más.

—Por hoy no pasa nada, Max —dijo su madre—. Tienes un invitado en casa.

—Yo no puedo jugar a videojuegos antes de la cena.

Max y su madre continuaron discutiendo un rato hasta que Joey por fin dijo:

—Da igual. Salimos fuera a jugar a la pelota, ¿vale?

Esa fue la última vez que vino un amiguito a jugar a casa.

En cuanto el cliente sale de la tienda, Sally y Dee vuelven a estar tan simpáticos el uno con el otro.

—¿Qué tal tu madre? —pregunta Sally. Se ha puesto a contar paquetes de cigarrillos otra vez, pero seguramente porque en la televisión están con los anuncios.

—Bien —dice Dee—. Pero mi tío también tuvo diabetes y le tuvieron que amputar un pie; me preocupa que algún día tengan que hacerle eso a mi madre también.

—¿Por qué iban a hacerle eso? —pregunta Sally, con los ojos abiertos como platos.

—Mala circulación. Ya la tiene algo mal ahora. Es como si el pie se te muriera o algo así, y te lo tienen que cortar.

—Qué horror —dice Sally, como si estuviera pensando en lo que acaba de decir Dee pero no acabara de creérselo.

Yo tampoco me lo acabo de creer.

Por eso me gusta tanto venir a esta gasolinera. Antes de descubrir este sitio no sabía que si se te moría un pie tenían que cortártelo. Yo creía que cuando a un ser humano se le moría una parte, moría todo él.

Tendré que preguntarle a Max qué significa lo de la mala circulación, y procurar también que a él no le dé. Además de informarme sobre quién es esa gente. Esos cortapiés.

Mientras los dos continúan hablando de la madre de Dee, Pauley entra por la puerta. Pauley trabaja en Walmart, y le gusta venir a la gasolinera a comprar cartones de rasca y gana. A mí también me gustan mucho esos cartones, y me encanta que venga Pauley a comprarlos, porque siempre los rasca antes de salir, en el mostrador mismo, y, cuando le toca premio, le devuelve el dinero a Dee, a Sally o a Dorothy y compra más cartones.

Los cartones de rasca y gana son como programas de televisión en miniatura, aún más cortos que los anuncios pero mucho mejores. Cada cartón es como una historia. Pagando un solo dólar puedes ganar un millón de dólares, y eso es mucho dinero. A Pauley un solo cartón podría cambiarle la vida por completo. Se haría rico al instante y así no tendría que trabajar más en Walmart y podría pasar más tiempo en esta gasolinera. Además, me gusta verle rascar el cartón cuando estoy aquí. Me pongo detrás de él y observo cómo va despellejándolo con su monedita de la suerte.

Lo máximo que le ha tocado ha sido quinientos dólares, pero aun así le dio una gran alegría. Él hizo como si tal cosa, pero se puso rojo como un tomate y estaba nervioso. Se movía mucho y se frotaba las manos, como los niños de preescolar cuando se están haciendo pis y ya no pueden más.

Creo que algún día le tocará el gordo. Con la de cartones que compra algún día tiene que pasar.

No me gustaría nada que eso ocurriera no estando yo aquí, y que tuviera que enterarme luego por Dee o Sally.

Pauley dice que cuando le toque el gordo no volveremos a verle el pelo, pero yo no me lo creo. Dudo que Pauley tenga algún sitio mejor adonde ir que esta gasolinera. Si no, ¿por qué iba a venir cada noche a comprar los rasca y gana, y alargar el café una hora? Creo que Sally y Dee, e incluso Dorothy, son amigos de Pauley, aunque ellos no lo sepan.

Bueno, creo que Dee sí lo sabe. Lo noto en cómo le habla. No creo que ella quiera ser amiga de Pauley, pero hace como si lo fuera. Por Pauley.

Esa es la razón por la que Dee es mi persona favorita del mundo, aparte de Max y sus padres. Y quizá la señorita Gosk.

Observo cómo Pauley rasca diez cartones. No le toca nada y encima se queda sin dinero.

—Mañana es día de paga —dice—. Estoy mal de fondos.

Esa es su manera de pedir un café gratis. Dee le dice que se sirva una taza. Pauley se toma el café tranquilamente, de pie junto al mostrador, viendo la televisión con Sally, que ya ni siquiera se molesta en disimular que cuenta paquetes de tabaco. Son las 22.51, lo que quiere decir que el programa tiene que estar a punto de terminar, y ese es el peor momento para perderse lo que está pasando. Los primeros diez minutos da igual que te los pierdas, pero los últimos es una lástima, porque es cuando pasa lo mejor.

—Te juro que como no apagues el maldito televisor ese, le digo a Bill que se deshaga de él —dice Dee.

—¡Cinco minutos más y lo apago! —dice Sally, sin quitar la vista de la pantalla—. Prometido.

—Venga, sé buena —dice Pauley.

Cuando acaba el programa (un poli listo pilla a un malo que se cree muy listo), Sally sigue con el recuento de paquetes, Pauley termina su café, espera a que se vayan otros dos clientes y se despide. Lo hace moviendo exageradamente la mano, de pie junto a la puerta como si no quisiera irse (y para mí que nunca quiere), y luego anuncia que volverá al día siguiente.

Me gustaría seguirle algún día. Para ver dónde vive.

El día de Halloween no ha terminado todavía y, aunque es tarde y muchos niños ya se han acostado, veo que por la puerta de la gasolinera entra un hombre que va disfrazado con una máscara y no me sorprendo. Es una máscara de diablo. De color rojo, con dos cuernos de plástico puestos encima de la cabeza. Dee está colocando tiritas, aspirinas y unos tubitos diminutos de pasta de dientes en un estante que está al fondo de la tienda. Tiene una rodilla puesta en el suelo y no se da cuenta de que entra el de la máscara. Sally está muy ocupado contando cartones de rasca y gana. El hombre con la máscara de diablo entra por la puerta que queda más cerca de Sally y se acerca al mostrador.

—Lo siento, señor, pero está prohibido entrar con máscaras en el establecimiento. Es…

Parece que Sally va a decir algo, pero se interrumpe. Algo va mal.

—Como no abras ahora mismo esa caja y me des la pasta, te vuelo los sesos.

Quien ha hablado es el hombre diablo. Tiene un arma en la mano. Es una pistola negra y plateada, y, por lo que parece, pesa. Está apuntando a Sally a la cara. Yo me agacho, aunque sé que a mí las balas no pueden hacerme daño. Tengo miedo. La voz del hombre diablo suena muy fuerte, pero no está hablando fuerte.

Justo en el momento en que yo me agacho, Dee, a mi lado, se levanta, con la mano llena de tubos de pasta de dientes. Nuestras caras se cruzan un instante, y me gustaría poder decirle que no se moviera. Que se quedara agachada.

—¿Qué pasa? —pregunta Dee, asomando la cabeza sobre los estantes.

Entonces oigo un ruido estruendoso. Tan estruendoso que me hubiera destrozado los oídos, en caso de que pudiera destrozármelos. Doy un grito. No es un grito largo, sino más bien corto. Un grito de sorpresa. Aún no he terminado de gritar cuando Dee cae al suelo. Cae, como si la hubieran empujado, sobre un estante con bolsas de patatas fritas. Al caer, se vuelve hacia mí y veo que tiene la blusa manchada de sangre. No es como en las películas de la tele. Tiene sangre en la blusa, pero también pequeñas gotitas en la cara y los brazos. Todo está rojo. Y Dee no dice nada. Cae encima de las bolsas de patatas fritas, rodeada de tubitos de pasta de dientes.

—¡Joder! —Es él quien ha hablado. El hombre diablo. No Sally. No es un «joder» enfadado, sino asustado—. ¡Joder! ¡Joder!

Ahora lo ha dicho gritando mucho. Lo dice asustado todavía, pero también como si no pudiera acabar de creerse lo que ha pasado. Como si de pronto hubiera entrado en una película para hacer de malo sin que nadie lo hubiera avisado de que podía suceder algo así.

—¡Levántate!

Eso también lo dice a gritos. Ahora está enfadado otra vez. Tengo la impresión de que me habla a mí, y eso hago: levantarme. Pero no es a mí a quien le habla. Entonces pienso que se lo dice a Dee, que está tirada en el suelo. Pero no es con Dee con quien habla tampoco. Está dando voces al mostrador, intentando asomarse al otro lado, pero el mostrador está muy alto. Debajo tiene una tarima, y para llegar hasta él hay que subir tres peldaños. Sally está al otro lado del mostrador, me parece. En el suelo. Pero el hombre diablo no lo ve desde donde está.

—¡Joder!

Eso lo dice a voces también, luego suelta una especie de gruñido, se vuelve y sale corriendo. Abre la puerta por la que ha entrado un minuto antes de que Dee empezara a sangrar y echa a correr por la oscuridad.

Me quedo parado un minuto, viéndolo alejarse. Luego oigo a Dee. Está a mi lado en el suelo, jadeando, igual que Corey Topper cuando le da el ataque de asma. Tiene los ojos abiertos. Parece como si me mirara, pero no puede verme. Aunque yo juraría que puede. Creo que me está mirando. Parece muy asustada. Esto no es como en las películas. Hay tanta sangre…

—Le han pegado un tiro a Dee —digo, y por alguna extraña razón eso me hace sentir un poco mejor, porque una cosa es que te hayan pegado un tiro y otra que estés muerto—. ¡Sally! —lo llamo a voces.

Pero Sally no me oye.

Corro al mostrador, subo de un salto los tres peldaños y me asomo al otro lado. Sally está tumbado en el suelo. Tiembla. Tiembla mucho más que Max cuando se bloquea. En un primer momento, pienso que le han pegado un tiro a él también, pero enseguida recuerdo que solo he oído un disparo.

Sally no está herido. Lo que está es bloqueado. Tiene que llamar urgentemente al hospital o si no Dee morirá. Pero se ha quedado bloqueado.

—¡Levanta! —le digo a gritos—. ¡Rápido! ¡Levanta!

Está bloqueado. Más bloqueado de lo que ha estado Max en toda su vida. Se ha quedado hecho un ovillo en el suelo y está temblando. Dee se va a morir porque Sally es incapaz de moverse y yo soy incapaz de hacer nada.

La puerta que está más cerca de mí se abre. Ha vuelto el hombre diablo. Miro hacia la entrada, esperando ver la pistola y los cuernos de punta, pero no es el hombre diablo. Es Dan. El Gran Dan. Otro asiduo. No tan simpático como Pauley, pero más normal. No tan tristón. Dan entra en la tienda y, por un momento, tengo la impresión de que me está mirando, porque es lo que hace, mirarme. Mira a través de mí, y parece confundido porque no ve a nadie.

—¡Dan! —exclamo—. ¡A Dee le han pegado un tiro!

—¿Hay alguien? —El Gran Dan mira alrededor—. ¿Chicos?

Dee hace un ruido. Dan no puede verla, porque está tirada en el suelo, detrás de los estantes, y por un instante tengo la impresión de que no la ha oído tampoco. Luego mira en su dirección.

—¿Hay alguien ahí? —vuelve a decir.

Dee hace otro ruido, y de pronto me siento muy contento. Contentísimo. Dee está viva todavía. Antes he dicho a voces que le habían pegado un tiro porque era mejor que decir que estaba muerta, pero ahora sé que no está muerta. Está jadeando y, lo que es mejor, intenta contestar a Dan. Eso quiere decir que está consciente.

Dan va hacia el pasillo donde ha caído Dee.

—¡Dios mío! ¡Dee! —exclama al verla.

El Gran Dan actúa con rapidez. Avanza por el pasillo al mismo tiempo que abre el móvil y marca unos números y se agacha junto a Dee. Actúa como el Gran Dan, el hombre que viene a la gasolinera cada noche para comprar un Doctor Pepper, uno de esos refrescos que te mantienen despierto, antes de seguir viaje hasta su casa, un sitio que se llama New Haven. El Gran Dan, poco amigo de perder el tiempo más de lo necesario, pero aun así siempre simpático.

Yo adoro a Pauley y sus cartulinas y esa costumbre suya de alargar al máximo el café, pero, para una emergencia, nadie como el Gran Dan.

Capítulo 15

Se han llevado a Dee y a Sally en dos ambulancias distintas. Primero se han llevado a Dee, pero Sally ha salido justo detrás, y eso que no tenía ninguna herida. Intenté decirles a los de la ambulancia que lo único que le pasaba era que se había quedado bloqueado, y a uno no se lo llevan en ambulancia solo por eso, pero, claro, no me oyeron.

Uno de los enfermeros, un hombre con mucho pelo, ha llamado al hospital por un teléfono móvil de esos antiguos que llevan como una antenita larga y les ha dicho que tenían un herido grave. Eso quiere decir que Dee se podría morir, sobre todo si se ha quedado con la cara del hombre diablo que le ha disparado. Parece que, cuanto más sabes sobre la persona que te dispara, más probabilidades tienes de morir.

La policía ha cerrado la gasolinera pese a que se supone que no cierra nunca, así que una vez que se han llevado a Dee y a Sally, me he vuelto a casa.

Max sigue bloqueado. Su padre se ha acostado porque tiene que levantarse a las cinco de la mañana. Pero su madre todavía está despierta, sentada en una butaca junto a la cama de Max.

Mi butaca.

Pero no me importa. A mí también me apetece sentarme al lado de la mamá de Max. Me gustaría que se quedara en esta habitación toda la noche. Acabo de ver cómo le pegaban un tiro a mi amiga con un arma de verdad y una bala de verdad, y no puedo dejar de darle vueltas.

Ojalá su madre me acariciara la cabeza a mí también y me besara en la frente.

Cuando Max despierta el sábado por la mañana, ya no está bloqueado.

—¿Qué haces ahí?

No sé si me lo dice a mí. Estoy sentado a los pies de su cama. Llevo aquí toda la noche, pensando en Dee, en Sally y en el hombre de la máscara, mirando todo el rato a la madre de Max, porque así me siento mejor.

Pero no es a mí a quien se lo ha dicho. Se lo ha dicho a su madre. Se ha quedado dormida en la butaca, y despierta al oír la voz de Max. Se sobresalta como si le hubieran dado un pellizco.

—¿Qué? —dice, mirando alrededor sin saber dónde está.

—¿Qué haces sentada ahí? —le pregunta Max otra vez.

—Max, te has despertado.

Y de pronto da la impresión de que los huevos, las piedras, la ventana rota y el bloqueo de Max se le vienen encima y la inflan como un globo. La mamá de Max salta de la butaca, toda inflada y despierta, y enseguida le contesta.

—Me he sentado aquí porque anoche no te encontrabas bien, y no quería que estuvieras solo.

Max mira hacia la ventana que está al lado de su cama. Donde antes había un cristal, ahora hay un plástico transparente. Lo puso el padre de Max anoche.

—¿Me bloqueé? —pregunta Max.

—Sí —dice su madre—. Fue solo un rato.

Él sabe que se bloqueó, pero aun así siempre pregunta. No sé por qué. No es que tenga amnesia, que es una enfermedad que desenchufa el cerebro de la persona, así que ya no puede registrar lo que ve ni lo que hace. En las películas sale mucho, pero me parece que es una enfermedad de verdad, aunque nunca he conocido a nadie que tuviera amnesia. Es como si Max quisiera asegurarse de que todo va bien. A Max le encanta asegurarse de todo.

—¿Quién rompió el cristal de mi ventana? —pregunta, sin apartar la vista del plástico.

—No lo sabemos —dice su madre—. Creemos que fue un accidente.

—¿Cómo se puede romper el cristal de una ventana por accidente?

—En Halloween los niños siempre están haciendo travesuras —dice su madre—. Lanzaron huevos contra la casa. Y piedras.

—¿Por qué?

Le noto en la voz que está preocupado. Seguro que su madre también lo ha notado.

—Son gamberradas que se hacen —dice ella—. Hay niños a los que les gusta gastar gamberradas en Halloween.

—¿Gastar?

—Hacer gamberradas —aclara ella—. Pero también se puede decir «gastar gamberradas».

—Ah.

—¿Quieres desayunar?

Max come muy bien, pero a su mamá siempre le parece que come poco y se preocupa.

—¿Qué hora es? —pregunta Max.

Ella mira su reloj. Es uno de esos relojes con manecillas, que yo no sé leer muy bien.

—Las ocho y media —responde ella, con alivio.

Max solo puede desayunar antes de las nueve. Si pasa de las nueve, ya tiene que esperar a la comida de mediodía.

Es una regla inventada por Max, no por su madre.

—Vale —dice Max—. Entonces sí desayuno.

Ella se va a prepararle unos *pancakes* y lo deja que se vista solo. Max nunca desayuna en pijama. Es otra de sus reglas.

—¿Me dio un beso anoche? —me pregunta Max.

—Sí —le digo—. Pero solo en la frente.

Me gustaría poder contarle a Max que anoche un hombre con una máscara le pegó un tiro a mi amiga, pero no puedo. No quiero que Max sepa que voy a la gasolinera, al bar, a la comisaría de policía o al hospital. No creo que le gustara saberlo. Él quiere pensar que me paso la noche sentado a su lado, o al menos que estoy en casa por si me necesita. Creo que se enfadaría mucho si supiera que tengo otros amigos en el mundo.

—¿Fue un beso largo? —pregunta Max.

Por primera vez desde que lo conozco, la pregunta me molesta. Sé que para él es muy importante saber que no fue un beso largo, pero tampoco es que importe mucho. Es una tontería, comparado con verte envuelto en una situación con pistolas, sangre, amigos y ambulancias de por medio; además, no sé por qué me lo tiene que preguntar cada día. ¿Es que no sabe que es bueno que los besos de una madre sean largos?

—Qué va —le digo, como siempre—. Fue un beso supercorto.

Pero por primera vez contesto sin sonreír. Arrugo la frente. Lo digo con los dientes apretados.

Max no se da cuenta. Él nunca se da cuenta de esas cosas. Sigue con la vista fija en el plástico que tapa la ventana.

—¿Tú sabes quién rompió ese cristal? —me pregunta.

Lo sé, pero lo que no sé es si debería decírselo. No sé si será mejor que me lo calle, como lo de los besos largos de su madre. Aún sigo molesto por que me haya preguntado eso, y aunque deseo hacer lo mejor para él, a la vez no deseo hacer lo mejor para él. No quiero herirle, pero no estoy de buen humor.

Tardo demasiado tiempo en contestar.

—¿Tú sabes quién rompió ese cristal? —me pregunta Max de nuevo.

Max nunca tiene que preguntarme las cosas dos veces, así que ahora también él está de mal humor.

Decido ser sincero, no porque crea que es lo mejor para Max, sino porque estoy enfadado y no me apetece pensar en qué será lo mejor.

—Fue Tommy Swinden —contesto—. En cuanto oí caer los cristales, salí a la calle y lo vi yéndose a todo correr.

—Fue Tommy Swinden —repite Max.

—Sí. Fue Tommy Swinden.

—Fue Tommy Swinden el que rompió el cristal de mi ventana y lanzó esos huevos contra la casa.

Eso es lo que Max le dice a su madre mientras está comiendo sus *pancakes*. No me puedo creer que se lo haya dicho. Me ha pillado por sorpresa. ¿Qué explicación piensa darle? De pronto olvido que estoy enfadado con Max. Ahora lo que estoy es preocupado. Preocupado por lo que pueda decir. Y enfadado conmigo mismo por haber sido tan tonto.

—¿Quién es Tommy Swinden? —pregunta la mamá de Max.

—Un niño del cole que siempre se está metiendo conmigo. Quiere matarme.

—¿Y tú cómo sabes eso?

Por el tono no parece que su madre lo crea.

—Me lo dijo él mismo.

—¿Qué dijo exactamente?

La madre de Max sigue fregando la sartén, lo que me hace pensar que aún no se lo cree.

—Dijo que me iba a hacer una ahogadilla —dice Max.

—¿Una ahogadilla? ¿Dónde?

—No lo sé, pero seguro que es algo malo.

Max tiene la vista fija en sus *pancakes*. Cuando come, nunca aparta la vista de la comida.

—¿Por qué dices que es algo malo? —pregunta su madre.

—Porque Tommy Swinden solo me dice cosas malas.

Su madre se queda callada un momento, y tengo la impresión de que ha decidido dar por olvidado el asunto. Pero de pronto habla de nuevo.

—¿Cómo sabes que fue Tommy quien tiró los huevos y las piedras?

—Budo lo vio.

—Budo lo vio.

Esta vez es la madre de Max quien ha dicho algo que no suena a pregunta pero es una pregunta.

—Sí —dice Max—. Budo lo vio.

—Ya.

Me siento como si fuera tabú, que es una palabra que usan los adultos cuando tienen prohibido hablar de algo que al parecer es superimportante. La madre de Max la usa mucho cuando habla con su marido de Max y su «diagnóstico».

Tardé siglos en adivinar a qué se referían con eso.

Max y su madre siguen comiendo, y luego ella le pregunta:

—¿Y ese Tommy Swinden está en tu clase?

—No, en la de la señorita Parenti.

—¿En tercero?

—No —dice Max. Suena molesto. Piensa que su madre tendría que saber que la señorita Parenti no da clase a los de tercero, porque para Max no saber quién da clase a quién es algo muy grave—. La señorita Parenti da clase a los de quinto.

—Ah.

La madre de Max no vuelve a hablar de Tommy Swinden, ni de huevos, piedras y ahogadillas, ni siquiera de mí, y me da muy mala espina. Significa que algo está tramando.

Lo intuyo.

Capítulo 16

Dee y Sally no van al trabajo ni el sábado ni el domingo por la noche. En su lugar ha venido un señor al que Dorothy ha llamado Eisner. Nunca había visto antes al señor Eisner, pero parece que Dorothy no se siente muy a gusto con él. Apenas se hablan.

Yo creo que el señor Eisner se parece a la directora del colegio de Max. La señora Palmer es la responsable del colegio y viste más elegante que las demás maestras, pero, si tuviera que dar clase, para mí que no sabría.

Con el señor Eisner pasa lo mismo. Lleva corbata, atiende la caja y se ocupa de los estantes como Dee, pero se nota que tiene que pensar mucho las cosas antes de hacerlas.

Dee no ha muerto. Lo sé porque el sábado por la noche algunos asiduos, como Pauley y Dan, vinieron a preguntar por ella. De hecho, hubieran venido de todos modos, porque para eso son asiduos, pero hasta Dan se quedó un rato más de lo normal, interesándose por Dee. El señor Eisner no les dijo gran cosa, así que no tuvieron excusa para merodear por allí mucho rato. Todo parecía distinto. Peor.

Dee está en un sitio que se llama UCI. Parece que ahí te cuidan mucho para que no te mueras. Dorothy dice que no está segura de si «saldrá de esta», y para mí que eso quiere decir que podría morirse.

Me pregunto si volverá por la gasolinera y si volveré a verla algún día.

Ojalá sea así. Es como si todo el mundo desapareciera.

Capítulo 17

Estoy preocupado por Max. Hoy es lunes y hemos vuelto al cole.

Creo que su madre quiere hacer algo hoy. Está preocupada por lo de Tommy Swinden, y tengo miedo de que meta la pata. Espero que Tommy ya tuviera bastante con lo del viernes por la noche y Max esté fuera de peligro. Pero entre el castigo que le cayó por lo de la navaja y lo de la caca, puede que todavía no crea haberse vengado del todo. Es muy posible, pero si la madre de Max se pone en medio todavía será peor.

A la mayoría de los padres les pasa lo que a Max, que no saben hacer las cosas sin que se les vea el plumero.

Hoy la señorita Gosk está muy divertida. Escribió un cuento sobre un pavo que van a matar para comérselo en una celebración, y ahora se lo está leyendo a sus alumnos. Se pasea por la clase imitando los sonidos del pavo, y hasta Max sonríe. Reír no ríe, pero casi. La señorita Gosk araña el suelo con el pie y mueve los brazos como si fueran alas. Sus alumnos no dejan de mirarla.

La señorita Patterson se asoma por la puerta de la clase y le hace a Max un gesto para que la acompañe. Mi amigo no se da cuenta hasta al cabo de un rato, porque está muy entretenido con el cuento de la señorita Gosk. Creí que Max iba a arrugar la frente, porque la señorita Gosk no ha terminado aún su historia, pero, en cuanto ve a la señorita Patterson, pone unos ojos como platos. Parece ilusionado. No lo entiendo.

Yo quiero quedarme y saber cómo acaba la historia, pero sigo a Max y a la señorita Patterson pasillo abajo hasta Educación Especial. Sin embargo, cuando llegamos a la esquina donde habría que torcer a la izquierda, Max y la señorita Patterson siguen recto, y Max no dice nada. Eso aún me extraña más que el hecho de que Max quisiera salir de la clase de la señorita Gosk, porque a mi amigo no le gustan los cambios, y este nuevo trayecto es todo un cambio. Encima, un cambio tonto, porque vamos a tener que dar la vuelta a todo el auditorio y pasar por el gimnasio, lo que significa el doble de vuelta.

Pero de pronto nos paramos ante las mismas puertas por las que vi entrar a Max y a la señorita Patterson la semana pasada. Ahora estamos detrás del auditorio, en un vestíbulo donde no hay aulas ni despachos, pero la señorita Patterson mira a derecha e izquierda antes de abrir la puerta. Luego lleva la mano a la espalda de Max como dándole un empujoncito para que salga. Max sale solo por la puerta, pero la señorita Patterson quiere que se dé prisa, y eso me inquieta. Es como si quisiera que cruzara rápido para que no lo viera nadie.

Algo me huele mal.

Intento seguirles. Max se va por el sendero asfaltado que conduce al aparcamiento y de pronto se vuelve y me mira. Yo también he salido a la calle. Se me queda mirando y sacude la cabeza a un lado y al otro. Sé lo que ese gesto quiere decir. Significa «ni se te ocurra».

No quiere que lo siga. Luego me hace un gesto con la mano como diciéndome que me vaya.

Quiere que vuelva a entrar en el colegio.

Yo casi siempre hago lo que me pide, porque a fin de cuentas esa es mi misión. Max necesita mi ayuda, y yo lo ayudo. Hay veces que necesita estar solo, como cuando lee un libro, por ejemplo, o cuando hace caca. Muchas veces, de hecho. Pero lo de hoy es distinto. Lo sé. Max no debería haber salido del colegio, y menos por esas puertas que llevan al aparcamiento.

Algo me huele mal.

Vuelvo dentro como me ha pedido, pero me quedo al otro lado de las puertas, pegado a la pared, para poder espiarlo. Veo a Max y a la señorita Patterson andando por el aparcamiento, entre dos filas de coches aparcados. Creo que son los coches de los profesores, porque los niños no conducen. Tienen que serlo. Entonces veo que se paran junto a un coche azul, pequeño. La señorita Patterson mira alrededor otra vez. Como cuando alguien quiere asegurarse de que no lo miran. Luego abre la puerta trasera del coche y Max entra dentro. La señorita Patterson vuelve a mirar alrededor y se sienta delante. En el asiento donde está el volante. El asiento de la persona que conduce.

Se va a llevar a Max.

Pero no. El coche no se mueve. Están los dos sentados en el coche. Max, en el asiento trasero. La señorita Patterson, en el delantero. La señorita Patterson está hablando, creo, y Max agacha la cabeza una y otra vez. No como si se escondiera, sino como si estuviera mirando algo en el asiento, creo. Parece muy entretenido. No sé qué hará.

Un momento después, la señorita Patterson baja del coche y vuelve a mirar alrededor. Está asegurándose de que no los ve nadie. Lo sé. Sé reconocer cuando alguien intenta esconderse, porque he estado muchas veces junto a personas que no saben que los estoy observando. Luego abre la puerta de atrás para que Max baje también. Vuelven juntos y cruzan las puertas dobles de cristal. La señorita Patterson las abre con su llave y entran otra vez en el colegio. Yo me aparto de la entrada y me siento con la espalda apoyada en la pared para que Max piense que he estado allí todo el rato. En vez de espiando.

Quiero que piense que no sé adónde ha ido con la señorita Patterson y, lo que es más importante, no quiero que piense que me importa. No quiero que sospeche que estoy preocupado, porque, la próxima vez que la señorita Patterson se lleve a Max a su coche, quiero seguirlos.

Si la señorita Patterson vuelve a llevarse a Max (que creo que lo hará) no será igual. No sé lo que será, pero será algo más. Algo peor. Lo sé. La señorita Patterson no se saltaría las reglas del colegio solo para pasar cinco minutos en el coche con Max. Algo más tiene que pasar.

No sé por qué, pero ahora estoy más preocupado por la señorita Patterson que por Tommy Swinden.

Muchísimo más.

Capítulo 18

Estamos sentados en la consulta de la doctora Hogan. Max lleva un buen rato aquí dentro y la doctora Hogan no lo ha obligado a hablar ni una sola vez. Se ha quedado aquí sentada, viéndolo jugar con estos «supermodernos juguetes pedagógicos», como llama ella a estas piezas de plástico y metal con las que Max está tan entretenido. Le he notado un tono raro cuando ha dicho eso de «supermodernos», pero no entiendo lo que ha querido decir.

A Max le gustan mucho estos juguetes. Si su madre lo viera ahora mismo, diría que su hijo está «absorto», que significa que no está prestando atención a lo que le rodea. Max se queda absorto muchas veces, y eso es bueno, porque significa que está feliz, pero también que se le olvida todo lo demás. Cuando Max está absorto es como si no hubiera otra cosa en el mundo que lo que tiene entre manos. Desde que se ha sentado en la alfombra y se ha puesto a jugar con estos juguetes, no creo que haya levantado la vista ni una sola vez.

Pero la doctora Hogan es inteligente y sabe que es mejor no molestarlo. De vez en cuando le pregunta algo, pero hasta ahora solo han sido preguntas de esas que se pueden responder simplemente con un sí o un no, por eso Max se las ha contestado casi todas.

También eso demuestra que es inteligente. Si hubiera intentado hacerle hablar desde el primer momento, sin dejarle que pasara un rato tranquilo con estos juguetes, es muy probable que Max se hubiera «cerrado en banda», que es lo que dice la señorita Hume que le pasa cuando no quiere hablar con ella. Así, Max se ha ido acostumbrando poco a poco a la doctora Hogan, y puede que al final se comunique con ella, eso si la doctora tiene paciencia. Y sobre todo si no lo hace sentir como si estuviera vigilándolo y tuviera que fijarse en cada palabra que sale de su boca. Los mayores son pacientes con Max al principio, pero terminan cansándose y todo se estropea.

La doctora Hogan es guapa. Es más joven que la mamá de Max, creo, y va vestida muy sencilla. Lleva falda, camiseta y zapatillas de deporte, como si se fuera a dar un paseo por el parque. Eso también es señal de que es inteligente, porque así parece una chica cualquiera y no un médico.

Max les tiene miedo a los médicos.

Pero lo mejor de la doctora Hogan es que no le ha preguntado a Max por mí. Ni una vez. Yo tenía miedo de que se pasara el rato preguntándole por su amiguito imaginario, pero parece que le interesa más saber cuál es el plato favorito de Max (los macarrones) y el sabor de helado que más le gusta (el de vainilla).

—¿Te gusta ir al colegio? —le pregunta ahora.

La doctora Hogan le ha dicho a Max que podía llamarla Ellen si quería, pero a mí se me hace raro. Max todavía no la ha llamado por su nombre, así que no sé qué pensará hacer, pero casi seguro que sigue llamándola doctora Hogan. Eso si se acuerda del apellido. No sé si la habrá oído cuando se lo ha dicho antes.

—Regular —contesta Max.

Max tiene la punta de la lengua fuera y bizquea; está mirando fijamente dos piezas del juego, calculando cómo encajarlas.

—¿Qué es lo que más te gusta del colegio?

Max se queda callado diez segundos y luego responde:

—La comida.

—Ah —dice la doctora—. ¿Y por qué es eso lo que más te gusta, lo sabes?

¿Veis lo inteligente que es? No le pregunta por qué la comida es lo que más le gusta, sino si sabe por qué. Si Max no puede explicar por qué la comida es lo que más le gusta del cole, puede decir que no y punto, no tiene que sentirse tonto por no saber responderle. Si la doctora Hogan le hiciera sentirse tonto por no tener respuestas, es posible que nunca consiguiera sacarle una palabra.

—No —contesta Max, y ella no parece sorprendida para nada.

A mí tampoco me sorprende. Pero creo saber por qué la comida es lo mejor del cole para Max. Creo que es lo mejor porque a la hora de comer lo dejan en paz. Nadie lo molesta, nadie le dice lo que tiene que hacer. Se queda sentadito en una punta de la mesa del comedor, solo, leyendo un libro y comiendo lo mismo de todos los días: su bocadillo de mantequilla de cacahuete con mermelada, su barrita de cereales y su zumo de manzana. El resto del día es impredecible. Nunca sabes lo que puede pasar. Las cosas siempre cambian, y las profesoras y los otros niños siempre lo sorprenden. Pero la hora de la comida siempre es igual.

Pero no sé, eso es solo una intuición. En realidad, no sé por qué lo mejor del cole para Max es la comida, porque no creo que él lo sepa tampoco. A veces uno cree saber cosas sin saber por qué. Como me pasa con la señorita Patterson. Me cayó mal en cuanto la vi, pero no sabría explicar por qué. Fue una intuición. Y ahora que ella y Max tienen un secreto, todavía me cae peor.

—¿Quién es tu mejor amigo, Max? —pregunta la doctora Hogan.

Max dice «Timothy», porque es lo que suele decir siempre que le preguntan eso, pero yo sé que su mejor amigo soy yo. Lo que pasa es que si Max dice que soy yo la gente acaba haciéndole preguntas y diciéndole que no existo. Timothy es un niño que también va a Educación Especial con Max, y a veces hacen actividades juntos. Max dice que Timothy es su mejor amigo porque con él nunca se pelea. A ninguno de los dos les gusta hacer actividades con otros niños, y cuando las maestras los ponen juntos, ellos se las apañan para trabajar cada uno por su cuenta.

La señorita Hume le dijo una vez a la mamá de Max que era una lástima que los mejores amigos de su hijo fueran los niños que lo dejaban en paz, pero es que la señorita Hume no entiende que Max es feliz solo. Que la señorita Hume y la mamá de Max y la mayoría de la gente sean más felices cuando están con sus amigos no significa que Max necesite amigos para ser feliz. A Max no le gusta la gente, por eso es más feliz cuando lo dejan en paz.

Es lo que me pasa a mí con la comida. Yo no como. Nunca he conocido a un amigo imaginario que lo haga. Una noche me escapé al hospital, porque el hospital nunca cierra, y estuve un rato con una enferma que se llama Susan, una señora que ya no come por la boca. Tiene una pajita conectada a la barriga, y las enfermeras le dan la papilla por la pajita. Las hermanas de Susan estaban en la habitación de visita, y cuando salieron al pasillo oí a la hermana gorda decir que era una pena que Susan ya nunca más pudiera comer porque la comida era un placer.

«¡Qué va!», dije yo, pero nadie me oyó.

Pero es verdad. Me alegro de no tener que comer, diga lo que diga la hermana gorda de Susan. Para mí es un latazo. Por mucho gusto que se le encuentre a la comida, tienes que preocuparte de ganar dinero con que comprarla, y luego cocinarla, y no pasarte comiendo si no quieres engordar como la hermana de Susan. Y no hablemos ya del tiempo que se pierde cocinando, lavando los platos, cortando el mango, pelando las patatas o pidiéndole al camarero que te traiga leche en vez de nata. Además del peligro de atragantarte comiendo, o de tener alergia a algunos alimentos. En fin, que es una lata. Me da igual lo mucho que se pueda disfrutar comiendo. No merece tanto lío ni tantas preocupaciones. A lo mejor a Susan le pasa lo mismo, ahora que come por esa pajita en la barriga, cosa que me parece mucho menos latosa que tener que hacer de cenar todas las noches. Bueno, igual ella no lo siente así, pero me da igual, yo sí. Si ahora mismo me dieran la oportunidad de comer, diría que no, porque no querría tener que acostumbrarme y obligarme a todas esas mandangas. «Mandangas» es una de las palabras favoritas de la señorita Gosk.

Yo, aunque no coma, soy feliz, por mucho placer que dé la comida. Porque no tener que preocuparse de la comida también es un placer. Mayor todavía, creo.

El placer de Max es que lo dejen en paz. Él no se siente solo. A Max no le gusta mucho la gente, pero es feliz.

—¿Cuál es la comida que menos te gusta? —le pregunta la doctora Hogan.

Max se queda pensando un momento, con las manos de golpe paralizadas en el aire, y luego dice:

—Los guisantes.

Yo iba a decir que los calabacines. Se habrá olvidado de ellos.

—¿Qué es lo que menos te gusta del colegio? —pregunta la doctora Hogan.

—La gimnasia —responde Max, esta vez sin pensar—. Y la plástica. Y el recreo. Es un rollo.

—¿Cuál es la persona que menos te gusta del cole?

Max levanta la vista por primera vez. Pone mala cara.

—¿Hay alguna persona en el colegio que no te guste? —pregunta la doctora Hogan.

—Sí —le contesta Max, y enseguida vuelve la vista a sus juguetes.

—¿Cuál es la persona que menos te gusta?

Ahora entiendo lo que la doctora Hogan pretende. Está intentando que Max le hable de Tommy Swinden, y Max está a punto de abrirle la puerta y dejarla pasar. Por si no tuviéramos bastante con que la madre de Max se hubiera enterado de lo de Tommy Swinden, ahora solo falta que la doctora Hogan lo sepa también. Eso sería mucho peor.

—¡Ella Wu! —salto yo, confiando en que Max lo repita.

—Tommy Swinden —suelta él, sin apartar la vista de los juguetes.

—¿Sabes por qué no te gusta Tommy Swinden?

—Sí —dice Max.

—¿Por qué no te gusta Tommy Swinden? —pregunta la doctora Hogan, y veo que se inclina un poquito hacia él. Es la respuesta que estaba esperando todo el rato.

—Porque quiere matarme —contesta Max, sin levantar la vista ahora tampoco.

—Qué horror —dice la doctora Hogan, y parece que habla en serio, como si le sorprendiera de verdad, aunque me parece que sabía lo de Tommy Swinden desde el principio. Seguramente se lo había contado la mamá de Max.

Ha sido todo una trampa, y Max acaba de caer en ella.

La doctora Hogan se queda un momento callada y luego pregunta:

—¿Sabes por qué ese chico quiere matarte, Max?

Los mayores siempre dejan caer el nombre de Max al final de las preguntas cuando piensan que están preguntando algo importante.

—Puede —responde Max.

—¿Por qué puede que sepas que Tommy Swinden quiere matarte, Max?

Max se queda quieto otra vez. Tiene un supermoderno juguete pedagógico en la mano y se queda mirándolo sin decir nada. Conozco esa mirada. Es la mirada que pone cuando va a decir una mentira. Max no sabe inventarse mentiras, le cuesta mucho.

—Porque a Tommy Swinden no le gustan los niños que se llaman Max —dice por fin.

Pero como lo ha dicho demasiado rápido y con una voz rara, seguro que la doctora Hogan ha notado que es mentira. Seguramente ha dicho eso porque una vez un niño de quinto le dijo que Max era un nombre tonto. Pero por mucho que hubiera de verdad un niño al que no le gustara su nombre, no me parece una mentira muy buena. Nadie mataría a una persona porque no le gusta su nombre.

—¿Hay algo más? —pregunta la doctora Hogan.

—¿Cómo? —dice Max.

—¿Alguna otra razón que te lleve a pensar que ese niño puede que quiera matarte?

—Ah —dice Max y se queda callado otra vez—. No.

La doctora Hogan no se lo cree. Me gustaría que se lo creyera, pero no. Se nota. La madre de Max ha hablado con ella. No sé cuándo decidieron los padres de Max traerlo a esta consulta. No sé cuándo el padre de Max perdió la batalla.

Puede que fuera anoche, cuando yo estaba en la gasolinera.

De todos modos, aunque la doctora Hogan no hubiera hablado con su madre, habría notado que le estaba diciendo una mentira. Max es el peor mentiroso del planeta.

Y la doctora Hogan es muy inteligente. Eso aún me da más miedo.

Me pregunto qué pensará hacer ahora.

Y cómo encontrar el modo de que Max le cuente lo de la señorita Patterson.

Capítulo 19

Estoy siguiendo a Max. Me ha dicho otra vez que lo espere junto a las puertas dobles de cristal, pero esta vez pienso acercarme al coche de la señorita Patterson y espiarlos para ver qué está pasando. Me da igual lo que diga Max. Algo me huele mal.

Max y la señorita Patterson ya están llegando al aparcamiento cuando yo atravieso las puertas de cristal y salgo del edificio. A la derecha del camino hay un árbol; me acerco a él y me escondo detrás. Normalmente no necesito esconderme. No recuerdo haberme escondido nunca de Max, y, como nadie más puede verme, en cierto modo siempre estoy escondido de todo el mundo menos de Max.

Esta es la primera vez que me escondo de todo todo el mundo.

Un poco más adelante hay otro árbol, este a la izquierda y un poco más apartado del camino, así que voy corriendo hacia allí. Si en realidad tocara el suelo cuando corro, iría andando de puntillas, para que Max no me oyera. Pero, como no hago ningún ruido al moverme, y ni siquiera Max puede oírme, mejor que corra, así no tendré que estar escondido tanto rato.

Me asomo por detrás del árbol. Max y la señorita Patterson ya casi han llegado al coche. La señorita Patterson va muy rápido, más rápido que los mayores que no piden a los niños que les guarden secretos y los meten en su coche en mitad de clase. Cuando salga de este escondite, tendré que avanzar arrastrándome. Delante tengo una hilera de coches, a unos treinta pasos de distancia. Si voy a rastras, podré esconderme detrás de ellos, y como Max es bajito, no me verá. Tiene gracia, porque arrastrándome por el césped así, delante del edificio del cole, todos los niños que están en las dos aulas que hay detrás de mí deberían verme. Resulta extraño esconderse delante de tantas caras.

Oigo que se abre la puerta de un coche. Max y la señorita Patterson ya han llegado.

Tengo una idea. Estoy detrás de un coche rojo no muy grande, el pequeño de la fila, y espío por las ventanillas para ver si Max se ha montado ya en el coche de la señorita Patterson. Desde aquí no puedo ver el coche, que está un poco más allá, en la fila de delante, al otro lado del pasillo que queda entre las dos hileras. Pero puedo atravesar los coches que hay delante de mí, porque todos tienen puertas. Ya tengo un plan. En vez de ir por el pasillo, iré saltando de coche en coche.

Me meto en el coche rojo y avanzo a rastras por los asientos. Dentro está todo revuelto. El asiento delantero está lleno de libros y papeles, y en el suelo hay latas vacías de refrescos y bolsas de papel. Casi seguro que es el coche de la señorita Gosk. Se parece a su clase. Desordenada y llena de cosas. A mí me gusta. A veces pienso que las personas ordenadas y bien organizadas pasan demasiado tiempo planeando y poco haciendo. No me parecen de fiar.

Seguro que la señorita Patterson es una persona ordenada y bien organizada.

Atravieso el coche rojo, luego otros cinco coches más y después me quedo agachado dentro de un vehículo grande que tiene cuatro puertas y una quinta en la parte trasera. Por la ventanilla de atrás veo el coche de la señorita Patterson. Lo ha aparcado de morro, no como la loca de la señorita Griswold, que todas las mañanas se pasa cinco minutos intentando aparcar marcha atrás mientras todos los niños se ríen de ella. He tenido suerte de que la señorita Patterson haya aparcado de morro, porque así Max y ella están de espaldas a mí y puedo acercarme sin que me vean. Atravieso la puerta de atrás del coche grande y cruzo corriendo el espacio que queda entre las dos hileras de coches. Agacho la cabeza por si a Max le da por volverse.

La señorita Patterson tiene la ventanilla abierta. Hace buen día y el motor no está encendido, así que supongo que habrá abierto la ventanilla para que entre aire fresco. Quiero mirar en el asiento trasero y ver lo que está haciendo Max, pero oigo la voz de la señorita Patterson. Está hablando por teléfono. Me pongo a gatas y me acerco a la puerta junto a la que está sentada, para oírla mejor. Estoy agachado al lado del coche, entre la puerta de delante y la de atrás.

—Sí, mamá —la oigo decir.

Luego hay una pausa.

—Sí, mamá —dice otra vez—. Te quiero mucho.

Otra pausa.

—No, mamá. No pasa nada. Eres mi madre, puedo hablar contigo en horario de clase. Y más teniendo en cuenta que estás enferma.

Otra pausa.

—Ya lo sé, mamá. Tienes razón. Siempre tienes razón.

La señorita Patterson se ríe un poco y luego dice:

—Tengo mucha suerte de contar con la ayuda de este jovencito. —Luego ríe de nuevo. Suena falsa las dos veces—. Se llama Max. Es el niño más bueno y más listo que conozco.

Se queda callada unos segundos y luego dice:

—Claro, mamá, no te preocupes que le doy las gracias a Max de tu parte por su ayuda. Te quiero mucho, mamá. Y espero que te pongas bien pronto. Adiós.

Qué conversación tan rara. He oído muchas veces a los padres de Max hablar por teléfono, y nunca suenan así. Todo me ha sonado raro. La risa sonaba falsa. El tiempo que pasaba escuchando sin hablar me ha parecido demasiado corto. Ha dicho «mamá» demasiadas veces. La conversación era demasiado perfecta.

Nada de dudas. Ni de tartamudeos.

Sonaba como una maestra de primero leyendo un libro en clase. Como si le hablara a Max y no a su madre.

Empiezo a dar marcha atrás, con la intención de volver a la parte trasera del coche, cuando la puerta de Max se abre de golpe. Estoy a cuatro patas delante de su puerta, y la parte inferior de esta me traspasa al abrirse porque al fin y al cabo es una puerta.

Al bajar del coche, Max me ve. La sonrisa se le borra enseguida y tuerce el gesto. Primero agranda los ojos y luego los arruga y me mira enfadado. Pero no dice nada, porque un segundo después se abre la otra puerta del coche y sale la señorita Patterson. Me siento un poco ridículo, agachado a cuatro patas entre ambos, pero estoy tan avergonzado que no puedo levantarme. Me quedo quieto en el sitio y la señorita Patterson toma a Max de la mano. Él me mira y luego se aleja de la mano con ella. Nunca he visto a la señorita Patterson coger a Max de la mano y se me hace raro. Max odia que lo cojan de la mano. No se vuelve a mirarme. Me levanto y me quedo mirándolo mientras entra en el edificio del colegio. Desaparece en el vestíbulo. No se vuelve hacia mí ni una sola vez.

Me asomo al coche de la señorita Patterson. En el asiento de atrás, donde estaba sentado Max, hay una mochila azul. Pero está cerrada y no puedo ver lo que hay dentro. No veo nada más en el coche, aparte de la mochila. Está todo muy limpio y ordenado.

Ya lo sabía: la señorita Patterson es una mujer ordenada y bien organizada.

No es de fiar.

Capítulo 20

Max no me habla. Ni me ha mirado en todo el día, y cuando he intentado sentarme a su lado en el autocar, ya de vuelta a casa, ha hecho un gesto con la cabeza como diciendo «Ni se te ocurra». Es la primera vez que vamos separados en el autocar. Me siento delante de Max, justo detrás del conductor. Quiero volverme para mirar a mi amigo, sonreírle e intentar que me devuelva la sonrisa, pero no me siento capaz. Sé que no me la devolverá.

Tendré que hablar con él sobre la señorita Patterson cuando ya no esté enfadado. Todavía no puedo entender lo que está pasando, pero sé que no es nada bueno. Ahora estoy más seguro que nunca. Cuanto más pienso en Max sentado en ese coche con esa mochila azul, en mitad de las clases, y en esa llamada telefónica que no sonaba a llamada telefónica, y sobre todo en Max y la señorita Patterson de la mano, más miedo me entra.

Al principio pensé que estaba exagerando. Que podía ser como en las películas, cuando todas las pistas van hacia un asesino, pero luego resulta que el culpable es otro. Alguien que no te esperas. Puede que la señorita Patterson sea una buena persona y que haya una buena razón para que ella estuviera sentada con Max en el coche. Pero ahora estoy convencido de que tengo razón. No estoy exagerando. No puedo explicar por qué lo sé, pero lo sé. Creo que así es como se sienten los personajes de esas películas de la tele. Los que piensan que el asesino es uno y luego resulta que es otro. Solo que esto es la realidad. Aquí no hay nadie que me esté dejando caer pistas falsas. Esta es la vida real, y en la vida real no puede haber tantas pistas falsas seguidas.

Lo único bueno es que mañana es viernes, y los viernes la señorita Patterson casi nunca viene al colegio. A la directora del cole, la señora Palmer, le pone de los nervios. Una vez la oí hablar de ella con una señora muy trajeada, y la del traje movía la cabeza y murmuraba por lo bajo, pero decía que si la señorita Patterson estaba enferma tenía derecho a tomarse el día de baja, y ahí acabó la conversación. No entiendo por qué la señora Palmer no le dijo a la del traje que nadie se pone enfermo todas las semanas y siempre el mismo día, pero el caso es que se quedó callada. Cuando la del traje se marchó, la señora Palmer dijo que la culpa la tenía el «malditosindicato». No entiendo a qué se referiría con eso, y Max tampoco me lo supo explicar.

Así que la señorita Patterson seguramente estará enferma mañana o se hará la enferma, y yo tendré todo el fin de semana para hacer que Max me perdone y vuelva a dirigirme la palabra.

Al principio me entró un poco de miedo, porque, al ver que Max estaba tan enfadado y no me hablaba, pensé que igual dejaba de creer en mí. Pero luego me di cuenta de que Max no podía estar enfadado con alguien que no existe, así que de hecho pienso que su enfado es buena señal. Quiere decir que seguro seguro que cree en mí.

Quizá tendría que haber hecho algo para que Meghan se enfadara con Graham. A lo mejor habría conseguido salvarle la vida.

He pensado mucho en Graham últimamente. Pienso en que ya no existe, y en que todo lo que mi amiga decía o hacía ya no significa nada para Meghan. Pero aunque Graham todavía signifique algo para mí y para Meghan, y puede que incluso para Chucho, da lo mismo, porque ya no existe.

Eso es lo único que importa de la inexistencia de Graham.

Cuando murió la abuela de Max, el padre de mi amigo dijo que la abuela seguiría viviendo en el corazón de Max, y que siempre que la recordaran la mantendrían viva en su memoria. Eso está muy bien para Max, puede que lo consolara un poco, pero a la abuela de Max no le sirvió de nada. Ya no está en este mundo, y aunque Max la mantenga viva en su corazón, su abuela ya no existe. A ella le da igual lo que diga el corazón de Max, porque ya nada le puede importar. No entiendo tanta preocupación por los que se quedan en el mundo, cuando los que de verdad sufren son los muertos. La abuela de Max y Graham, por ejemplo.

Ya ninguna de las dos existe.

Eso es lo peor del mundo.

Max no me ha hablado en toda la noche. Ha hecho los deberes, se ha pasado media hora jugando con un videojuego, luego se ha puesto a leer sobre una guerra mundial en un librote muy grande y se ha acostado sin decirme ni una palabra. Estoy sentado en la butaca que está junto a su cama, esperando a que se quede dormido, esperando oír su vocecilla decirme: «Budo, no te preocupes». Pero Max no abre la boca. Al final su respiración se hace más lenta y se queda dormido.

Oigo la puerta de la calle. La mamá de Max ya está en casa. Tenía cita con el médico, por eso no estaba aquí para acostar a Max. Entra en el dormitorio de su hijo, le da un beso, lo arropa y le da otros tres besos más.

Sale de la habitación.

La sigo.

El papá de Max está viendo un partido de béisbol. Cuando la mamá de Max entra en la sala de estar, él saca el sonido con el mando a distancia, pero no aparta los ojos de la pantalla.

—Bueno, ¿qué te ha dicho? —pregunta el padre de Max. Suena enfadado.

—Dice que ha ido bien. Han hablado un poco, y Max le ha contestado a algunas de las preguntas. Ella cree que terminará ganándose su confianza y se abrirá, pero tardará un tiempo.

—¿Qué quieres decir con eso?, ¿que Max no confía en nosotros?

—Vamos, John —contesta ella—. Claro que confía en nosotros. Pero eso no significa que nos lo cuente todo.

—¿Tú conoces a algún niño que se lo cuente todo a sus padres?

—En nuestro caso es distinto —dice la madre de Max—. Y siento que tú no lo veas así.

Pero no parece que lo sienta en absoluto.

—Explícame por qué es distinto.

—Yo tengo la impresión de que no conozco a mi propio hijo. No es como los demás niños. No nos cuenta lo que pasa en el colegio. No juega con otros niños. Cree que un compañero quiere matarlo. Sigue hablando con su amigo imaginario. ¿No ves que casi ni me deja que lo toque? Si quiero darle un beso, tengo que esperar a que esté dormido. ¿Por qué no lo aceptas de una vez?

La mamá de Max sube cada vez más la voz, y tengo la sensación de que dentro de poco se va a poner a llorar, a gritar o las dos cosas a la vez. No me extrañaría que ya estuviera llorando por dentro, pero que esté aguantando para poder seguir discutiendo con su marido por fuera.

El papá de Max calla. Es uno de esos silencios que usan los mayores para decir cosas que no quieren decir.

Cuando la madre de Max vuelve a hablar, lo hace con voz suave y tranquila.

—Ella cree que es un niño muy inteligente. Más inteligente de lo que es capaz de demostrarnos. Y también que se podrían hacer grandes progresos.

—¿Todo eso lo ha visto en solo cuarenta y cinco minutos?

—Está acostumbrada a tratar con niños como Max. No ha dicho nada definitivo todavía. Solo eran conjeturas. Se basa en lo que ha visto y oído hasta el momento.

—¿Y el seguro cuánto nos cubrirá? —pregunta el padre de Max.

No sé a qué se refiere, pero por el tono de voz me da la impresión de que no lo pregunta con buena intención.

—Diez sesiones para empezar, luego dependerá del diagnóstico que ella haga.

—¿Qué copago hay? —pregunta el padre de Max.

—¿Hablas en serio? Estamos buscando ayuda para nuestro hijo, ¿y tú te preocupas por lo que nos van a cobrar?

—Es curiosidad simplemente —responde el padre de Max, y noto que le da vergüenza haberlo preguntado.

—Ya —contesta la madre de Max—. Son veinte dólares. ¿Contento?

—Era curiosidad simplemente. Nada más. —Hace una pausa y luego sonríe y añade—: Pero si la consulta no dura más que cuarenta y cinco minutos y hay que soltar veinte dólares, a saber cuánto le pagarán por hora a la doctora esa, ¿no?

—Hablas como si se tratara de una dependienta cualquiera —replica la madre de Max—. Es una especialista, no sé si lo sabes.

—Era broma —dice el padre de Max, y luego ríe.

Esta vez lo creo. Y me parece que la madre de Max también, porque está sonriendo y un momento después se sienta a su lado.

—¿Qué más te ha dicho? —pregunta el padre de Max.

—Nada, la verdad. Parece que Max ha contestado a casi todas las preguntas que le ha hecho, y eso es buena señal según ella. Además, no se le veía incómodo por estar solo en la consulta, cosa que no es muy frecuente según parece. Pero sigue convencido de que hay un compañero del cole que quiere matarlo. Tommy Swinden se llama. ¿Te dice algo el nombre?

—No.

—Max dijo que Tommy quería matarlo porque no le gustaba su nombre, pero la doctora Hogan no cree que sea verdad.

—¿Qué es lo que no cree que sea verdad, que Tommy Swinden quiera matarlo o que no le guste el nombre de Max?

—No está segura —contesta ella—. Pero cree que Max está ocultando algo sobre ese Tommy, y dice que fue la única ocasión a lo largo de la entrevista en que le pareció que Max no estaba siendo sincero.

—¿Qué crees que deberíamos hacer? —pregunta el padre de Max.

—Llamaré al colegio mañana. Es muy posible que Max haya interpretado mal algo, pero será mejor que me asegure por si acaso.

—¿Mamá clueca al rescate?

No es la primera vez que el padre de Max llama «gallina clueca» o «mamá clueca» a su mujer, pero no sé qué quiere decir con eso. Sé lo que es una gallina, pero lo de «clueca» se me escapa.

La madre de Max sonríe, y eso me confunde todavía más. Cuando su marido la llama mamá clueca normalmente se enfada, pero otras veces le resulta gracioso, y no entiendo por qué.

—Como sea verdad que el tal Tommy Swinden ha amenazado a mi hijo —dice la madre de Max—, me lo como a picotazos. El gallinero al completo acudirá al rescate.

—A veces estás un poco loca —le contesta el padre de Max—. Un poquito neurótica. Y de vez en cuando sacas las cosas de quicio. Pero Max tiene mucha suerte de tener una madre como tú.

La mamá de Max se acerca a él, le toma la mano y la aprieta. Por un momento tengo la impresión de que van a darse un beso, cosa que siempre me hace sentir un poco raro, pero no se besan.

—La doctora Hogan quiere quedar conmigo después de las dos primeras sesiones —dice la mamá de Max—. ¿Te gustaría acompañarme?

—¿Nos va a costar otro copago?

Ahora sí se besan, y yo miro para otro lado. Ojalá supiera qué quiere decir eso del copago. Cuando él lo ha mencionado antes, la madre de Max se ha enfadado, y ahora en cambio lo besa.

No os extrañe que comprenda tan bien a Max. A veces me siento tan confundido como él.

Capítulo 21

Hoy la señorita Patterson no ha venido al colegio. La señora Palmer se habrá enfadado otra vez, pero para mí es un alivio. Max sigue sin hablarme, pero al menos tengo todo el fin de semana por delante para hacer que me perdone.

Ha sido un día raro. Max ni me mira. Hemos empezado con la clase de la señorita Gosk, practicando las tablas de multiplicar (que Max se aprendió de memoria hace dos años), luego hemos ido a clase de plástica, y la señorita Knight le ha enseñado a entrelazar papelitos de colores distintos haciendo un motivo. No parecía que a Max le hiciera mucha ilusión, porque casi no prestaba atención a sus indicaciones, y eso que a él le encanta todo lo que se repite, como los motivos.

Hace un momento se ha terminado el bocadillo en el aula de la señorita Gosk y ahora mismo va hacia Educación Especial. Pero, aunque voy andando a su lado, ni me mira. Empiezo a estar enfadado. Me parece que no es para tanto, está exagerando.

Igual que hace su madre a veces.

Lo único que hice fue seguirlo hasta el coche de la señorita Patterson.

—Max, ¿quieres que juguemos a los soldados después del cole? —le pregunto—. Es viernes, podríamos montar una supercampaña bélica y pasarnos todo el sábado jugando. —Max no responde—. Esto es ridículo —le digo—. No puedes estar de morros conmigo toda la vida. Solo quería enterarme de lo que estabais haciendo.

Max acelera el paso.

Vamos a Educación Especial dando una vuelta otra vez, por el mismo camino que tomó el otro día con la señorita Patterson. Supongo que será otra manera de llegar, pero se tarda más. Quizá a Max le conviene ir por aquí porque así pasa menos tiempo en Educación Especial.

Cuando llegamos a las puertas de cristal que dan al aparcamiento, Max se para y mira afuera. Acerca tanto la cara a la puerta que el cristal se empaña con el vaho de su respiración. No mira por mirar. Está mirando algo en particular. Buscando algo. Miro yo también, para ver lo que está viendo, y de pronto Max encuentra lo que buscaba.

Pero yo no veo nada.

No sé lo que ve Max, pero ve algo, porque endereza el cuerpo y aprieta la nariz contra la puerta. Y esta vez el cristal no se empaña, así que tiene que haber aguantado la respiración. Está viendo algo y aguanta la respiración. Miro otra vez. No veo nada. Solo dos hileras de coches y la calle al fondo.

—Quédate aquí —dice Max.

Llevaba tantas horas sin dirigirme la palabra que me sobresalta.

—¿Adónde vas? —le pregunto.

—Tú quédate aquí —repite—. Vuelvo enseguida. Te prometo que si me esperas aquí, volveré enseguida.

Me está mintiendo. Lo noto igual que lo notó la doctora Hogan el otro día en su consulta. Pero al menos vuelve a hablarme. Y no suena enfadado, así que soy feliz otra vez. Quiero creerle, porque, si le creo, todo volverá a la normalidad. Max no estará enfadado conmigo, y aunque no tenga a Graham, ni a Dee o a Sally, ni mamá o papá, habré recuperado a Max, y con eso me basta.

—Está bien —le digo—. Te espero aquí. Perdona que no te hiciera caso la última vez.

—No te preocupes —dice Max.

Luego mira a derecha e izquierda, por si viene alguien por el pasillo. De pronto me acuerdo de la señorita Patterson y me entra la preocupación. Y el miedo.

Max está mintiendo y algo me huele mal.

Una vez Max se ha asegurado de que no viene nadie, abre las puertas de cristal y sale del edificio. Va hacia el aparcamiento por el sendero asfaltado, deprisa, pero sin correr.

Lo espío otra vez. ¿Qué será lo que ha visto? Miro hacia donde él va y no veo nada. Solo coches, la calle. Unos cuantos árboles con hojas amarillas y rojas. Hierba.

Nada.

De pronto lo veo.

Es el coche de la señorita Patterson. Está saliendo por detrás de una furgoneta plateada. No lo había visto porque la furgoneta es grande y lo tapaba. Está saliendo de morro. Ha aparcado el coche marcha atrás junto a la furgoneta plateada para poder salir de morro, y eso me da que pensar, porque solo la señorita Griswold es tan tonta como para aparcar dando marcha atrás. Así que si hoy la señorita Patterson ha aparcado así, es porque trama algo, algo feo. Y tengo la impresión de que Max estaba enterado.

El coche para delante de Max, y él abre la puerta y entra. Max se ha montado en el coche de la señorita Patterson.

Atravieso las puertas de cristal y corro por el sendero asfaltado. Llamo a Max a gritos. Le grito que no se vaya. Ojalá pudiera decirle que lo están engañando, que lo sé porque algo me lo dice por dentro. No puedo explicar cómo lo sé, pero lo sé, y él no se da cuenta, porque él es así, porque los árboles no le dejan ver el bosque, pero, como no hay palabra que pueda decir todo eso, lo único que puedo hacer es gritar.

—¡Max!

El coche se está yendo, va hacia la calle entre las dos hileras de coches aparcados, y no puedo darle alcance. Sé que al volante va la señorita Patterson porque le he visto la cara al salir de frente. Está acelerando, como si me hubiera visto por el espejo retrovisor, y no puedo darle alcance. El coche llega al final de la hilera, tuerce a la izquierda y se aleja. Sigo corriendo hasta llegar a la calle. Giro por la acera y corro hasta que el coche desaparece. Quiero seguir corriendo porque no sé qué más hacer, pero al final me paro.

Max se ha ido.

Capítulo 22

Me siento en el bordillo de la acera y espero. Me da igual que Max se haya dado cuenta de que intentaba seguirles. Esperaré a que vuelva, y luego le diré que nunca más se meta en el coche de la señorita Patterson. Yo no soy profesor, pero hasta yo sé que los profesores no deberían llevarse a los alumnos en el coche en mitad de clase.

Si supiera que Max iba a volver enseguida, no estaría tan preocupado. Pero estoy preocupado. Y tengo muchas razones para estarlo.

Hoy la señorita Patterson no ha venido al colegio para dar clase.

Ha venido al colegio solo para recoger a Max.

Ha aparcado dando marcha atrás para poder salir a toda prisa.

Había quedado con Max.

Max sabía que iba a venir.

La señorita Patterson lo estaba esperando.

Al verla, Max ha contenido la respiración.

Nadie los ha visto salir del colegio.

Me gustaría creer que son imaginaciones mías, que exagero, como esos personajes de la televisión que acusan a su amigo de algo muy grave y luego se dan cuenta de que se han equivocado. Quizá estoy exagerando, porque Max ha salido del colegio con una maestra, y aunque vaya contra las normas, sigue siendo una maestra.

Aunque hoy esa señorita no ha venido al colegio para dar clase, ha venido para recoger a Max. No dejo de pensar en eso. Creo que es lo peor de todo.

Ha sonado una campana. Es la campana que anuncia la salida al recreo. Llevo más de una hora sentado en el bordillo de la acera. Los compañeros de Max ya han salido al pasillo. Me pregunto si la señorita Gosk se habrá dado cuenta de que Max no está. Aunque sea buena maestra, la mejor de todas, Max tiene tantas profesoras que puede que la señora Gosk piense que está con la señorita Riner, o la señorita Hume o la señorita McGinn, y puede que la señora Hume y la señora Riner piensen que está con la señorita Gosk.

Quizá la señorita Patterson contaba con que las demás profesoras de Max pensaran así, y por eso decidiera venir a por él hoy.

Ahora todavía estoy más preocupado.

Es difícil no preocuparse, porque intentar no preocuparme me recuerda que tendría que estar preocupado. Y cuando estás sentado en el bordillo de una acera, esperando, es difícil olvidar por qué motivo estás ahí sentado.

Cada vez que pasa un coche, que pía un pájaro o suena una campana, mi preocupación es más grande. Cada coche, cada pájaro y cada campana me recuerdan que las horas van pasando. Tengo la impresión de que la espera va a durar siempre.

Desde que Max se marchó ha sonado cuatro veces la campana, lo que significa que han pasado ya dos horas. Me pregunto si habrá alguna puerta trasera para entrar en el colegio de la que nadie me haya hablado nunca. Quizá hay alguna carretera que atraviesa el bosque y va a dar al aparcamiento, y la señorita Patterson ha traído a Max de vuelta por ahí, para que nadie los viera juntos. Mientras estoy dudando de si levantarme y buscar esa entrada trasera o entrar en el colegio a ver si ha vuelto ya, oigo que llaman a Max por los altavoces. Los altavoces suenan dentro del colegio y en el patio, que está al otro lado del edificio, pero aun así los oigo. Es la directora, la señora Palmer.

—Se ruega a Max Delaney que se presente en clase inmediatamente.

Max no ha vuelto. O quizá ha vuelto y en este momento va hacia el aula de la señorita Gosk. Pienso que debería quedarme donde estoy, esperando como he prometido, pero ahora que la señora Palmer sabe que Max no está, quizá lo mejor sea entrar y esperar dentro.

Además, quiero saber qué está pasando.

La señorita Riner y la señorita Hume están en el aula de la señorita Gosk, con ella. No hay niños dentro. Están en clase de música, creo. Los viernes por la tarde tienen música. Las tres profesoras parecen preocupadas. Están mirando fijamente la puerta del aula, y cuando entro en ella tengo la sensación de que me miran a los ojos. Por un instante, creo que pueden verme.

Entro en el aula. Si pudiera verme en un espejo, si tuviera reflejo, creo que se me vería la misma cara de preocupación que a ellas.

Un segundo después entra la señora Palmer.

—¿Aún no ha aparecido? —pregunta. También ella parece preocupada.

—No —contesta la señorita Gosk.

Nunca la he visto tan seria, y eso que solamente ha dicho una palabra. En cuanto la he oído decir «no», me he dado cuenta de que está preocupadísima, como nunca la había visto hasta ahora.

—¿Dónde se puede haber metido? —pregunta la señorita Hume. Otra que está preocupada.

«Me parece muy bien», pienso. Deberían estar todos preocupados.

—Bueno, quédense aquí —dice la señora Palmer, y sale del aula.

—¿Y si se ha escapado? —pregunta la señorita Hume.

—Max no es así —contesta la señorita Gosk.

—Pues no creo que esté en el edificio, Donna —dice la señorita Hume.

Donna es el nombre de pila de la señorita Gosk. Los alumnos no pueden llamar a las maestras por su nombre de pila, pero ellas entre sí pueden llamarse como quieran.

—Max no se marcharía del colegio así como así —dice la señorita Gosk, y tiene toda la razón. Max nunca saldría del colegio a menos que una profesora se lo llevara engañado, que es justo lo que ha ocurrido ahora mismo.

Yo soy el único que sabe lo que ha pasado, pero no puedo contárselo a nadie. Al único ser humano que podría contárselo sería a Max, pero Max no está aquí, porque el desaparecido es él.

La voz de la directora vuelve a sonar por los altavoces:

«Se ruega a todo el personal del colegio que interrumpa un momento lo que esté haciendo para registrar su zona. El alumno de la señorita Gosk, Max Delaney, se ha perdido y hay que asegurarse de que encuentre el camino de vuelta a su aula. Si alguien ve a Max, que llame inmediatamente a Dirección. Y, Max, si puedes oírme, te ruego que acudas ya mismo a tu clase. Si estás perdido en algún sitio, da una voz para que podamos localizarte enseguida. Los demás niños y niñas, que no se preocupen. El colegio es grande, y a veces hay niños que se despistan».

«Sí, sí, despistan…», pienso.

—Para mí que no está en el edificio. Creo que deberíamos llamar a la policía —dice la señorita Hume—. Max no vive muy lejos. Es posible que se haya ido andando a su casa.

—Max no saldría del colegio así como así —insiste la señorita Gosk.

La directora regresa. No entiendo cómo puede estar tan tranquila.

—He mandado a Eddie y a Chris a echar un vistazo en el sótano y abrir todos los armarios. El personal del comedor está registrando la cocina. Y Wendy y Sharon han salido a buscarlo fuera del edificio.

—Yo creo que se ha ido —dice la señorita Hume—. No sé cómo ni por qué, pero no está en el colegio. Hace ya demasiado rato que desapareció. No estamos hablando de un niño cualquiera, se trata de Max.

—Aún no lo hemos comprobado —replica la señora Palmer.

—Yo opino igual que ella —dice la señorita Gosk. Habla en voz más baja. No suena tan segura como momentos antes.

Hay pánico en su voz—. Al oír que lo llamaban por megafonía, habría hecho caso.

—¿Crees que ha salido del edificio? —pregunta la señora Palmer.

—Sí. No sé cómo, pero creo que se ha ido.

Ya os había dicho que la señorita Gosk era muy lista.

Capítulo 23

Han cerrado todas las puertas del colegio. Nadie puede entrar ni salir sin permiso de la policía. Ni siquiera los profesores. Tampoco la directora. Es curioso, porque yo soy el único que sabe que la señorita Patterson se ha llevado a Max, pero también soy el único que puede salir del colegio. Tengo la impresión de que es a mí a quien no deberían dejar salir, pero es al revés.

Pero, aunque sepa lo que le ha pasado a Max, aún no sé adónde se lo ha llevado la señorita Patterson, y, aunque lo supiera, tampoco sabría qué hacer. No puedo hacer nada. Así que estoy tan bloqueado como los demás, que no saben nada.

Lo que sí es posible es que el más preocupado sea yo. Preocupados lo estamos todos, la señorita Gosk, la señorita Hume y la directora, pero yo creo que estoy más preocupado que nadie porque sé lo que le ha pasado a Max.

Incluso los policías están preocupados. Se lanzan miraditas raras y hablan en voz baja para que no los oigan ni las maestras ni la directora. Pero yo los oigo. Puedo ponerme a su lado y escuchar todo lo que dicen. Lo que no puedo hacer es que me oigan a mí. Soy el único que podría ayudar a Max, pero nadie puede oírme.

Cuando entré en este mundo, al principio intentaba que los padres de Max y los demás me escucharan, porque no sabía que no podían oírme. Creía que no me hacían caso.

Recuerdo que una noche Max salió con su madre y yo me quedé en casa con su padre. Tuve miedo de salir con Max porque nunca me había movido de casa, así que me pasé toda la noche sentado en el sofá con su padre. Venga a gritarle y chillarle. Pensaba que se acabaría hartando de oírme y al menos se volvería para decirme que me callara. Yo le suplicaba que me hiciera caso, pero él no apartaba la vista del partido de béisbol que ponían en la tele, como si yo no existiera. De pronto, en mitad de uno de mis gritos, se rió. Por un momento pensé que se reía de mí, pero debió de ser por algo que había dicho el hombre de la tele, porque también él estaba riendo. Yo pensaba que era imposible que el padre de Max oyera lo que decía el de la tele con lo que yo estaba gritando, y encima en su oreja. Entonces comprendí que aparte de Max nadie más podía oírme.

Después conocí a otros amigos imaginarios y descubrí que ellos sí me oían. Los que podían, claro, porque no todos son capaces de oír.

Una vez conocí a una amiga imaginaria que era un simple lacito del pelo con dos ojos. Ni me di cuenta de que era una amiga imaginaria hasta que empezó a mirar hacia mí parpadeando, como si intentara mandarme una señal. Parecía un simple lacito en el pelo de una niña. Un lacito rosa. Por eso supe que era una niña, porque era rosa. Pero no oía nada de lo que yo le decía porque su amiguita la imaginó así. Muchos niños se olvidan de crear a sus amigos imaginarios con orejas, pero normalmente los imaginan capaces de oír. Pero aquel lacito, no. Solo me miraba, venga a parpadear, y yo parpadeaba de vuelta. Además, tenía miedo. Se lo notaba en la mirada y en la forma de parpadear, pero, por mucho que lo intenté, no pude decirle que no se preocupara. Yo lo único que podía hacer era parpadear. Aunque al menos me pareció que todo aquel parpadeo la tranquilizaba un poco. Que la hacía sentir menos sola.

Pero solo un poco.

Si yo fuera un lacito sordo pegado a la cabeza de una niña de preescolar, también sentiría miedo.

La niña imaginaria con forma de lacito rosa desapareció al día siguiente, y aunque para mí no existir es lo peor que le puede pasar a alguien, creo que para aquella niña seguramente fue un consuelo. Al menos ya no tendría que pasar tanto miedo.

La policía cree que Max se ha escapado del colegio. Eso es lo que están diciendo ahora, de pie en un corrillo, susurrando. Creen que la señorita Gosk no les ha dicho la verdad. Piensan que lo más probable es que Max saliera de su clase antes de lo que ella dice, y que por eso no lo han encontrado todavía.

—Se le escapó y punto —ha dicho un policía, y, por el gesto que los demás han hecho con la cabeza, parece que todos están de acuerdo.

—Si salió a primera hora, quién sabe dónde podría estar ya —ha dicho otro policía, y todos han vuelto a repetir el mismo gesto con la cabeza.

Los policías no son como los niños. Parece que siempre están de acuerdo.

El jefe ha dicho que ha mandado a unos agentes y a otros voluntarios (que es una forma como más fina de decir personas) a que rastreen el bosque que hay detrás del colegio y a que vayan por las calles del barrio en busca de Max. Están llamando a las puertas de todas las casas para preguntar si alguien lo ha visto. A mí también se me ha ocurrido salir a buscarlo, pero por el momento prefiero quedarme en el colegio. Aunque no tenga prohibido salir, quiero quedarme aquí dentro. Esperando a que Max vuelva. La señorita Patterson no puede quedárselo para siempre.

Ojalá la policía descubra que se lo ha llevado ella. No dejo de pensar en que los polis de la tele ya lo habrían adivinado.

Últimamente estoy viendo a muchos policías. Primero, el que vino a casa después de que Tommy Swinden rompiera el cristal de la ventana de Max; luego los que fueron a la gasolinera cuando le pegaron el tiro a Dee, y Sally se quedó bloqueado. Y ahora todos estos hombres y mujeres policías que tienen invadido el colegio. Hay polis por todas partes. Pero ninguno es como los que salen en la tele, y estoy preocupado, porque no parece que sean tan listos. Los policías que se ven en el mundo real son todos un poco más bajitos, más gordos y más peludos que los de la tele. A uno le salen los pelos hasta por las orejas. Bueno, a la mujer policía, al menos, no. El que tiene pelos en las orejas es un poli joven. Los policías que he visto en la tele no parecen tan normales. ¿A quién se creerán que están engañando los que hacen la tele?

«¿A quién crees que estás engañando?» Esa es una pregunta típica de la señorita Gosk. Lo dice mucho. Sobre todo a los niños que se portan mal cuando le van con el cuento de que se han dejado olvidados los deberes en la mesa de la cocina.

«¿A quién crees que estás engañando, Ethan Woods? Que no nací ayer.»

Me gustaría preguntarle a la señorita Patterson a quién cree que está engañando, pero parece ser que a todo el mundo.

A la señora Palmer no le ha gustado que la policía cerrara las puertas del colegio. He oído que se lo decía a la señorita Simpson cuando los agentes han terminado de registrar el edificio. La señora Palmer cree que Max se ha escapado, y no entiende por qué tienen que cerrar las puertas del colegio tanto tiempo. Ya han registrado todas y cada una de las aulas, todos los armarios e incluso el sótano, así que ya saben que Max no está aquí. Yo creo que lo hacen por si acaso. El jefe de policía ha dicho que, si ha desaparecido un niño, podría ocurrirle lo mismo a otros.

—Puede que se lo llevara alguien —le ha dicho a la señora Palmer cuando la directora ha ido a quejarse—. Si así fuera, alguien del colegio podría saber algo.

Yo no creo que ese hombre crea de verdad que alguien se ha llevado a Max. Lo ha dicho solo por si acaso. Está jugando al por si acaso. Por eso está tan enfadada la señora Palmer. Ella no cree en esa posibilidad. Ella cree que Max ha salido a dar un paseo y no ha vuelto todavía. Y el jefe de policía también lo cree así.

No puedo dejar de pensar que cada minuto que esos agentes pasan registrando el sótano, el bosque, y llamando a las puertas del barrio, es otro minuto perdido.

No creo que Max haya muerto. Ni siquiera sé por qué se me viene esa idea a la cabeza, porque no creo que haya pasado eso. Creo que Max está sano y salvo en algún sitio. Seguro que está sentado en el asiento de atrás del coche de la señorita Patterson con la mochila azul aquella. Quiero pensar que está bien, pero no dejo de pensar en que no está muerto. Ojalá pudiera dejar de pensar en que no está muerto y centrarme solo en que está vivo.

Pero si Max estuviera muerto, ¿podría saberlo yo algún día? ¿O simplemente haría puf sin enterarme siquiera de lo que me había ocurrido? Durante todo el rato estoy conteniendo la respiración, como si fuera a hacer puf en cualquier momento, pero, si fuera a hacer puf, no podría saberlo. Haría puf y punto. Un segundo existiría y al siguiente, adiós. O sea que es una tontería estar esperando a que eso vaya a pasar. Pero no puedo evitarlo.

Sigo confiando en que la señorita Patterson tuviera un buen motivo para llevarse a Max. A lo mejor salieron a comprar un helado y se perdieron, o se llevó a Max a hacer una visita escolar y se olvidó de informar a la señorita Gosk, o a lo mejor quería presentarle a su madre. Puede que vuelvan en cualquier momento.

Aunque, la verdad, no creo que ayer la señorita Patterson estuviera hablando por teléfono con su madre.

Ni siquiera creo que tenga madre.

Me pregunto si la madre de Max estará enterada ya de lo ocurrido. Y su padre. Es probable. Puede que estén rastreando el bosque en este momento.

La señora Palmer entra en el aula de la señorita Gosk. La maestra está leyendo otra vez *Charlie y la fábrica de chocolate* a sus alumnos, un cuento que a mí normalmente me encanta, pero hoy Max se lo está perdiendo y a él le gusta mucho escuchar a la señorita Gosk. Encima, Veruca Salt, una de las protagonistas del cuento, acaba de desaparecer por un conducto para la basura, y no me parece que sea el momento más adecuado para que la señorita Gosk lea historias de niños que desaparecen.

La señorita Gosk deja de leer y mira a la directora.

—¿Podría hablar con sus alumnos un momento? —pregunta la señora Palmer.

La señorita Gosk dice que sí, pero se le levantan las cejas, lo que quiere decir que está confundida.

—Niños y niñas, estoy segura de que nos habéis oído llamar a Max Delaney hace un rato para que acudiera a mi despacho. Y ya sabéis que nos han cerrado las puertas del colegio. Seguro que tenéis muchas preguntas que hacer. Pero no os preocupéis, lo único que pretendemos es localizar a Max. Pensamos que puede haber salido del colegio o que quizá viniera alguien a recogerlo antes de hora y se olvidara de comunicárnoslo. Eso es todo. En cualquier caso, si alguno tiene idea de dónde puede haber ido, me gustaría que me lo dijera. ¿Os ha dicho algo a alguno de vosotros? ¿Que tuviera que salir del colegio antes de hora, por ejemplo?

La señorita Gosk ya ha hecho esa pregunta a sus alumnos antes, cuando los niños vieron los coches patrulla en el colegio y la directora pidió a los maestros que «pusieran en marcha el protocolo de cierre de puertas hasta nuevo aviso».

Briana levanta la mano.

—Max va muchos días a Educación Especial. A lo mejor hoy se ha perdido por el camino.

—Gracias, Briana —dice la señora Palmer—. Ahora mismo están registrando por esa zona.

—¿Por qué ha venido la policía?

Eso lo ha preguntado Eric, pero sin levantar la mano. Nunca la levanta.

—Han venido a ayudarnos a encontrar a Max —dice la señora Palmer—. Son expertos en encontrar a niños perdidos. Estoy segura de que Max pronto aparecerá. Pero ¿os ha dicho algo a alguno de vosotros hoy? Cualquier cosa.

Los niños dicen que no con la cabeza. Nadie ha oído a Max decir nada porque nadie habla con Max.

—Está bien. Gracias, niños y niñas —dice la directora—. Señorita Gosk, ¿podría hablar con usted un momento?

La maestra deja el libro sobre la mesa y sale al pasillo a hablar con la señora Palmer.

Voy tras ellas.

—¿Seguro que no te comentó nada? —pregunta la señora Palmer.

—Seguro —dice la señorita Gosk. Parece molesta. Yo también lo estaría. El jefe de policía ya le ha preguntado dos veces lo mismo.

—Y sobre la hora en que ha salido de clase, ¿estás segura?

—Segurísima —responde la señorita Gosk, más molesta aún.

—Está bien. Si se les ocurre algo a los niños, házmelo saber. Voy a ver si consigo que abran las puertas del colegio. Tenemos ya a unos cuantos padres esperando en la calle para recoger a sus hijos.

—¿Ha corrido la noticia? —pregunta la señorita Gosk.

—La policía lleva dos horas llamando a las puertas del vecindario, y el AMPA se ha encargado de coordinar a los voluntarios que rastrean el barrio. Han decretado Alarma Amarilla. Además, ya tenemos una unidad móvil de televisión en la calle. Y seguro que vendrán más antes de las seis.

—Vaya —dice la señorita Gosk, pero ya suena mucho menos molesta. Como una niña a la que acabaran de castigar.

Es nuevo en ella. Parece que está asustada y confusa, y eso me asusta a mí.

La señora Palmer se da la vuelta y la señorita Gosk se queda de pie en la puerta. Sigo a la señora Palmer. Quiero oír lo que le dice al jefe de policía, no me apetece saber lo que le pasa a la desagradable de Veruca Salt.

Por mala que sea, no me hace ninguna gracia saber nada más de niños desaparecidos.

Justo cuando la señora Palmer cruza el vestíbulo y va a girar hacia su despacho, se abre una de las puertas de entrada al colegio. El policía que hace guardia en la entrada sujeta la puerta abierta.

Y veo que entra la señorita Patterson.

Me quedo petrificado.

No me lo puedo creer. La señorita Patterson está entrando en el colegio. Espero a que Max entre detrás de ella, pero el policía cierra la puerta.

Ni rastro de Max.

Capítulo 24

—Karen, ya me he enterado de la noticia, no me lo puedo creer —dice la señorita Patterson—. ¿Qué puede haber ocurrido?

Las dos se abrazan en mitad del vestíbulo.

La señora Palmer está abrazando a la señorita Patterson, pero Max no está aquí.

He pensado en salir corriendo hacia el coche de la señorita Patterson y ver si Max seguía sentado allí detrás, pero he decidido no hacerlo. La señorita Patterson acaba de decir que no puede creer que Max haya desaparecido, y, puesto que es ella quien lo ha hecho desaparecer, sé que miente. Max no está ya en el asiento trasero de ese coche.

Por un instante, he pensado que podía estar muerto, y la tristeza me ha invadido todo el cuerpo. He pensado que también yo podía estar muerto. Pero luego me he acordado de que estoy aquí todavía, así que Max tiene que estar vivo.

El caso es que si Max estuviera muerto (que no lo está) y yo siguiera vivo, eso significaría que yo no voy a desaparecer cuando Max muera o deje de creer en mí.

No quiero que Max esté muerto, y no creo que lo esté (porque no lo está), pero, si estuviera muerto, querría decir algo. Sería lo más triste del mundo, pero también querría decir algo. Algo importante para mí. No quiero decir que desee que Max esté muerto, porque no lo deseo y porque no lo está. Pero si pudiera darse el caso de que él estuviera muerto y yo siguiera existiendo, sería importante saberlo.

Creo que pienso tanto en que puede estar muerto porque veo demasiada televisión.

La señorita Patterson y la directora dejan de abrazarse justo en el momento en que el jefe de policía dobla la esquina. Han estado abrazadas durante bastante rato. Parece que ahora tienen buena relación, aunque no la tenían antes de que Max desapareciera. Y me parece que la señora Palmer se ha olvidado por completo del «malditosindicato». Viéndolas ahí, de pie en mitad del vestíbulo, parecen buenas amigas. Hermanas casi.

—¿Ruth Patterson? —pregunta el jefe de policía.

La verdad es que no sé si es el jefe de policía, pero al menos es el que manda aquí hoy, y tiene una barriga enorme, así que parece que lo sea. Se llama Bob Norton, un nombre que no suena a policía de la tele. Por el nombre, no me parece que vaya a encontrar a Max.

La señora Patterson se vuelve hacia él.

—Sí, soy yo.

—¿Podría hablar con usted en el despacho de la señora Palmer?

—Por supuesto.

La señorita Patterson parece preocupada. Él seguramente cree que es por Max, pero yo creo que lo que le preocupa es que la pillen. Quizá está intentando disimular, y por eso hace como que está preocupada por la desaparición de Max.

La señorita Patterson y la señora Palmer se sientan una al lado de la otra en un sofá del despacho, y el jefe de policía se sienta en el otro sofá, al otro lado de la mesita de centro. Tiene un bloc de color amarillo sobre las rodillas y un bolígrafo en la mano.

Me siento a su lado. Aunque él no lo sepa, estoy en su bando.

—Señora Patterson —le dice—. Si no me equivoco, usted es maestra de apoyo de Max Delaney.

—Sí. Paso mucho tiempo con Max. Pero tengo otros alumnos.

—¿No pasa todo el día con él? —pregunta el policía.

—No. Max es un niño inteligente. No necesita de mi ayuda todo el día.

La directora asiente a todo. Nunca la he visto tan de acuerdo con la señorita Patterson.

—¿Podría decirme por qué no se ha presentado usted hoy al trabajo? —le pregunta el policía.

—Tenía cita con el médico. Dos citas, de hecho.

—¿Dónde era la cita?

—La primera en esta misma calle, un poco más abajo —responde la señorita Patterson, apuntando hacia la entrada del colegio—. En el ambulatorio. Hay una unidad de fisioterapia en el edificio. Tenía sesión con el fisioterapeuta por un problema en el hombro. Y luego tenía otra cita médica en la avenida Farmington. Allí estaba cuando Nancy me ha llamado.

—La señora Palmer dice que falta usted mucho al trabajo, especialmente los viernes. ¿Se debe a esas sesiones de fisioterapia?

La señorita Patterson mira a la señora Palmer un segundo y luego se vuelve al jefe de policía con una sonrisa.

Se ha llevado a Max y está sentada delante de un jefe de policía, sonriendo.

—Sí —responde—. Bueno, a veces falto porque estoy enferma y a veces porque tengo cita con el médico. —Calla un momento, respira hondo y luego dice—: No se lo había contado a nadie, pero padezco de lupus, y en los dos últimos años la enfermedad me está causando bastantes trastornos. Hay semanas en que se me hace muy cuesta arriba venir a trabajar cada día.

La señora Palmer la mira asombrada.

—Ruth, no sabía nada —le dice.

La directora lleva una mano al hombro de la señorita Patterson. Es lo mismo que haría la madre de Max para consolar a su hijo, si él la dejara tocarlo. No me puedo creer que la directora le haga un gesto así a la señorita Patterson. Max desaparece y la señorita Patterson dice que tiene una cosa que se llama lupus y de pronto la señora Palmer se pone a abrazarla y a darle palmaditas en el hombro.

—No importa —le dice la señorita Patterson a la directora—. No quería preocupar a nadie.

—¿Sabe algo que pudiera ayudarnos a localizar a Max? —pregunta el jefe de policía. Suena un poco irritado, y yo me alegro.

—Pues no se me ocurre nada —contesta ella—. Max nunca se había escapado, pero también es verdad que es un niño curioso, y pregunta mucho por el bosque. Aunque no me lo imagino internándose allí él solo.

—¿Por qué dice que nunca se había escapado? —pregunta el jefe de policía.

Esta vez es la señora Palmer quien contesta.

—Hay niños de Educación Especial que tienen tendencia a escaparse del colegio. Si consiguen llegar a la puerta, a veces salen corriendo a la calle. Pero Max no es uno de ellos.

—¿Max nunca ha intentado escapar? —pregunta el jefe de policía.

—No —contesta la señorita Patterson—. Nunca.

Es increíble lo tranquila que está. Quizá el lupus es una enfermedad que ayuda a mentir bien.

El jefe de policía baja la vista a su bloc amarillo. Carraspea. No sé por qué, pero estoy convencido de que va a hacer preguntas más importantes. Más complicadas.

—Se supone que Max hoy debía ir de la clase de la profesora Gosk a Educación Especial, pero no acudió. ¿Suele hacer solo ese trayecto?

—A veces —responde la señorita Patterson, pero no es verdad: yo voy siempre con él—. Cuando estoy en el colegio, lo recojo yo, pero no necesita que lo acompañen.

—Nuestra intención es que Max adquiera más autonomía —dice la señora Palmer—. Y a veces, aunque Ruth no esté, lo dejamos moverse solo por el recinto.

—Pero todos los viernes tengo cita con él en Educación Especial —dice la señorita Patterson—, así que lo normal es que lo acompañe yo, aprovechando que también tengo que ir hasta allí.

—¿Cree que es posible que Max saliera antes de tiempo de la clase de la señorita Gosk?

—Puede ser —contesta la señorita Patterson—. Max no sabe leer los relojes analógicos. ¿Donna lo envió allí a su hora?

—Eso dice —contesta el jefe de policía—. Pero me pregunto si podría haberlo enviado hacia allí antes de tiempo por error, o si Max podría haber salido del aula sin avisar o sin que ella se diera cuenta.

—Es posible.

—¡Mentirosa! —grito en voz alta, sin poder evitarlo. La señorita Gosk nunca manda fuera a los niños antes de hora. En todo caso olvida decirles que ha llegado la hora de irse. Está demasiado entretenida leyendo o dando clase. Y Max nunca saldría del aula sin permiso. Nunca jamás.

Cuanto más miente la señorita Patterson, más miedo me entra. Mentir se le da muy pero que muy bien.

—¿Y qué me dicen de los padres de Max? —pregunta el jefe de policía—. ¿Creen que hay algo que debería saber sobre ellos?

—¿A qué se refiere?

—¿Son buenos padres? ¿Hay buena relación entre ellos? ¿Traen a Max al colegio con puntualidad? ¿Tienen la impresión de que es un niño bien cuidado? Esas cosas.

—No lo entiendo —dice la señorita Patterson—. ¿Insinúa que sus padres pueden haberle hecho algo? Yo pensaba que Max había venido hoy al colegio.

—Sí ha venido al colegio, y lo más probable es que haya salido a dar un paseo simplemente y que regrese en cualquier momento, o que esté columpiándose en algún jardín, o quizá escondido en el bosque. Pero, en el supuesto de que no hubiera salido a dar un paseo, eso significaría que alguien se lo ha llevado, y en esos casos la persona suele ser un conocido del niño. Un familiar la mayoría de las veces. ¿Saben de alguien que pudiera desear llevarse a Max? ¿Podrían estar implicados los padres?

La señorita Patterson no responde a esa pregunta con la misma rapidez que a las otras, y el jefe de policía se da cuenta. Se inclina hacia delante al mismo tiempo que yo. Cree que está a punto de oír algo importante, y yo también. Solo que él cree que se trata de información de peso.

Y yo creo que lo que estoy a punto de oír es una mentira de peso.

—Nunca me ha parecido del todo apropiado que Max estuviera en este colegio.

La señorita Patterson habla como si levantara una pesada mochila del suelo. Sus palabras suenan pesadas y ligeras al mismo tiempo.

—Max es un niño muy sensible y no tiene amigos. De vez en cuando los niños se meten con él. Y él a veces se confunde y reacciona de forma peligrosa. Sale corriendo delante de un autocar escolar o se olvida de que es alérgico a ciertos frutos secos. Si yo fuera su madre, no sé si lo llevaría a una escuela pública. Me parece demasiado peligroso. Me cuesta pensar que un buen padre llevara a Max a este colegio. —La señorita Patterson hace una pausa. Se mira los zapatos. No creo que sea consciente de lo que acaba de decir, porque cuando levanta la mirada, parece sorprendida de encontrarse ante el jefe de policía—. Aunque no creo que sus padres hicieran algo que pudiera perjudicarle.

Lo ha dicho con demasiada rapidez, para mi gusto.

A la señorita Patterson no le gustan los padres de Max. Antes no lo sabía, pero ahora sí. Y no creo que ella quisiera que yo lo supiera.

—Pero ¿no hay nada en particular sobre esos padres que le parezca preocupante? —le pregunta el jefe de policía—. Aparte de que hayan inscrito a Max a una escuela pública, quiero decir.

La señorita Patterson se queda pensando un momento antes de responder.

—No.

El policía le pregunta seguidamente sobre las demás profesoras de Educación Especial, sobre los compañeros de Max y todas las personas que tienen trato con él a diario, que no son muchas. Ella dice que no se imagina a nadie del colegio llevándose a Max.

El policía dice que sí a todo con la cabeza.

—Quisiera que hiciera el trayecto que Max suele tomar para ir a Educación Especial acompañada de uno de mis agentes, por si ve algo que le llama la atención. Y, si eso sucede, luego vienen a informarme. Mi agente tomará también nota de sus datos personales para que podamos comunicarnos con usted en caso de ser necesario, y le hará algunas preguntas sobre todas las demás personas que usted sepa que están en contacto con Max a diario. ¿De acuerdo?

—De acuerdo —dice la señorita Patterson—. ¿Le importa si después de responder a esas preguntas me voy a mi casa? Aunque sea solo un rato. Me gustaría descansar un poco, porque la fisioterapia y la visita al médico me han dejado muy cansada. Pero, si prefiere que no salga del colegio, puedo echarme un rato en el sofá de la sala de profesores.

—No, no se preocupe. En caso de que surja algo, ya nos pondremos en contacto con usted. Si Max no ha aparecido antes de que se ponga el sol, tal vez necesitemos hablar con usted de nuevo. Nunca se sabe qué información puede ser necesaria.

—Haré todo cuanto que esté en mis manos por ayudarles —dice la señorita Patterson. Va a levantarse del sofá, pero de pronto se para—. Creen que lo encontrarán, ¿verdad?

—Eso espero —contesta el jefe de policía—. Como le decía, es muy probable que dentro de una hora lo tengamos aquí de vuelta, que esté jugando en el jardín de algún vecino. En fin, que sí, creo que lo encontraremos.

Yo sí sé que lo voy a encontrar.

Me voy a casa de la señorita Patterson.

Capítulo 25

Los padres de Max están esperando detrás del mostrador de secretaría. Soy el primero en verlos porque soy el primero en salir del despacho de la directora. Luego los ve la señorita Patterson, pero no creo que los reconozca. Ni que los haya visto nunca. Les ha robado a su hijo, ha dicho a la policía que son malos padres y ni siquiera es capaz de saber que son ellos. Creo que los padres de Max tampoco la conocen a ella. De nombre, sí, pero es la primera vez que se ven cara a cara. Normalmente, hablan con la señorita McGinn, la señorita Riner o la señorita Gosk.

Pero con la señorita Patterson, no. Nunca con una maestra de apoyo.

La señorita Patterson no se para a hablar con ellos. Sale por una puerta lateral a la izquierda, donde hay un policía esperándola. Es un hombre mayor, con una mancha marrón en el cuello, y no tiene aspecto de ser capaz de detener al malo de la película aunque fuera la señorita Patterson, que lo es.

La directora sale entonces de su despacho y ve a los padres de Max.

—Señores Delaney —saluda, como sorprendida.

La directora va hacia el mostrador de secretaría y abre la puerta batiente que separa el espacio donde espera la gente normal de la zona del personal del colegio.

—Pasen, por favor —les dice.

La madre de Max normalmente es la que manda en casa, pero en este momento no parece que mande en nada. Le tiemblan las manos y tiene la cara pálida. Es como si no estuviera viva, como una muñeca. Ya sé que suena tonto, pero parece que hasta los rizos del pelo se le han desrizado. No se la ve tan espabilada como siempre. Creo que tiene miedo. Y también hambre. Hambre de noticias, supongo.

Hoy es el padre de Max el que manda. Lleva a la mamá de Max abrazada, y mira alrededor como la señorita Gosk cuando pasa lista en clase. Comprobando quién está y quién no.

Los padres de Max dejan a un lado el mostrador y van hacia el despacho de la señora Palmer, aunque no creo que la mamá de Max pudiera dar un paso sin la ayuda de su marido.

—¿Se sabe algo ya? —pregunta el padre de Max antes de llegar al despacho.

No solo está haciendo de jefe, sino que suena como un jefe. Suelta las palabras como si fueran dardos. Dardos que van directos a la señora Palmer, y se nota que están cargados. No es una pregunta sin más. Está gritando a la señora Palmer por haber perdido a Max, aunque no se haya oído ningún grito y lo único que haya hecho sea preguntarle si se sabe algo.

—Entremos en mi despacho —dice la directora—. El señor Norton está esperando y podrá responder a sus preguntas.

—El señor Norton no estaba aquí cuando ha desaparecido Max —dice él.

Más dardos. Dardos afilados.

—Pasen dentro, por favor —dice la señora Palmer.

Entramos todos en el despacho de la directora. Los padres de Max se sientan en el sofá donde unos minutos antes estaban sentadas la señorita Patterson y la señora Palmer. Ojalá pudiera decirles que acaban de sentarse en el mismo sitio donde minutos atrás estaba sentada la persona que ha secuestrado a Max.

La directora va hacia el sofá donde el jefe de policía sigue sentado. Yo no tengo sitio, así que me quedo de pie al lado de los padres de Max. Aunque aquí no existan bandos, porque el malo de la película no está en la habitación como antes, siento como si los hubiera, y algo me dice que debo ponerme al lado de los padres de Max.

El jefe de policía se levanta para estrecharles la mano a los padres de Max. Se presenta y a continuación todos se sientan menos yo.

—Señores Delaney, soy el responsable de la búsqueda de su hijo. Si me permiten, les contaré lo que sabemos hasta el momento.

La madre de Max dice que sí con la cabeza, pero el padre de Max, no. Se queda quieto. Creo que lo hace adrede. Si se moviera, aunque fuera solo un gesto con la cabeza, ya no habría más bandos en la sala. Todos estarían en el mismo bando. Serían un equipo.

El papá de Max no mueve un pelo.

El jefe de policía les cuenta que se ha registrado todo el recinto y que unas cuantas personas están rastreando el barrio. Dice que «parten del supuesto» de que Max se ha escapado del colegio y no tardará en aparecer, pero a mí me suena que eso es lo que él quiere que haya pasado, porque si no, no sabría qué hacer.

—Max nunca se había escapado —dice el padre de Max.

—No —dice el jefe de policía—. Pero sus profesoras creen que es una posibilidad, y de todas las hipótesis es la más probable.

—¿Qué hipótesis? —pregunta el padre de Max.

—¿Disculpe? —dice el jefe de policía.

—¿A qué otras hipótesis se refiere?

El jefe de policía se queda pensando un momento. Cuando contesta, piensa mucho sus palabras.

—Bueno, es mucho más probable que se haya escapado de la escuela que no que lo hayan secuestrado.

Al oír la palabra «secuestrado», la madre de Max deja escapar un leve sollozo.

—No pretendo asustarla, señora Delaney. Como les decía, estoy esperando que suene el teléfono en cualquier momento anunciando que han encontrado a Max jugando en algún jardín o perdido entre la arboleda de algún vecino. Pero, si no conseguimos localizarle, habrá que tener en cuenta la posibilidad de que alguien se lo haya llevado. Ya hemos tomado medidas preliminares por si así fuera. Estamos explorando ambas posibilidades simultáneamente, por si acaso.

—¿Es posible que se escapara y alguien aprovechara para llevárselo?

Es la señora Palmer quien ha hecho esa pregunta, y noto por la expresión de su cara y la del jefe de policía que ambos desearían que no la hubiera hecho. Al menos delante de los padres de Max. La señora Palmer mira a la mamá de Max, que parece a punto de echarse a llorar.

—Lo siento —le dice—. No quería asustarla.

—Es poco probable —dice el jefe de policía—. Sería mucha coincidencia que Max hubiera decidido escapar justo en el momento en que ese secuestrador pasara por delante de la escuela. Pero se están investigando todas las opciones posibles, e interrogando a todo el personal del colegio que suele tratar con Max, e intentando averiguar si ha estado en contacto con algún desconocido últimamente.

—¿Por qué se le dejó solo? —pregunta la madre de Max.

Buena pregunta. Una pregunta dardo que debería habérsele clavado a la directora entre los ojos. Pero no, la pregunta suena como un dulce de gelatina. No tiene fuerza. Hasta la madre de Max parece gelatina. Toda temblona y sin fuerza.

—Su maestra de apoyo no estaba en el centro, pero no era la primera vez que Max iba solo a Educación Especial —dice la señora Palmer—. De hecho, uno de los objetivos de su escolarización es conseguir que sea más autónomo a la hora de desplazarse por el recinto y seguir un horario, de modo que no es nada raro que fuera del aula a Educación Especial solo.

—¿Ustedes creen que ese fue el momento en que desapareció? —pregunta el padre de Max—. ¿Mientras iba de su clase a Educación Especial?

—Sí —dice enseguida el jefe de policía. Creo que no quiere que la señora Palmer diga nada, por eso salta cada vez que hay un hueco en la conversación que ella pudiera aprovechar para decir algo—. Max fue visto por última vez en su clase habitual. Nunca llegó a Educación Especial, pero, como hoy su maestra de apoyo no estaba en el centro, los monitores no advirtieron su ausencia, porque, cuando está allí, trabaja con ella. Y su profesora, la señorita Gosk, daba por sentado que su hijo estaba en Educación Especial, de manera que puede que Max llevara fuera dos horas antes de que se le echara en falta.

El padre de Max se pasa la mano por el pelo. Es lo que suele hacer cuando no quiere decir algo malo. Lo hace mucho cuando discute con la madre de Max. Normalmente, un poco antes de dar un portazo y salir de casa.

—Desearíamos que nos proporcionaran cierta información —dice el jefe de policía—. Nombres de personas con las que Max trata habitualmente. Cualquier persona nueva que haya aparecido en su vida. Su rutina diaria. Cualquier dato médico que debiéramos conocer.

—Acaba de decir que iban a dar con él enseguida —dice la madre de Max.

—Sí, lo sé, y sigo pensando así. Tenemos a más de doscientas personas rastreando la zona en este momento, y los medios de comunicación están dando a conocer la noticia.

El jefe de policía va a decir algo más, pero en ese momento llaman a la puerta y una mujer policía asoma la cabeza.

—La señorita Patterson querría irse a casa si no la necesita.

—¿Nada nuevo durante el trayecto? —pregunta el jefe de policía.

—No.

—¿Tenemos sus datos personales?

—Sí.

—Bien, entonces puede irse —dice el jefe de policía.

—¡Está dejando escapar al culpable! —exclamo a voz en grito, pero nadie me oye.

Es como cuando el padre de Max o Sally se ponen a gritar ante la pantalla al ver que el detective está cometiendo el error de dejar escapar al malo de la película, con la diferencia de que en las películas a los malos normalmente los pillan. Esto es el mundo real, y no creo que aquí funcione esa misma regla. En el mundo real los malos como Tommy Swinden y la señorita Patterson a veces se salen con la suya. Max solo me tiene a mí, pero no le sirvo para nada.

—Bien, le diré que se vaya a su casa entonces —dice la mujer policía.

Eso significa que es hora de que yo me vaya también, aunque en el fondo desearía quedarme con la mamá de Max. La única forma de ayudarla es ayudarlo a él, pero no me parece bien dejarla aquí. Parece tan frágil... Como si solo una parte de ella estuviera aquí.

Pero tengo que encontrar a mi amigo.

Atravieso la puerta del despacho y vuelvo a entrar en secretaría. No veo a la señorita Patterson. La mujer policía que ha venido a decirle al señor Norton que la señora Patterson quería marcharse está hablando por teléfono. Está sentada al escritorio donde normalmente se sienta la secretaria. No sé dónde estará la señorita Patterson, pero sé donde deja normalmente aparcado el coche, y me preocupa que esté ya yendo hacia allí, así que echo a correr en dirección al aparcamiento cuando oigo a la mujer policía decir:

—Dígale que puede marcharse. Pero que tiene que dejar el móvil conectado por si necesitáramos ponernos en contacto con ella.

Se lo está diciendo a alguien al otro lado del teléfono.

Bien. Eso quiere decir que la señorita Patterson todavía no se ha ido.

De todos modos, me gustaría estar dentro de su coche antes de que ella llegue, así que echo a correr.

Una vez conocí a un amigo imaginario que era capaz de aparecer donde quisiera, siempre que fuera un lugar donde hubiera estado antes. En vez de ir andando a los sitios, se esfumaba y aparecía de pronto en otro lado. A mí me parecía un don fantástico, porque era como dejar de existir un segundo para volver a existir al segundo después. Le pregunté qué se sentía al dejar de existir, porque me interesaba saber si dolía, pero no entendió la pregunta.

—Es que yo no dejo de existir —dijo—. Solo salto de un sitio a otro.

—Pero ¿qué sientes durante el segundo que pasa entre el momento en que dejas de existir y apareces de nuevo?

—No siento nada. Solo tengo que parpadear y ya estoy en otro sitio distinto.

—Pero ¿qué se siente cuando el cuerpo desaparece del lugar donde estaba antes?

—Nada.

Noté que lo estaba poniendo nervioso y no seguí preguntando. A mí me daba un poco de envidia aquel don, pero por otro lado el pobre no abultaba más que una Barbie y tenía los ojos azules. Pero azules del todo. Sin nada de blanco. Era como si mirara a través de unas gafas de sol azul oscuro, o sea que el pobre apenas veía, sobre todo si estaba nublado o la maestra apagaba las luces de la clase para poner una película. Además, no le habían puesto nombre, lo cual no es tan extraño entre amigos imaginarios, pero no deja de ser un poco triste. Ya no está en este mundo. Dejó de existir durante las vacaciones de Navidad, cuando Max estaba todavía en preescolar.

Ojalá ahora mismo yo pudiera aparecer de repente en otro sitio. Pero no, voy corriendo por los pasillos, siguiendo el mismo camino que hice con Max esta mañana cuando la señorita Patterson se lo llevó. Hasta que llego a las mismas puertas dobles de cristal por las que salió Max.

El coche de la señorita Patterson no está en el aparcamiento. Recorro muy rápido la hilera de coches una y otra vez, pero no lo veo. Solamente hay una salida al aparcamiento, y un solo vestíbulo, y solo unas puertas de cristal; además, sé que la señorita Patterson no puede haber llegado antes que yo, porque he venido corriendo hasta aquí, cosa que la señorita Patterson no habría podido hacer sin llamar la atención.

De pronto caigo: tiene dos coches. Esta vez ha venido al colegio con un coche distinto. Uno en el que dentro no haya mochila azul ni ninguna prueba de que Max hubiera estado allí. Ni pelos, ni barro de las zapatillas, ni huellas dactilares. Ninguna de esas cosas que los científicos podrían utilizar para demostrar que Max había estado sentado en el asiento de atrás de ese coche. Seguro que eso es lo que ha hecho: ha venido al colegio en un coche distinto por si a la policía le daba por registrarlo. Sería muy astuto por su parte, y tengo la impresión de que la señorita Patterson es la persona más lista que he conocido en mi vida. Seguro que en cualquier momento sale por esas puertas de cristal y se mete en un coche distinto. Uno que nunca he visto antes. Puede que el que tengo delante ahora mismo.

Miro alrededor por si descubro algún coche nuevo en el aparcamiento. Uno que no haya visto antes. Y de repente lo veo. Veo el coche de la señorita Patterson, pero no uno nuevo, sino el de siempre. El coche donde está la mochila azul, el pelo de Max y el barro de sus zapatillas. Está aparcado en la glorieta que hay frente al colegio. La glorieta que está dentro del recinto, frente a las puertas de cristal por las que se entra al colegio, aunque está prohibido aparcar allí en horario escolar. Lo sé porque a veces oigo la voz de la señora Palmer por los altavoces rogando a la persona que ha aparcado en la glorieta que saque el coche de allí «inmediatamente». Por el modo en que dice «inmediatamente», se entiende que está enfadada. Podría decir simplemente: «Hagan el favor de sacar ese coche de la glorieta. Y que sepan que me molesta que aparquen ahí», pero no, dice «inmediatamente», que suena más suave y no tan suave al mismo tiempo.

Aunque siempre suele ser algún padre o maestro de apoyo el que aparca en la glorieta, porque el personal del colegio sabe que está prohibido. La señorita Patterson también debería saberlo. Pero entonces, ¿por qué habrá aparcado allí? En la glorieta también hay coches de la policía, pero ellos tienen permiso para saltarse las reglas.

Ahora me doy cuenta de que los padres de Max también han aparcado en la glorieta. Su coche está detrás del de la señorita Patterson, pero no, ya no, porque el coche de la señorita Patterson se está moviendo en este momento. Está dando la vuelta por la parte de atrás de la glorieta en dirección a la calle.

Echo a correr. Corro todo lo rápido que puedo, que es solo lo rápido que Max imaginó que pudiera correr, y no es mucho. Me gustaría gritar «¡Pare! ¡Quieta ahí! ¡Está prohibido aparcar en la glorieta!». Pero ella no me oiría, porque lleva las ventanillas cerradas y ya está muy lejos y porque soy un ser imaginario, y solo otros amigos imaginarios, además de ese amigo mío que ella ha secuestrado, pueden oírme.

Cruzo sin mirar a los dos lados y sin utilizar el paso de peatones, y corro por el jardín delantero del colegio en dirección al otro extremo de la glorieta, pero la señorita Patterson ya está saliendo a la calle y gira a la derecha. Ojalá pudiera aparecer en otro sitio como por arte de magia. Cierro los ojos e intento imaginar el asiento trasero del coche de la señora Patterson, con la mochila azul, el pelo de Max y el barro de sus zapatillas, pero, cuando abro los ojos un segundo más tarde, sigo corriendo por el jardín del colegio y el coche de la señorita Patterson desaparece ya cuesta abajo en una curva.

Aflojo la marcha y al final me detengo. Estoy en mitad del jardín delantero del colegio, bajo dos árboles. Alrededor caen hojas amarillas y rojas.

He perdido a Max.

Otra vez.

Capítulo 26

El jefe de policía les ha dicho a los padres de Max que no ha perdido la esperanza de encontrar a su hijo en el barrio, pero que ha decidido «orientar la investigación en una dirección distinta».

Eso significa que ya no piensa que Max se haya escapado.

Ha enviado a los padres de Max a la sala de profesores con una mujer policía para que les haga otra serie de preguntas. Luego le ha dicho al agente de la mancha marrón en el cuello que telefoneara a Burger King y Aetna, y verificara que los padres de Max estaban en sus respectivos lugares de trabajo en el momento de la desaparición de Max. Quiere asegurarse de que no hayan sido sus mismos padres quienes se lo hayan llevado. No me sorprende. La policía siempre investiga primero a los padres.

En televisión parece que los malos siempre son ellos.

Al rato, la mujer policía vuelve al despacho de la directora y le dice al señor Norton que tanto el padre como la madre de Max estaban trabajando «a plena vista», lo que quiere decir que no pudieron venir al colegio en el coche para llevarse a Max y luego regresar sin que nadie se diera cuenta de que habían salido del trabajo.

El señor Norton parece aliviado.

Supongo que será mejor buscar a un secuestrador de niños desconocido que descubrir que ha sido el padre o la madre quien se lo ha llevado. Pero también sé por la televisión que los que hacen daño a los niños o los secuestran no suelen ser desconocidos, como ha pasado en el caso de Max. La señorita Patterson no es una desconocida. Pero sí muy lista.

Unos veinte minutos antes de que terminaran las clases, el jefe de policía ha dado permiso para que abrieran las puertas del colegio y para que los niños se pusieran los abrigos e hicieran cola para subir a los autocares. Pero hoy había pocas colas. A muchos han venido a recogerlos sus padres, que esperaban ante las puertas del colegio mordiéndose las uñas, dando vueltas a los anillos y moviéndose más rápido que de costumbre, como si el secuestrador estuviera escondido detrás de la arboleda del jardín de delante, esperando a hacerse con unos cuantos niños más.

He intentado hablar con Chucho antes de que se marchara a casa con Piper, pero no me ha dado tiempo a decirle gran cosa porque enseguida han avisado de que su autocar estaba listo para salir.

—Ha sido la señorita Patterson la que se ha llevado a Max —le he dicho.

Estábamos de pie en la clase de Piper, viendo cómo recogía los papeles de su pupitre y los metía en la mochila. Bueno, en realidad, quien estaba de pie era Chucho. Yo para hablar con él me tengo que sentar en el suelo, porque es solo un cachorrito.

—¿Cómo que ze lo ha llevado? —me ha preguntado.

Siempre se me hace raro oír hablar a Chucho, porque los perros no hablan, y Chucho tiene toda la pinta de perro. Habla con la lengua colgando, y por eso cecea. Además, se rasca mucho, aunque las pulgas imaginarias no existen, que yo sepa.

—Pues eso, que se ha llevado a Max en el coche.

—Pero no zería a la fuerza. Habrán ido a dar una vuelta.

—Puede, pero no creo que Max supiera qué estaba pasando. Creo que la señorita Patterson lo ha engañado.

—¿Por qué? —ha dicho Chucho—. ¿Para qué iba a querer una maeztra engañar a un niño de zu edad?

Esa es otra de las razones por las que no me gusta hablar con Chucho. Porque hay cosas que no entiende. Piper aún es muy pequeña, está en primero, y como Chucho casi nunca se aparta de ella, no ha tenido oportunidad de ver el mundo de los mayores. Por las noches Chucho no va a la gasolinera, ni al hospital, ni ve la tele con los padres de Piper. Se parece demasiado a ella. Aún no sabe de otras cosas, como por qué una maestra podría llevarse a un niño.

—No sé por qué habrá tenido que engañarlo —le digo, porque no quiero contarle cosas malas—, pero me parece que no le caen bien los padres de Max. Quizá piensa que son mala gente.

—¿Por qué iban a zer mala gente? Zon padrez.

¿Veis qué quiero decir?

Ojalá pudiera hablar con Graham. La echo mucho de menos. Creo que soy el único. Si Meghan la echara de menos, Graham todavía seguiría en este mundo. Me pregunto si se acordará de ella siquiera.

Pase lo que pase, cuando yo desaparezca, no creo que nadie se acuerde de mí. Será como si nunca hubiera existido. No quedará prueba de que he pasado por este mundo. Cuando Graham estaba a punto de desaparecer, me dijo que lo que la ponía triste era pensar que no vería crecer a Meghan. Si yo desapareciera, me pondría triste no poder ver crecer a Max, pero también no verme crecer a mí mismo.

Aunque si desapareces no sientes tristeza, porque los desaparecidos no pueden sentir tristeza.

A los desaparecidos solo se les recuerda o se les olvida.

Yo me acuerdo de Graham, así que su paso por este mundo todavía importa. No ha sido olvidada. Pero Graham no estará aquí para acordarse de mí.

La policía ha llamado por teléfono a un restaurante chino para pedir algo de comida para los padres de Max, y el señor Norton acaba de traérsela.

—Tenemos otras preguntas que hacerles, pero no llevará mucho tiempo. ¿Podrían quedarse una hora más y luego una patrulla los acompañará a su casa?

—Nos quedaremos el tiempo que necesite —responde la madre de Max.

Suena como si deseara quedarse aquí toda la noche. No me extraña. Mientras siga aquí, puede seguir pensando que Max aparecerá en cualquier momento. Irse a su casa sería dar por sentado que no van a encontrar a Max esta noche.

A menos que se les ocurra ir a casa de la señorita Patterson, no lo encontrarán.

El agente de la mancha marrón en el cuello sale del despacho con el jefe. El señor Norton quiere que los padres de Max coman tranquilos los dos solos.

Yo me quedo. Ahora que Max no está, sus padres son las únicas personas que tengo en el mundo.

Nada más cerrarse la puerta, la madre de Max se echa a llorar. No llora como los niños de preescolar cuando llegan al cole el primer día. Llora sin hacer ruido. Muchos sollozos y lágrimas, pero ya está. El padre de Max le pasa el brazo por encima. No dice nada, y no entiendo por qué. Se quedan sentados en silencio. Quizá sientan tanto dolor por dentro que la única forma de expresarlo sea no decir nada.

Yo también siento mucho dolor por dentro, pero, si pudiera, hablaría.

Les diría lo idiota que me siento por haber dejado que la señorita Patterson se fuera sin mí. Lo idiota, lo culpable y lo inútil que me siento. Y lo mucho que me preocupa saber que hoy es viernes y ya no me podré meter en el coche de la señorita Patterson hasta el lunes por la tarde. Y si la señorita Patterson no viene al colegio el lunes, nunca sabré dónde vive y nunca encontraré a Max.

Si pudiera hablar con sus padres, les diría que la señorita Patterson se ha llevado del colegio a su hijo engañado, que ha mentido y que Max está en apuros. Si pudiera contarles todo eso, Max podría salvarse. Ojalá pudiera entrar en su mundo y comunicarme con ellos.

Todo esto me ha hecho pensar en Oswald, el hombre que está en el hospital. El malvado hombre imaginario al que no quiero volver a ver nunca más.

Aunque puede que ahora no me quede más remedio que hacerle una visita.

Capítulo 27

Esta noche tenemos en casa a dos policías, de esos que nunca duermen. En la comisaría hay muchos policías así. Pasan toda la noche despiertos porque la comisaría nunca cierra.

Se han sentado en la cocina y están tomando café y viendo la tele. Se hace raro tener a dos extraños en casa, sobre todo no estando aquí Max. A sus padres también tiene que hacérseles raro, porque, en vez de quedarse en la sala de estar viendo la tele, han subido a su dormitorio.

El padre de Max quería salir a la calle a buscarle, pero el señor Norton le ha dicho que se fuera a su casa y durmiera un poco.

—Tenemos coches patrulla y voluntarios recorriendo el barrio; si quieren sernos útiles mañana, mejor que descansen bien.

—Pero ¿y si Max está herido en algún sitio? —ha preguntado el padre de Max, y lo ha dicho con rabia, pero con esa rabia que sacan las personas cuando tienen miedo. Ha sonado más bien nervioso y acelerado. Era un miedo disfrazado de voz alta y cara colorada—. ¿Y si ha resbalado y al caer se ha dado un golpe en la cabeza y está inconsciente bajo un arbusto, donde sus coches patrulla no pueden verlo? ¿O si se ha caído por una alcantarilla abierta o incluso si se le ha ocurrido meterse en una? ¿Y si ahora mismo está en una calle, tirado en un charco, desangrándose?

La madre de Max se ha puesto a llorar otra vez, y gracias a eso el padre de Max no ha mencionado que su hijo pudiera estar ahora mismo muriéndose en alguna parte o muerto ya.

—Todas esas posibilidades ya se han tenido en cuenta —ha dicho el jefe de policía Norton.

Aunque el padre de Max le ha hablado casi gritando, el señor Norton no ha alzado la voz. Sabe que no está enfadado con él. A lo mejor incluso sabe que en realidad no está enfadado, sino asustado. A lo mejor es más inteligente de lo que yo pensaba.

—De hecho, hemos inspeccionado ya todas las alcantarillas en un radio de seis kilómetros alrededor de la escuela, y ahora mismo se está ampliando la búsqueda. Sí, es posible que Max se haya quedado atrapado en algún sitio donde nuestros equipos de rastreo no puedan verlo fácilmente, pero ya están todos avisados de esa posibilidad y no dejarán piedra por mover.

El padre de Max está en lo cierto: Max se encuentra atrapado en un sitio donde nadie puede verlo. Pero no creo que importe lo bien que lo busquen.

Después de esa conversación, los padres de Max se han ido a casa y, después de enseñarles a los policías donde estaban la cafetera, el baño, el teléfono y el mando a distancia, han dicho que se iban a la cama.

Ahora están en su habitación, pero no han encendido el televisor, y no recuerdo la última vez que pasaron una noche sin ver la tele. La madre de Max se ha duchado y ahora está sentada en la cama, cepillándose el pelo. El padre de Max está sentado también en el filo de la cama, y en la mano tiene un móvil al que no deja de darle vueltas.

—No hago más que pensar en el miedo que estará pasando —dice la madre de Max.

Ha dejado de cepillarse el pelo.

—Sí —dice su marido—. Yo no hago más que pensar en que esté atrapado en algún sitio. Puede que se haya metido en el sótano de una casa abandonada o en alguna cueva que haya encontrado en el bosque y no pueda salir. Sea donde sea, no hago más que pensar en lo solo que se sentirá y el miedo que estará pasando.

—Ojalá Budo esté con él.

Al oír a la madre de Max decir mi nombre, se me escapa un gritito. Ya sé que ella cree que soy imaginario, pero por un segundo me ha parecido que hablaba de mí como si yo fuera alguien real.

—No había pensado en eso —dice el padre de Max—. Si al menos eso le hace sentir mejor y no pasa tanto miedo...

La madre de Max se echa a llorar, y un segundo después su padre también. Solo que él llora por dentro. Se nota que está llorando, pero también que él no cree que se note.

—No hago más que pensar en qué habremos hecho mal —dice la madre de Max, sin dejar de llorar—. Y en que es culpa mía hasta cierto punto.

—No digas eso —le contesta él, y noto que se le han acabado las lágrimas. Al menos, por el momento—. La culpa ha sido de esa maldita maestra por descuidarse; seguro que salió a dar una vuelta y se perdió. Luego vería algo que le llamara la atención y se quedaría atrapado en algún sitio. Con lo que tenemos encima, solo falta que ahora nos echemos la culpa.

—¿Tú no crees que se lo puede haber llevado alguien?

—No —dice el padre de Max—. No creo que haya pasado eso. Seguro que acabarán encontrándolo en el fondo de algún pozo o encerrado en el sótano de una casa abandonada o en el cobertizo de algún vecino. Además, ya conoces a Max. Seguramente ha oído que lo llamaban a voces y no ha contestado para no tener que hablar con un extraño o ponerse a dar gritos. Puede que lo encuentren helado de frío, empapado y asustado, pero lo encontrarán, no va a pasar nada malo. Eso es lo que yo creo. Algo me lo dice por dentro.

El padre de Max suena optimista. Parece muy esperanzado, y creo que habla con sinceridad. La madre de Max empieza a creérselo también. Por un segundo, también yo me lo creo. Quiero creérmelo.

Se abrazan los dos y no se sueltan. Al cabo de un rato me siento incómodo sentado en la cama con ellos y me marcho. De todas maneras, seguramente no tardarán en dormirse.

Hoy no tengo ganas de ir a la gasolinera. Dee y Sally no estarán allí, y no me apetece nada que me recuerden a la cantidad de personas que he perdido en la vida: Graham, Dee, Sally, Max. Antes la gasolinera era uno de mis sitios favoritos, pero ya no.

Tampoco puedo quedarme aquí. Toda la noche, no. Me siento un poco raro en el dormitorio de los padres de Max, y no me apetece quedarme solo en el de Max. Pero no puedo sentarme en la sala de estar ni en la cocina porque están los policías, y se han puesto a ver uno de esos programas en los que un hombre habla ante un montón de gente y todos lo encuentran muy gracioso, en realidad mucho más que los que están viendo la tele.

Además, me siento muy raro con esos extraños en casa.

Necesito hablar con alguien. Pero no hay muchos sitios donde un amigo imaginario pueda ir para hablar con alguien, sobre todo de noche.

Aunque yo sé de uno.

Capítulo 28

El Hospital Infantil está delante del hospital normal, pero yo al normal no voy nunca. Desde mi encuentro con el malvado hombre imaginario, no lo piso. A veces solo de acercarme al infantil ya me entra miedo, porque está muy cerca del de los mayores.

Pero el Hospital Infantil es el mejor sitio donde encontrar amigos imaginarios. Mejor que los colegios. En los colegios hay muchos niños, pero la mayoría deja a sus amigos imaginarios en casa, porque, cuando estás rodeado de maestros y niños, es difícil encontrar el momento para hablar y jugar con tu amigo imaginario. Hay niños de preescolar que el primer día de clase los llevan al colegio, pero, a no ser que sean como Max, enseguida descubren que hablar con alguien que nadie es capaz de ver no es la mejor manera de hacer amigos. Ese es el momento en que la mayoría de los amigos imaginarios deja de existir.

El parvulario los mata.

El Hospital Infantil, sin embargo, siempre ha sido un buen lugar donde encontrar a otros amigos imaginarios. Cuando

Max estaba en primero, vine a este hospital porque su maestra de entonces, la señorita Kropp, dijo en clase que los hospitales estaban abiertos las veinticuatro horas del día. Ese día la señorita Kropp les habló a los niños del 112, que es el número que hay que marcar en el teléfono en una emergencia.

Si yo fuera capaz de marcar números, lo habría hecho hoy, cuando he visto que la señorita Patterson se llevaba a Max.

La señorita Kropp dijo que puedes marcar el 112 a cualquier hora, porque las ambulancias y los hospitales no cierran nunca. Así que una noche, en vez de ir a la gasolinera, me fui directamente al hospital, que está como a seis gasolineras de distancia.

Los niños del Hospital Infantil están siempre enfermos. Algunos solo uno o dos días. Por un lado están los que, por ejemplo, se caen de la bici y se dan un golpe en la cabeza, o los que han pillado esa cosa que llaman neumonía, pero también hay otros niños que llevan mucho tiempo en el hospital, porque están graves. Y muchos de esos niños, sobre todo los que están muy muy enfermos, tienen amigos imaginarios, seguramente porque los necesitan. Hay niños con la cara pálida, delgados y sin pelo en la cabeza, que se despiertan a media noche llorando muy bajito para que no los oigan y se preocupen. Los niños que están enfermos saben que están enfermos, y los que están muy muy enfermos saben que están muy muy enfermos, pero todos tienen miedo. Por eso muchos necesitan amigos imaginarios que les hagan compañía cuando sus padres se van a casa y ellos se quedan en el hospital, con esas máquinas que pitan y hacen luces.

El ascensor del hospital es una lata, porque no puedo con sus puertas. Soy capaz de atravesar puertas de cristal, puertas de madera, puertas de habitaciones e incluso de coches, pero no puertas de ascensor. Será porque a Max le dan miedo y nunca, por nada del mundo, entra en un ascensor, y seguramente no le parecen puertas normales. Para él son más bien como trampas.

El caso es que quiero ir a la planta catorce, y lo más fácil sería subir en ascensor. Catorce pisos son muchas escaleras. Pero, para subir en ascensor, antes tengo que asegurarme de que haya sitio dentro, porque, aunque nadie pueda verme ni sentirme, si hay demasiadas personas chocarán conmigo y me dejarán aplastado en un rincón.

Bueno, me explicaré mejor: yo no choco con ellas, choco con la idea de ellas, porque, aunque ellas no me sientan, yo sí. A veces, cuando el ascensor va lleno y me quedo aprisionado en un rincón, me entra una sensación parecida a la que siente Max cuando está en un ascensor. Siento que me aprisionan, que me aplastan, como si me asfixiaran, aunque yo de hecho no respiro. Parece que respire, pero lo que respiro es la idea del aire, algo que siempre está presente.

Es muy extraño ser un amigo imaginario. No te asfixias, ni enfermas, ni te rompes la cabeza de una caída y tampoco pillas neumonías. Lo único que puede matarte es que una persona no crea en ti. Y eso es más frecuente que todas las asfixias, caídas y neumonías juntas.

Espero a que la persona vestida de azul pulse el botón. Ha entrado en el hospital justo detrás de mí. Como no puedo pulsar el botón que avisa al ascensor de que hay alguien esperando, no me queda más remedio que esperar a que alguien quiera montarse. Y luego confiar en que esa persona se baje en una planta que esté cerca de la mía. Esta vez he tenido suerte porque la señora del traje azul pulsa el número once. Si no se monta nadie más, me bajaré en el once y subiré andando hasta el catorce.

Subimos hasta el piso número once sin que nadie nos pare. Una vez allí, salgo del ascensor y subo andando los últimos tres tramos de escaleras.

La planta catorce tiene forma como de araña, con un círculo en el centro donde están trabajando los médicos, y cuatro pasillos que salen de él. Voy hacia el círculo central, y paso junto a toda una serie de puertas abiertas a los dos lados del pasillo. Esa es otra de las cosas buenas del Hospital Infantil, que los médicos no cierran del todo las puertas de las habitaciones de los niños, así que los amigos imaginarios que no pueden atravesar puertas no se quedan atrapados dentro toda la noche.

Es tarde y el pasillo está tranquilo. Toda la planta está tranquila. La mayoría de las habitaciones tienen la luz apagada. En el círculo central hay un grupo de doctoras, unas sentadas, otras de pie detrás de los mostradores, escribiendo números y palabras en sus blocs, y otras que van a visitar a los enfermos que avisan desde su habitación. Esas doctoras son como los policías que nunca duermen. Pueden pasarse toda la noche despierta, aunque no parece que por gusto.

En el otro extremo de una de las patas de araña hay una salita con sofás, sillones y montones de revistas y juegos. Aquí es donde vienen los niños a hacer el recreo durante el día. Y donde los amigos imaginarios que no duermen se juntan.

Antes pensaba que ningún amigo imaginario dormía, pero Graham me dijo que ella por las noches sí lo hacía, así que puede que esta noche haya amigos imaginarios que estén durmiendo junto a sus amigos humanos enfermos en las habitaciones del hospital.

Imagino a Graham dormida en una cama junto a Meghan y me entran ganas de llorar otra vez.

Esta noche hay tres amigos imaginarios en el cuarto de recreo, lo cual no es mucho. A los tres se les nota de lejos que son amigos imaginarios. Uno de los niños podría parecer humano, si no fuera porque tiene las piernas y los pies muy pequeños y llenos de pelos, y la cabeza demasiado grande para el cuerpo. Me recuerda a ese muñeco cabezón del equipo de béisbol de los Red Sox que la señorita Gosk tiene en su escritorio. Pero al menos tiene orejas, cejas y dedos, así que parece más humano que muchos amigos imaginarios. De todos modos, es tan cabezón que no sé qué pinta tendrá cuando se ponga a andar.

Sentada junto al cabezudo hay una niña que abulta lo mismo que un botellín. Tiene el pelo de color amarillo, pero le faltan la nariz y el cuello. La cabeza está pegada al cuerpo como las de los muñecos de nieve. No parpadea.

El tercero parece una cuchara del tamaño de un niño, con dos ojos grandes y redondos, la boquita pequeña, y brazos y piernas como de monigote. Es de color plateado y no lleva ropa, aunque no la necesita, porque, si no fuera porque tiene brazos y piernas, parecería una cuchara.

Pensándolo bien, no sé si es niño o niña. Algunos amigos imaginarios no son ni una cosa ni la otra. Quizá sea solo una cuchara.

Cuando entro, dejan de hablar y me miran. Pero no a los ojos, seguramente porque piensan que soy humano.

—Hola —saludo, y la cuchara se asusta.

El cabezudo da un respingo y su cabeza se bambolea como la del muñeco de la señorita Gosk.

La niña diminuta no se mueve. Ni parpadea siquiera.

—Pensaba que eras real —dice la cuchara. Parece tan asombrada que casi no le salen las palabras.

Creo que es un niño, porque tiene voz de niño.

—¡Y yo! —dice el de la cabeza bamboleante. Suena ilusionado.

—Pues no. Soy como vosotros. Me llamo Budo.

—Vaya, pareces muy real —dice el niño cuchara, mirándome de arriba abajo sin disimulo.

—Bueno, es que soy real. Tan real como vosotros.

Cada vez que me encuentro con amigos imaginarios tenemos la misma conversación. Siempre se asombran de que no sea un humano y de que parezca tan real. Y luego tengo que recordarles que ellos también son reales.

—Ya —dice el niño cuchara—. Pero tú pareces un humano de verdad.

—Lo sé —digo.

Nos quedamos un momento en silencio, y luego vuelve a hablar el niño cuchara.

—Yo me llamo Cuchara —dice.

—Yo, Klute —dice el cabezón—. Y ella, Summer.

—Hola —dice la niña con una vocecita que apenas se oye. No ha dicho más que «hola», pero enseguida he notado que está triste. Nunca he visto a nadie tan triste. Más triste que el padre de Max cuando juega a pelota con su hijo y Max nunca acierta a cogerla.

Puede que tan triste como yo cada vez que me acuerdo de Graham.

—¿Tienes a alguien en el hospital? —pregunta Cuchara.

—¿Qué quieres decir?

—Que si tienes a algún amigo humano en este hospital.

—Ah, no. He venido a dar una vuelta. Paso por aquí de vez en cuando. Siempre me encuentro con algún amigo imaginario.

—Es verdad —dice Klute, y al decir que sí con la cabeza, esta se le bambolea de un lado al otro—. Yo llevo una semana aquí con Eric y nunca había visto tantos amigos imaginarios juntos.

—¿Eric es tu amigo humano? —le pregunto.

Klute dice que sí bamboleando la cabeza.

—¿Cuánto tiempo hace que estáis en este mundo? —les pregunto.

—Yo desde el verano, cuando Eric estaba en el campamento —responde Klute.

Hago la cuenta atrás.

—¿Cinco meses? —pregunto.

—No lo sé. No sé contar por meses.

—¿Y tú? —le pregunto a Cuchara.

—Este es mi año número tres —responde—. Dos años de preescolar y ahora primero. Eso son tres años, ¿no?

—Sí —le digo. Me asombra que Cuchara lleve tanto tiempo en este mundo. Los amigos imaginarios que no parecen personas no suelen durar mucho—. Tres años es mucho tiempo.

—Lo sé —dice Cuchara—. No he conocido a ningún amigo imaginario que haya durado tanto.

—Yo casi voy por seis —le digo.

—¿Seis qué? —pregunta Klute.

—Seis años. Max está ahora en tercero. Es mi amigo humano.

—¿Seis años? —dice Cuchara.

—Sí.

Se quedan los tres callados un momento. Sin quitarme el ojo de encima.

—¿Has dejado a Max? —La que ha hablado es Summer, con una vocecita que apenas se oye, pero que me sorprende.

—¿Qué quieres decir?

—Que si has dejado a Max en casa.

—No, Max no está en casa. Está fuera.

—Ah. —Summer se queda callada un momento y luego pregunta—: ¿Y por qué no te has ido con él?

—Porque no he podido. No sé dónde está.

Voy a explicarles lo que le ha pasado a mi amigo cuando Summer habla de nuevo, todavía con una vocecita muy débil, pero que en realidad suena fuerte.

—Yo nunca podría dejar a Grace.

—¿Grace? —pregunto.

—Grace es mi amiga humana. Yo nunca me atrevería a dejarla. Ni un segundo siquiera.

Abro la boca para explicar lo que le ha pasado a Max, pero Summer se me adelanta.

—Grace se está muriendo.

Miro a Summer. Abro la boca para decir algo, pero no sale nada. No sé qué decir.

—Grace se está muriendo —repite Summer—. Tiene leucemia. Es una enfermedad muy grave. Es como la peor gripe que pueden pillar los seres humanos. Y se está muriendo. El médico le dijo a mami que Grace se está muriendo.

Sigo sin saber qué decir. Intento pensar en algo con lo que consolar a Summer o a mí mismo, pero Summer se me adelanta otra vez.

—Así que no dejes solo a Max mucho tiempo, porque él también podría morirse algún día. Aprovecha para jugar todo lo que puedas con él mientras esté vivo.

De repente me doy cuenta de que Summer no ha tenido siempre esa vocecita tan débil y tan triste. Se le ha puesto así porque Grace se está muriendo, pero estoy seguro de que Summer antes siempre sonreía y era feliz. Ahora mismo estoy viendo a la Summer feliz, como una sombra que rodea a la Summer triste.

—Lo digo en serio —insiste Summer—. Los amigos humanos no viven para siempre. Se mueren.

—Lo sé —digo.

Pero no le cuento que lo único en lo que yo pienso últimamente es en que Max pudiera morirse.

Lo que sí hago es hablarles de Max a los tres. Les cuento lo mucho que le gusta jugar con sus piezas de Lego y lo mucho que quiere a la señorita Gosk. Les cuento de sus bloqueos. De sus cacas de propina. De sus padres. De su pelea con Tommy Swinden. Y luego les hablo de la señorita Patterson y de lo que le ha hecho. Que lo tiene engañado. Que los tiene engañados a todos menos a mí.

Aunque a mí también me ha engañado, porque si no, yo ahora mismo estaría con Max.

Noto por la forma en que me miran que quien mejor entiende lo que digo es Cuchara, pero quien entiende mejor lo que siento es Summer. Está asustada por lo que pueda pasarle a Max, casi tanto como yo, creo. Klute escucha, pero me recuerda a Chucho. No creo que entienda nada. Intenta seguir el hilo, pero nada más.

—Tienes que encontrarlo —dice Cuchara cuando termino de hablar. Lo dice con la misma voz que pone Max cuando habla con sus soldaditos. Dando órdenes, más que hablando.

—Ya lo sé. Pero no sé qué hacer cuando lo encuentre.

—Tienes que ayudarlo —dice Summer. Ahora se la oye perfectamente. Habla bajito todavía, pero no con la voz débil de antes.

—Ya lo sé —digo de nuevo—, pero no sé cómo. No podré decirle a la policía dónde está, ni tampoco a sus padres.

—Yo no he dicho que ayudes a la policía —dice Summer—. He dicho que ayudes a Max.

—No entiendo qué quieres decir.

—Primero tienes que encontrarlo —dice Cuchara.

Observo la cabeza bamboleante de Klute según va saltando con la mirada de Summer a Cuchara y luego a mí.

Creo que ha perdido el hilo.

—Tienes que ayudarlo —dice Summer, ahora ya molesta. Enfadada, casi—. Tienes que ayudarlo a volver con sus papás.

—Ya, pero si no puedo decirle a la policía ni a sus padres donde está, es…

—Eres tú quien tiene que ayudarle —dice Summer.

Es como si me estuviera chillando, aunque hable con su voz de siempre. Es su voz, pero ya no suena débil. Suena superfuerte. Y ella también parece grande y fuerte. Sigue abultando poco más que un botellín, pero de pronto parece más grande.

—No la policía, tú —dice Summer—. Eres tú quien tiene que ayudar a Max. ¿Sabes la suerte que tienes?

—¿Qué quieres decir?

—Grace se está muriendo. Se morirá sin que yo pueda hacer nada. Puedo sentarme a su lado y hacerla sonreír, pero no salvarle la vida. Se morirá y se irá para siempre sin que yo pueda hacer nada. No puedo salvarla. Tú, en cambio, sí puedes salvar a Max.

—Pero si no sé cómo —le digo.

Estoy mirando a esta niña diminuta que está ahí abajo, con esa vocecita que apenas se oye y, sin embargo, soy yo quien se siente diminuto. Me parece que Summer lo sabe todo. Puede que yo sea el amigo imaginario más viejo del mundo, pero esta niña pequeña lo sabe todo y yo no sé nada.

De pronto me doy cuenta de que a lo mejor Summer podría tener una respuesta para esa pregunta que me da vueltas a la cabeza a todas horas.

—¿Qué pasará contigo cuando Grace muera? —le pregunto.

—¿Te preocupa que Max muera? —pregunta Summer—. ¿Que lo muera esa maestra?

—Podría ser. No me gusta pensarlo, pero sé que es verdad. Aunque no lo pensara, no dejaría de ser verdad.

—¿Estás preocupado por Max o por ti mismo? —pregunta Summer.

Quisiera mentirle, pero no puedo. Esta niña diminuta con su vocecilla diminuta lo sabe todo. Estoy convencido.

—Las dos cosas —contesto.

—No tendrías que preocuparte por ti mismo —me dice Summer—. La vida de Max está ahora en peligro, y tienes que salvarle. Es posible que salvándolo a él te salves tú, pero eso no importa.

—¿Qué pasará cuando Grace muera? —le pregunto otra vez—. ¿Morirás con ella?

—Eso no importa —dice Summer.

—¿Por qué?

—Eso digo yo. ¿Por qué? —pregunta Cuchara.

Klute bambolea la cabeza como preguntando lo mismo. Todos queremos saber por qué.

Viendo que Summer no contesta, repito la pregunta. Con miedo. Le he cogido un poco de miedo a Summer. No sé por qué, pero así es. Le tengo miedo a esta niña diminuta con su vocecilla diminuta. Aun así, quiero saberlo.

—¿Te morirás cuando Grace se muera?

—Creo que sí —responde Summer, mirándose sus diminutos piececitos. Luego levanta la cabeza para mirarme a mí—. Eso espero.

Nos miramos los dos un buen rato, y al final ella dice:

—¿Vas a salvar a Max?

Digo que sí con la cabeza.

Summer sonríe. Es la primera vez que la veo sonreír. Sonríe un segundo nada más y vuelve a ponerse seria.

—Salvaré a Max —digo en voz alta. Y luego, porque creo que es importante que lo diga, sobre todo por Summer, añado—: Lo prometo.

Cuchara asiente con un gesto.

Klute bambolea la cabeza.

Y Summer vuelve a sonreír.

Capítulo 29

Bajo en el ascensor con un señor que lleva una máquina con ruedas. Se para en la cuarta planta, y yo salgo detrás. Aunque el ascensor vaya de bajada, podría cambiar de dirección en cualquier momento y volver a subir. Me ha pasado otras veces.

Salgo del ascensor y giro a la derecha. Las escaleras quedan a la vuelta. Al volverme, me fijo en el letrero de la pared. Hay una lista de palabras con unas flechitas que indican a derecha y a izquierda. No es que sepa leer muy bien, pero me defiendo:

→Sala de espera
→Habitaciones 401-420
←Habitaciones 421-440
←Servicios

Y bajo «Servicios», la palabra «UCI», con una flechita que indica a la derecha.

Leo en alto la palabra y de pronto caigo en que todas sus letras están escritas en mayúscula. Eso quiere decir que no es una palabra. Son iniciales, lo que significa que cada letra representa una palabra: «U-C-I». Lo aprendí cuando íbamos a primero.

Leo otra vez esas iniciales y de pronto me viene a la memoria que ya las había oído antes: UCI es el sitio al que se llevaron a Dee la noche en que aquel hombre le disparó.

Dee podría estar aquí. En este edificio. En esta planta. A la vuelta de la esquina.

Tuerzo a la derecha.

Hay puertas a los dos lados del pasillo. Al pasar me voy fijando en los nombres de los letreritos que hay junto a cada una de ellas. Voy buscando las iniciales UCI o tres palabras que empiecen con esas letras.

Al final del pasillo doy con ellas. Hay dos puertas bloqueando el pasillo. Y un letrerito que pone: «Unidad de Cuidados Intensivos». UCI, ¡ya lo tengo!

No sé qué significa «intensivo», pero seguro que es una habitación para personas a las que han disparado.

Atravieso las puertas. Es una habitación muy grande. En el centro hay un largo mostrador y tres doctoras sentadas detrás. Solo hay luz sobre el mostrador. No es que el resto de la habitación esté a oscuras, pero casi. Veo montones de máquinas. Todas con ruedas. Parecen coches de bomberos en miniatura, esperando muy quietos pero dispuestos a ponerse en acción enseguida.

Alrededor de la sala hay unas cortinas de ducha que cuelgan del techo. La mitad de la sala está llena de cortinas. Algunas están corridas. Las que están abiertas dejan al descubierto muchas camas vacías.

Hay dos cortinas corridas. Dee podría estar detrás de una de ellas.

Me acerco a la primera cortina e intento atravesarla, pero no puedo. La cortina no me deja pasar. Y eso que no se mueve cuando choco contra ella.

Max no piensa que las cortinas puedan usarse a modo de puertas. O será que no se le ocurrió en el momento de imaginarme. Aunque Max esté desaparecido, siento como si estuviera aquí ahora mismo, sin dejarme atravesar esta cortina. Siento que seguimos juntos, aunque estemos separados.

Para mí es como un recordatorio de que sigue vivo.

Me agacho y paso por el hueco entre la cortina y el suelo. Veo a alguien tumbado en una cama, pero no es Dee. Es una niña pequeña. Calculo que será de la misma edad que los niños de la clase de Chucho. Está dormida. Hay cables y tubos que salen de unos aparatitos y van hasta sus brazos y otros que se pierden bajo las sábanas. Lleva la cabeza envuelta en una toalla blanca. Y tiene los ojos morados, y una tirita en la barbilla y otra en la ceja.

Está sola. No hay una madre o un padre sentados en las sillas junto a su cama. Ni ningún médico vigilándola.

Pienso en Max. Me pregunto si también estará solo esta noche.

—¿Cuándo despertará?

De pronto veo a otra niña pequeña, casi idéntica a la que está en la cama, sentada en una silla a mi derecha. No la he visto al pasar bajo la cortina. La miro y se levanta.

Me sorprende que no me haya tomado por una persona como hacen casi todos los amigos imaginarios. Quizá sabe que soy imaginario porque me he colado por debajo de la cortina en lugar de correrla como hacen las personas.

—No lo sé —le contesto.

—¿Por qué los demás no me hablan?

—¿Quiénes son los demás? —pregunto, mirando alrededor. Por un momento pienso que podría haber alguien más en la habitación. Que no me he fijado bien.

—Los demás —dice—. Les pregunto cuándo va a despertar, pero no me contestan.

Ahora lo entiendo.

—¿Sabes cómo se llama? —pregunto, señalando a la niña tumbada en la cama.

—No.

—¿Cuándo la conociste?

—En el coche —responde—. Después del accidente. Después de que el coche chocara contra otro coche.

—¿Dónde estabas antes del accidente? —le pregunto.

—En ningún sitio —me dice. Parece confundida y avergonzada. Baja la vista.

—¿Desde cuándo está dormida? —le pregunto.

—No lo sé —responde, confundida aún—. Vinieron a llevársela. Yo me quedé esperando junto a las puertas y cuando volvió estaba dormida.

—¿Has hablado con ella?

—Sí. En el coche. Como papá y mamá no le contestaban, me pidió ayuda. Y me quedé a su lado. Hablé con ella, y estuvimos allí esperando hasta que vinieron los hombres con la máquina y la sacaron. Era una máquina que hacía mucho ruido y sacaba fuego.

—Menos mal que pudisteis salir del coche —le digo.

No quiero que tenga miedo, pero me parece que mis preguntas la están asustando un poco. Y aún me quedan muchas por hacer.

—¿Has visto a papá y mamá desde que salisteis del coche?

—No.

—¿Cómo te llamas?

—No lo sé —contesta. Parece triste, como si fuera a echarse a llorar.

—Mira, tú eres una amiga muy especial. Una amiga imaginaria. Eso quiere decir que ella es la única persona que puede verte y oírte. Esa niña te necesitaba, le entró miedo cuando estaba en el coche, por eso estás aquí. Pero no te preocupes. Lo único que tienes que hacer es esperar a que despierte.

—¿Y cómo es que tú puedes verme? —pregunta.

—Porque yo soy como tú. También soy un amigo imaginario.

—Ah. ¿Y dónde está tu amiguita?

—Yo tengo un amiguito. Se llama Max, pero no sé dónde está.

Me mira fijamente. No dice nada, y me quedo esperando. Yo tampoco sé qué decir. Nos miramos los dos, mientras los aparatos que hay junto a la cama no dejan de pitar y zumbar. Se hace un silencio larguísimo. Al final hablo yo.

—He perdido a mi amigo. Pero lo estoy buscando.

Ella no deja de mirarme. Esta niña solo hace un día que está en el mundo, pero sé lo que está pensando.

Piensa que soy un mal amigo por haber perdido a Max.

—Me tengo que ir —le digo.

—Vale. ¿Cuándo despertará?

—Pronto. Tú espera y verás. No tardará en despertar.

Me cuelo bajo la cortina otra vez antes de que ella diga nada más. Hay otra cortina corrida un poco más allá, pero sé que Dee tampoco estará al otro lado. Este es un Hospital Infantil. Lo más probable es que en el de adultos haya una UCI también y se llevaran a Dee allí.

Me pregunto si Max estará tan solo como la pequeña que hay tumbada detrás de esa cortina de ducha. Ella no tiene un papá ni una mamá que le hagan compañía. Es posible que también estén heridos.

O puede que muertos. Aunque no creo, porque da mucho miedo solo de pensarlo.

Al menos ella tiene a su amiga imaginaria. Puede que no le haya dado un nombre todavía, pero está ahí esperándola junto a la cama, así que no está sola del todo.

Pienso una y otra vez en lo que dijo antes la madre de Max: «Ojalá que Budo esté con él».

Pero no estoy con él.

Esa niña tiene a su nueva amiga imaginaria para hacerle compañía, pero Max está solo en algún sitio. Sé que vive todavía porque yo sigo aquí y porque sería horrible pensar que estuviera muerto.

Pero está solo.

Capítulo 30

La mamá de Max no deja de llorar. No llora de pena, sino de miedo. Como lloran los niños pequeños cuando no encuentran a su mamá.

Solo que en este caso es la mamá la que no encuentra a su niño.

El papá de Max la abraza. No dice nada porque no hay nada que decir. Él no parece que llore, pero yo sé que está llorando por dentro como antes.

Yo antes pensaba que las tres cosas peores del mundo eran:

1. Tommy Swinden
2. Las cacas de propina
3. No existir

Ahora pienso que son:

1. Esperar
2. No saber
3. No existir

Es domingo por la noche, lo que significa que mañana podré ir al colegio y veré a la señorita Patterson. Y ella me llevará hasta Max.

Si es que la señorita Patterson vuelve por el colegio.

Yo creo que sí volverá. Sería muy sospechoso que no lo hiciera. Si la señorita Patterson fuera la mala en una de esas películas que ponen en televisión, seguro que iría al cole el lunes. Incluso puede que se ofreciera a ayudar al jefe de policía.

Me apuesto cualquier cosa a que sí va. Es muy lista.

Me he pasado todo el fin de semana buscando a Max, pero ahora tengo la impresión de que no he hecho más que perder el tiempo. No sé dónde vive la señorita Patterson, pero no podía quedarme tan tranquilo sentado en casa los dos días sin hacer nada, y tampoco podía pasar más tiempo entre la policía, porque muchos agentes no hacen más que preguntarse en voz alta (aunque nunca delante de los padres de Max) si Max estará muerto.

Así que me he dedicado a registrar en las casas del barrio, confiando en que alguna de ellas fuera la de la señorita Patterson. Como sé que la señorita Grady y la señorita Paparazo a veces vienen andando juntas al colegio porque viven cerca, pensé que habría otras muchas maestras que vivirían por el barrio (aunque sé que la señorita Gosk vive lejos, al otro lado del río, por eso a veces llega tarde). Así que empecé la búsqueda en las casas que están más cerca del colegio. Tracé círculos por el barrio como las ondas que hacen las piedras que Max lanza al agua cuando vamos al lago.

Max no sabe nadar, pero le encanta lanzar piedras al agua.

Yo sabía que así era prácticamente imposible dar con la casa de la señorita Patterson, pero algo tenía que hacer. Y no sirvió de nada. Ni encontré a Max ni encontré a la señorita Patterson. Lo único que encontré fueron padres que no habían perdido a un hijo. Familias cenando en casa, rastrillando las hojas caídas del jardín, discutiendo sobre dinero, limpiando sótanos y viendo la tele. Parecían todos muy felices. Como si no supieran que el día menos pensado la señorita Patterson podía llegar al colegio y llevarse también a sus hijos.

Todos los monstruos son malos, pero los monstruos que no se mueven ni hablan como monstruos son los peores de todos.

Pensé en volver al hospital para ver otra vez a Cuchara y Summer, pero temo que Summer se enfade conmigo por no haber encontrado aún a Max.

No sé por qué tendría que tener miedo de una niña que es más pequeña que un botellín, pero lo tengo. No es miedo a que pueda hacerme daño, sino miedo como el que siente Max cuando teme decepcionar a la señorita Gosk, aunque el pobre la decepciona todo el tiempo sin darse cuenta.

También temo llegar allí y encontrarme con que la amiga de Summer ha muerto, y Summer con ella.

Que ha desaparecido, quiero decir. Que ha dejado de existir.

Anoche entré un momento en la gasolinera para ver si Dee estaba ya de vuelta.

Pero no. Tampoco estaba Sally, aunque a él no creo que vuelva a verlo nunca más. Un tiro puede matarte, pero, si te salvas, no creo que por eso vayas a dejar de trabajar. En cambio, si te bloqueas como se bloqueó Sally, sí es posible que no vuelvas al trabajo nunca más, ni siquiera para saludar a los viejos amigos.

Yo creo que mi gasolinera ya nunca volverá a ser lo mismo. Anoche había allí tres personas trabajando, pero las tres eran desconocidas para mí. Pauley entró a comprar sus cartoncillos de rasca y gana, y tuve la impresión de que le pasaba lo que a mí. Ni siquiera se quedó un rato más como hace siempre, rascando sus boletos. Se paró un momento en el mostrador, dudando, y luego se fue sin más, con la cabeza gacha.

Ya no es nuestra gasolinera.

Pero tampoco es una gasolinera nueva.

Ya no es un lugar especial para nadie. Los que trabajan allí ahora ya solo se dedican a eso: a trabajar. Anoche había una chica trabajando que parecía como si necesitara hacer dos o tres cacas de propina. Estaba enfurruñada y seria. Y los otros, dos hombres ya mayores, apenas si se hablaban. Solo hacían que trabajar. Se acabaron las payasadas. Se acabó ver la televisión a escondidas. O hablar con los clientes y llamarlos por su nombre. Se acabó oír a Dee llamándole la atención a Sally para que se pusiera a trabajar de una vez.

No sé si volveré por la gasolinera algún día. Me gustaría ver a Dee otra vez. Puede que en la UCI algún día, si consigo armarme de valor para entrar en el hospital de adultos. Pero no creo que la gasolinera vuelva a ser la que era, ni siquiera con Dee allí.

Mañana tengo que salir temprano de casa. Estoy preocupado por si el autocar del colegio no para en la parada de siempre, porque Max no estará allí, esperando junto al árbol, con una mano apoyada todo el rato en él, que es lo que hace para no saltar a la carretera en un descuido. Eso fue idea mía, pero cuando se lo propuso a su madre para que lo dejara esperar solo el autocar, Max dijo que había sido idea suya.

No me lo tomé a mal. Yo fui idea suya, así que hasta cierto punto mi idea era también idea suya.

Si no me quedara más remedio, también podría ir andando al cole, como hice este fin de semana cuando decidí salir a buscar a Max por las casas, pero, como siempre he hecho ese viaje en autocar, tengo la sensación de que me dará suerte hacerlo mañana también. Sería como decirle al mundo entero que estoy en el autocar porque sé que Max va a volver pronto.

Tengo toda una lista de cosas que hacer mañana. Me he pasado toda la noche pensando en ellas. Memorizándolas. A veces me muero de ganas de agarrar un lápiz y escribir, ojalá pudiera. Esta vez tengo que estar mucho más atento. El viernes me descuidé y la señorita Patterson se fue sin mí. Por eso necesito asegurarme de que mañana todo salga bien.

No es una lista muy larga:

1. Salir de casa cuando despierte la mamá de Max.
2. Acercarme a casa de los Savoy y esperar el autocar con ellos.
3. Montarme en el autocar y bajarme en el colegio.
4. Ir directamente a la plaza del aparcamiento donde la señorita Patterson suele dejar el coche.
5. Cuando la señorita Patterson llegue, meterme en su coche.
6. No salir de allí dentro pase lo que pase.

Ojalá que la señorita Patterson vaya mañana al cole. He intentado pensar en una lista de cosas para hacer en caso de que ella no se presentara, pero no se me ha ocurrido nada.

Si la señorita Patterson no viene al cole mañana, creo que Max habrá desaparecido para siempre.

Capítulo 31

La mochila azul ya no está en el asiento de atrás. Me he sentado justo en el sitio donde la vi por última vez.

Eso fue el jueves. La última vez que vi la mochila fue el jueves.

Han pasado cuatro días, pero parece que sean cuarenta.

La señorita Patterson ha dejado el coche en el aparcamiento antes de que sonara la campana. Ha aparcado en el mismo sitio de siempre y luego ha entrado en el colegio como si fuera un día normal y corriente. En este instante, hay una secuestradora caminando por los pasillos del colegio sin que nadie más que yo lo sepa. No dejo de pensar en que quizá trame llevarse a otro niño en cualquier momento. ¿Estará engañando a otros niños como hizo con Max?

¿Se llevó a Max porque es como es o porque colecciona niños?

Me da tanto miedo una cosa como la otra.

Uno de los puntos en mi lista de deberes para hoy era no salir de este coche pasara lo que pasara, pero el día es largo y todavía es pronto. Aún no ha sonado la campana que avisa del fin de la primera clase. No creo que la señorita Patterson salga del colegio antes de la hora, porque la gente sospecharía. Además, he sido yo quien ha hecho esa lista, así que puedo hacer lo que quiera con ella. No es como una de esas reglas del cole que dicen que no se puede correr por los pasillos o que hay que estar callado en los simulacros de incendio o no traer nueces de merienda. Es mi regla, así que no tengo que cumplirla si no quiero.

Lo que quiero saber es qué está pasando ahí dentro.

Y ver a la señorita Gosk.

En el vestíbulo hay un hombre sentado a un escritorio. Es la primera vez que veo un escritorio en el vestíbulo del colegio, y también a un hombre sentado a un escritorio. No lleva uniforme pero se nota que es policía. Parece serio y aburrido al mismo tiempo, igual que esos polis de la comisaría que trabajan toda la noche.

Una señora acaba de cruzar las puertas dobles de la entrada y el policía le dice con un gesto que se acerque. Le está haciendo firmar en un papel. Mientras escribe su nombre, el policía le pregunta qué motivo la trae al colegio.

La señora ha entrado con una bandeja de magdalenas.

Creo que ese hombre no es muy buen policía, porque hasta un niño de preescolar sabría qué motivo la trae por aquí.

Voy hacia el aula de la señorita Gosk. Solo de oír su voz por el pasillo ya me siento un poco mejor. Entro y veo que está explicando la lección.

Está de pie ante la clase, hablando sobre un barco que se llamaba *Mayflower*. Tiene un mapa desplegado sobre la pizarra y le da golpecitos con su palmeta mientras pregunta a los niños dónde está Norteamérica. Yo sé donde está porque a

Max le encantan los mapas. Su pasión es planear batallas imaginarias con ejércitos imaginarios en mapas reales, por eso me sé el nombre de todos los continentes y océanos, y de montones de países.

El pupitre de Max está vacío. Es el único vacío en toda el aula. Hoy no ha faltado nadie más. Si hubiera faltado alguien, no se vería tan vacío.

Ojalá alguien se hubiera quedado enfermo en casa.

Me siento en su pupitre. La silla está corrida, así que no tengo la sensación de estar aprisionado por la idea del pupitre ni de la silla. La señorita Gosk ha dejado de dar golpecitos en el mapa. Jimmy contesta a la pregunta y algunos compañeros ponen cara de alivio: tenían miedo de que la señorita Gosk les preguntara a ellos dónde estaba Norteamérica, porque se notaba que era una de esas preguntas que hasta un tonto tendría que saber. Ahora la maestra les está enseñando una foto del *Mayflower*, aunque el barco parece cortado en dos. Se ve lo que hay dentro: habitaciones pequeñitas con mesas pequeñitas y sillas pequeñitas para gente pequeñita.

El *Mayflower* era un gran barco.

La señorita Gosk levanta la mirada hacia sus alumnos y dice:

—Imaginad que os fuerais de vuestro país para siempre. Como hicieron los primeros pobladores de Estados Unidos. Vais a tomar un barco con destino a América y solo podéis llevar una maletita pequeña. ¿Qué meteríais dentro?

Enseguida se alzan un montón de manos. Todos se sienten capaces de responder a esa pregunta. Esta vez no necesitan a Jimmy. Aunque no hayan estado escuchando, pueden levantar la mano y decir lo que piensan sin quedar como tontos. La señorita Gosk hace preguntas así muy a menudo. Creo que su intención es que todos los niños tengan algo que decir; además, le encanta hacerles sentir parte de la historia.

Los niños van hablando.

—Calzoncillos a montones —salta Malik, y la señorita Gosk se ríe.

—El cargador del móvil. Siempre me lo olvido cuando voy de vacaciones —dice Leslyan.

La risa de la señorita Gosk me sorprende. Y me molesta. Se comporta como si fuera un día normal. No como si uno de sus alumnos hubiera desaparecido y hace solo dos días la policía hubiera intentado echarle las culpas a ella. De hecho, la señorita Gosk parece más normal que nunca. Más animada que nunca. Parece casi como si brincara. Como si le ardieran los zapatos.

De pronto caigo: está fingiendo. La señorita Gosk sonríe, hace preguntas facilonas y agita su palmeta porque ella no es la única que está triste o preocupada por Max. Sus alumnos también están preocupados. Muchos de ellos no conocen bien a Max y otros muchos se portan mal con él, algunos adrede y otros sin querer, pero todos saben que Max ha desaparecido y es normal que estén preocupados y tengan miedo. Hasta puede que se sientan tristes también. La señorita Gosk lo sabe, y aunque es muy posible que ella sea la que está más preocupada y asustada de todo el colegio, hace como que es la maestra de siempre por el bien de sus alumnos. Está preocupada por Max, pero también por los otros veinte niños que tiene en clase, por eso finge. Hace como si se lo estuvieran pasando como nunca, como si fuera el día más normal del mundo.

Quiero a la señorita Gosk.

Quizá la quiera incluso más que Max.

Me alegro de haber entrado en el colegio. Solo de ver a la señorita Gosk ya me siento mejor.

Voy a volver al coche de la señorita Patterson. Pero antes me gustaría entrar un momento en el despacho de la directora y saber lo que está haciendo. Y ver si el jefe de policía sigue sentado en el sofá de su despacho. Y saber si los padres de Max vendrán hoy al colegio para que les sigan haciendo preguntas. Y también pasar por la sala de profesores para ver qué dicen las demás maestras sobre la desaparición de Max. Y ver si la señorita Hume, la señorita Daily y la señorita Riner están tan preocupadas como yo. Y buscar a la señorita Patterson y ver si hace como si no pasara nada o si está engañando a otros alumnos como hizo con Max. Pero lo que más me gustaría del mundo sería quedarme aquí, en clase de la señorita Gosk.

Pero si la señorita Gosk es capaz de hacer como si no pasara nada, yo también puedo ser capaz de esperar dentro del coche de la señorita Patterson hasta que vuelva.

Esperar es una de las tres peores cosas del mundo, pero ya falta poco para que se termine esa espera.

Si me quedo sentadito en el coche de la señorita Patterson y espero, encontraré a Max.

Capítulo 32

La señorita Patterson abre la puerta del coche y se sienta al volante. La última campana ha sonado hace cinco minutos y aún quedan algunos autocares en la glorieta, esperando a que suban los últimos niños. Pero la señorita Patterson es una maestra de apoyo, no es responsable de lo que hagan o dejen de hacer los alumnos. No tiene que preocuparse de cómo vuelven a casa o de si ha venido a recogerlos una canguro, una tía o una abuela. Ni siquiera de si tienen amigos con quien jugar, de si han comido bien o tienen un buen abrigo para el invierno.

De esas cosas solo se hacen responsables las maestras como la señorita Gosk; las que son como la señorita Patterson pueden marcharse en cuanto suena la última campana. Seguro que a ellas les parece muy bien que así sea, pero no saben lo mucho que los niños quieren a la señorita Gosk.

Si solo das una hora de clase a la semana, es difícil que los niños te quieran.

O si los secuestras.

La señorita Patterson arranca el coche, gira a la izquierda y sale enseguida de la glorieta para evitar que los autocares le bloqueen la salida. Está prohibido adelantar un autocar cuando lleva la señal pequeñita de stop encendida.

No se me olvida el día que Max salió corriendo entre dos autocares y un coche que atravesaba la glorieta, saltándose la señal, casi lo atropella.

Graham estaba allí aquel día. Estaban los dos, Graham y Max. Parece que ha pasado mucho tiempo.

La señorita Patterson conduce muy atenta. No pone la radio. No hace llamadas. No canta, ni tararea, ni siquiera habla sola. Lleva el volante bien sujeto con las dos manos, pendiente de la carretera.

La observo. Pienso que quizá debería sentarme a su lado, pero no lo hago. Nunca me he sentado en el asiento de delante de un coche, y no me apetece ponerme a su lado. Quiero seguirla, y que me lleve hasta Max para poder salvarlo. Pero no quiero sentarme a su lado.

Aunque no hubiera conocido a Summer, habría intentado salvar a Max de todos modos. Quiero a mi amigo y soy el único que puede hacer algo por él. Pero, en cuanto pienso en salvar a Max, me acuerdo de Summer. De la promesa que le hice. No sé por qué, pero es lo que me viene a la cabeza.

No dejo de fijarme en la señorita Patterson por si me da alguna pista. En cualquier momento se pondrá a hablar. He estado muchas veces en el coche cuando el padre o la madre de Max viajaban solos, y en habitaciones con muchísima gente que creía estar sola, y por lo general siempre hacen algo. Siempre terminan haciendo algo. Encienden la radio, o se ponen a tararear, o a gemir, o se atusan el pelo en el espejito del parabrisas, o tamborilean con los dedos en el volante. A veces hablan solos. Hacen listas o se quejan de alguien o hablan con otros conductores que van en los coches de alrededor como si pudieran oírlos a través de los cristales y el metal.

A veces hacen porquerías. Se meten el dedo en la nariz, por ejemplo. Aunque el coche parezca el mejor sitio para hurgarse la nariz, porque parece que nadie te ve y puedes quitarte los mocos antes de llegar a casa, es una porquería. Cuando la madre de Max pilla a su hijo hurgándose la nariz, se enfada mucho con él, pero Max dice que hay mocos que con el pañuelo no salen, y supongo que será verdad porque yo también he visto a su madre meterse el dedo en la nariz. Aunque nunca cuando hay gente delante.

Eso le digo a Max.

—Meterse el dedo en la nariz es como hacer caca —le digo—. Se tiene que hacer cuando estás solo.

Pero Max sigue hurgándose la nariz delante de la gente, aunque ya no tanto como hacía antes.

La señorita Patterson no se mete el dedo en la nariz. Ni se rasca la cabeza. Ni siquiera bosteza, suspira o se sorbe los mocos. Va atenta a la carretera y solo mueve las manos para encender la flechita parpadeante cuando va a girar. Es muy seria conduciendo.

Yo creo que es seria para todo. «Seria y formal», diría de ella la señorita Gosk, cosa que todavía me da más miedo. La gente seria hace cosas serias y nunca mete la pata. Dice la señorita Gosk que Katie Marzik es una niña seria y formal porque el dictado siempre le sale perfecto y hace los problemas de matemáticas sin ayuda de nadie. Incluso esos que sus compañeros y compañeras no consiguen resolver ni con ayuda.

Si Katie Marzik quisiera ser secuestradora cuando fuera mayor, lo haría muy bien.

Seguro que algún día conducirá como la señorita Patterson, sin apartar la vista de la carretera, con el volante bien sujeto y la boca cerrada.

Supongo que la señorita Patterson va hacia su casa. Estoy preocupado por lo que pueda haber hecho con Max. ¿Cómo habrá conseguido tenerlo escondido todo el día mientras ella estaba en el colegio?

Igual lo ha atado con una cuerda. Max odia sentirse sujeto. No soporta los sacos de dormir porque aprietan. Dice que lo «exprimen». Y que los jerséis de cuello alto lo ahogan, que no es verdad, aunque en parte sí es verdad que ahogan. Max nunca se mete dentro de un armario, por mucho que el armario tenga las puertas muy abiertas, ni se tapa la cabeza con las mantas. Y se pone solo seis prendas, sin contar los zapatos. Nunca lleva encima más de siete cosas, porque más de siete es demasiado y se ahoga. «¡Me ahogo! —dice a voces—. ¡Me ahogo! ¡Me ahogo!»

Eso significa que si en la calle hace mucho frío, la madre de Max solo consigue que se ponga un par de calzoncillos, un pantalón, una camisa, un abrigo, un par de calcetines y un gorro. Max nunca se pone guantes ni mitones. Y aunque su madre le quitara los calcetines, el gorro y los calzoncillos, que a veces pienso que haría si pudiera, Max se negaría de todos modos a llevar guantes o mitones porque no le gusta tener las manos tapadas y exprimidas, como él dice, en los guantes. Por eso su madre le forra siempre los bolsillos de los abrigos, para que así pueda meter las manos dentro y calentarse un poco.

Como a la señorita Patterson se le haya ocurrido dejar a Max atado, o encerrado en un armario o una caja todo el día, la va a armar gorda.

Puede que tenga un ayudante. Puede que esté casada y que su marido haya secuestrado a Max también. Puede que fuera idea de él. O que la señorita Patterson le dijera a su marido que ellos podían ser mejores padres para Max que sus propios padres, y que el señor Patterson se haya pasado el día vigilando a Max en el papel de padre. Eso sería mejor que no dejarlo atado o encerrado en un armario, pero nada bueno tampoco, porque a Max no le gustan los extraños, ni los sitios extraños, ni las comidas nuevas, ni acostarse a horas distintas, ni nada que sea distinto.

La señorita Patterson enciende la flechita que parpadea, pero no veo ninguna calle por delante donde se pueda girar. Solo casas. Una de ellas tiene que ser la suya. Max está dentro de una de esas casas. Me estoy poniendo muy nervioso. Ya casi he llegado por fin.

El coche pasa de largo frente a tres casas y finalmente tuerce a la derecha. Hay una cuesta larga que sube hasta una casa, una casa azul. Es pequeña, pero perfecta. Como las que salen en los libros y las revistas. En el jardín de delante hay cuatro árboles bien grandes, pero, aunque están pelados, no se ve ni una sola hoja en el suelo. Tampoco hay hojas atrancando los desagües o apelotonadas a orillas de la casa. Dos cestas con flores adornan los peldaños que suben hasta la puerta de entrada. Son de esas como las que venden los padres todos los años en el colegio. Con florecitas amarillas. Seguramente la señorita Patterson se las compró a algún padre del cole la semana pasada cuando las pusieron a la venta. Son unas florecitas perfectas. Y el camino asfaltado que lleva hasta la casa también lo es. No se ven grietas ni parches. Detrás de la casa hay un estanque. Una laguna, creo. Asoma por las esquinas de la casa.

Subiendo por la cuesta, la señora Patterson agarra un mando a distancia y pulsa un botón. La puerta del garaje se abre. Mete el coche dentro y apaga el motor. Un segundo más tarde, oigo que la puerta del garaje cruje y zumba: se está cerrando.

He entrado en su casa.

Oigo la voz de Summer en mi cabeza, haciéndome prometer de nuevo que salvaré a Max. «Lo prometo», le digo.

La señorita Patterson no me oye. Solo Max puede oírme, y dentro de muy poco me va a oír en la realidad. Tiene que estar escondido en algún lugar de esta casa. No puede estar muy lejos, lo encontraré. Me parece increíble haber llegado hasta aquí.

La señorita Patterson abre la puerta del coche y sale del garaje.

Salgo del coche yo también.

Ha llegado el momento de encontrar a mi amigo.

«Ha llegado el momento de salvar a Max», digo en voz alta.

Me las quiero dar de valiente, pero no lo soy.

Capítulo 33

No espero a la señorita Patterson. Ella se ha parado a quitarse el abrigo y la bufanda en un cuartito que está dentro del garaje. En las paredes hay ganchos para colgar cosas, una hilera muy ordenada de botas y zapatos en el suelo, una lavadora y una secadora, pero no veo a Max por ningún sitio, así que paso de largo junto a ella y entro en una sala de estar.

Hay sillas, un sofá, una chimenea, un televisor colgado de la pared y una mesita con libros y fotos en marcos de plata, pero ni rastro de Max.

A mi derecha veo un vestíbulo y una escalera, así que decido ir a la planta de arriba. Subo los peldaños de dos en dos. No tengo que correr porque ya he entrado en la casa, pero corro de todos modos. Tengo la impresión de que cada segundo cuenta.

En lo alto de la escalera hay un pasillo y cuatro puertas. Tres están abiertas y una cerrada.

La primera puerta a mi izquierda está abierta. Es un dormitorio, pero no el de la señorita Patterson. No hay cosas suyas dentro, solo una cama, una cómoda, una mesita de noche y un espejo. Muebles, sí, pero no objetos suyos. No veo nada en la cómoda. Ni en el suelo. No veo ningún albornoz ni ninguna chaqueta colgando de los ganchos que hay detrás de la puerta. Sobre la cama hay montones de almohadas. Demasiadas. Se parece mucho al dormitorio que los padres de Max tienen en el piso de arriba, al final del pasillo. La habitación de invitados, lo llaman, aunque los padres de Max nunca tienen invitados en casa. Seguramente porque a Max no le gustaría que alguien pasara la noche en su casa. Es una especie de falsa habitación. Para mirar y no tocar. Como la habitación de un museo.

Me asomo al armario que hay junto a la cama. Atravieso la puerta y entro en un espacio a oscuras. No veo nada porque está todo negro, pero susurro: «Max, ¿estás aquí?».

No está. Lo sé incluso antes de susurrar su nombre.

Solo Max puede oírme, así que no sé por qué susurro. Su madre diría que eso me pasa por ver tanto la tele, y puede que tenga razón.

La segunda puerta a la izquierda también está abierta. Es un cuarto de baño. Parece falso también. Como de museo. Y dentro tampoco hay cosas personales. Ni en el lavabo ni en el suelo. Las toallas cuelgan muy ordenadas de los toalleros y la tapa del váter está bajada. Creo que es un cuarto de baño para invitados, aunque no sabía que existieran cuartos de baño así.

Sigo pasillo adelante hasta la puerta que está cerrada. Si Max estuviera aquí arriba, lo lógico, creo yo, sería encontrármelo en una habitación con la puerta cerrada. Atravieso la puerta. No veo a Max. Es la habitación de un niño pequeño. Veo una cuna, una caja con juguetes, una mecedora y un mueble con una cestita llena de pañales. En el suelo hay cubos de un juguete de construcción, un trenecito azul y una pequeña granja de plástico con personas y animales muy pequeños.

A Max no le gustaría esa granja de plástico porque las personas no parecen reales. Parecen palos con caras, y a él esos juguetes no le gustan. A él le gusta que parezcan de verdad. Pero esos animalitos y esas personitas están colocados fuera de la pequeña granja de plástico, o sea que al niño de la casa deben de gustarle.

De pronto caigo: la señorita Patterson tiene un hijo pequeño.

No me lo puedo creer.

En esta habitación hay otro armario. Un armario ancho con puertas correderas, pero una de ellas está abierta. Dentro hay estanterías con zapatos diminutos, camisitas diminutas, pantalones diminutos y bolas de calcetines diminutas.

Pero no veo rastro de Max.

La señorita Patterson tiene un hijo pequeño. Pero no lo entiendo, yo creía que los monstruos no tenían niños pequeños.

Salgo de la habitación y entro en otra que está en el otro extremo del pasillo. Es el dormitorio de la señorita Patterson. Lo noto enseguida. Hay una cama, una cómoda y otro televisor colgando de la pared. La cama está hecha, pero no veo almohadas amontonadas encima como en la otra, y hay una botella de agua y un libro en la repisa del cabecero. Y junto a la cama, una mesita con un reloj, una pila de revistas y unas gafas. Esta habitación está llena de cosas, no como la de los invitados.

El dormitorio comunica con un cuarto de baño y un gran armario sin puertas. Es casi tan grande como el dormitorio de Max. Y está lleno de ropa, zapatos y cinturones. Pero sigo sin encontrar ni rastro de Max.

«¡Max! ¿Estás ahí? ¿Me oyes?», lo llamo gritando.

Nadie responde.

Salgo del dormitorio de la señorita Patterson. Hago un alto en el pasillo un momento y levanto la vista por si hubiera una trampilla en el techo que llevara a un desván. Los padres de Max tienen una trampilla con escalerilla incorporada: tiras de un cordón y la trampilla se abre y se despliegan unas escaleras por las que se sube al desván. Pero aquí no hay trampilla que valga. Ni desván.

Bajo otra vez a la planta de abajo.

Pero no vuelvo a la sala de estar, doblo a la izquierda. Hay un pasillo que lleva a la cocina, y enfrente, otra sala de estar. Dentro veo sofás, butacas, mesitas, lámparas, otra chimenea y una estantería llena de libros, pero ni rastro de Max.

Cruzo la sala de estar y entro en un comedor que queda a la izquierda. Hay una mesa larga con sillas. Una mesita con más fotos y una bandeja con botellas encima. Tuerzo a la izquierda otra vez y entro en la cocina. Montones de cacharros, pero ni rastro de Max.

La planta baja tiene una sala de estar, otra sala de estar, un comedor y una cocina. Eso es todo. Ni rastro de Max en ninguna parte.

Ni de la señorita Patterson.

Recorro otra vez la casa, esta vez más deprisa. Descubro un baño, que no había visto antes porque la puerta estaba cerrada, y un ropero junto a la puerta de entrada.

Pero no a Max.

De pronto, en el pasillo que lleva a la cocina, descubro la puerta que estaba buscando.

La puerta del sótano.

La señorita Patterson se encuentra en el sótano con Max. Lo sé.

Atravieso la puerta y me encuentro en lo alto de unas escaleras. Hay luz tanto en la escalera como en la habitación del fondo. Es un cuarto con el suelo enmoquetado que parece otra sala de estar. En el centro hay una mesa grande de color verde, pero sin sillas, y una redecilla extendida al través. Parece una pista de tenis en miniatura. Como de juguete. Hay sofás, butacas y un televisor, pero ni rastro de Max.

Ni de la señorita Patterson.

Hay una puerta abierta al fondo. La cruzo y me encuentro en un sótano normal y corriente. Con suelo de piedra y maquinaria sucia en un rincón. Una de las máquinas tiene que ser una caldera, para calentar la casa, y la otra la bomba del agua, pero no sé cuál es cuál. También hay una mesa y sobre ella, colgando de la pared, muchos martillos, sierras y destornilladores, tan limpios y ordenados como el armario y el jardín de la señorita Patterson. Como toda la casa. Lo único que he visto que no estaba en su sitio es esa botella de agua en la repisa del cabecero de la cama.

No hay nada más. Ni armarios, ni escaleras, ni nada.

No hay rastro de Max. Ni de la señorita Patterson.

Ya he vuelto a perderla. En su propia casa.

Subo corriendo a la cocina y llamo a voces a Max. Salgo corriendo al garaje para ver si el coche de la señorita Patterson sigue en su sitio. El motor chasquea como hacen a veces los coches cuando se apagan. El abrigo de la señorita Patterson sigue colgado del gancho junto a la lavadora.

Quizá haya salido al jardín. Ya sé que sonará absurdo, porque uno no pierde a una persona dentro de su propia casa, pero sigo pensando que esta situación es muy preocupante. Algo me huele mal. Lo sé. Aunque la señorita Patterson hubiera salido al jardín, ¿dónde está Max?

Levanto la mano, me la pongo delante de la cara, y la miro fijamente, para comprobar si puedo ver al través.

Sigo entero. No estoy desapareciendo. No le puede haber ocurrido nada malo a Max. Tiene que estar en algún sitio, sano y salvo. La señorita Patterson sabe dónde se encuentra, así que lo único que tengo que hacer es encontrarla a ella y que me lleve hasta Max.

Salgo al jardín. Atravieso la puerta corredera de cristal del comedor y salgo a una terraza que da a la parte de atrás de la casa. De la terraza salen unos peldaños que bajan hasta una pequeña zona de césped, y bajando por otros peldaños se llega hasta el estanque. Es alargado y estrecho. Al otro lado hay casas, y los vecinos a derecha e izquierda de la señorita Patterson tienen la luz encendida, se ve entre los árboles. Las casas no están muy pegadas, pero no creo que la señorita Patterson se hubiera atrevido a sacar a Max al jardín.

Al final de las escaleras hay un pequeño embarcadero y una barquita flotando junto a él. Es una barca de remos. La madre de Max quiso enseñar a remar a su hijo el verano pasado cuando fuimos a Boston, pero él se negó. Max estuvo a punto de bloquearse de tanto como insistió. Pensé que la madre de Max iba a acabar llorando de ver lo bien que se lo pasaban los demás niños y niñas remando con sus padres en las barquitas mientras Max se quedaba en tierra.

La señorita Patterson no está en la terraza. Hay una mesa con un parasol y unas sillas, pero ni rastro de Max o la señorita Patterson.

Bajo de la terraza dando un salto y rodeo la casa corriendo. Corro sin dejar de mirar por todas partes hasta que he dado la vuelta completa a la casa y vuelvo a encontrarme en la terraza, con el estanque delante. El sol está bajo y las sombras se han alargado. Los rayos de sol destellan en el agua.

Llamo a Max en voz alta, gritando como nunca he hecho en mi vida. Solo Max puede oírme, pero Max no responde.

Siento como si hubiera vuelto a perder a mi amigo.

Capítulo 34

Vuelvo al interior de la casa. Tiene que haber alguna habitación o algún armario en los que no me haya fijado antes. De pie en medio del comedor, llamo a voces a Max. No oigo el eco de mi voz porque el mundo no la oye. El único que la puede oír es Max. Pero, si el mundo pudiera oírme, me llegaría su eco. Una y otra vez. Así de alto grito su nombre.

Recorro la planta baja de nuevo, más despacio esta vez, y voy del comedor a la cocina, de la cocina a la sala de estar y vuelta otra vez al comedor. Me detengo un momento en la sala de estar donde está el televisor y echo un vistazo a los marcos de plata con las fotos. En las tres se ve a un niño. En una de las fotos está andando a gatas, y en otra ya de pie, agarrado a una bañera. Sonríe en las tres. Tiene el pelo castaño, los ojos grandes y la cara regordeta.

No puedo creer que la señorita Patterson tenga un hijo. Un niño pequeño. Lo digo en voz alta para ver si eso lo hace más real: «La señorita Patterson tiene un hijo pequeño». Vuelvo a decirlo porque sigo sin creérmelo.

¿Dónde estará ese niño? ¿En la guardería quizá?

Ya lo tengo: puede que la señorita Patterson deje al niño con alguna vecina mientras está trabajando y haya salido a recogerlo.

Ya está. Seguro que es eso. Ha salido de casa mientras yo estaba arriba o quizá cuando he bajado al sótano, pero no ha cogido el coche. Ha ido a casa de la vecina a recoger a su hijo o tal vez a la guardería del barrio. Ha ido a algún sitio de por aquí cerca. Puede que haga siempre ese recorrido andando, porque a los pequeños les conviene que les dé un poco el aire, y así por el camino le preguntará qué tal le ha ido el día, igual que hacen todas las mamás, aunque los niños todavía no sepan hablar.

Ya me siento un poco más aliviado. No sé dónde está Max, pero, si sigo a la señorita Patterson, daré con él. Si no la pierdo de vista, todo saldrá bien. También puede ser que Max esté en otra casa con el marido de la señorita Patterson. Es posible que el señor y la señora Patterson tengan una segunda residencia en Vermont, como esa de la que siempre habla Sadie McCormick cuando encuentra quien la escuche. A lo mejor se han llevado a Max a su segunda residencia. A algún sitio apartado donde la policía nunca pueda encontrarlos.

Sería muy astuto por parte de la señorita Patterson haber hecho algo así. Llevarse a Max a un lugar apartado donde la policía nunca pudiera encontrarlo.

A algún sitio lejos de esos padres que a ella no le inspiran confianza y de esa escuela donde ella cree que Max no debería estar.

Pero no hay nada que temer. Si sigo de cerca a la señorita Patterson, al final me llevará hasta Max. Aunque esté en Vermont, lo encontraré.

Me miro la mano. La levanto a la altura de los ojos. Me siento culpable haciendo eso, pero me recuerdo a mí mismo que es por el bien de Max, aunque yo sé que también lo hago por mí mismo. Más por mí que por él. Mi mano sigue igual que siempre. No estoy desapareciendo. Y Max está bien. Esté donde esté.

Decido registrar la casa una vez más mientras espero a que vuelva la señorita Patterson. Me siento como uno de esos policías de la tele que buscan pistas, que es justo lo que yo estoy haciendo. Buscar pistas que me lleven hasta Max.

En la cocina veo un armario en el que no me había fijado antes, y me asomo aun sabiendo que Max no está dentro. Sería un sitio muy tonto en el que encerrar a un niño; además, si estuviera ahí, habría oído mis voces llamándolo. Dentro está oscuro, pero entre la penumbra distingo latas y cajas. Es una alacena.

En la sala de estar descubro otra serie de fotos del niño de la señorita Patterson, sobre las repisas de las dos chimeneas y las mesitas. No he visto ninguna foto del señor Patterson, cosa que me parece un tanto extraña en un primer momento, pero luego caigo en que seguramente es él quien las saca todas. En casa de Max pasa lo mismo. Su padre no sale en ninguna porque siempre está detrás de la cámara en lugar de delante.

En casa de la señorita Patterson hay pocos trastos. No veo revistas amontonadas. Ni fruteros. Ni juguetes tirados en el suelo o canastos llenos de ropa sucia cerca de la lavadora. Tampoco platos en el fregadero ni tazas de café vacías en la mesa de la cocina. Me recuerda la casa de Max cuando sus padres la pusieron en venta. Max estaba en preescolar, y sus padres decidieron que tenían que mudarse a una casa más grande por si algún día Max tenía un hermanito o una hermanita, así que plantaron un gran letrero en el jardín de delante, como una etiqueta de esas que llevan el precio puesto pero sin precio, para que la gente supiera que la vendían. Y de vez en cuando venía a casa una señora que se llamaba Meg y traía a extraños cuando no había nadie dentro para que pudieran verla y decidir si querían comprarla.

Max no soportaba la idea de tener que mudarse. Él detesta los cambios, y trasladarse a otra casa suponía un gran cambio. Como se bloqueó varias veces al saber que iban a venir extraños a ver la casa, al final sus padres optaron por no decirle nada de aquellas visitas.

Al final creo que fue por eso por lo que no nos mudamos. Les preocupaba que Max se bloqueara para siempre si nos trasladábamos a otro sitio.

Cada vez que venía alguien a ver la casa, los padres de Max guardaban enseguida los periódicos y las revistas en un cajón de la cocina y metían en un armario toda la ropa que estuviera tirada por el suelo. Y hacían la cama, cosa que no hacen nunca. Querían dar la impresión de que en aquella casa nadie dejaba nada fuera de sitio para que aquellos extraños se hicieran una idea de cómo sería si en ella vivieran personas perfectas.

Con la casa de la señorita Patterson pasa lo mismo. Parece que en cualquier momento vaya a venir un extraño a visitarla. Pero no creo que la señorita Patterson tenga intención de venderla. Yo creo que así es como es ella.

Decido recorrer otra vez el piso de arriba y el sótano, por si en la primera vuelta se me ha pasado algún armario o alguna pista que pudiera llevarme hasta Max. Descubro más fotografías del niño de la señorita Patterson y un armario en el vestíbulo de arriba. Pero Max no está dentro.

En el sótano encuentro tres armarios, pero oscuros y llenos de polvo; además, dentro no podría caber Max porque son demasiado pequeños. Encuentro también unas cajas con clavos, una pila de ladrillos, unos canastos de plástico llenos de ropa y un cortacésped, pero ni rastro de la señorita Patterson ni de Max.

No pasa nada. La señorita Patterson va a entrar por la puerta en el momento menos pensado. Aunque sepa que Max no vendrá acompañándola, no pasa nada. Con encontrarla a ella ya tengo bastante, porque sé que me llevará a Max.

Estoy en el comedor, de pie ante las puertas correderas de cristal mirando el estanque, cuando por fin oigo que la puerta se abre. Ahora las sombras de los árboles están entrando en el estanque y ya casi no se ven destellos de color naranja en el agua. El sol está demasiado bajo. Me vuelvo, entro en la cocina y voy hacia el pasillo que lleva hasta la puerta de entrada, cuando de golpe caigo en que no era la puerta principal la que he oído abrirse.

Era la puerta del sótano.

La señorita Patterson acaba de cruzar la puerta del sótano. Ha entrado en la cocina por la puerta del sótano.

Pero yo he estado en el sótano hace solo un par de minutos, cuando he descubierto esos armarios y esas cajas con clavos. La señorita Patterson no estaba allí hace un par de minutos, pero ahora resulta que acaba de entrar en la cocina y de cerrar la puerta del sótano tras ella.

Tengo más miedo que nunca.

Capítulo 35

Lo primero que se me ocurre es que la señorita Patterson sea un amigo imaginario y yo no me haya dado cuenta. Que sea capaz de atravesar puertas como yo, y haya entrado en casa y bajado al sótano sin que yo la oyera.

Pero eso es absurdo, enseguida me doy cuenta.

De todos modos, esa mujer tiene algo raro, porque no entiendo cómo ha podido pasar por el sótano sin que yo la viera. Quizá tiene poderes para hacerse invisible o encogerse.

Me doy cuenta de que eso es absurdo también.

La observo: ha abierto el frigorífico y está sacando un poco de pollo. Pone una sartén en el fuego y lo fríe. Mientras el pollo chisporrotea, hierve arroz.

Pollo con arroz: el plato favorito de mi amigo. A Max hay muchas cosas de comer que no le gustan, pero al pollo con arroz blanco nunca dice que no. A él le gusta que en el plato no haya demasiado color.

Me gustaría bajar otra vez al sótano a ver si encuentro ese armario o esa escalera que antes seguramente se me han pasado. Quizá debajo del sótano haya otro sótano. O una trampilla en el suelo que no he visto porque normalmente no voy buscando puertas en el suelo.

Por otro lado, no quiero que la señorita Patterson se me escape otra vez. Mejor me espero. Está haciéndole la cena a Max. Lo sé. Cuando termine de preparársela, la seguiré.

La señorita Patterson es una mujer muy limpia cocinando. Nada más terminar de usar la tabla de cortar, la aclara bajo el grifo y luego la mete en el lavaplatos. Y nada más echar el arroz en el recipiente de cristal, guarda el paquete otra vez en la alacena. La madre de Max haría buenas migas con ella, si no le hubiera robado a su hijo. A las dos les gusta el orden. La madre de Max dice: «Ve limpiando sobre la marcha». Pero al padre de Max siempre se le amontonan los platos en el fregadero, y allí se quedan toda la noche.

La señorita Patterson ha puesto una bandeja roja sobre la encimera. Yo la veo perfectamente limpia, pero le pasa un papel de cocina. Luego pone encima dos platos de papel, dos vasos de papel y dos tenedores de plástico.

A Max le gusta comer en platos de papel y beber en vasos de papel porque sabe con seguridad que están limpios. No se fía de nadie a la hora de lavar los platos, ni siquiera de los lavavajillas. Sus padres lo dejan que coma en platos de papel solo de vez en cuando, especialmente cuando su madre quiere que pruebe alguna comida distinta.

Pero ¿cómo sabe la señorita Patterson que a Max le gustan los platos de papel y los tenedores de plástico? Nunca ha cenado en casa. Entonces caigo en que Max lleva ya tres días con ella. Se lo habrá contado.

La señorita Patterson sirve el arroz y el pollo en los dos platos y echa zumo de manzana en los vasos.

El zumo de manzana es la bebida favorita de Max.

Luego coge la bandeja y va hacia las escaleras que bajan al sótano. Y yo detrás.

Al pie de las escaleras, gira a la izquierda, en dirección a la parte del sótano enmoquetada, donde está la mesa verde con la red y el televisor.

Seguro que hay una trampilla bajo la moqueta. Seguro. Y ahí debajo estará Max. En el sótano del sótano.

La señorita Patterson cruza la habitación, deja a un lado la mesa verde y va hacia una pared con un cuadro de unas flores y un estante encima de él. Estoy esperando a que en cualquier momento se agache para levantar la moqueta cuando veo que se pone de puntillas y hace presión en una parte del estante. Se oye un clic y la pared se mueve. La señorita Patterson la empuja un poco más para abrirse un hueco. Pasa al otro lado, y un segundo después, la pared se cierra y el estante hace clic otra vez. Ha vuelto a su sitio. No se nota nada que allí hubiera una puerta secreta. El papel estampado que cubre la pared no deja ver el minúsculo hueco que pudiera haber entre la pared y la puerta. Queda camuflada. Yo sé que allí hay una puerta, pero no veo dónde empieza ni dónde termina. Es una puerta ultrasecreta.

Y Max está al otro lado.

Cruzo la habitación. Por fin voy a ver a Max. Intento atravesar la puerta pero no puedo. Choco con ella y caigo de espaldas al suelo. Es imposible distinguir los bordes de la puerta, así que me la habré pasado. Me muevo un poco más hacia la izquierda y pruebo de nuevo, esta vez más lentamente, pero tampoco es la entrada. Vuelvo a chocar con la pared. Lo intento tres veces más, pero las tres veces me estampo contra la pared.

Sé que la puerta está ahí, pero me pasa lo mismo que con las puertas del ascensor del hospital. Cuando Max me imaginó, no se le ocurrió pensar en puertas ultrasecretas que parecieran paredes, así que me es imposible atravesarla.

Max está al otro lado de esa puerta que no es puerta. La única forma de entrar será esperar a que la señorita Patterson abra de nuevo la puerta.

Tengo que esperar.

Me siento en la mesa verde sin apartar la vista de la pared. No puedo irme de aquí ni despistarme un momento. Cuando la señorita Patterson abra esa puerta, tendrá muy poco espacio para salir, lo que significa que tendré que colarme por el hueco en cuanto ella se aparte. Si no soy rápido, no conseguiré pasar.

Hago guardia.

Fijo la vista en el estampado, esperando que la pared se mueva en cualquier momento. Intento pensar solo en esa puerta-pared, pero empiezo a preguntarme qué habrá al otro lado. Tiene que haber una habitación, una habitación lo bastante grande como para que la señorita Patterson y Max puedan cenar juntos allí dentro. Pero es una habitación subterránea, no tiene ventanas y seguramente está cerrada con llave, así que Max se sentirá atrapado. Eso quiere decir que puede estar bloqueado. O puede que ya se bloqueara antes y ahora esté normal.

Quiero ver a Max, pero me entra miedo de pensar en cómo me lo encontraré después de tres días tras una pared. Aunque no se haya bloqueado, no creo que esté muy bien.

Sigo esperando.

La pared se mueve por fin. Salto de la mesa y me acerco a ella. La pared se abre y la señorita Patterson pasa por el hueco. Vuelve la vista atrás después de haber pasado, y yo aprovecho ese momento para colarme dentro.

Creo que la señorita Patterson ha vuelto la vista atrás para asegurarse de que Max no salía tras ella, pero estoy muy equivocado. En cuanto veo la habitación que hay al otro lado, sé que estoy muy equivocado.

Max no tiene intención de escapar.

Y yo no me puedo creer lo que estoy viendo.

Capítulo 36

La luz me deslumbra. Quizá porque llevaba un buen rato en la penumbra del sótano a la espera de que la pared se moviera, pero nunca habría podido imaginar que una habitación subterránea fuera tan luminosa.

A medida que me voy acostumbrando a la luz, veo que la habitación está pintada en amarillo, verde, rojo y azul. Me recuerda el aula del señor Michaud en preescolar, con aquella oruga gigante sobre la pizarra blanca y las paredes pintadas con los dibujos a dedo de los niños. Parece una caja de colores. Una caja de esas que tienen ocho o diez colores distintos. Toda la habitación parece una explosión de color.

Dentro hay una cama que tiene forma de coche de carreras. Pintada de azul y rojo. Con un volante y todo saliendo del cabecero. También hay una cómoda con los cajones cada uno de un color. Y una puerta en el otro extremo de la habitación con la palabra «Niños» garabateada en letras de color rojo. Veo también un pupitre con una gran pila de papel de dibujo y una pila aún más alta de papel milimetrado, que a Max le encanta, porque es ideal para dibujar mapas y planear batallitas. Del techo cuelgan unos cables con maquetas de aviones. Veo soldaditos, tanques, camiones y aviones de juguete por todas partes. En una estantería sobre la cama apuntan unos francotiradores, y sobre un puf, una hilera de tanques. Y columnas de soldados que marchan por el centro de la habitación. Sobre la cama, un aeródromo y alrededor de él cañones antiaéreos apostados en las almohadas. Se ha celebrado una batalla hace poco. Lo sé por el modo en que están colocados los soldados y los tanques.

Creo que los verdes han vencido a los grises. Los grises tenían todas las de perder según parece.

La habitación es más grande de lo que yo pensaba. Mucho más. Hay vías de tren por todas partes, que se pierden bajo la cama y asoman por el otro lado. Aunque no veo ningún tren. Seguramente habrá hecho una parada bajo la cama.

Sobre la cómoda hay montones, cientos quizá, de figuritas de *La guerra de las galaxias*, y en un lado de la habitación naves espaciales, también de *La guerra de las galaxias*, colocadas como las coloca Max. Delante de los cazas Ala-X no hay ninguna nave, porque esos cazas necesitan pista de despegue. Pero el *Halcón Milenario*, como puede despegar en vertical, está rodeado de cazas TIE y coches de nubes de dos cápsulas. Y también tropas de asalto, y soldados de asalto de Ciudad de las Nubes apostados junto a cada una de las naves espaciales, esperando a una orden de Max para lanzarse al ataque.

Nunca había visto tantos juguetes juntos de *La guerra de las galaxias*, aparte de en la tienda. Ni Max tampoco. Max debe de tener la colección más grande de toda la clase, pero al lado de esta la suya parece insignificante.

Aquí hay tropas de asalto como para formar un pequeño ejército.

He contado seis cazas Ala-X. Max tiene dos, que ya es mucho.

Al otro lado de la cama, hay un televisor que está colgado de la pared y debajo, un montón de DVD. La pila es casi tan alta como Max. Tanto que parece como si fuera a venirse todo abajo.

Sobre la pila hay tres helicópteros verdes aparcados y unos francotiradores vigilando la zona. El DVD de encima es de una película que a Max le encanta: *Las brigadas del espacio*.

En el suelo hay moqueta. Es de color azul oscuro, con estrellas, planetas y lunas dibujados. Está nueva y es gruesa. Me dan ganas de hundir los dedos de los pies en ella, pero, como en realidad solo toco la idea de la moqueta, mis pies no hacen más que rozarla.

Junto a la cama hay una máquina de chicles de bola.

Sobre la cama está la mochila azul que vi en el coche de la señorita Patterson. Abierta. Por la solapa asoman unas piezas de Lego.

Estoy casi seguro de que la señorita Patterson las puso allí para poder tener entretenido a Max. Para distraerlo hasta que llegaran a casa.

En medio de la habitación hay más piezas de Lego. Miles de ellas, de formas y tamaños que nunca había visto antes. Pequeñas, grandes, mecanos, juguetes Lego de esos que necesitan pilas que son los que más le gustan a Max... Nunca en su vida habría podido soñar con verse rodeado de una variedad así. Las piezas están puestas por tamaños y formas, y enseguida caigo en que ha sido él quien ha hecho esas pilas. Están ordenadas como a él le gusta. Alineadas como los soldados en el suelo, todas a la misma distancia unas de otras.

Y sentado delante de esas pilas como si fuera un general de Lego, de espaldas a mí, está Max.

Lo encontré.

Capítulo 37

No me lo puedo creer. Aquí estoy, de pie en la misma habitación que Max. Espero un segundo antes de decir su nombre y me quedo mirándolo un rato como hace su madre por la noche, cuando va a darle un beso aprovechando que duerme. Hasta ahora nunca había entendido por qué se quedaba allí parada mirándolo sin más.

Me gustaría quedarme aquí mirándolo para siempre.

Hasta ahora no me había dado cuenta de lo mucho que echaba de menos a Max. Ahora entiendo lo que quiere decir echar tanto de menos a alguien que no tienes palabras para expresarlo. Tendría que inventarme palabras nuevas para poder hacerlo.

Al final, lo llamo en voz alta:

—Max, estoy aquí.

Max da el grito más fuerte que le he oído nunca.

No es un grito largo. Solo dura un par de segundos. Pero estoy seguro de que la señorita Patterson vendrá corriendo enseguida para ver qué ha pasado. Luego caigo en la cuenta de que antes, cuando estaba al otro lado de la pared, no podía oírlos a los dos aquí dentro. Y Max tampoco me había oído llamarlo a gritos desde fuera.

Creo que es una habitación insonorizada.

En la tele salen mucho. Sobre todo en las películas, pero también en otros programas.

Max no se vuelve a mirarme mientras grita, y eso es mala señal. Quiere decir que puede bloquearse. Que se está bloqueando en este momento. Me acerco a él, pero no lo toco. Cuando el grito pierde fuerza, le digo:

—Max, estoy aquí.

Digo exactamente lo mismo que antes de que se pusiera a gritar. En voz baja, rápido. Mientras hablo voy moviéndome hasta colocarme delante de él, con el ejército de Lego entre los dos. Veo que ha estado montando un submarino, y por lo que parece, la hélice podrá moverse sola cuando lo haya terminado.

—Max, estoy aquí.

Max ya ha dejado de gritar. Ahora respira muy rápido y fuerte. Eso, según la madre de Max, se llama hiperventilar. Parece como si acabara de correr mil quinientos kilómetros e intentara recuperar el aire. A veces, después de hacer eso se bloquea.

—Max, estoy aquí. Tranquilo. Estoy aquí. Tranquilo.

Ahora mismo lo peor que podría hacer sería tocarlo. Y gritarle tampoco sería buena idea. Sería como empujarlo hacia su mundo interior. Le hablo bajito y rápido, repitiéndole una y otra vez la misma frase. Intento acercarme a él con la voz. Es como lanzarle una soga y suplicarle que se agarre a ella. A veces funciona y consigo tirar de él antes de que se bloquee, y a veces no. Pero no se me ocurre otra cosa. Esta vez funciona.

Enseguida lo noto.

Ya respira más despacio, aunque incluso si se estuviera bloqueando respiraría más despacio. Le noto en los ojos que no se ha bloqueado. Son ojos que me miran. Que me miran a los ojos. No está yéndose. Está viniendo. Volviendo al mundo. Me sonríe con los ojos y sé que ha vuelto.

—Budo —dice.

Suena feliz, y eso me hace feliz.

—Max —contesto.

De pronto me siento como la madre de Max. Me entran ganas de saltar por encima de las montañas de Lego y abrazarlo con todas mis fuerzas. Pero no puedo. Seguramente él se alegra de que esas montañas de Lego estén ahí separándonos. Por eso me mira risueño, porque no tiene que preocuparse de que me acerque a tocarlo.

Max sabe que yo nunca lo toco, pero podría pensar que esta situación es distinta. Nunca hemos pasado tres días separados.

—¿Estás bien? —le pregunto y me siento en el suelo delante de él, con las piezas de Lego en medio de los dos.

—Sí —contesta Max—. Me has asustado. Pensaba que no te vería nunca más. Estoy haciendo un submarino.

—Sí, ya veo —le digo.

No sé cómo seguir. Intento encontrar las palabras más acertadas, la clave con la que poder salvarlo. Por un lado, pienso que debería sonsacarlo disimuladamente y descubrir hasta qué punto ha venido aquí engañado, pero por otro lado, pienso que quizá sería mejor preguntarle directamente qué está pasando. La situación es muy grave. No se trata de que no haya hecho los deberes o que lo hayan pillado lanzando comida por los aires en el comedor del colegio.

Esto es aún más grave que lo de Tommy Swinden.

Decido no andarme con disimulos. No «bailar con el diablo bajo la pálida luz de la luna». Eso es lo que dice la señorita Gosk cuando cree que un alumno le miente. Dice: «Señor Woods, está usted bailando con el diablo bajo la pálida luz de la luna. Vaya con cuidado, jovencito».

En este momento yo también estoy bailando con el diablo bajo la pálida luz de la luna y no tengo tiempo que perder.

—Max —le digo, intentando imitar la voz y el tono de la señorita Gosk—, la señorita Patterson es mala y tenemos que salir de aquí.

A decir verdad, no sé cómo nos las vamos a ingeniar para hacerlo, pero lo que sí sé es que, si Max no me ayuda, será imposible.

—No es verdad, no es mala —me contesta Max.

—Te ha secuestrado. Te engañó para sacarte del colegio y ahora te tiene secuestrado.

—La señorita Patterson dice que yo no debería ir al colegio. Que no es un sitio seguro para mí.

—Eso no es verdad —le digo.

—Sí que lo es —contesta Max, como si estuviera enfadándose—. Y tú lo sabes. Si sigo en ese colegio, Tommy Swinden me matará. Ella y Jennifer siempre están tocándome. Hasta mi comida tocan. Los niños se burlan de mí. La señorita Patterson está enterada de lo de Tommy Swinden y los demás, y dice que ese colegio no es buen sitio para mí.

—Tus padres piensan que el colegio es lo mejor para ti. Y son tus padres quienes dicen eso.

—Los padres no siempre saben lo que más conviene a sus hijos. Es lo que dice la señorita Patterson.

—Max, esa mujer te tiene encerrado en un sótano. Eso no puede ser bueno. Una persona buena no encerraría a un niño en un sótano. Tenemos que salir de aquí.

La voz de Max se suaviza.

—Si le digo a la señorita Patterson que estoy contento, se pondrá contenta. —No entiendo qué quiere decir. Antes de poder preguntárselo, Max ya está hablando otra vez—: Si la señorita Patterson está contenta, no me tocará ni me hará daño.

—¿Eso te ha dicho?

—No, pero me doy cuenta. Creo que si intentara escapar, se enfadaría mucho.

—No creo, Max. No creo que la señorita Patterson quiera hacerte daño. Lo único que quiere es tenerte secuestrado.

Pero, en cuanto lo digo, se me ocurre que quizá Max tenga razón. Max no entiende muy bien a la gente, pero hay veces que la entiende mejor que nadie. Quizá no se dé cuenta de que se le pone cara de tonto cuando se chupa el dedo en mitad de una clase, pero el día que a la señorita Gosk se le murió su madre, Max fue el único que se dio cuenta de que estaba triste. Enseguida se dio cuenta, y eso que ella bien que lo disimulaba; los demás niños, en cambio, solo se enteraron al día siguiente, cuando ella lo contó en clase. Así que igual también tiene razón con lo de la señorita Patterson. Quizá sea mucho más malvada de lo que yo pensaba.

—¿Tú no quieres irte? —le pregunto.

—A mí me gusta estar aquí. Tengo un montón de juguetes chulos. Y además, has venido tú. ¿Me prometes que nunca te irás?

—Te lo prometo. Pero y tus padres, ¿qué?

Me gustaría darle muchas más razones. Hacerle una lista de todas las cosas que va a echar de menos si se queda encerrado en esta habitación, pero no puedo. Sé que lo único que Max podría echar de menos de verdad sería a sus padres. Max no tiene amigos. Su abuela murió el año pasado, y su otra abuela vive en Florida y no va nunca a verlo. Su tía y sus tíos se sienten incómodos con él y apenas le dirigen la palabra. Sus primos hacen como si no estuviera. Lo único que Max tiene en la vida son sus padres, sus juguetes y yo. Y es posible que para él sus juguetes sean tan importantes como sus padres. Es triste decirlo, pero es la verdad. Si Max tuviera que escoger entre su Lego y sus soldaditos por una parte, y sus padres por otra, no sé con qué se quedaría.

Creo que eso lo sabe también su madre. Y su padre es posible que también lo sepa, pero él prefiere engañarse y dice que no es verdad.

—A mis padres ya los veré —contesta Max—. Me lo ha dicho la señorita Patterson. Pero más adelante. Ahora todavía no. Ella se encargará de cuidar de mí y me mantendrá apartado del colegio para que no me pase nada. Me dice que soy «su muchachito».

—¿Y su hijo? —le pregunto—. ¿Lo has conocido?

—No, se le murió. Me lo dijo ella.

Me quedo callado. Espero.

Max baja la vista a su submarino y encaja unas piezas en la parte que no está terminada. Al cabo de un minuto, dice:

—Murió porque su papá no cuidó bien de él. Por eso se murió.

Me gustaría preguntarle dónde está el señor Patterson ahora, pero no digo nada. El caso es que no está aquí. No forma parte del plan de la señorita Patterson. Ahora lo sé.

—¿Te gusta estar aquí? —le pregunto.

—La habitación está muy bien —dice Max —. Tengo montones de juguetes chulos. Cuando llegué estaba hecha un desastre, pero la señorita Patterson me ha dejado que la ordene como yo quiero. Las piezas de Lego estaban todas mezcladas, los juguetes de *La guerra de las galaxias* me los encontré en una caja, y los soldaditos sin estrenar, empaquetados aún, con el plástico y todo. Y esos DVD de ahí los encontré también en una caja. Ahora todo está en su sitio. Además, la señorita Patterson me ha regalado una hucha y un montón de monedas para que las metiera dentro. Había tantas que casi no me cabían.

Max señala el escritorio. Veo una hucha pequeña de metal con forma de cerdito en una esquina. Tiene unas patas metálicas minúsculas, y las orejitas y el morro también de metal. Está toda gastada y vieja.

—Era de la señorita Patterson cuando era pequeña —dice Max, leyéndome el pensamiento.

La señorita Patterson ha demostrado ser muy lista dejando a Max que arreglara la habitación a su manera. Eso lo tendría entretenido el primer día. A Max le gusta que sus piezas de Lego estén siempre en orden, apiladas como a él le gusta. Cuando iba a preescolar, antes de marcharse a casa, tenía que dejar bien ordenadas todas las piezas, si no, se pasaba la noche angustiado. Seguro que eso lo mantendría muy ocupado durante todo el primer día, si es que no se bloqueó.

—Max, si le tienes miedo a la señorita Patterson quiere decir que este sitio no es bueno para ti.

—Cuando está contenta no le tengo miedo. Y ahora que tú estás aquí me siento mucho mejor. Mientras tú estés aquí, todo irá bien. Lo sé. Le dije a la señorita Patterson que te necesitaba, y ella me dijo que era posible que vinieras. Y has venido. Ahora podemos quedarnos aquí los dos juntos tan a gusto.

De pronto caigo en la cuenta: mientras Max siga en esta habitación, yo no desapareceré nunca.

Los padres de Max siempre insisten en que su hijo madure, en que conozca a gente nueva y pruebe a hacer cosas nuevas. El año que viene su padre quiere apuntarlo a no sé qué de una liga de béisbol y su madre dice que quiere ver si puede tocar el piano. Además, lo han estado llevando al colegio todos los días pese a que Max les ha dicho que Tommy Swinden quería matarlo.

Nunca lo había pensado, pero el mayor peligro para mí está en los padres de Max.

Son ellos los que quieren que Max crezca.

La señorita Patterson desea justo lo contrario. Ella quiere tenerlo encerrado en esta habitación, preparada especialmente para él. Quiere que no salga de aquí, porque aquí estará más seguro. No piensa pedir un rescate por él ni cortarlo en pedacitos. Lo único que quiere es tenerlo aquí como si fuera suyo. Encerrado y a salvo. La señorita Patterson es el diablo bajo la pálida luz de la luna, pero no es un diablo como los que salen en el cine o la televisión. Es un diablo auténtico, y, después de todo, quizá yo debería bailar con ella.

Si Max se queda aquí, yo seguiré viviendo todo el tiempo que él esté vivo. Viviré más de lo que nunca ha vivido ningún amigo imaginario.

Si Max se queda aquí, puede que vivamos los dos felices comiendo perdices.

Capítulo 38

Max y yo jugamos con los soldaditos cuando se abre la puerta y entra la señorita Patterson. Lleva puesto un camisón rosa.

Qué vergüenza. Tengo delante a una maestra en pijama.

Max no la mira. Está concentrado en la montaña de soldaditos que tiene delante. Una cosa llamada misil de crucero acaba de atacar a su ejército. De hecho, era un simple lápiz de color que Max ha soltado desde un avión de plástico, pero ha conseguido cargarse todas las hileras de hombres que Max tenía perfectamente ordenadas.

—¿Has estado jugando con tus soldaditos? —pregunta la señorita Patterson.

Lo dice como sorprendida.

—Sí —responde Max—. Budo está aquí.

—Ah, ¿sí? Qué bien, cuánto me alegro.

Y parece que lo dice sinceramente. Supongo que pensará que al menos así Max tiene a alguien con quien jugar, aunque no piense que yo sea de verdad. Seguramente lo que piensa es que he vuelto porque Max se está acostumbrando a su nueva habitación.

No sabe el esfuerzo que me ha costado llegar hasta aquí.

—Es hora de acostarse —dice la señorita Patterson—. ¿Te has lavado ya los dientes?

—No —responde Max, sin levantar la vista.

Tiene en la mano un francotirador de color gris al que no deja de darle vueltas mientras habla.

—¿Te los vas a lavar? —le pregunta.

—Sí —responde Max.

—¿Quieres que te arrope cuando te hayas metido en la cama?

—No —salta Max rápidamente. Le responde rápidamente y dice que no rápidamente, aunque sea solo un «No».

—De acuerdo, pero dentro de quince minutos quiero que estés en la cama con la luz apagada.

—Vale.

—Bueno, pues… Buenas noches, Max.

La voz de la señorita Patterson sube al decir esas últimas tres palabras, como si esperara que Max le respondiera. Que le dijera «Buenas noches» también y así cerrar la típica despedida de todas las noches. Se queda en la puerta un momento, esperando una respuesta.

Max sigue concentrado en su francotirador sin decir nada.

Cuando la señorita Patterson se da cuenta de que Max no va a contestarle, le cambia la cara. Los ojos, las mejillas y la cabeza se le caen hacia abajo, y por un instante siento lástima de ella. Es verdad que ha secuestrado a Max, pero no tiene intención de hacerle daño. En ese momento de tristeza, lo sé con toda seguridad.

La señorita Patterson quiere a Max.

Ya sé que no está bien robarle el niño a unos padres porque tú hayas perdido al tuyo, y también sé que quizá esa mujer siga siendo una malvada y un monstruo. Pero, en ese breve instante, me ha parecido más una señora triste que un monstruo. Creo que la señorita Patterson pensaba que Max la haría feliz, pero por el momento no ha sido así.

Se va por fin, cerrando la puerta sin decir nada más.

—¿Volverá para ver cómo estás? —le pregunto.

—No —dice Max.

—Pues entonces podríamos quedarnos toda la noche jugando, ¿no?

—No lo sé. Sé que no vendrá a asomarse a la puerta, pero tengo la impresión de que de alguna manera lo sabría.

Max va hacia la puerta con el letrero donde pone «Niños». La abre. Al otro lado veo un cuarto de baño. Max coge un cepillo de dientes del armarito que hay bajo el lavabo, aprieta el tubo para echarse un poco de pasta y se cepilla los dientes.

—¿Cómo sabía que tenía que comprarte Crest Kids? —le pregunto.

Max se niega a usar otra marca de pasta de dientes que no sea esa.

—No lo sabía —responde, sin dejar de cepillarse—. Se lo dije yo.

Podría seguir indagando sobre el asunto de la pasta de dientes, pero más vale que no lo haga. Quizá Max se bloqueó la primera noche porque solo había Colgate o Crest Cool Mint (pasó una vez que el padre de Max intentó hacerle cambiar de marca), o quizá la señorita Patterson le preguntó cuál era su marca preferida de pasta de dientes antes de que llegara el momento de cepillárselos.

Lo más probable es que se lo preguntara antes. Aunque la señorita Patterson le ha cambiado la vida del todo, ella sabe muy bien lo mal que a Max le sientan los cambios. El padre de Max también lo sabe, pero siempre está cambiando cosas, aun arriesgándose a que Max se bloquee. Su madre también lo sabe, pero ella procura introducir los cambios poco a poco, sin que Max se dé cuenta. El padre de Max cambia las cosas de golpe, como hizo aquel día con la pasta de dientes, por ejemplo.

—Es bonita la habitación —le digo a Max mientras él se pone el pijama. Es un pijama de camuflaje. No es el que lleva normalmente, pero parece muy contento con él. Cuando se lo ha puesto, va al cuarto de baño a mirarse en el espejo—. No está mal este sitio —insisto.

Max no responde.

No dejo de pensar en Max dándole vueltas al soldadito mientras la señorita Patterson le hablaba, y en cómo se ha negado a levantar la vista para mirarla. Max ha dicho que la habitación le gusta y que podíamos quedarnos aquí juntos los dos. Creo que lo decía de verdad, pero tengo la impresión de que detrás de esas palabras hay otras que Max no está diciendo.

Max tiene miedo. Está triste.

Por un lado, me gustaría olvidarme de lo fijamente que se ha quedado mirando aquel soldadito. Y dejar que pasen unos días, un mes o hasta un año, porque seguro que al final Max se acaba acostumbrando a esta nueva habitación y quizá incluso a la señorita Patterson. Quisiera convencerme de que Max va a estar contento aquí, porque eso quiere decir que yo voy a seguir existiendo para siempre.

Pero por otro lado, siento que debería salvar a Max ahora mismo, antes de que sea demasiado tarde. Antes de que ocurra algo que ahora mismo no soy capaz de ver. Porque sé que Max solo me tiene a mí, y mi deber es hacer algo cuanto antes.

Ahora mismo.

Pero aquí estoy, dividido entre esos dos lados. Bloqueado como Max. Quiero salvarlo a él y salvarme a mí mismo, pero no sé si puedo.

No sé qué parte de Max puedo permitirme perder para salvarme a mí mismo.

Capítulo 39

Max se ha dormido por fin.

Después de lavarse los dientes, ha apagado la luz y se ha metido en la cama. Yo me he quedado sentado en una silla a su lado y he esperado a que colocara bien las almohadas. Como hacemos en casa cada noche.

Salvo que en esta habitación hay nueve lamparillas de esas que se dejan encendidas toda la noche, seis más que en el dormitorio de Max, así que muy oscuro no es que esté.

Yo pensaba que Max iba a contarme algo, pero se ha quedado tumbado en la cama sin más, mirando al techo. Le he preguntado si quería hablar, porque es lo que solemos hacer todas las noches antes de que él se duerma, pero ha movido la cabeza como diciendo que no y ya está. Al cabo de un ratito me ha dicho en voz muy baja: «Buenas noches, Budo». Nada más.

Ha tardado un buen rato en dormirse.

Desde entonces que estoy aquí sentado, preguntándome qué voy a hacer. Lo oigo respirar. Se mueve en sueños, pero sin despertarse. Si cierro los ojos y no pienso en nada, simplemente lo escucho, es como si estuviéramos en casa.

Aunque en casa yo ahora mismo estaría sentado en la sala de estar, viendo la tele con los padres de Max.

Ya los echo de menos.

En esta habitación me siento atrapado.

No es que me sienta atrapado, es que lo estoy. Me han hecho prisionero, igual que a Max. Miro la puerta muy fijamente y me pregunto cómo voy a salvar a mi amigo si ni siquiera soy capaz de salir de aquí.

De pronto se me ocurre cómo.

Me levanto y voy hacia la puerta. Doy tres pasos, la atravieso y un segundo más tarde ya estoy en el otro lado, en el sótano con la mesita de tenis y las escaleras. Aquí no han dejado ninguna lamparilla encendida, está todo negro como boca de lobo.

He podido atravesar la puerta desde el lado donde está Max porque tenía forma de puerta. El mismo Max la ha llamado así. Ha dicho que la señorita Patterson no vendría a asomarse a la puerta, lo que significa que para él es una puerta, y si es una puerta, puedo atravesarla. Porque es lo que Max entiende por puerta.

Pero a ojos de Max la puerta supersecreta que está a este otro lado del muro no es una puerta, así que no puedo atravesarla. A ojos de Max no es más que un muro. Para confirmarlo, me vuelvo hacia el muro y voy andando otra vez hacia él. Está tan oscuro que me doy un topetazo aún más fuerte de lo que pensaba.

Eso confirma mis sospechas. A este lado, lo que tengo es un muro y punto.

No sé si habrá sido muy buena idea salir de allí. Si Max despierta, no podré volver a entrar en la habitación para decirle que sigo aquí. Ni siquiera tendré forma de saber si ha despertado. He vuelto a dejarlo solo, y él lo sabrá. Otra vez he cometido un grave error.

Me vuelvo y recorro el sótano pegado a las paredes, orientándome a tientas hasta llegar a las escaleras. Subo poco a poco, agarrado a la barandilla. Al llegar al final de las escaleras, atravieso la puerta que se abre al pasillo donde están la cocina y la sala de estar. Veo a la señorita Patterson de pie en la cocina. En la mesa hay unas latas de sopa Campbell y cajas de macarrones con queso Kraft. Lo está metiendo todo en una caja grande de cartón.

Esos son dos de los platos favoritos de Max.

Hay otras cuatro cajas de cartón sobre la mesa. Están cerradas, así que no puedo ver qué hay dentro. Por un momento pienso que esas cajas pueden ser importantes, pero luego me doy cuenta de que no. Estoy buscando pistas que me ayuden a salvar a Max, pero aquí no hay pistas que valgan. Max está encerrado en una habitación secreta del sótano ese y nadie sabe que lo han traído a esta casa. Esto no es una película de suspense. Es la cruda realidad.

La señorita Patterson termina de meter en la caja el resto de latas y macarrones, y cierra la tapa. Luego coloca la caja encima de las que ya están apiladas sobre la mesa de la cocina, va al fregadero y se pone a lavarse las manos. Canturreando mientras.

Una vez ha terminado, pasa de largo junto a mí y sube a la planta de arriba. La sigo. No tengo nada más que hacer. No puedo salir de la casa. Aunque haya conseguido escapar de la habitación secreta, sigo atrapado en esta casa. No sé dónde estoy ni dónde está nada. No sé de gasolineras, comisarías u hospitales por los que ir a darme una vuelta. Max está aquí. No puedo irme sin él. Aunque le he prometido que nunca lo abandonaría, empiezo a pensar que si quiero salvarlo no me va a quedar más remedio que salir de aquí.

En el dormitorio de la señorita Patterson hay unas cajas de cartón en el suelo que no estaban ahí antes. La señorita Patterson abre la cómoda, saca ropa de dentro y la mete en las cajas. Pero no toda la ropa. Va escogiendo prendas. Se me ocurre que quizá esas cajas sí podrían ser una pista al fin y al cabo. Empaquetar comida no es muy normal, pero no es tan raro como empaquetar ropa.

Después de llenar cinco cajas con ropas, zapatos y un albornoz, las lleva a la planta baja y las deja junto a las que tenía sobre la mesa. Luego sube al piso de arriba otra vez y se lava los dientes. Creo que se está preparando para acostarse, así que me voy. Por malvada que sea, no me parece bien quedarme aquí plantado observándola mientras se pasa el hilo dental por los dientes y se lava la cara.

Voy a la habitación de invitados y me siento en una silla a pensar. Necesito un plan.

Ojalá estuviera aquí Graham.

Capítulo 40

Oigo la voz de Max. Me está llamando. Me levanto de un salto y corro al pasillo. Estoy confundido. La voz no sale del sótano. Sale del dormitorio de la señorita Patterson. Me doy la vuelta y corro pasillo abajo. Atravieso la puerta de su dormitorio. El sol está asomando por la ventana. Miro hacia allí y cierro los ojos un momento, deslumbrado. El sonido sale de esta habitación, pero suena muy distante, como si Max estuviera gritando bajo una manta o encerrado en un armario. Abro los ojos y veo a la señorita Patterson. Está sentada en la cama, mirando el teléfono. Aunque no es un teléfono. Es más grande que un teléfono y más aparatoso. Tiene una pantallita, a la que ahora mismo está mirando la señorita Patterson. La voz de Max sale de ese teléfono que no es un teléfono.

Voy al otro lado de la cama y me siento junto a la señorita Patterson. Miro por encima de su hombro para echar un vistazo al teléfono que no es un teléfono y veo a Max en la pantallita. Está en blanco y negro, pero es Max. Sentado en la cama también, llamándome a voces.

Parece asustado.

La señorita Patterson y yo nos ponemos en pie al mismo tiempo, cada uno desde un lado de la cama. Se pone unas zapatillas y sale de la habitación.

La sigo.

Va directa al sótano. Me pego a ella. Los gritos de Max llegan desde el teléfono que no es un teléfono, no desde el otro lado del muro. Qué raro. Max está justo detrás de esa pared, dando voces, pero no se le oye.

La señorita Patterson abre la puerta secreta y pasa al otro lado. Los gritos de Max llenan la habitación.

Me escondo detrás de la señorita Patterson. No quiero que Max me vea y diga mi nombre. Ya sé que me está llamando a gritos, pero no es lo mismo. Lo que temo es que al verme diga: «¡Budo! ¡Has vuelto! ¿Dónde te habías metido? ¿Qué hacías con la señorita Patterson?».

Si dice eso, ella se dará cuenta de que he salido de la habitación secreta y que estaba espiándola.

Ya sé que eso es imposible, porque la señorita Patterson no cree que yo sea real, pero se me olvida a los pocos segundos de entrar en la habitación. Es fácil olvidar que la gente no cree que existas.

En cuanto pongo el pie en la habitación, me entra miedo. Miedo de que la señorita Patterson me pille. Aunque no crea que existo, es mala persona y no quiero que se enfade conmigo.

—Max, calma —le dice, yendo hacia su cama, pero no se acerca del todo.

La señorita Patterson es muy lista. Al verlo tan alterado cualquier otra persona habría sentido la necesidad de acercarse a él, pero ella sabe que eso es lo peor que se puede hacer en estos casos. La señorita Patterson es listísima.

Es el diablo bajo la pálida luz de la luna, está claro.

—¡Budo! —grita Max de nuevo.

En la realidad suena mil veces peor todavía. Es el grito más espantoso que he oído en mi vida. Me hace sentir como el peor amigo del mundo. Al asomarme por detrás de la señorita Patterson y salir de mi escondrijo, me pregunto cómo me las voy a ingeniar para dejar a Max solo hoy.

—Estoy aquí, Max —saludo.

—No te preocupes que volverá —dice la señorita Patterson, inmediatamente después de que yo salude, y por un instante tengo la impresión de que me ha oído.

—¡Budo! —grita Max otra vez, pero esta vez de alegría. Me ha visto.

—Buenos días, Max —le digo—. Perdóname. Salí de la habitación y me quedé bloqueado fuera.

—¿Bloqueado? —pregunta Max.

—¿Quién está bloqueado? —quiere saber la señorita Patterson.

—Budo se ha quedado bloqueado, ¿verdad, Budo? —dice Max, mirándome.

—Sí —le digo—. Cuando estemos solos te lo cuento.

Una de las cosas que he aprendido sobre Max es que es incapaz de hablar conmigo y con otra persona a la vez porque se lía, así que siempre que puedo intento evitarlo.

—Seguro que Budo se desbloquea solo —dice la señora Patterson—. No temas.

—Ya se ha desbloqueado —dice Max.

—Qué bien —dice ella. Suena como si llevara un buen rato con la cabeza bajo el agua y acabara de salir a la superficie a tomar aire—. No sabes cuánto me alegro de que haya vuelto.

—Vale —dice Max.

Es una respuesta bastante extraña, pero es que Max nunca sabe qué decir cuando le hablan de sentimientos. La mayoría de las veces se queda callado. Esperando a que el otro diga otra cosa. Pero «vale» es su respuesta para todo.

—¿Sabes vestirte solo? —le pregunta la señorita Patterson—. Aún no había empezado a prepararte el desayuno.

—Sí —contesta Max.

—Bien.

La señorita Patterson se queda otra vez junto a la puerta, esperando. No sabría decir si está esperando a que Max diga algo o pensando en algo más que decir. Sea lo que sea, parece triste. Max hace como si no estuviera allí siquiera. Tiene ya un caza Ala-X entre las manos y está apretando el botón para que despliegue las alas.

La señorita Patterson deja escapar un suspiro y se va.

Cuando la puerta se cierra, Max levanta la vista de su juguete.

—¿Dónde te habías metido? —pregunta.

Sé que está enfadado porque, aunque tiene un juguete de *La guerra de las galaxias* entre las manos, me está mirando de frente.

—Ayer por la noche salí de la habitación, pero no pude volver a entrar.

—¿Por qué no? —dice Max. Ha vuelto a fijar la vista en su juguete.

—Porque lo que por este lado es una puerta, por el otro es una pared.

Max no dice nada. Eso significa, o bien que me ha entendido, o que no le interesa el tema. Yo normalmente adivino si se trata de una cosa o de la otra, pero esta vez no tengo ni idea.

Max deja el caza Ala-X sobre la almohada y baja de la cama. Luego va hacia el cuarto de baño y abre la puerta. Desde allí se vuelve hacia mí y me mira otra vez a los ojos.

—Prométeme que nunca más volverás a dejarme solo.

Y yo se lo prometo, aunque sé que dentro de poco volveré a hacerlo.

Capítulo 41

Pienso que quizá no debería decirle a Max que voy a dejarlo. Lo mejor sería salir de aquí de extranjis. Bueno, lo mejor para mí, pero no para él.

Lo que me preocupa es que se enfade tanto conmigo que le dé por dejar de creer en mí.

No sé qué hacer.

Yo pensaba que Max iba a estar aquí encerrado para siempre y yo tendría tiempo para decidir qué iba a hacer. Pero ahora estoy preocupado porque puede que la señorita Patterson no deje a Max aquí encerrado para siempre, y que yo me haya quedado sin tiempo antes de hora.

En el fondo de los fondos, confiaba en que Max le cogiera cariño a este sitio y así nos pudiéramos quedar aquí durante toda la vida. Sé que no está nada bien no ayudar a Max, pero tampoco está bien dejar de existir. Los leones se comen a las jirafas para sobrevivir aunque ellas no les hayan hecho nada, y nadie piensa que los leones sean malos por eso. Porque existir es muy importante. Lo más importante del mundo. En fin, que sé que debería ayudar a Max, y quiero ayudarle y tomar una buena decisión, pero también quiero seguir existiendo.

Son muchas cosas en las que pensar, y encima ahora con la preocupación de no tener tiempo para pensar.

Max ya ha terminado de desayunar y está jugando con la PlayStation. Lleva un coche de carreras por un circuito. Yo me he quedado aquí mirándolo porque a él le gusta que esté a su lado cuando juega con sus videojuegos. Él no me habla ni me pregunta nada. Solo necesita que me quede mirando.

De pronto se abre la puerta. Ha entrado la señorita Patterson. Va vestida como para ir al colegio y se ha puesto perfume. Lo he olido antes de que entrara.

No todos los amigos imaginarios tienen olfato, pero yo, sí.

Huele a flores marchitas. Lleva un pantalón gris, una blusa rosa y una chaqueta. En la mano trae una fiambrera de *Transformers*.

—Max, tengo que irme a trabajar —le dice.

Habla como si sumergiera la voz en agua para ver lo fría que está. Muy despacito y con mucha cautela.

Max no le contesta. Yo no creo que lo haga a propósito. Cuando está entretenido con sus videojuegos tampoco sus padres consiguen que les haga caso.

—Te dejo la comida en la fiambrera —dice la señorita Patterson—. Hay sopa en el termo, un yogur y una naranja. Ya sé que tiene que ser muy aburrido comer lo mismo todos los días, pero no puedo arriesgarme a que te atragantes mientras estoy fuera.

La señorita Patterson se queda esperando a que Max diga algo, pero él sigue haciendo maniobras con su coche electrónico por la pista de la tele.

—Pero no te preocupes —le dice—. Pronto estaremos juntos todo el día, ¿eh?

Max sigue sin abrir la boca, concentrado en la pantalla.

—Te echaré de menos, Max.

Es como si la señorita Patterson quisiera acercarse a él con la voz, como hago yo también a veces. Le está lanzando una cuerda, pero yo sé que Max no alargará la mano para recogerla. Está concentrado en su videojuego. Todo lo demás le da exactamente igual.

—Te echo de menos todos los días, Max. Y quiero que sepas que estoy haciendo todo esto por ti. Dentro de nada, todo será más fácil, ¿sabes?

Ahora soy yo el que quiere que Max le conteste. Que le pregunte a la señorita Patterson qué quiere decir. ¿Por qué dice que van a cambiar las cosas? ¿Cuándo van a cambiar? ¿Qué está planeando?

Pero Max sigue con la vista fija en la pantalla, moviendo el coche por la pista.

—Adiós, Max. Hasta luego.

Está deseando decirle que lo quiere. Lo sé. Veo las palabras a punto de salir de sus labios. Y creo que es verdad que lo quiere, y mucho. Siento lástima de ella otra vez. Ha secuestrado a Max, y aunque ella diga que lo ha hecho por su bien, yo sé que lo que desea en realidad es tener otro hijo. Pero el niño que ha secuestrado habla apenas un poquitín más que el que se murió.

La señorita Patterson sale de la habitación y cierra la puerta tras ella. Max levanta la vista nada más oír el chasquido, se queda un momento mirando la puerta y luego vuelve a su juego.

Yo me quedo junto a la puerta, viéndolo jugar. Cuento hasta cien. Abro la boca para hablar y luego vuelvo a contar hasta cien.

Cuando he terminado de contar la segunda centena, abro la boca por fin.

—Yo también voy a irme, Max.

—¿Qué? —dice Max, levantando la vista del juego.

La situación es complicada porque tengo que decirle algo importante a Max y hacer que lo comprenda, pero, por otro lado, no dispongo de tiempo. Mi temor era que si me marchaba antes de que la señorita Patterson saliera por la puerta, quizá ella oyera los gritos de Max por el teléfono que no es un teléfono y volviera otra vez al cuarto secreto. Incluso que se quedara en casa y no fuera al colegio a trabajar. Espero que esté ya en el garaje, aunque no tengo forma de saberlo. Yo calculo que sí. He contado hasta doscientos, así que ha tenido tiempo suficiente para llegar hasta allí. Puede que hasta demasiado. Quizá sea demasiado tarde.

—Me voy Max —repito—. Pero solo voy a estar fuera durante el día. Quiero ir al colegio con la señorita Patterson para ver a la señorita Gosk y enterarme de cómo están tus padres. Volveré después de clase con ella.

—Yo también quiero ir —dice Max.

No esperaba que dijera eso. No sé qué decir. Me quedo con la boca abierta un momento.

—Ya —digo—. Pero yo no puedo sacarte de aquí. Y no puedes atravesar puertas como yo.

—¡Yo también quiero ir! —grita Max—. ¡Quiero ver a la señorita Gosk y a mi mamá y a mi papá! ¡Quiero ver a mis papis!

Max nunca llama «papis» a sus padres. Al oírlo decir eso, pienso que nunca podré salir de esta habitación. Nunca podré dejar a Max. Sería demasiado triste y demasiado cruel.

—Ya encontraré la manera de sacarte de aquí.

Le digo eso para tenerlo contento, pero en cuanto las palabras salen de mi boca comprendo que mi decisión estaba clara desde un principio. Yo no soy un león, y Max no es una jirafa. Yo soy Budo y Max es mi amigo, y tengo muy claro lo que debo hacer. Eso no significa que yo tenga que dejar de existir, pero sí que debo dejar de pensar solo en mi existencia.

Significa que tengo que salir de aquí ahora mismo.

—Me voy, Max. Pero volveré. Y haré todo lo posible para que puedas ver a tus padres cuanto antes. Te lo prometo.

Es la segunda promesa que le hago en lo que va de mañana. Y ya estoy a punto de faltar a la primera.

Voy hacia la puerta y él rompe a gritar.

—¡No, no, no, no!

Si me voy, se bloqueará.

Si atravieso esa puerta, ya no podré entrar en esta habitación hasta que la señorita Patterson vuelva del colegio y me abra.

Atravieso la puerta, sabiendo que a veces lo más difícil es hacer lo que uno debe.

Le pido a alguien que sé que no me está escuchando que me perdone por faltar a la promesa que le he hecho a Max y dejarlo solo.

Nada más salir al sótano, el sonido vuelve. La habitación de Max estaba en silencio, pero aquí el ruido sordo de la caldera y del agua que corre por las tuberías llena la habitación.

Sé que Max está gritando. Y dando porrazos en la puerta seguramente, pero no lo oigo. Y menos mal. Imaginármelo bloqueándose detrás de ese muro me hace sentir muy triste y muy culpable. Pero oírlo sería mucho peor.

Oigo un portazo arriba. De pronto recuerdo que debo entrar en acción. Cruzo a la carrera el sótano y corro escaleras arriba. Me asomo a la cocina. Las cajas de cartón que anoche estaban apiladas sobre la mesa han desaparecido. Y la señorita Patterson también.

De pronto oigo el motor de un coche arrancando y, un segundo después, el ruido metálico de la puerta del garaje que se abre.

Debería echar a correr hacia el garaje, pero decido que ya es tarde. Giro a la derecha, en dirección a la entrada. Atravieso la puerta, salgo fuera y tropiezo en un escalón que no sabía que existiera. Caigo dando tumbos en un sendero empedrado que rodea la casa y conduce hasta el camino de acceso al garaje. Me levanto dando trompicones y echo a correr sin haber enderezado el cuerpo siquiera. Doy los primeros pasos con los nudillos rozando el suelo. Giro a la carrera hacia la parte delantera de la casa y veo ante mí el camino que lleva al garaje y que baja hasta la carretera. El coche de la señorita Patterson ya va por la mitad. Baja de morro, así que no va despacio como cuando se da marcha atrás.

Veo que no voy a poder darle alcance. Está demasiado lejos. Max no me imaginó muy rápido corriendo. No imaginó que me fuera necesario.

Echo a correr de todos modos. No soporto pensar en quedarme todo el día metido en casa de la señorita Patterson sabiendo que Max está encerrado detrás de ese muro sin que pueda comunicarme con él. Echo a correr cuesta abajo con todas mis fuerzas. Corro tan rápido que voy tropezando, cayéndome casi, pero ni por esas le daré alcance.

De pronto veo un coche que viene por la carretera. Un coche verde que dentro de nada pasará de largo frente a la entrada de la casa de la señorita Patterson. Y ella se verá obligada a ir poco a poco, o incluso a parar, para cederle el paso.

Esta es mi oportunidad.

Pero justo me he hecho la ilusión de que todavía tengo esperanzas cuando tropiezo, caigo al suelo y empiezo a dar tumbos cuesta abajo. Subo los brazos para protegerme la cabeza y, sin saber cómo, de pronto doy una voltereta y me pongo en pie, y al segundo ya estoy corriendo de nuevo, a trancas y barrancas, pero al menos cuesta abajo, en dirección a la calle y al coche de la señorita Patterson. Corro tanto que mis piernas parecen un molinillo, y voy con los brazos abiertos para mantener el equilibrio, pero al menos de pie y hacia delante.

El coche de la señorita Patterson se ha parado a las puertas de su casa para ceder el paso al coche verde. Giro a la izquierda y salto al césped del jardín. No voy a llegar a tiempo a la entrada, pero quizá pueda salir al encuentro del coche cuando pase por la carretera. Voy hacia la esquina al final del jardín, donde termina el césped y hay una hilera de árboles y una tapia. Corro con todas mis fuerzas hacia allí viendo que el coche de la señorita Patterson llega ya a la carretera y acelera. No conseguiré irme con ella a menos que salte. Cuando llego al final del jardín, donde termina el césped y empieza la calzada, doy un salto con los ojos cerrados, suponiendo que me estamparé contra el guardabarros o alguna rueda del coche de la señorita Patterson.

Pero no, oigo el mismo silbido silencioso que cuando atravieso las puertas, y un segundo después me encuentro tumbado en la parte de atrás del coche, hecho un guiñapo en el suelo, jadeando.

Oigo a la señorita Patterson. Está cantando una canción que habla de martillear por la mañana y por la noche.

A lo mejor es una canción alegre, pero, por alguna razón, viniendo de ella, me pone los pelos de punta.

Capítulo 42

La señorita Patterson repite la misma canción otra vez y luego pone la radio. Está oyendo las noticias. Presto atención por si dicen algo de Max. Pero nada.

Me pregunto si ella también estará escuchando las noticias por si dicen algo de Max.

Llevamos un buen rato en la autopista, y me extraña, porque la señorita Patterson vive muy cerca del colegio. El otro día tardamos menos de quince minutos en llegar desde allí a su casa, y no recuerdo que fuéramos por ninguna autopista.

En el reloj del salpicadero pone que son las 7.36. La campana del cole que anuncia el principio de las clases suena a las 8.30, así que tenemos tiempo suficiente de llegar, pero me estoy poniendo nervioso con tanta autopista.

¿Adónde iremos?

Procuro no pensar en Max. No quiero imaginármelo encerrado allí solo detrás de ese muro. Procuro no oír su voz llamándome a voces y suplicándome. Me digo a mí mismo que tengo que prestar atención a la carretera, intentar leer las señales verdes y observar a la señorita Patterson por si me da alguna pista, pero no hago más que imaginarme a Max gritando entre lágrimas y aporreando las paredes para pedir ayuda.

«Te estoy ayudando», me gustaría poder decirle, pero, aunque pudiera, sé que no me creería. Es difícil ayudar cuando para ello tienes que romper una promesa y dejar a tu amigo encerrado detrás de un muro.

Oigo un rugido sobre mi cabeza que reconozco: es un avión. Nunca había oído un avión volando tan bajo, pero por televisión sí se ven y se oyen, así que sé que sobre nuestras cabezas vuela un avión enorme en este momento. Un Jumbo.

Miro por la ventanilla. Levanto la vista. Ojalá pudiera ver ese avión, pero no puedo. Lo que sí veo es un letrero colgando sobre la carretera en el que pone «Bienvenido al Aeropuerto Internacional Bradley». Pone otras cosas, pero no sé leer tan rápido. Estoy muy contento de haber sabido leer la palabra «internacional», porque es muy larga. Miro hacia delante y veo edificios bajos, y aparcamientos de muchas plantas, y autobuses y coches, y muchos letreros por todas partes. Es la primera vez que estoy en un aeropuerto, pero suponía que habría aviones a la vista. No veo ninguno. Se oyen pero no se ven.

La señorita Patterson deja la carretera principal y sigue avanzando hasta que se encuentra con una valla. Para el coche al lado de una máquina, baja la ventanilla y alarga el brazo para darle a un botón. En la máquina hay un letrero en el que pone «Aparcamiento Larga Estancia». No sé qué será eso, pero empiezo a pensar si no habré metido la pata otra vez. ¿Y si la señorita Patterson piensa coger un avión? ¿Será que tiene miedo de que la policía esté a punto de localizar a Max?

En la tele se ve muchas veces a la policía deteniendo a los malos en el aeropuerto. Siempre es gente que quiere salir del país. No entiendo por qué la policía no sale del país también y detiene a los malos donde sea, pero puede que sea eso lo que pretende hacer la señorita Patterson. Puede que se haya enterado de que la señorita Gosk o el jefe de policía han descubierto que fue ella quien se llevó a Max, y que ahora tenga que escapar si no quiere acabar en la cárcel.

La máquina hace una especie de zumbido y luego escupe un ticket. La señorita Patterson entra en un aparcamiento al aire libre muy lleno de coches. Hay cientos de ellos, y junto a él hay otro aparcamiento cerrado también muy lleno.

Pasamos por una hilera tras otra de coches. Hay espacios libres, pero la señorita Patterson pasa de largo. Conduce como si se dirigiera a un sitio en particular, no como si buscara dónde aparcar.

Por fin reduce la marcha y aparca en un espacio libre. Baja del coche, y yo con ella. No puedo perderme, estoy demasiado lejos de casa. Donde ella vaya, allá que iré yo.

Abre el maletero. Dentro lleva las cajas que vi apiladas sobre la mesa de la cocina. Levanta una de ellas, se vuelve y va hacia el otro extremo del aparcamiento. Pasa de largo junto a tres coches y se para delante de una furgoneta. Una furgoneta enorme. De hecho, es más bien como un autobús. Creo que es una casa de esas con ruedas. No sé, como una especie de autobús, furgoneta y casa todo en uno. La señorita Patterson mete la mano en el bolsillo y saca una llave. Luego mete la llave en la puerta y abre. Me recuerda la puerta del autocar que coge Max para ir al cole. Es de un tamaño parecido. Sube tres escalones y entra en esa especie de casa, furgoneta y autobús todo en uno.

Y yo detrás.

Dentro hay una sala de estar, justo por detrás del asiento del conductor. Con un sofá, una butaca y una mesa pegada al suelo para que no se mueva. Y también un televisor colgando de la pared y una litera. La señorita Patterson deja la caja sobre el sofá, se vuelve y sale fuera. La sigo hasta el coche y veo que saca otra caja del maletero y la lleva también al autobús. La deja junto a la otra y se vuelve para salir otra vez. Esta vez no la sigo. Me quedo dentro. Le faltan otras seis cajas que cargar y quiero echar un vistazo al resto del autobús.

Cruzo la sala de estar y llego a un minipasillo. Hay una puerta cerrada a la derecha y una cocina pequeñísima a la izquierda. Tiene un fregadero, un hornillo, un microondas y un frigorífico. Atravieso la puerta que queda a mi derecha y me encuentro dentro de un cuarto de baño diminuto con un lavabo y un váter.

¡Un autobús con baño!

Si el autocar escolar tuviera cuarto de baño, Max no tendría que angustiarse nunca más por las cacas de propina.

Bueno, la verdad es que no creo que Max hiciera caca en un autocar aunque tuviera un cuarto de baño al lado.

Atravieso otra vez la puerta y me encuentro de nuevo en el minipasillo. Al fondo hay otra puerta cerrada. Miro detrás de mí y veo que la señorita Patterson está dejando otras dos cajas en el sofá. Ya van cuatro. Dos o tres viajes más y habrá terminado de descargar.

Atravieso la puerta del fondo del pasillito. En cuanto abro los ojos siento, por primera vez en mi vida, un escalofrío que me recorre la espalda. Había oído antes la expresión, pero no entendía qué quería decir.

No puedo creer lo que tengo delante de mí.

Estoy en un dormitorio.

Es el mismo dormitorio en el que Max está ahora mismo encerrado.

Más pequeño, con menos lámparas y dos ventanitas ovaladas con las cortinillas corridas, pero las paredes están pintadas en los mismos colores que las de la habitación de Max en el sótano de la señorita Patterson, y la cama tiene también forma de coche de carreras, con sábanas, almohadas y mantas idénticas. La alfombra del suelo también es idéntica. Y, al igual que allí, todo está lleno de juguetes de Lego y *La guerra de las galaxias*, y hay soldaditos por todas partes. Tantos como en la habitación del sótano. Quizá más incluso. Hay un televisor pegado a la pared, una PlayStation y otra estantería con DVD exactamente igual a la de la habitación del sótano de la señorita Patterson. Hasta los DVD son los mismos.

Es otra habitación preparada especialmente para Max. Una habitación móvil.

Oigo a la señorita Patterson dejar otra caja en el sofá. Me vuelvo para marcharme. No sé si su intención será irse de aquí en autobús, en coche o en avión, pero sea como sea no puedo separarme de ella. Sería incapaz de encontrar el camino de vuelta a casa.

Al atravesar la puerta, me doy cuenta de que tiene un cerrojo. Un cerrojo con candado.

Otro escalofrío me recorre la espalda. El segundo de mi vida.

La señorita Patterson carga con las últimas tres cajas hasta el autobús y esta vez cierra con llave al salir. Vuelve a su coche, se sienta al volante y arranca. Yo me coloco en mi sitio, en el asiento de atrás. Y ella avanza entre filas de coches, cantando otra vez la canción del martilleo, hasta llegar a una serie de vallas al otro extremo del aparcamiento.

Se detiene ante una cabina y le tiende un ticket al señor de dentro.

—¿Se ha equivocado de aparcamiento? —le pregunta él al ver el ticket.

—No —contesta ella—. Mi hermana me pidió que le echara un vistazo a su coche y le dejara dentro un abrigo. Creo que lo del abrigo fue para disimular la vergüenza que le daba pedirme que le echara un vistazo al coche. Tiene un punto obsesivo-compulsivo.

El hombre se ríe.

La señorita Patterson miente muy bien. Parece una actriz de la tele. Representa un papel en vez de ser ella misma. Está haciéndose pasar por una señora con una hermana obsesivo-compulsiva. Y se le da muy bien. Hasta yo me la creería si no supiera que es una secuestradora de niños.

Ahora le está dando dinero al de la cabina y la valla que tenemos enfrente se levanta. La señorita Patterson lo saluda con la mano al arrancar.

En el reloj del salpicadero pone que son las 7.55.

Espero que vayamos al colegio.

Capítulo 43

El pupitre de Max sigue vacío. Como hoy también es el único alumno que ha faltado a clase, su pupitre parece más vacío todavía. Todo sigue igual que ayer cuando me marché, aunque parece que hayan pasado millones de años. Ahí está el agente, sentado junto a la puerta de la entrada. Y aquí la señorita Gosk, haciendo como si no pasara nada. Y el pupitre de Max, vacío todavía.

Si pudiera me sentaría, pero han arrimado tanto la silla al pupitre que no quepo. Me siento en una silla suelta al fondo del aula y escucho a la señorita Gosk explicar los quebrados. Aunque no dé brincos por la clase como otras veces, sigue siendo la mejor maestra del mundo. Es capaz de hacer reír a sus alumnos hasta cuando habla de cosas aburridas como numeradores y denominadores.

Me pregunto si la señorita Patterson habría secuestrado a Max si de pequeña hubiese tenido una maestra como la señorita Gosk.

No creo.

Yo creo que, con un poco de tiempo, la señorita Gosk sería capaz de transformar en buena persona incluso a Tommy Swinden.

Nada más llegar al colegio, la señorita Patterson se ha ido directamente a Educación Especial y yo me he venido aquí, a la clase de la señorita Gosk, para escucharla un rato. No puedo quitarme de la cabeza que he abandonado a Max, pero pensaba que escuchar a la señorita Gosk me consolaría un poco.

Y lo ha hecho. Un poco.

Cuando los niños salen al recreo, yo sigo a nuestra maestra hasta la sala de profesores. Es el mejor sitio para enterarse de lo que está pasando. La señorita Gosk come todos los días con la señorita Daggerty y la señorita Sera, y siempre hablan de cosas interesantes.

Hay dos tipos de maestras en el mundo: las que juegan a dar clase y las que dan clase. La señorita Daggerty, la señorita Sera y, sobre todo, la señorita Gosk son maestras que dan clase. Hablan a sus alumnos con voz normal y dicen lo mismo que podrían decir en el comedor de su propia casa. Sus tablones de anuncios siempre parecen un poco mal hechos, sus escritorios un poco desordenados y sus libros un poco revueltos, pero los niños las quieren porque hablan de cosas que son reales, con su voz auténtica, y siempre dicen la verdad. Esa es la razón por la que Max quiere a la señorita Gosk. Ella nunca juega a que es maestra. Es ella misma, y eso hace que Max se sienta un poco más a gusto en clase. No teme que le estén diciendo una cosa cuando querían decir otra.

Hasta Max nota cuando una maestra juega a dar clase. A esa clase de maestras les cuesta que sus alumnos se porten bien. Les gustaría que estuvieran todos sentaditos y sentaditas escuchando en silencio y no usaran gomas elásticas como si fueran tirachinas cuando están en clase. Les gustaría que fueran tan buenos alumnos como eran ellas de pequeñas, siempre tan aplicadas y perfectas. Las maestras que juegan a dar clase no saben qué hacer con niños como Max, Tommy Swinden o Annie Brinker, que un día vomitó adrede sobre el escritorio de la señorita Wilson. Esas maestras no entienden a los niños que son como Max porque preferirían explicar la lección a sus muñecas que a niños y niñas de verdad. Recurren a pegatinas, gráficos y tarjetas para que sus alumnos se comporten, pero esas tonterías no sirven para nada.

A la señorita Gosk, la señorita Daggerty y la señorita Sera les encantan los niños como Max y Annie, incluso como Tommy Swinden. Con ellas los alumnos intentan portarse bien, y cuando se portan muy mal no tienen miedo a enfrentarse con ellos. Por eso es mucho más interesante sentarse con ellas a la hora de comer.

La señorita Gosk está comiendo un bocadillo de sardinas. No sé qué es una sardina, pero no tiene muy buena pinta. La señorita Daggerty ha arrugado la nariz al oírle lo que traía hoy para comer.

—¿Has tenido que volver a hablar con la policía? —le pregunta la señorita Daggerty, bajando un poco la voz.

Hay otras seis maestras en la sala. Algunas de ellas son de esas que juegan a dar clase.

—No —responde la señorita Gosk, sin bajar la voz—. Pero espero que cumplan con su deber y encuentren a Max de una puñetera vez.

Nunca he visto llorar a la señorita Gosk, y he visto llorar a muchas maestras. Incluso a maestros, pero sobre todo a maestras. Ahora no está llorando, pero, cuando ha dicho eso, parecía tan enfadada como para echarse a llorar. Pero no con lágrimas de tristeza, sino de rabia.

—Tiene que haber sido uno de los padres —dice la señorita Daggerty—. O algún familiar. Un niño no desaparece así como así.

—Me parece increíble que hayan pasado ya… ¿Cuántos?, ¿cuatro días? —pregunta la señorita Sera.

—Cinco —dice la señorita Gosk—. Cinco puñeteros días.

—No he visto a Karen en toda la mañana —dice la señorita Sera.

Karen es el nombre de pila de la directora, la señora Palmer. Las maestras que juegan a dar clase la llaman señora Palmer, pero las que son como la señorita Sera la llaman Karen.

—Lleva toda la mañana encerrada en su despacho —dice la señorita Daggerty.

—Espero que sea para encontrar a Max y no para esconderse de todo el mundo —dice la señorita Sera.

—Yo también espero que remueva cielo y tierra para encontrarlo —dice la señorita Gosk. Tiene lágrimas en los ojos. Y las mejillas rojas.

De pronto se levanta y se va, dejándose el bocadillo de sardinas. La sala entera se queda en silencio.

Yo también me voy.

La señorita Patterson tiene reunión a las dos con la directora. Lo sé porque pidió cita con ella esta mañana nada más entrar en el colegio, pero la secretaria le dijo que la señora Palmer estaría ocupada hasta las dos. La señorita Patterson le dijo «De acuerdo», aunque no me ha parecido que estuviera muy de acuerdo.

Quiero estar en el despacho cuando se reúnan.

Todavía falta una hora para eso, y los alumnos de la señorita Gosk se han ido al gimnasio. Mientras la señorita Gosk está sentada a su escritorio, corrigiendo exámenes, me acerco al aula de la señorita Kropp para ver a Chucho. Hace cinco días que no lo veo, y en el mundo de los amigos imaginarios son muchos días.

Es toda una vida.

Chucho está acurrucado como un ovillo junto a Piper. Su amiga está leyendo un libro. Mueve los labios pero no pronuncia las palabras. Es como leen los niños cuando están en primero. Max también leía así.

—Chucho.

Al principio lo llamo susurrando. Por costumbre. No por costumbre mía, sino porque es lo que veo hacer a todo el mundo. De pronto caigo en la cuenta de que es una tontería ponerse a susurrar cuando en el aula solo uno puede oírme, así que vuelvo a llamarlo, pero con la voz normal.

—¡Chucho! Soy yo, Budo.

Chucho no se mueve.

—¡Chucho! —digo a voces, y él por fin da un salto y mira alrededor.

—Me haz azuztado —dice, mirando hacia donde estoy, en la otra punta del aula.

—No sabía que tú también durmieras.

—Puez claro. ¿Por qué lo dicez?

—Porque Graham también dormía, pero yo nunca.

—Ah, ¿no? —dice Chucho, viniendo hacia mí.

La señorita Kropp está sentada a una mesa, leyendo con cuatro niños mientras el resto de la clase lee en silencio. Son niños de primero, pequeños, pero están muy aplicados y no veo a ninguno distraído mirando por la ventana. Eso es porque la señorita Kropp tampoco juega a dar clase. Ella da clase.

—No —le digo—. Yo no duermo nunca. Ni siquiera sabría cómo hacerlo.

—Puez yo pazo máz tiempo dormido que dezpierto.

Me pregunto si yo podría dormir si quisiera. Nunca me canso, pero puede que, si apoyara la cabeza en una almohada y cerrara los ojos un rato, me quedara dormido. También me pregunto si durmiendo no será más fácil olvidar lo fácil que es dejar de existir.

Por un instante, siento envidia de Chucho.

—¿Sabes algo de Max? —le pregunto.

—¿Ha vuelto? —pregunta Chucho.

—No, lo secuestraron. ¿No te acuerdas?

—Zí, claro —dice Chucho—. Pero penzaba que quizá ya había vuelto.

—¿No te has enterado de nada?

—No —dice Chucho—- ¿Lo encontrazte?

—Tengo que irme.

No es verdad que tenga que irme, pero se me había olvidado lo pesado que es hablar con Chucho. No solo es tonto, sino que encima se cree que la vida es como un libro de esos con dibujitos que la señorita Kropp lee a sus alumnos de primero. Esos libros en los que todo el mundo aprende una lección y nunca muere nadie. Chucho cree que la vida está llena de finales felices. Ya sé que no es culpa suya, pero me da rabia. No puedo evitarlo.

Me doy la vuelta dispuesto a marcharme.

—A lo mejor Wooly zabe algo —dice entonces Chucho.

—¿Wooly?

—Zí. Wooly.

Chucho no tiene manos, así que en lugar de apuntar con el dedo inclina la cabeza hacia el armario de los abrigos. Pegado contra la pared del fondo hay un muñeco de papel. Wooly me llegará a la cintura más o menos, y nada más verlo me recuerda a uno de esos muñecos que hacían los niños en preescolar: se tumbaban en el suelo sobre una lámina bien grande de papel y otro niño, o la maestra, dibujaba el contorno de su cuerpo. Max odiaba la actividad aquella.

Un día la maestra intentó dibujar su silueta y Max se bloqueó.

Sin embargo, al fijarme un poco más, veo que los ojos de ese muñeco de papel parpadean. Y que mueve la cabeza a derecha e izquierda, como si intentara saludar pero sin mover las manos.

—¿Wooly? —le pregunto de nuevo a Chucho.

—Zí. Wooly.

—¿Cuánto tiempo hace que está aquí? —pregunto.

—No lo zé —responde Chucho—. Un tiempo.

Me acerco al armario donde está Wooly, a simple vista, colgando de la pared.

—Hola —saludo—. Me llamo Budo.

—Y yo Wooly —dice el muñeco de papel.

Tiene brazos y piernas, pero poco cuerpo, y parece como si lo hubieran recortado deprisa y corriendo. Bueno, me digo a mí mismo, en realidad como si lo hubieran imaginado deprisa y corriendo. Con los bordes irregulares, como cortados a bocados, y arrugas por todo el cuerpo, que parecen marcas de haber sido doblado millones de veces de un millón de formas distintas.

—¿Cuánto tiempo hace que estás aquí? —le pregunto.

—¿En esta habitación? ¿O en el mundo en general?

Sonrío. Ya se ve que es más inteligente que Chucho.

—En el mundo en general.

—Desde el año pasado —contesta Wooly—. A finales de preescolar. Pero vengo poco al colegio. Antes Kayla me dejaba en casa o doblado dentro de su mochila, pero desde hace unos cuantos días me saca mucho. Desde hace algo así como un mes, diría yo.

—¿Quién es Kayla? —le pregunto.

Wooly intenta alargar un brazo para señalar, pero al hacerlo el cuerpo entero se le dobla y se cae al suelo, de boca, con gran crujido de papel.

—¿Te has hecho daño? —le pregunto, sin saber qué hacer.

—No —dice Wooly, apoyándose en los brazos y las piernas para darse la vuelta y poder mirarme a los ojos—. Me pasa muy a menudo.

Está sonriendo. No tiene una boca de verdad, como la mía, es solo una raya que se abre y se cierra y cambia de forma. Pero las puntas se le han doblado hacia arriba, por eso sé que está sonriendo.

Yo también le sonrío.

—¿Puedes levantarte?

—Claro —dice Wooly.

Observo cómo Wooly dobla el cuerpo por la cintura y se va plegando poco a poco sobre sí mismo como si fuera una oruga, empujándose para atrás contra la pared hasta que su cabeza la toca. Luego arruga el cuerpo otra vez por la cintura y se desliza pared arriba empujándose con la cabeza. Hace lo mismo otras dos veces, sujetándose para no caerse al filo de una pequeña estantería de libros gracias a la cual puede levantar la mitad del cuerpo mientras con la otra mitad se da impulso. Al final consigue ponerse en pie de nuevo, aunque en realidad lo único que ha hecho ha sido apoyarse contra la pared.

—Qué difícil —le digo.

—Sí. Cuando tengo la espalda o la barriga apoyada en algo puedo ir rápido, pero subir paredes me cuesta mucho. Y si no hay nada donde agarrarse, es imposible.

—Lo siento.

—No te preocupes —dice Wooly—. La semana pasada conocí a un niño con forma de piruleta, sin brazos ni piernas. Era un palo y ya está. Fue Jason quien lo trajo al colegio, pero cuando la señorita Kropp le dejó ser el primero de la clase en estrenar el nuevo juego de ordenador, Jason soltó al niño piruleta en el pupitre y se olvidó del todo de él. Yo me quedé aquí pegado a la pared viendo cómo desaparecía. Hasta que se fue por completo. ¿Has visto desaparecer a un amigo imaginario alguna vez?

—Sí —le digo.

—Me puse a llorar —dice Wooly—. Ni siquiera lo conocía, pero se me saltaron las lágrimas. Y al niño piruleta también. Lloró hasta que desapareció.

—Yo también habría llorado —le digo.

Nos quedamos los dos en silencio un momento. Intento imaginar cómo podría sentirse un niño piruleta.

Decido que Wooly me cae muy simpático.

—¿Y por qué Kayla te trae tanto al colegio de repente? —le pregunto.

Sé que cuando a un niño le da por ir de un lado para otro con su amigo imaginario generalmente significa que algo malo ha ocurrido.

—Su padre ya no vive en la misma casa. Antes de irse le pegó a su madre. Cuando estaban cenando. Le dio una bofetada. La madre le tiró el plato a la cara y empezaron a gritarse. Daban unos gritos horrorosos. Kayla no hacía más que llorar y llorar, y a partir de entonces empezó a traerme al colegio.

—Lo siento —digo de nuevo.

—No, si por quien lo tienes que sentir es por Kayla. A mí me gusta venir al colegio. Al menos tengo la impresión de que por el momento no voy a acabar como el niño piruleta. Kayla aprovecha cualquier excusa para acercarse al armario y comprobar que sigo aquí. Si no estoy doblado de cualquier modo en la mochila es gracias a lo que pasó. Si me tuviera ahí dentro metido, creo que le sería mucho más fácil olvidarse de mí, así que estar aquí es buena señal.

Sonrío. Wooly es un chico listo. Muy listo.

—¿No sabrás nada por casualidad de un niño llamado Max? Desapareció la semana pasada.

—Se escapó, ¿no?

—¿Eso has oído?

—La señorita Kropp se quedó un día a comer en la clase con otras dos señoritas y estuvieron hablando de él. La señorita Kropp decía que se había escapado.

—¿Y las otras dos qué dijeron? —le pregunto.

—Una decía que seguramente lo habría secuestrado algún conocido. Que a los niños por lo general los secuestran personas que ellos ya conocen. Y que Max era demasiado tonto para haber escapado del colegio y haber pasado tanto tiempo escondido sin que nadie lo hubiera encontrado.

—¡Max no es tonto! —replico.

Me sorprendo de la rabia con que lo digo.

—Yo no he dicho que lo fuera. Lo dijo ella.

—Ya. Perdona. La verdad es que en lo del secuestro tiene razón. Fue la señorita Patterson quien se lo llevó.

—¿Quién es la señorita Patterson?

—Es la maestra de apoyo de Max.

—¿Una maestra? —exclama Wooly asombrado. Por fin siento que hay alguien más en mi bando—. ¿Se lo has dicho a alguien?

—No. Max es el único ser humano que puede oírme.

—Oh. —De pronto sus ojos, que no son más que un par de redondeles dentro de otro redondel, se ensanchan—. ¡Oh, no! ¿Max es tu amigo imaginante?

Es la primera vez que oigo llamar así a un humano, pero le digo que sí.

—Debería contárselo a Kayla. Para que se lo dijera a la señorita Kropp de tu parte.

No había pensado en esa posibilidad, pero Wooly tiene razón. Podría servirme de conexión con el mundo de los seres humanos. Wooly podría decírselo a Kayla, y Kayla se lo diría a la señorita Kropp, y la señorita Kropp podría informar directamente al jefe de policía. Es increíble que no se me haya ocurrido antes.

—¿Te parece que la señorita Kropp la creería? —le pregunto.

—No lo sé —dice Wooly—. Es posible.

Podría funcionar. Yo pensaba que mi única conexión con el mundo era Max, no había caído en que todo amigo imaginario está conectado con el mundo de Max.

Cualquier amigo imaginario tiene conexión con el mundo de los seres humanos. Incluido Chucho.

«Cualquier amigo imaginario tiene conexión con el mundo», me digo.

De pronto se me ocurre otra idea. Una idea mejor y peor al mismo tiempo.

—No. Mejor no se lo digas a Kayla.

Recuerdo el autobús de la señorita Patterson con el dormitorio en la parte de atrás y el candado en la puerta, y tengo miedo de que si la señorita Patterson descubriera que ha sido Kayla quien se lo ha dicho a la señorita Kropp, podría encerrar a Max en ese cuarto e irse con el autobús para siempre. Es posible que la señorita Kropp se lo dijera a la policía, pero también es posible que mirara a Kayla con una sonrisa y le dijera «Eso te lo ha contado Wooly, ¿no?». Y que luego fuera con el cuento a la señorita Patterson y le dijera que qué gracioso lo que Kayla le había dicho en clase, y entonces la señorita Patterson echaría a correr espantada y desaparecería con Max antes de que yo encontrara la manera de salvarlo.

La idea de Wooly podría funcionar, pero se me ocurre otra forma mejor de conectar con el mundo de Max.

Una forma mucho mejor y mucho peor al mismo tiempo.

Otro escalofrío me recorre la espalda.

Capítulo 44

La señora Palmer parece cansada. Tiene la voz rasposa y los ojos hinchados, como si se le quisieran cerrar. Incluso la ropa que lleva y el pelo parecen cansados.

—¿Cómo estás? —le pregunta la señorita Patterson.

El escritorio de la señora Palmer está repleto de papeles, carpetas y tazas de café vacías. En el suelo, junto a la papelera, hay una pila de periódicos. Por lo general, sobre el escritorio de la directora únicamente hay un ordenador y un teléfono. No recuerdo haber visto nunca un solo papel en este despacho.

—Bien —dice la señora Palmer, y esa única palabra ya suena cansada—. Estaré mucho mejor cuando demos con Max, pero sé que estamos haciendo todo lo humanamente posible.

—No se puede hacer gran cosa, ¿verdad? —dice la señorita Patterson.

—He ofrecido toda la colaboración posible a la policía, y atiendo a las demandas y preguntas de los medios de comunicación. También intento ayudar a los señores Delaney en la medida de lo posible, pero tienes razón, no se puede hacer gran cosa. Aparte de esperar y rezar.

—No sabes cuánto me alegro de que seas tú la responsable del colegio y no yo —dice la señorita Patterson—. Vales mucho, Karen. No sé cómo puedes con todo.

Pero la señora Palmer no se ha hecho responsable del colegio, y la señorita Patterson lo sabe. La directora atiende el teléfono, hace anuncios por megafonía y le recuerda al señor Fedyzyn que tiene que llevar corbata para la ceremonia de graduación, pero debería haberse hecho responsable de la seguridad de los niños del colegio. Ese es su verdadero trabajo. Pero Max no está seguro, y la persona que lo ha secuestrado está ahora mismo sentada delante de ella en su despacho y la señora Palmer no lo sabe.

Eso no es lo que yo llamo hacerse responsable.

—Llevo veinte años trabajando en tareas administrativas y nunca había pasado por momentos tan difíciles como estos —dice la señora Palmer—. Pero, Dios mediante, saldremos de esta y encontraremos a Max sano y salvo. En fin, ¿en qué puedo ayudarte?

—Ya sé que este no es el momento más oportuno, pero me gustaría pedir la excedencia. Mi salud no mejora y quisiera pasar una temporada con mi hermana, que vive lejos de aquí, en el oeste del país. Pero no quisiera dejarte tirada. No corre prisa. Esperaré a que encuentres sustituta y seguiré colaborando con la policía en todo lo que sea necesario, así que puedo quedarme aquí en Connecticut hasta que ya no precisen de mi ayuda. Pero en cuanto sea posible, tan pronto como pueda, me gustaría tomarme el resto del año de permiso.

—Por supuesto —dice la señora Palmer.

Parece sorprendida, y creo que también un tanto aliviada. Tengo la sensación de que pensaba que la señorita Patterson quería verla por otros motivos.

—Siento mucho decir que no sé gran cosa sobre el lupus. He estado tan ocupada con lo de Max últimamente que no me ha dado tiempo a informarme un poco sobre la enfermedad. De todos modos, ¿hay algo que podamos hacer por ti?

—Gracias, no te preocupes. La medicación que estoy tomando parece haber controlado la enfermedad por el momento, pero es un mal impredecible. No soporto pensar que una mañana podría despertar y descubrir que ya no habrá tiempo para ver a mi hermana y conocer un poco más a sus hijos. Y para que ellos conozcan a su tía.

—Tiene que ser muy duro —dice la señora Palmer.

—Cuando perdí a Scotty, creí que ya nunca volvería a levantar cabeza. Pero este colegio me ha ayudado mucho. Me ha devuelto a la vida. Este trabajo me ha permitido recordar que hay cosas buenas en el mundo, y niños que me necesitan de verdad. No pasa un día sin que me acuerde de mi hijo, pero ya he superado su muerte y creo haber podido aportar algo al colegio.

—Por supuesto que sí —dice la señora Palmer.

—Aunque la desaparición de Max me ha hecho volver a pensar en lo impredecible que es la vida. Rezo por él noche tras noche, pero quién sabe qué habrá pasado. Se nos ha ido de la noche a la mañana. Igual que mi Scotty. Y la próxima podría ser yo. Quiero hacer algo con mi vida y no quedarme esperando para luego tener que lamentarme.

—Lo entiendo perfectamente —dice la señora Palmer—. Llamaré a Rich mañana para que Recursos Humanos ponga en marcha la rueda de entrevistas a los posibles sustitutos. En otra situación me encargaría yo misma, pero no creo que tenga tiempo. De todos modos, hay montones de maestros en paro, así que no creo que sea tan complicado encontrar sustituto. ¿Crees que el año que viene podrás incorporarte otra vez?

La señorita Patterson deja escapar un suspiro que suena del todo sincero, aunque yo sé muy bien que todo lo que está diciendo es mentira. No puedo creer lo bien que se le da hacerse pasar por otra persona.

—Me gustaría pensar que voy a volver —dice—. Pero ¿te importa si te lo confirmo un poco más adelante, en primavera, por ejemplo? No sé cómo voy a encontrarme de aquí a seis meses. Si quieres que te diga la verdad, me ha resultado muy duro venir al colegio estos últimos días, sabiendo que Max no está aquí y que si yo hubiera venido a trabajar el viernes pasado, nada de esto hubiera ocurrido.

—No digas tonterías, Ruth.

—No son tonterías —replica la señorita Patterson—. Si yo...

—No sigas —dice la señora Palmer y le tiende la mano como si le ofreciera ayuda para cruzar una calle—. No fue culpa tuya. Max no se ha escapado. Alguien decidió llevárselo, y eso podría haber ocurrido tanto el viernes como cualquier día. La policía dice que casi nunca hay secuestros al azar. Esto estaba planeado de antemano. No fue culpa tuya.

—Lo sé. Pero de todos modos me resulta muy duro. Si Max volviera, creo que también yo me sentiría capaz de reincorporarme al trabajo el curso que viene. Pero si en septiembre, Dios no lo quiera, aún no se ha sabido nada de él, no me veo capaz de volver a cruzar esas puertas.

Cuanto más habla, más inocente parece a ojos de la señora Palmer y más peligrosa me parece a mí.

—Insisto, no debes echarte la culpa —dice la señora Palmer—. Tú no has tenido nada que ver en esto.

—Por las noches, cuando estoy tumbada en la cama, preguntándome qué habrá sido de Max, me cuesta dejar de pensar que todo ha sido culpa mía.

—Ruth, no deberías cargar con esa responsabilidad, eres demasiado buena.

Yo a veces le pregunto a Max si existo solo para que me reconozca que existo. Para recordárselo. Es lo mismo que está haciendo en este momento la señorita Patterson. Ella, la autora del secuestro, ha venido a este despacho para engatusar a la señora Palmer y hacerle repetir una y otra vez que ella no había hecho nada malo. La mala de la película está ahora mismo sentada delante de la señora Palmer, y la señora Palmer se empeña en decir que es inocente, por mucho que la señorita Patterson admita que la culpa es suya.

La señora Palmer está bailando con el diablo bajo la pálida luz de la luna, y está perdiendo miserablemente.

Encima está dispuesta a dejarle que se tome el resto del año de permiso y se largue a la otra punta del país para ver a una hermana que quizá ni existe. Yo creo que la intención de la señorita Patterson es marcharse de Connecticut, y puede que su plan sea ir hacia el oeste, pero no para ver a ninguna hermana.

Lo que va a hacer es llevarse a Max y, si lo consigue, no creo que ninguno de los dos vuelva nunca.

Tengo que darme prisa.

Debo romper otra de las promesas que le he hecho a Max.

Capítulo 45

Vuelvo a casa en el autocar escolar, pero me bajo delante de la casa de los Savoy otra vez, porque el conductor se ha saltado la parada de Max. Voy hacia su casa para ver cómo están sus padres, pero no he venido en autocar para eso. No sé llegar al hospital desde el colegio, así que tengo que hacer el camino desde la casa de Max.

Ojalá prestara más atención cuando estoy en la calle. El padre de Max dice que él tiene un mapa en la cabeza que le permite ir a donde quiera. Para mí todos los mapas empiezan en casa de Max. Mi mapa es como una araña. La casa de Max es el cuerpo y todos los sitios a los que voy son las patas.

No hay dos patas que se junten.

Tampoco sé llegar a casa de la señorita Patterson si no voy en coche con ella, lo que significa que si decide no volver al colegio, lo tengo crudo. Nunca más volveré a ver a Max.

Si todo sale según mis planes, mañana volveré al coche de la señorita Patterson.

Los padres de Max están en casa. He visto los dos coches aparcados delante del garaje cuando hemos pasado por delante en el autocar. A estas horas el padre de Max suele estar trabajando y su madre acaba de llegar para recoger a Max del autocar. Pero hoy los dos están en casa.

Me encuentro a su madre en la cocina. Haciendo galletas. La casa está muy silenciosa. No se oye la radio ni el televisor. Solo la voz del padre de Max, que está en el despacho. Hablando por teléfono.

Qué raro. No me esperaba verla a ella haciendo galletas y a él hablando por teléfono.

Además, la casa está limpia. Más limpia de lo normal. No hay montones de libros y cartas sobre la mesa del comedor ni platos en el fregadero. Ni zapatos tirados junto a la entrada.

Me recuerda un poco a la casa de la señorita Patterson.

El papá de Max sale de su despacho y entra en la cocina.

—¿Estás haciendo galletas? —pregunta.

Me alegro de que lo pregunte, porque a mí también me había extrañado.

—Sí, son para la policía, quiero llevarlas a la comisaría.

—¿A ti te parece que lo que necesitan son galletas?

—No sé qué otra cosa hacer, ¿vale? —dice la madre de Max.

Aparta entonces de un manotazo el cuenco con la masa y este resbala de la encimera y cae al suelo. Se ha roto. He oído cómo se partía, pero no se ha hecho añicos. Sigue casi entero, con la masa dentro; solo han saltado un par de trozos de cristal.

La madre de Max se echa a llorar.

—¡Por Dios! —grita él.

Luego baja la mirada hacia el cuenco roto. Una de las esquirlas ha resbalado por el suelo y ha ido a parar delante de su zapato. El padre de Max la mira fijamente y luego se la da a su mujer.

—Perdóname —dice ella—. Es que no sé qué hacer. ¿Qué hay que hacer cuando a uno le desaparece un hijo? La policía te dice que te quedes en tu casa, pero ¿qué mierda hago yo aquí? ¿Ponerme a ver la tele? ¿Leer un libro? Tú estás ahí metido, jugando a detective, y yo mientras, aquí mirando a la pared sin dejar de pensar en qué demonios habrá sido de Max.

—La policía dijo que probablemente el secuestrador era alguien que Max conocía. Yo lo único que estoy haciendo es intentar averiguar quién podría ser.

—¿Y tú crees que cuando se pongan al teléfono te van a reconocer que fueron ellos quienes se lo llevaron? ¿Qué crees, que vas a oír la voz de Max? ¿Que va a estar ahí jugando al otro lado del teléfono con los hijos de los Parker o los niños de mi hermana?

—Qué sé yo —dice el padre de Max—. Algo tengo que hacer.

—¿De verdad crees a mi hermana capaz de secuestrar a Max? Si solo de hablar con él ya se pone nerviosa. Ni siquiera se atreve a mirarlo a los ojos.

—¡Maldita sea! ¡Al menos estoy haciendo algo! No puedo quedarme aquí sentado sin hacer nada.

—Ah, ¿piensas que hacer galletas es no hacer nada?

—No creo que ayuden a encontrar a Max.

—Y cuando ya hayas llamado a toda la gente que conocemos, ¿qué? ¿Qué vas a hacer entonces, eh? ¿Cuánto tiempo tendrá que pasar hasta que dejemos de esperar y volvamos al trabajo y a la vida normal?

—¿Insinúas que quieres volver a trabajar?

—No, claro que no. Pero no puedo evitar pensar en lo que pasará si no encuentran a Max. ¿Cuánto tiempo vamos a tener que quedarnos sentados en casa a la espera de noticias? Ya sé que es horrible, pero no dejo de pensar en cómo vamos a seguir viviendo cuando la policía nos diga que no hay esperanza. Porque yo estoy empezando a perderla. Que Dios me perdone, pero esa es la verdad. Han pasado cinco días, y no saben nada de nada. ¿Qué va a ser de nosotros?

—Cinco días no es nada —replica el padre de Max—. El jefe de policía dice que siempre acaban cometiendo algún error. Quizá no la primera semana, o ni siquiera el primer mes, pero no pueden pasarse la vida huyendo. Quien sea que se haya llevado a Max acabará cometiendo un error que nos llevará hasta él.

—¿Y si Max ya estuviera muerto?

—¡No digas eso! —grita el padre de Max—. ¡Haz el favor de no decir eso, joder!

—¿Por qué no? No me digas que a ti no se te había pasado por la cabeza.

—Pero intento no pensar en ello —dice el padre de Max—. ¡Por el amor de Dios, cómo se te ocurre decir esas cosas!

—¡Porque no puedo quitármelo de la cabeza! ¡Mi niño ha desaparecido y es muy posible que esté muerto y que nunca más volvamos a verlo!

Ahora empieza a llorar a lágrima viva. Tira a la encimera una cuchara de madera llena de masa, se deja caer en el suelo y se cubre la cabeza con los brazos. Por un momento me recuerda a Wooly, cuando resbaló pared abajo y acabó tirado en el suelo. El padre de Max da un paso, se para un momento, y luego se acerca ella. Se agacha y la abraza.

—No está muerto —le susurra. Ya no da voces.

—Pero ¿y si lo estuviera? ¿Eh? No sé cómo podremos seguir viviendo.

—Lo encontraremos.

—No hago más que pensar que fue por algo que hicimos. O que dejamos de hacer. Que puede haber sido culpa nuestra.

—Calla —le dice él, pero suavemente. No como si fuera una orden—. Las cosas no funcionan así, y tú lo sabes. Ha sido un monstruo quien se ha llevado a nuestro hijo. Nosotros no hemos tenido la culpa. Ha sido un acto monstruoso obra de un ser monstruoso, pero cazaremos a ese hijo de puta y recuperaremos a nuestro hijo. Ese monstruo acabará cometiendo un error, ya verás. Lo ha dicho el jefe de policía. Cometerá un error y lo recuperaremos. Estoy convencido.

—Pero ¿y si no fuera así?

—Lo recuperaremos. Te lo prometo.

El padre de Max habla con total seguridad en sí mismo, pero no hace más que referirse al secuestrador como si fuera un hombre.

De pronto comprendo que Max no es el único que necesita mi ayuda. Tengo que salvar a sus padres también.

Capítulo 46

Empiezo por el Hospital Infantil. No he venido aquí por ningún motivo especial, pero me gustaría ver a Summer. No sé muy bien por qué, pero quiero verla. Tengo la sensación de que necesito verla.

Subo a la sala de recreo. Esta vez el ascensor me deja en la planta catorce. Nada de subir o bajar escaleras. Buena señal, creo yo. Estoy de suerte.

Voy hasta la sala de recreo. Ya pasan de las siete, y a estas horas seguramente los niños ya estarán acostados y los amigos imaginarios que tienen por costumbre salir de sus habitaciones habrán ido a la sala de recreo.

Entro en la sala y Klute salta del asiento y grita mi nombre. La cabeza se le bambolea dislocada. Otros tres amigos imaginarios saltan también de sus asientos al verme entrar. Pero ni Cuchara ni Summer están allí.

—Hola, Klute —saludo.

—¡Pareces real! —dice un niño con pinta de robot. Todo refulgente, cuadrado y tieso. He conocido a muchos amigos imaginarios robóticos.

—Ni que lo digas —afirma un osito de peluche de color marrón que me llega por la cintura.

El tercero, una chica que de no ser porque le faltan las cejas y por las alas de hada que le salen de la espalda podría parecer un ser humano, vuelve a su asiento y cruza las manos sobre las rodillas sin decir una palabra.

—Gracias —digo, dirigiéndome al robot y al osito. Después me vuelvo a Klute—: ¿Summer está en el hospital todavía? ¿Y Cuchara?

—Cuchara ya hace dos días que se fue a su casa.

—¿Y Summer? —pregunto otra vez.

Klute baja la vista a los pies. Me vuelvo al robot y al oso de peluche. Los dos bajan la vista también.

—¿Qué ha pasado? —pregunto.

Klute mueve la cabeza atrás y adelante muy despacio, pero se le bambolea. Intenta no mirarme hasta que el movimiento de la cabeza le fuerza a levantar la vista un segundo.

—Se murió —dice la niña con alas de hada.

Me vuelvo para dirigirme a ella.

—¿Cómo que se murió?

—Summer se murió —dice—. Y luego se murió Grace.

—¿Grace? —pregunto, pero de pronto me acuerdo.

—Su amiga —dice el hada—. La que estaba enferma.

—¿Primero murió Summer y después Grace? —pregunto.

—Sí —dice el hada—. Summer desapareció. Y poco después oímos decir a los médicos que Grace había muerto.

—Fue muy triste —dice Klute. Parece que va a llorar—. Estaba aquí sentada con nosotros y de pronto empezó a desvanecerse. Se transparentaba.

—¿Tenía miedo? —pregunto—. ¿Sufrió?

—No —dice el hada—. Ella sabía que Grace iba a morir y se alegraba de irse de este mundo antes que ella.

—¿Por qué?

—Porque decía que así podría esperar a Grace al otro lado —contesta el hada.

—¿Al otro lado de qué?

—No lo sé.

Miro a Klute.

—Yo tampoco lo sé. Solo dijo que estarían las dos juntas al otro lado.

—Yo no estaba aquí —dice el oso de peluche—. Pero suena muy triste. Yo no quiero desaparecer nunca.

—Todos tenemos que desaparecer algún día —dice el robot. Habla como los robots de las películas. Con voz entrecortada, como a trompicones.

—Ah, ¿sí? —dice Klute.

—¿Encontraste a tu amigo? —pregunta el hada.

—¿Cómo? —pregunto.

—Que si encontraste a tu amigo —repite el hada—. Summer nos dijo que habías perdido a tu amigo y que lo estabas buscando.

—También os lo dije yo —salta Klute, con la cabeza bamboleante—. Yo conocía a Budo de antes.

—Lo encontré, sí, pero todavía no he conseguido rescatarlo.

—Pero ¿lo harás? —pregunta el hada. Se levanta del asiento, pero, aun así, no me llega ni a los hombros.

Iba a responderle que estoy intentándolo, pero en vez de eso, le digo:

—Sí. Se lo prometí a Summer.

—Entonces, ¿qué haces aquí? —pregunta el hada.

—Necesito ayuda —contesto—. Necesito ayuda para salvar a Max.

—¿Quieres que nosotros te ayudemos? —pregunta Klute ilusionado. La cabeza se le bambolea de nuevo.

—No. Pero gracias de todos modos. Vosotros no podéis ayudarme, pero sé de alguien que sí puede.

Capítulo 47

He aquí lo que sé sobre Oswald:

1. Es tan alto que casi roza el techo con la cabeza. Es el amigo imaginario más alto que conozco.
2. Parece un humano. Si no fuera por lo exageradamente alto que es, parecería tan real como yo. Con sus orejas, sus cejas y todo.
3. Oswald es el único amigo imaginario cuyo amigo humano es una persona adulta.
4. Es el único amigo imaginario capaz de mover cosas en el mundo real. Por eso no estoy totalmente convencido de que sea un amigo imaginario.
5. Oswald es malo y da mucho miedo.
6. Oswald me odia.
7. Oswald es la única persona que puede ayudarme a salvar a Max.

Lo conocí hace un mes, así que no sé si seguirá en el hospital, pero yo creo que sí. Su amigo humano está ingresado en una planta especial para chiflados, que según me dijo Max es otra forma de decir locos. La palabra se la había oído yo decir a uno de los médicos. O quizá fue a una enfermera. Dijo que odiaba trabajar en aquella planta llena de chiflados.

Pero luego otra enfermera dijo que era la planta donde se trataban los «traumatismos craneales», que parece que son las personas que se rompen la cabeza. O sea, que no estoy seguro. Puede que sean las dos cosas, que si te rompes la cabeza te vuelves chiflado.

El amigo de Oswald está en coma también, que según Max quiere decir que se ha dormido para siempre.

Una persona en coma es lo opuesto a mí. Yo nunca duermo, y la persona en coma no hace más que dormir.

La primera vez que vi a Oswald fue en el hospital para adultos. Yo solía ir por allí porque me gusta escuchar a los médicos hablando de enfermos. Cada enfermo es distinto, así que cada uno tiene su historia. A veces son historias difíciles de entender, pero siempre son interesantes. Más interesantes que observar a Pauley con sus tarjetas de rasca y gana.

Hay días que lo único que hago cuando voy al hospital es darme una vuelta, porque aquello es enorme. Cada vez que voy, encuentro sitios nuevos que explorar.

Aquel día estaba yo explorando la planta número ocho, y Oswald venía andando por el pasillo hacia mí. Iba con la cabeza gacha, mirándose los pies. Era un hombre alto y ancho, con la cara aplastada y el cuello muy grueso. Y las mejillas coloradas, como si acabara de entrar del frío de la calle. Estaba calvo. Tenía un cabezón enorme pero ni un solo pelo.

Pero lo que más me extrañó fue su forma de andar. Echaba las piernas hacia delante como si diera patadas al aire. Como si nada en el mundo fuera capaz de pararlo. Me recordó una máquina quitanieves.

Al llegar hasta mí, levantó la vista y me gritó:

—¡Apártate de mi camino!

Yo me volví para ver si venía alguien detrás de mí, pero el pasillo estaba vacío.

Me volví otra vez y él me gritó:

—¡Que te apartes de mi camino he dicho!

Fue entonces cuando me di cuenta de que aquel hombre era un amigo imaginario. Porque me veía. Era a mí a quien le estaba hablando. Entonces me puse a un lado, y él pasó de largo. Como la pala de una máquina quitanieves, sin levantar la vista. Así que me di la vuelta y le seguí. Nunca había visto a un amigo imaginario que pareciera tan real, y quería hablar con él.

—Me llamo Budo —le dije, apretando el paso para darle alcance.

—Oswald —dijo él, y siguió avanzando sin volverse a mirar.

—No, Oswald, no. Me llamo Budo.

Entonces se paró y se volvió hacia mí.

—Y yo me llamo Oswald. Déjame en paz.

Dicho esto, se dio la vuelta y siguió su camino.

Yo estaba un poco nervioso, porque Oswald era enorme, hablaba muy alto y parecía muy desagradable. Ningún amigo imaginario se había mostrado nunca desagradable conmigo. Pero como tampoco había visto nunca a un amigo imaginario que fuera real, no pude evitar seguirlo.

Oswald continuó pasillo adelante, giró y se metió en otro pasillo, más tarde giró otra vez y se paró delante de una puerta. La puerta no estaba cerrada del todo, quedaba abierta una rendija. Los médicos dejan las puertas un poco abiertas para poder asomarse en mitad de la noche y ver cómo están los enfermos sin tener que despertarlos. Oswald no cabía por aquella rendija, así que supuse que atravesaría la puerta como habría hecho yo si hubiera sido él. Pero no; lo que hizo fue alargar la mano y mover la puerta. La abrió un poco con la mano para poder pasar.

Al ver que la puerta se movía, se me escapó un grito. No me lo podía creer. Nunca había visto a un amigo imaginario moviendo cosas en el mundo real. Supongo que Oswald oyó el grito porque enseguida se volvió y vino corriendo hacia mí. Yo me quedé paralizado. No sabía qué hacer. Seguía sin poder creerme lo que había visto. Cuando llegó hasta mí, alargó una mano y me pegó. Era la primera vez que alguien me pegaba. Me caí al suelo danto tumbos.

Me hizo daño.

Hasta ese momento no sabía que podían hacerme daño. No sabía lo que era sentir dolor.

—¡Te he dicho que me dejaras en paz! —gritó.

Y luego se dio la vuelta y volvió a la habitación.

Pese a sus gritos, al empujón y al daño que Oswald me había hecho, tenía que saber lo que había en aquella habitación. La curiosidad me pudo. Acababa de ver a un amigo imaginario moviendo una puerta en el mundo real. Tenía que seguir indagando.

Así que me quedé quieto al fondo del pasillo, asomado a una esquina, sin quitar los ojos de aquella puerta. Tuve que esperar una eternidad, hasta que finalmente Oswald salió de la habitación por la misma rendija por la que se había colado una eternidad antes. Al ver que venía hacia mí, me escondí en un armario del pasillo. Esperé a oscuras allí dentro, conté hasta cien y volví a salir.

Ni rastro de Oswald.

Volví entonces a la habitación de donde lo había visto salir y entré. La luz estaba apagada, pero la que venía del pasillo me iluminaba un poco. Dentro había dos camas. Y un hombre tumbado en la que quedaba más cerca de la puerta. La otra cama estaba vacía. No tenía sábanas, ni almohadas. Miré alrededor buscando juguetes, animales de peluche, ropita o zapatitos. Cualquier cosa que me indicara que aquella era la habitación de algún niño o alguna niña. Pero no vi nada.

Solo a aquel hombre acostado.

Tenía una barba pelirroja muy poblada y las cejas tupidas, pero la cabeza completamente calva, como Oswald. Junto a su cama había un montón de aparatos de los que salían cables y tubos que le llegaban hasta los brazos y el pecho. De los aparatos salían pitidos y zumbidos. Y en las pequeñas pantallitas de televisión conectadas a ellos se veían unos destellos brillantes.

Miré otra vez hacia la cama vacía, por si antes se me había escapado algo. Puede que hubiera algún peluche, o algún pantaloncito colgado del armario, y que el niño hubiera entrado en el cuarto de baño. Quizá el calvo tumbado en la cama era el padre, y Oswald el amigo imaginario de su hijo o hija (aunque me pegaba más que fuera un niño). Tal vez el hijo del calvo estaba sentado en la sala de espera en ese momento, esperando a que su papá despertara. Y él mismo había mandado a Oswald a ver cómo seguía su padre.

Luego pensé que quizá el calvo no era el padre de nadie. Que quizá estuviera allí por otro motivo. Y quizá Oswald se había echado a descansar en la otra cama. O estaba buscando un lugar tranquilo donde poder sentarse. O era otro curioso como yo.

Después se me ocurrió que quizá Oswald fuera un ser humano capaz de ver a los amigos imaginarios, y no un amigo imaginario capaz de tocar el mundo de los humanos. Estaba yo planteándome todas esas cosas cuando en la habitación entraron tres personas y encendieron la luz. Una de ellas era una mujer vestida con una bata blanca, y las otras dos que la seguían traían unos sujetapapeles en la mano. Se acercaron las tres al calvo acostado en la cama y la de la bata blanca dijo:

—Se llama John Hurly. Edad: cincuenta y dos años. Traumatismo encefálico a consecuencia de una caída. Fecha de ingreso: 4 de agosto. No ha respondido a ningún tratamiento. Está en coma desde que llegó.

—¿Qué tenemos previsto hacer con él? —dijo una de las personas que la acompañaban.

Los tres siguieron hablando, haciendo preguntas y contestando, pero yo dejé de escuchar.

Entonces, Oswald entró de nuevo en la habitación.

Primero miró hacia la señora de la bata blanca y sus dos acompañantes. Parecía molesto pero no enfadado. Puso cara de exasperación y rezongó un poco. Creo que no era la primera vez que los veía.

Pero de pronto se fijó en mí. Yo estaba de pie entre las dos camas, con los aparatos detrás, muy quietecito. Pensaba que, si no me movía, no me vería. Oswald se quedó boquiabierto al verme y no reaccionó. Creo que estaba sorprendido de verme allí. Tan sorprendido como yo al verle mover aquella puerta. Estupefacto.

Inspiró con fuerza, me apuntó con el dedo y exclamó:
—¡Tú!

No le hizo falta correr, era tan alto y tan rápido que llegó de la puerta hasta donde yo estaba en tres o cuatro zancadas. No tuve tiempo ni de pensar.

Estaba atrapado entre las dos camas, paralizado de miedo. No creo que un amigo imaginario pueda matar a otro, pero tampoco había pensado nunca que los amigos imaginarios pudieran hacerse daño mutuamente, y hacía un momento Oswald me había demostrado lo equivocado que estaba.

Al verlo que venía hacia mí, di un brinco y salté la cama vacía. Oswald fue detrás de mí, rodó sobre la cama y cayó al otro lado antes de que yo recuperara el equilibrio. Entonces me empujó otra vez. Tenía unas manazas tan grandes que me hizo saltar por los aires. Caí de espaldas sobre una mesita que había en el rincón. La mesita no se movió, claro está, pero yo sí me di un buen porrazo en ella, y me hice daño. La esquina se me clavó en la espalda, y grité de dolor. Bueno, fue la idea de la esquina lo que se me clavó, pero me dolió tanto como si hubiera sido una esquina de verdad.

Antes de que pudiera recuperarme del golpe, Oswald me agarró de los hombros con sus grandes manazas y me arrojó otra vez sobre la cama vacía. Yo reboté en el colchón y caí al suelo, entre las dos camas. En la caída supongo que me di un golpe en la cabeza contra uno de los aparatos, porque no podía ponerme en pie. Me quedé allí tirado en el suelo un segundo, intentando calmarme y pensar un poco. Al mirar bajo la cama donde estaba acostado el calvo, vi seis pies al otro lado. Dos de la señora con bata y cuatro de los dos acompañantes. Los tres seguían hablando del hombre que estaba en coma. Se hacían preguntas en voz alta y miraban una cosa a la que llamaron «las constantes». No tenían ni idea de la pelea que estaba teniendo lugar ante sus mismísimas narices, aunque en verdad aquello no era una pelea, porque no se puede decir que yo estuviera peleando. Lo único que hacía era recibir golpes.

Me puse a cuatro patas y, cuando ya estaba a punto de levantarme del suelo, la rodilla de Oswald se me clavó en la espalda. Nunca he sentido tanto dolor. Fue como si la espalda me explotara en pedazos. Pegué un grito y volví a caer al suelo. Me di un golpe contra las baldosas y sentí otra vez como una especie de explosión en la nariz y la frente. Creí que iba a llorar, y cuando esto pasó yo nunca había llorado todavía. Ni siquiera sabía que era capaz de llorar. Pero el dolor era tan grande que pensé que igual me echaba a llorar.

En el patio de recreo los pequeños cuando se hacen daño llaman mucho a su mami. A mí también me hubiera gustado llamarla, pero no tengo madre, y en aquel momento me dolió más que nunca no tenerla. No tener a nadie que pudiera venir a ayudarme. Allí estaban todavía los tres médicos, venga a hablar y leer sus papeles, pero sin idea de que había otro herido en la habitación.

Pensé que Oswald iba a matarme o a dejarme en coma como el calvo.

Se lió a darme patadas en las piernas. Y en los brazos.

Quise llamar a mi mami otra vez, y de pronto pensé en Dee y me puse a llamarla a ella pidiendo ayuda.

Me habría echado a llorar, pero Oswald no me dio tiempo porque ya lo tenía otra vez encima: me lanzó hacia la otra punta de la habitación y me estrellé contra la pared. Reboté en ella y aterricé sobre mi todavía dolorida espalda. Luego me levantó del suelo y me lanzó hacia la puerta. Di un cabezazo en la pared de al lado y vi las estrellas. No sabía dónde estaba. Luego volvió a levantarme y me lanzó al pasillo. Yo salí rodando por el suelo y en cuanto pude me puse a cuatro patas y eché a correr a rastras todo lo rápido que pude. No sabía adónde iba. Solo sabía que estaba alejándome y eso ya me valía. Y mientras escapaba a rastras de allí no dejaba de pensar que en cualquier momento Oswald caería sobre mí con sus manazas.

Pero no lo hizo.

Seguí arrastrándome aproximadamente treinta segundos y luego me detuve y miré atrás. Oswald estaba plantado en mitad del pasillo, vigilándome.

—Ni se te ocurra —me dijo.

Esperé a que añadiera algo más.

Al ver que no lo hacía, respondí:

—Vale.

—Lo digo en serio —dijo—. Ni se te ocurra.

Capítulo 48

—Oswald es mi única salvación —digo—. Es la única salvación para Max. Tiene que ayudarnos.

—No lo hará —dice Klute.

El robot también dice que no, moviendo la cabeza.

—Tiene que hacerlo —digo.

Subo en ascensor hasta la décima planta y bajo dos tramos de escalera para llegar a la octava.

La planta de los chiflados.

Me dirijo a la habitación donde vi a Oswald por última vez. Donde estaba el calvo chiflado amigo de Oswald. Avanzo despacio, muy atento cada vez que doblo una esquina o paso frente a alguna puerta abierta. No quiero toparme con él de golpe y porrazo. Todavía no tengo una idea de lo que le voy a decir.

Veo que la puerta de la habitación está abierta. Me acerco. Intento no pensar en la última vez que nos vimos. En la potencia de su voz. En cómo me lanzó de un lado a otro de la habitación. En sus ojos abiertos de par en par al decirme: «Ni se te ocurra».

Yo le había dicho que no volvería. Que no se me ocurriría volver. Hice una promesa. Pero aquí estoy otra vez.

Me meto en la habitación, dispuesto para el ataque.

Y no se hace esperar.

Pero, antes de que Oswald se me eche encima, capto toda una serie de detalles.

Las cortinas están abiertas y hay muchísima luz en la habitación. Me sorprende. La recordaba oscura y tenebrosa. En mi recuerdo, era una habitación sin ángulos. Solo había manchas de oscuridad. Ahora parece alegre y soleada, como si allí no pudiera ocurrir nada malo, y, en cambio, Oswald está ya solo a unos pasos de mí, gritando:

—¡No! ¡No! ¡No!

El calvo de la barba pelirroja sigue tumbado en la cama, rodeado de aparatos que pitan, zumban y destellan. Hay alguien en la otra cama. Es un chico regordete y le pasa algo en la cara. La tiene como fofa y amodorrada.

Hay un tercer hombre en la habitación. Está sentado en una silla, al pie de la cama de Cara Fofa. Tiene una revista en la mano que lee en voz alta para Cara Fofa. Me da tiempo a pillar una serie de palabras sueltas antes de que Oswald se me eche encima. Trata sobre algo de béisbol, creo. No sé qué de una pelota baja. Pero, antes de poder enterarme, Oswald me echa las manazas al cuello. Aprieta con fuerza, se da la vuelta y me arroja al interior de la habitación. Me estrello contra la cama del calvo. Si no llego a ser un amigo imaginario, hasta la cama se habría ido a la otra punta. Así de fuerte ha sido el golpe.

Pero como soy un amigo imaginario, reboto en ella y aterrizo hecho un guiñapo a los pies de Oswald. Me duele la cabeza, el pecho y el cuello. No puedo respirar. Oswald se agacha, me coge por el cuello de la camisa y la cinturilla de los pantalones y me lanza por encima de la cama del calvo. Aterrizo en la cama de Cara Fofa. Pero también esta vez salgo rebotado, sin que el enfermo se entere de nada, y caigo rodando. Vuelvo a caerme hecho un guiñapo en el suelo, contra la pared del fondo.

Me duele el cuerpo entero.

Creo que no ha sido muy buena idea venir aquí. Oswald no es como una máquina quitanieves, es más bien como una grúa gigante de esas que llevan una bola colgando de una cadena. Las que usan para tirar edificios viejos. Y no hace más que darme bolazos.

Esta vez me levanto deprisa y corriendo. Tengo que hacerlo si no quiero que Oswald se vuelva a lanzar sobre mí y me mande disparado al otro lado de la habitación o se líe a patadas conmigo. El de la silla, un chico joven y pálido, sigue leyendo. Está en mitad de una pelea y no se entera, ni se enterará nunca.

Oswald se prepara para el ataque otra vez, plantado entre la cama de Cara Fofa y la pared, cerrándome la huida. De pronto pienso que hubiera sido mejor quedarme en el suelo y escapar hacia la puerta, rodando bajo la cama de Cara Fofa primero y luego bajo la del calvo.

Oswald da dos pasos hacia mí, acercándose más todavía. Es el momento de decirle a qué he venido.

—Un momento —le digo, procurando que suene como una súplica. Y no me sale mal, porque al fin y al cabo eso es lo que estoy haciendo, suplicar—. Por favor. Necesito tu ayuda.

—¡Te dije que no se te ocurriera volver por aquí! —suelta a voz en grito. Con tal potencia de voz que por un momento apaga hasta el sonido del televisor. Luego se abalanza sobre mí y me echa las manazas al cuello.

Intento arrancármelas del cuello, pero él me las aparta de un manotazo, como si fueran de papel. Como si fueran las manos de Wooly. Me está apretando el cuello. Me asfixio. Si necesitara aire para respirar, me estaría muriendo. Lo que yo respiro es la idea del aire, pero aun así siento que me asfixio.

Creo que me estoy muriendo.

Siento que los pies se me levantan del suelo y en ese momento oigo otra voz en la habitación.

—Suéltalo, Oswald.

Oswald me suelta, pero no porque pretenda obedecer a esa orden. Se ha quedado sorprendido. No, más que sorprendido, estupefacto. Se lo noto en la cara.

Caigo de golpe y porrazo en el suelo, me tambaleo un segundo, intentando recuperar el equilibrio y la respiración al mismo tiempo, y me vuelvo hacia la puerta. Allí está el hada que acabo de conocer en la sala de recreo, pero tiene los pies levantados del suelo, como si volara. Planea, agitando las alas tan rápido que apenas si se ven.

Nunca he conocido a un amigo imaginario que volara.

—¿Quién te ha dicho cómo me llamo? —pregunta Oswald.

Debería aprovechar ahora para darle un empujón a Oswald y salir corriendo. Para pegarle aprovechando que está distraído. Pero aunque ese hombre quiera matarme, sigo necesitando que me ayude, y algo me dice que esta podría ser mi única oportunidad de cambiar las cosas.

Bueno, la oportunidad del hada quiero decir.

—Budo es amigo mío —dice ella—. No quiero que le hagas daño.

—¿Quién te ha dicho cómo me llamo? —pregunta Oswald de nuevo. Su sorpresa ya se ha convertido en rabia. Cierra los puños. Se le abren las aletas de la nariz.

—Budo necesita tu ayuda, Oswald.

No sé cómo lo sé, pero algo me dice que el hada está evitando responder a la pregunta de Oswald a propósito, para ganar tiempo y encontrar la respuesta más oportuna.

—¿Quién te ha dicho cómo me llamo?

Esta vez se lo pregunta a voces y va hacia la puerta, directo al hada.

Y yo detrás.

No puedo permitir que maltrate al hada como ha hecho conmigo. Alargo la mano para tirar de él y darle tiempo al hada a escapar, pero ella clava los ojos en mí y dice que no moviendo muy ligeramente la cabeza. Me está pidiendo que no lo haga. O que espere al menos.

Obedezco.

Y descubro que el hada ha hecho bien en pedirme que me quede quieto. Porque, de camino a la puerta, también Oswald se queda quieto. No le echa sus enormes manazas encima. A mí puede lanzarme de un lado al otro de la habitación, darme patadas y apretarme el cuello hasta la asfixia, pero al hada ni la toca.

—¿Quién te ha dicho cómo me llamo? —pregunta Oswald a gritos de nuevo, pero esta vez detecto algo distinto en su voz.

Oswald está enfadado, sí, pero también intrigado. Y puede que haya algo así como esperanza en su voz. Creo que espera mucho de la respuesta del hada. Que también él necesita ayuda.

—Soy un hada —dice ella—. ¿Sabes qué es un hada?

—¡Quién te ha dicho cómo me llamo! —ruge Oswald esta vez. Si fuera un ser humano, habría hecho vibrar todas las ventanas de la octava planta y el hospital entero hubiera oído sus gritos.

Nunca en mi vida he tenido tanto miedo.

El hada vuelve la cabeza hacia el calvo que está tumbado en la cama y lo señala diciendo:

—Es tu amigo. Y está enfermo, ¿verdad?

Oswald se queda plantado sin apartar la vista de ella, pero no contesta. Yo estoy detrás de él, así que no puedo verle la expresión, pero me doy cuenta de que abre los puños, y los músculos de los brazos y el cuello se le relajan un poco.

—Oswald —dice el hada de nuevo—. Ese hombre es amigo tuyo, ¿verdad?

Oswald mira al calvo y luego vuelve la cabeza hacia ella y asiente.

—¿Y está enfermo? —le pregunta el hada.

Oswald dice que sí con la cabeza, lentamente.

—Lo siento mucho —dice el hada—. ¿Sabes qué le pasó?

Oswald dice que sí otra vez.

—¿Podemos salir al pasillo un momento y hablamos? —dice el hada—. No puedo concentrarme con ese chico ahí leyendo.

A mí ya se me había olvidado que Cara Fofa y su amigo el pálido estaban en la habitación. Desde que el hada ha empezado a hablar, ni he oído la tele. Ha sido como ver a un domador de leones calmando un león con un palillo de dientes en lugar de con un látigo y un taburete.

No, más que con un palillo de dientes, con uno de esos bastoncillos de algodón para los oídos. Pero milagrosamente ha funcionado. El hada lo ha conseguido.

Oswald accede a hablar en el pasillo. Pero al darse la vuelta para salir de la habitación, el hada se da cuenta de que Oswald no se mueve. Entonces se vuelve hacia él y le pregunta:

—¿Qué pasa?

—Si no sale él, no salgo yo —dice Oswald, volviéndose hacia mí y señalándome con el dedo.

—Faltaría más —dice el hada—. Budo se viene con nosotros.

Oswald sale al pasillo detrás del hada. Y yo detrás de él. Vamos a un espacio que hay un poco más adelante, con sillas, lámparas y mesitas llena de revistas. El hada se sienta en una silla. Sus alas dejan de moverse. Cuanto están quietas, parecen pequeñas, frágiles y delicadas. No acabo de creerme que sea capaz de volar.

Oswald toma asiento en otra silla, frente a ella.

Y yo, junto al hada.

—¿Quién eres tú? —le pregunta Oswald.

—Me llamo Chispa —responde el hada.

A mí ni siquiera se me había ocurrido preguntarle su nombre. Qué vergüenza.

—¿Quién te ha dicho cómo me llamo? —insiste Oswald, ahora ya sin rabia, simplemente con curiosidad.

Chispa no responde. No sé si decir algo y así darle tiempo para pensar. Parece dudosa. Pero de pronto empieza a hablar antes de que se me ocurra nada.

—Iba a decirte que como hada mágica que soy estoy enterada de todo lo que pasa en el mundo, y que lo mejor que podías hacer era escucharme, pero no quiero mentir. Sé que te llamas Oswald porque me lo ha dicho Budo.

Oswald se queda callado.

Abro la boca para hablar, pero Chispa se me adelanta.

—Budo necesita tu ayuda, y yo temía que le hicieras daño como la última vez que os visteis. Por eso lo seguí hasta esta habitación.

—Le dije que no se le ocurriera venir por aquí —replica Oswald—. Se lo advertí.

—Lo sé. Pero te necesita. No tenía otro remedio.

—¿Por qué?

—Porque dice Budo que tú eres capaz de mover cosas en el mundo real. ¿Es cierto eso?

Se lo pregunta como si ella misma no se lo creyera.

Las tupidas cejas de Oswald se le juntan en la frente como dos orugas dándose un beso. De pronto me doy cuenta de que tiene las cejas iguales que el calvo. Con tanto bandazo de un lado al otro de la habitación, no me había fijado.

—Vi que abrías esa puerta —le digo—. Eres capaz de mover cosas en el mundo real, ¿verdad? ¿Podrías mover esta mesa o estas revistas?

—Sí —dice Oswald—, pero con mucho esfuerzo.

—¿Esfuerzo? —pregunta Chispa.

—En el mundo real todo pesa mucho. Mucho más que tú —añade, señalándome.

—Nadie lo diría —replico.

Las orugas se besan otra vez.

—Dejémoslo —le digo.

—Y una mesa no podría moverla ni soñando —aclara Oswald—. Hasta esta mesita pesa demasiado para mí.

—Pero las cosas pequeñas sí puedes moverlas, ¿no? —pregunto.

Oswald dice que sí con la cabeza.

—¿Cuánto tiempo llevas en el mundo? —le pregunta Chispa.

—No lo sé —responde Oswald y baja la mirada a los pies.

—¿Cómo se llama tu amigo? —pregunta Chispa.

—¿Quién?

—El que está ahí dentro en la cama.

—Ah. John —dice Oswald.

—¿Lo conociste antes de venir aquí? —le pregunto.

Me acuerdo de la niña aquella sin nombre en la Unidad de Cuidados Intensivos. Me pregunto si Oswald será como ella.

—Sí, pero fue un segundo nada más —dice él—. Estaba en el suelo. Con la cabeza rota. Levantó la vista para mirarme, sonrió y cerró los ojos.

—¿Y lo seguiste hasta este hospital? —pregunto.

—Sí —dice Oswald y luego se queda callado—. Ojalá John pudiera abrir los ojos y sonreírme otra vez.

—¿Ayudarás a Budo? —pregunta Chispa.

—¿Cómo?

—Es para un amigo mío —le digo—. No está herido como John, pero está en peligro, y sin tu ayuda me será imposible salvarlo.

—¿Tendré que salir del hospital? No me gustan las escaleras.

—Está bastante lejos de aquí —contesta Chispa—. Tendrás que bajar las escaleras, salir del hospital y hacer un viaje muy largo. Pero la situación es grave y estoy segura de que a John le alegraría que ayudaras. Además, cuando todo haya terminado, Budo se encargará de traerte de vuelta al hospital. ¿Te parece bien?

—No —dice Oswald—. No puedo.

—Claro que puedes —dice Chispa—. Tienes que hacerlo. Está en peligro la vida de un niño y el único que puede salvarlo eres tú.

—No quiero —replica Oswald.

—Ya sé que no quieres —dice Chispa—. Pero tienes que hacerlo. Su vida está en peligro, es un niño. No puedes negarte a salvar la vida de un niño, ¿verdad que no?

—Verdad —dice Oswald.

Capítulo 49

—¿Cómo lo has conseguido? —pregunto, andando por el pasillo en dirección a los ascensores.

A mi lado va Chispa, volando pasillo abajo. Sus alas hacen un zumbido que no he oído mientras estábamos en la habitación del amigo de Oswald. Ahora que la tengo justo al lado, se le mueven tan rápido que casi no se ven.

Oswald va detrás, con la cabeza gacha, avanzando como una máquina quitanieves una vez más.

—¿Cómo he conseguido qué? —pregunta Chispa.

—Todo —respondo, bajando la voz—. ¿Cómo sabías que Oswald no iba a liarse a golpes contigo como había hecho conmigo? ¿Cómo lo has convencido de que me ayudara? Y, lo más importante, ¿cómo has sabido que yo estaba en esa habitación?

—La última pregunta te la respondo enseguida —dice Chispa—. En el Hospital Infantil, cuando nos has contado tu primer encuentro con Oswald, has dicho el número de la planta donde os habíais visto la primera vez. Y en cuanto te has marchado he pensado que quizá podrías necesitar ayuda.

Así que me vine a este hospital y subí volando hasta la octava planta. Una vez aquí, no ha sido difícil encontrarte. Armabais tanto escándalo los dos que lo único que he tenido que hacer ha sido seguir las voces.

—El escándalo se debía a que Oswald me estaba lanzando de un lado a otro de la habitación como si fuera un muñeco.

—Ya —dice Chispa con una sonrisa.

—Bueno, ¿y cómo sabías que Oswald no iba a liarse a golpes contigo como ha hecho conmigo?

—Porque yo no he entrado en la habitación —dice Chispa—. Me he quedado en la puerta.

—No entiendo.

—Sí, tú nos has contado que, la primera vez que os visteis, Oswald te pilló espiando en la habitación, en la misma puerta. Y después volvió a pillarte dentro de la habitación. Yo he pensado que, si no entraba, lo más probable era que no me hiciera daño. Además, soy una niña. Y un hada. Tendría que ser muy cruel para pegarle a un hada.

—Te imaginaron muy lista —le digo.

Chispa sonríe de nuevo.

—¿Cuánto tiempo hace que estás en el mundo? —le pregunto.

—Casi tres años.

—Es mucho tiempo para los seres como nosotros —le digo.

—Pues tú llevas más tiempo aún.

—Ya, pero aun así tres años es mucho. Tienes suerte.

Giramos por el pasillo y pasamos junto a un hombre que va en silla de ruedas hablando solo. Miro alrededor buscando a un amigo imaginario, pero no veo a ninguno. Me vuelvo para comprobar si Oswald nos sigue. Está a unos tres pasos de distancia, tirando de su mole como una pesada máquina quitanieves. Me vuelvo a Chispa de nuevo.

—¿Cómo has hecho para que Oswald me quisiera ayudar? —le digo en voz baja—. Te ha dicho que sí enseguida.

—Pues lo mismo que hace mamá cuando quiere que Aubrey la obedezca.

—¿Aubrey es tu amiga humana?

—Sí. Le pasa algo en la cabeza, que tienen que arreglarle los médicos. Por eso la trajeron al hospital.

—¿Y qué es eso que hace tu mamá cuando quiere que Aubrey obedezca?

—Pues si quiere que haga los deberes, o que se limpie los dientes o se coma el brócoli, no se lo dice directamente. Hace como si lo hubiera decidido Aubrey. Como si a mi amiguita no le quedara otra opción. Como si fuera feísimo no comerse el brócoli.

—¿Eso es todo? —pregunto—. ¿Eso es todo lo que has hecho?

Intento recordar todo lo que Chispa acaba de decirle a Oswald, pero ha pasado todo demasiado rápido.

—Con Oswald ha sido muy sencillo, porque hubiera estado feísimo no ayudarte. Mucho peor que no comer brócoli o lavarse los dientes. Además, le había hecho bastantes preguntas. Quería demostrarle que me interesaba por él, porque pensé que seguramente se sentiría solo. En los hospitales para adultos no se suelen encontrar muchos amigos imaginarios, ¿no?

—Ya veo que te imaginaron lista, sí. Muy lista.

Chispa sonríe de nuevo. Por primera vez desde que Graham desapareció, creo haber encontrado a un amigo imaginario del que poder hacerme amigo.

Llegamos a los ascensores y me vuelvo a Oswald.

—¿Quieres que bajemos en ascensor o por las escaleras?

—No he montado nunca en un ascensor —responde Oswald.

—¿Por las escaleras entonces?

—No me gustan las escaleras —dice Oswald, bajando la mirada a los pies.

—Está bien. Pues en ascensor entonces. Ya verás qué divertido.

Nos quedamos esperando a que alguien venga y toque el botón para bajar. Se me ocurre que quizá podría pedirle a Oswald que lo hiciera, aunque solo fuera por verlo otra vez mover algo en el mundo real, pero decido que mejor no. Ha dicho que le costaba mucho esfuerzo, y, ya que cualquier ser humano puede hacerlo sin problemas, mejor que no lo canse. Bastante nervioso está ya.

Al poco llega un señor con una bata blanca empujando a otro señor sentado en una silla de ruedas. El de la bata pulsa la flecha que indica hacia abajo y, en cuanto se abre la puerta del ascensor y pasan los dos, Oswald, Chispa y yo entramos rápidamente detrás de ellos.

—Es la primera vez que me monto en un ascensor —dice Oswald de nuevo.

—Ya verás qué divertido —le digo—. Te gustará.

Pero Oswald parece nervioso. Y también Chispa.

El de la bata pulsa el botón con el número tres y el ascensor empieza a moverse. Oswald abre unos ojos como platos y aprieta los puños.

—Bajarán en la tercera planta —les digo—. Y nosotros con ellos. El resto del camino lo podemos hacer por las escaleras.

—Vale —dice Oswald, con cara de alivio.

Me dan ganas de decirle que bajar de la tercera planta a la primera en el ascensor no nos llevaría ni cinco segundos, pero prefiero no ponerlo más nervioso. Si no le gustan las escaleras, tiene que odiar el ascensor.

Y creo que a Chispa le pasa lo mismo.

Se abre la puerta y salimos al pasillo detrás del señor de la bata y de la silla de ruedas.

—Las escaleras están aquí a la vuelta —les digo.

Nada más decir eso, me fijo en el letrero de la pared que está enfrente de los ascensores. Veo que entre las indicaciones para los lavabos y otro sitio llamado «Radiación», pone:

←UNIDAD DE CUIDADOS INTENSIVOS

Me paro.

Me fijo en el letrero un momento.

—¿Qué pasa? —dice Chispa, viendo que no me muevo.

—¿Me esperáis aquí un momento? —le pregunto a Chispa.

—¿Por qué?

—Quiero ver a una persona. Creo que está en esta planta.

—¿A quién? —pregunta Chispa.

—A una amiga —le digo—. Bueno, más o menos una amiga. Creo que está por aquí.

—Bueno —dice finalmente Chispa—. Podemos esperar, ¿verdad, Oswald?

—Sí.

Giro a la izquierda. Sigo las indicaciones de los letreros igual que hice el día que encontré la UCI del Hospital Infantil. Después de atravesar dos largos pasillos, giro y delante de mí veo una puerta doble muy parecida a la de la UCI infantil. En la puerta pone «Unidad de Cuidados Intensivos».

La atravieso.

Me encuentro en una sala grande, con cortinas al fondo. Algunas están corridas y otras no. Hay un mostrador largo, unas cuantas mesas y montones de máquinas en medio de la sala. También doctores que van de un sitio a otro, que entran y salen por las cortinas, escriben en los ordenadores, hablan por teléfono, charlan entre ellos y anotan cosas en sus portapapeles con cara de preocupación.

Los médicos siempre suelen poner cara de preocupación, pero estos más todavía.

Empiezo por la cortina que tengo más cerca. Está corrida. Me cuelo por debajo. Hay una mujer mayor tumbada en una cama. Tiene el pelo blanco y muchas arrugas alrededor de los ojos. Y un montón de aparatos con cables y tubos enganchados a los brazos, y un tubito muy fino de plástico que le sale por la nariz. Está durmiendo.

Paso a la cortina siguiente, y luego a la otra. Si están corridas, paso por debajo. Algunas camas están vacías y en otras hay personas tumbadas. Todos son adultos. Hombres sobre todo. Detrás de dos cortinas no hay camas.

Encuentro por fin a Dee detrás de la última cortina. Al principio no la reconozco. Le han afeitado la cabeza. Está tan pelada como la del calvo amigo de Oswald. Y como la de Oswald. Tiene las mejillas hinchadas y la piel que rodea los ojos es de color morado. De todas las personas que hay en la sala, Dee es la que tiene más aparatos conectados al cuerpo. Hay tubos y cables que salen de unas bolsitas con agua, y aparatos con pantallitas de televisión diminutas conectados al brazo y al pecho. Los aparatos zumban, pitan y chasquean.

Sentada en una silla junto a ella hay una mujer. Agarrada a la mano de Dee. Es su hermana. Lo sé porque es igual que ella. Igual, pero más joven. Tiene la piel oscura como ella. La misma mandíbula afilada. Los mismos ojos redondos. Está hablándole en voz muy bajita. Susurra las mismas palabras una y otra vez. Oigo «Dios» y «Señor» y «Dios mío de mi vida» y «rezar», pero no entiendo lo que dice.

Dee tiene mala cara. Muy mala cara.

Su hermana tampoco tiene muy buena cara. Parece cansada y asustada.

Me siento en el lado de la cama junto a ella. Miro a Dee. Me entran ganas de llorar, pero no hay tiempo. Chispa y Oswald me esperan junto a los ascensores, y la señorita Patterson está llenando su autobús secreto con comida y ropa. Tengo que marcharme.

—Siento que estés tan mal —le digo a Dee—. Lo siento mucho. Ojalá hubiera podido hacer algo por ti. Te echo de menos.

Los ojos se me llenan de lágrimas. Es la segunda vez en mi vida que los ojos se me llenan de lágrimas y los siento raros. Son lágrimas calientes y no las puedo controlar.

—Tengo que salvar a Max —le digo a Dee—. A ti no pude salvarte, pero creo que a Max sí podré, así que tengo que irme cuanto antes.

Me levanto decidido a marcharme. Vuelvo la vista y miro la pálida cara de Dee y sus delgadas muñecas. Escucho su respiración ronca y entrecortada, y los susurros de su hermana, y el zumbido constante del aparato que está junto a la cama.

Me quedo un momento mirando y escuchando. Y luego vuelvo a sentarme.

—Tengo miedo, Dee —le digo—. A ti no pude salvarte, pero a Max quizá todavía pueda. El problema es que tengo miedo. Max está en apuros, pero en el fondo creo que eso a mí me viene bien. Mientras él siga en apuros, mi vida no correrá peligro. En fin, que estoy hecho un lío. —Respiro hondo. Pienso en lo que decir a continuación, pero, como no se me ocurre nada, me pongo otra vez a hablar sin pensar—. Él no corre peligro de que le dispare un hombre con máscara de diablo. No es esa clase de peligro. La señorita Patterson cuidará muy bien de él. Estoy convencido. Ella también es un diablo a su manera, pero no como el que te disparó a ti. Haga lo que haga yo, la vida de Max no estará en peligro. Pero la mía es posible. No sé lo que podría pasar conmigo. Ahora que he conseguido que Oswald me ayude, tengo muchas probabilidades de salvarlo. Nunca pensé que aceptaría, pero lo ha hecho. Ahora puedo salvar a Max, creo. El problema es que tengo miedo. —Me quedo sentado mirando fijamente a Dee. Oigo a su hermana susurrándole las mismas palabras una y otra vez. Suenan casi como una canción—. Sé que tengo que ayudar a Max —le digo a Dee—. Pero ¿de qué me servirá ayudarlo si con eso dejo de existir? Cumplir con mi deber estaría muy bien siempre que yo pudiera seguir en este mundo para disfrutarlo. —Siento de nuevo que los ojos se me llenan de lágrimas calientes que no puedo controlar, pero esta vez no son por Dee. Esta vez son por mí—. Ojalá existiera el paraíso. Si yo supiera que había un paraíso esperándome, seguro que salvaría a Max. No sentiría miedo porque tendría un sitio al que ir después de este. Otro sitio. Pero no creo que exista el paraíso, y menos para los amigos imaginarios. Se supone que el paraíso solo es para los seres creados por Dios, y a mí no me creó Dios. Me creó Max. —Sonrío, imaginándome a Max como un dios. Un dios encerrado en un sótano y rodeado de juguetes de Lego y soldaditos. El dios de Budo—. Supongo que esa es la misma razón por la que tendría que salvarlo —le digo a Dee—. Porque él fue mi creador. Sin él, no estaría aquí. Pero tengo miedo, y me siento culpable por tener miedo. Pero cuando pienso en que voy a dejar a Max con la señorita Patterson, todavía me siento peor. Aunque sé que voy a hacer lo posible por salvarlo, cada vez que me viene a la cabeza la posibilidad de no hacerlo, me siento culpable. Me siento como un auténtico canalla. Pero no es malo que esté preocupado por mi propia vida, ¿no?

—No.

Quien ha dicho eso no ha sido la hermana de Dee ni ninguno de los médicos. Ha sido Dee.

Yo sé que Dee no puede oírme, porque soy un amigo imaginario. Pero me ha dado la impresión de que estaba respondiendo a mi pregunta. Qué extraño. Ya solo el hecho de que Dee haya hablado es extraño de por sí. Estoy sin habla.

—¿Dee? —dice su hermana—. ¿Qué dices?

—No tengas miedo —dice Dee.

—¿De qué no tengo que tener miedo? —le pregunta su hermana, apretándole la mano, inclinándose a ella un poco más.

—¿Estás hablando conmigo? —le pregunto.

Dee ha abierto los ojos, pero solo un poco, una rendija de nada. Miro a ver si es a mí a quien miran, pero no noto nada.

—No tengas miedo —repite.

Dee habla con voz débil y ahogada, pero se entiende bien lo que dice.

—¡Doctor! —exclama su hermana, volviendo la cabeza hacia el mostrador y las mesas que hay en el centro de la sala—. Mi hermana se ha despertado. ¡Está hablando!

Dos médicos se levantan y vienen hacia donde estamos.

—Dee, ¿estás hablando conmigo? —le pregunto otra vez. Sé que conmigo no es. Imposible. Aunque lo parezca.

—Vete —dice Dee—. Vete. Ya es hora.

—¿Me lo dices a mí? —pregunto—. ¿Me hablas a mí? ¿Dee?

Llegan los médicos. Descorren las cortinas del todo. Uno de ellos le pide a la hermana de Dee que se aparte. El otro va hacia el lado opuesto de la cama y en ese momento empieza a sonar una alarma. Dee pone los ojos en blanco. Los médicos se mueven más deprisa de pronto, y uno que acaba de llegar me aparta bruscamente de la cama y me caigo al suelo del empujón. Ni siquiera se ha dado cuenta.

—¡Ha hablado! —exclama la hermana de Dee.

—¡Se nos va! —exclama uno de los médicos.

Otro coge a la hermana de Dee por el hombro y la aparta de la cama. Llegan dos médicos más. Yo me pongo a los pies de la cama. Solo puedo ver un poco a Dee de tantos médicos como tiene alrededor. Uno de ellos le tapa la boca con una bolsa de plástico y la aprieta y la suelta una y otra vez. Otro mete una aguja por un tubo conectado al brazo de Dee. Observo cómo el líquido amarillo sube por el tubo y desaparece bajo su camisón.

Dee se está muriendo.

Lo sé por las caras que ponen los médicos. Se esfuerzan, se mueven con rapidez, pero no hacen más que cumplir con su deber. Ponen la misma cara que algunos maestros cuando Max no entiende algo, y el maestro o la maestra no cree que lo vaya a entender nunca. Ponen esfuerzo, pero se nota que simplemente cumplen con su papel. No enseñan. Igual que están haciendo los médicos en este momento. Cumplen la función de médicos, pero no creen en lo que están haciendo.

Los ojos de Dee se cierran.

Oigo sus palabras una y otra vez en mi cabeza.

«Vete. Es la hora. No tengas miedo.»

Capítulo 50

Estamos delante de las puertas dobles por las que se sale del hospital. En la calle está nevando. Oswald dice que es la primera vez que ve nieve. Yo le digo que le va a encantar.

—Gracias —digo, mirando a Chispa.

Chispa sonríe. Ya sé que no puede dejar a Aubrey, pero ojalá pudiera venir con nosotros.

—¿Qué, Oswald, estás listo? —pregunto.

En el vestíbulo del hospital hay mucho movimiento. Está lleno de gente que va y viene. Al compararlo con toda esta gente que nos rodea, Oswald me parece aún más grande que antes. Es un gigante.

—No —dice Oswald—. Quiero quedarme aquí.

—Pero saldrás de aquí con Budo y lo ayudarás —dice Chispa—. No te lo estoy pidiendo. Es una orden.

—Sí —dice Oswald.

Ha dicho que sí, pero ha sonado como un no.

—Así me gusta —dice Chispa y luego vuela hacia Oswald y se le abraza al cuello.

A Oswald se le corta la respiración. Se le tensan los músculos. Las manos se le cierran en un puño otra vez. Pero Chispa sigue apretándole hasta que finalmente se relaja. Le lleva un buen rato.

—Buena suerte —añade Chispa—. Quiero volver a veros a los dos. Dentro de nada.

—Vale —dice Oswald.

—Volveremos —le digo.

Pero, a decir verdad, no me lo creo. Creo que nunca más en la vida volveré a ver a Chispa ni pondré el pie en este hospital.

Cuando salimos a la calle, Oswald se pasa los cinco primeros minutos intentando esquivar los copos de nieve que caen del cielo. Esquiva uno, pero otros diez lo atraviesan sin que él se dé cuenta siquiera.

Una vez descubre que los copos no hacen daño, se pasa otros cinco minutos intentando atraparlos con la lengua. Los copos, evidentemente, le atraviesan la lengua, pero Oswald tarda un tiempo en darse cuenta y, entretanto, choca por lo menos con tres personas y un poste telefónico intentando atraparlos.

—Tenemos que irnos —le digo.

—¿Adónde?

—A casa. Mañana tenemos que ir al colegio y para eso hay que montarse en el autocar desde casa.

—Nunca me he montado en un autocar —dice Oswald.

Veo que está nervioso. Decido que a partir de ahora cuantos menos detalles le dé, mejor.

—Será divertido —le digo—. Te lo prometo.

Del hospital a casa de Max andando hay un buen trecho. Normalmente me gusta la caminata, pero Oswald no para de hacerme preguntas. Todo el rato.

¿A qué hora encienden las farolas?

¿Cada farola tiene su interruptor?

¿Adónde han ido los trenecitos?

¿Por qué la gente no hace su propio dinero?

¿Quién decidió que rojo significaba parar y verde pasar?

¿Hay una sola luna?

¿Todas las bocinas de los coches suenan igual?

¿Cómo hace la policía para que no crezcan árboles en mitad de la calle?

¿Cada uno se pinta su propio coche?

¿Qué es una boca de riego?

¿Por qué la gente no silba cuando anda?

¿Dónde aparcan los aviones cuando no están en el aire?

Oswald no deja de preguntarme cosas y yo ya no puedo más, pero sigo contestándole. El mismísimo gigante que hace un momento me lanzaba de un lado a otro de aquella habitación, ahora necesita de mí, y tengo la esperanza de que, mientras sea así, me haga caso y me ayude a salvar a Max.

Desde que nos hemos despedido de Chispa en el hospital, he temido que Oswald volviera a ponerse agresivo y violento como antes. Que la magia de Chispa se agotara a medida que nos alejábamos. Pero ha pasado justo lo contrario y ha acabado transformándose en un niño que quiere saberlo todo.

—Esta es mi casa —le digo cuando por fin llegamos.

Es tarde. No sé qué hora será exactamente, pero las luces de la cocina y del comedor ya están apagadas.

—¿Adónde vamos? —pregunta Oswald.

—Adentro. ¿Tú duermes?

—¿Cuándo? —pregunta Oswald.

—Me refiero a si duermes normalmente.

—Ah. Sí.

—Vamos a pasar la noche aquí —digo, señalando la casa.

—¿Y cómo voy a entrar? —pregunta.

—Pues por la puerta.

—¿Cómo?

De pronto caigo. Oswald no puede atravesar puertas. En el hospital, para bajar del tercer al primer piso, hemos esperado hasta que dos hombres con uniforme azul han abierto la puerta que daba a las escaleras. Y al salir del hospital nos hemos colado justo detrás de una pareja.

Ahora entiendo por qué Oswald abrió de un empujón la puerta de la habitación del calvo. Quiero decir, de John. Porque, si no la abría así, no podía entrar.

—¿Serías capaz de abrir esa puerta? —le pregunto.

—No lo sé —dice Oswald. Pero noto que mira la puerta como si tuviera delante una montaña.

—Seguramente está cerrada con llave —le digo, y es verdad—. No te preocupes.

—¿Tú cómo entras normalmente? —me pregunta.

—Yo puedo atravesar puertas.

—¿Cómo?

Entonces subo los tres escalones que llevan hasta la entrada de la casa de Max y atravieso la puerta. Bueno, atravieso dos: la mosquitera y la de madera. Luego me doy la vuelta y salgo otra vez a la calle.

Oswald me mira con la boca abierta. Se le han puesto unos ojos como platos.

—Tienes poderes —dice.

—No, el que tiene poderes eres tú —replico—. Conozco a muchos amigos imaginarios capaces de atravesar puertas, pero no sé de ninguno que mueva cosas en el mundo real.

—¿Amigos imaginarios?

Caigo en la cuenta de que otra vez he hablado demasiado.

—Sí. Amigos imaginarios, como yo.

Callo un momento, pensando qué decir a continuación. Y luego añado:

—Y como tú.

—¿Yo soy un amigo imaginario?

—Sí. ¿Qué creías que eras?

—Un fantasma —responde Oswald—. Al igual que tú. Pensaba que habías venido al hospital para llevarte a John.

Me echo a reír.

—Pues no. Aquí no hay fantasmas que valgan. ¿Y Chispa, qué creías que era?

—Un hada.

Me echo a reír otra vez, pero luego comprendo que si Chispa ha logrado convencerlo ha sido en parte gracias a eso.

—Bueno, en lo de Chispa no estás del todo equivocado —le digo. Es un hada, solo que imaginaria también.

—Oh.

—Parece que lo sientes —le digo.

Y de verdad que lo parece. Ha bajado la vista otra vez a los zapatos y los brazos le cuelgan de los costados como fideos mojados.

—No sé qué es mejor —dice Oswald—, si ser imaginario o ser fantasma.

—¿Qué diferencia hay? —le pregunto.

—Si soy un fantasma quiere decir que en algún momento he estado vivo. Pero si soy imaginario, no.

Los dos nos quedamos en silencio mirándonos. No sé qué decir. De pronto se me ocurre algo.

—Tengo una idea.

Lo digo porque de verdad he tenido una idea, pero más que nada para cambiar de tema.

—¿Crees que serías capaz de llamar al timbre?

—¿Qué timbre? —pregunta Oswald, y caigo en la cuenta de que no sabe lo que es un timbre.

—Este puntito —le digo señalando el botón—. Si lo aprietas, sonará una campana al otro lado de la casa y los padres de Max vendrán a ver quién es. En cuanto abran la puerta, entramos y ya está.

—¿No decías que eras capaz de atravesar puertas? —pregunta Oswald.

—Sí. Perdona. El que entrará serás tú.

—Vale.

Oswald dice mucho «vale», y cada vez que le oigo la palabra no puedo evitar pensar en Max. Esta noche la pasará solo, encerrado en el sótano de la señorita Patterson, y solo de pensarlo me entra tristeza y siento que me he portado como un canalla con él.

Le prometí que nunca lo abandonaría. Y aquí estoy, con Oswald.

Pero mañana por la noche Max ya estará durmiendo en su cama. Me lo digo a mí mismo, y ya me siento un poco mejor.

Oswald sube los tres escalones. Alarga la mano para darle al timbre, pero se queda rígido. Tensa los músculos de los brazos y del cuello. Una vena le late visiblemente en la frente. Los gusanos que le hacen visera sobre los ojos se besan de nuevo. Aprieta los dientes. La mano le tiembla. Alarga el dedo para tocar el botón, pero se le queda suspendido en el aire. Luego la mano le tiembla más todavía y Oswald deja escapar un bufido. Mientras bufa, el botón desaparece bajo la presión de su dedo y suena el timbre.

—¡Lo conseguiste! —grito muy impresionado, aunque no sea la primera vez que lo veo tocar cosas en el mundo real.

Oswald tiene gotitas de sudor en la frente y respira como si le faltara el aire. Es como si acabara de correr treinta kilómetros.

Oigo movimiento dentro de la casa. Nos apartamos de la puerta para que al abrirse no dé contra Oswald y lo tire por las escaleras. Pero resulta que la puerta de madera se abre hacia dentro. La madre de Max se asoma y mira por la puerta mosquitera. Hace visera con los ojos. Mira a derecha e izquierda, y de pronto me doy cuenta de que no ha sido muy buena idea llamar al timbre.

La madre de Max se está haciendo ilusiones.

Quizá ha supuesto que venían a traerle buenas noticias. O que era Max.

Abre entonces la puerta mosquitera y sale afuera; está de pie junto a Oswald. Hace frío. Ya ha dejado de nevar, pero el aire es tan gélido que se le forma vaho junto a la boca. Se abraza el cuerpo para poder darse calor. Aviso a Oswald dándole un codazo para que pase y en ese momento la madre de Max dice:

—¿Eeeeh? ¿Hay alguien?

—Venga, entra y espérame —le digo a Oswald.

Él me hace caso. Yo me quedo mirando a la madre de Max, que vuelve a dar una voz para comprobar si hay alguien, y noto que de repente le cambia la expresión de la cara: ya no está ilusionada.

—¿Quién era? —pregunta el padre de Max desde la cocina. Oswald está a su lado.

—Nadie —responde ella.

Sus palabras suenan pesadas como piedras, como si le costara levantarlas para decirlas.

—¿Quién coño llama a una casa a las diez de la noche y luego echa a correr? —dice él.

—Se habrán equivocado de puerta —contesta la madre de Max.

La tengo justo al lado, pero suena como si estuviera muy lejos.

—¡Una mierda, se van a equivocar! —salta él—. Si te has equivocado de puerta no desapareces de buenas a primeras.

La madre de Max empieza a llorar. Creo que habría empezado a llorar de todos modos, pero la palabra «desaparece» la golpea como una de esas piedras. Las lágrimas le salen en cascada de los ojos.

El padre de Max se da cuenta de lo que ha hecho.

—Lo siento, cariño.

La rodea con los brazos y la atrae hacia él apartándola de la entrada, y la puerta mosquitera se cierra tras él. Esta vez no hace blam, blam, blam. Ahora están los dos de pie en la cocina, abrazados, y la madre de Max no deja de llorar. Nunca había oído llorar tanto a nadie.

La puerta del dormitorio de Max está cerrada, así que le digo a Oswald que se eche a dormir en el sofá del comedor. Es tan grandote que los pies le sobresalen. Cuelgan en el aire como dos enormes cañas de pescar.

—¿Estás cómodo? —le pregunto.

—En la habitación de John, cuando alguien se acuesta en la otra cama, a mí me toca dormir en el suelo. Aquí se está mucho mejor.

—Me alegro. Que duermas bien.

—Espera —dice—. ¿Tú vas a dormir?

No quiero decirle a Oswald que no duermo. Si se entera, me acribillará a preguntas.

—Yo me quedaré en esta silla mismo —miento—. Duermo aquí muchas veces.

—Yo antes de dormir siempre hablo un rato con John.

—Ah, ¿sí? ¿Y qué le dices?

—Le cuento cómo he pasado el día. Todas las cosas que he hecho. Lo que he visto. Estoy deseando contarle todo lo que he visto hoy.

—¿Quieres contármelo a mí?

—No, tú ya lo sabes. Has estado conmigo.

—Ya. Bueno, pues si quieres puedes contarme otra cosa.

—No, quiero que me hables de tu amigo.

—¿De Max? —le digo.

—Sí. Háblame de Max. Yo no he tenido un amigo capaz de hablar y de andar.

—Bueno, pues te cuento de Max.

Empiezo por lo más sencillo. Le cuento cómo es físicamente y lo que le gusta comer. Le hablo de sus juguetes, de los Lego, los soldaditos y los videojuegos. Le explico que Max es distinto a los demás niños, porque a veces se bloquea y vive para sus adentros.

Luego le cuento las anécdotas. Lo que pasó en aquella primera fiesta de Halloween cuando Max estaba en preescolar, y lo de las cacas de propina, y lo de su pelea con Tommy Swinden en los servicios, y cuando Tommy lanzó aquel pedrusco contra la ventana de su dormitorio la semana pasada. Le cuento también que la madre de Max siempre intenta que su hijo pruebe cosas nuevas y que el padre de Max dice mucho la palabra «normal». Le cuento de cuando los dos juegan a tirarse la pelota en el jardín de casa, y que cuando Max no sabe si ponerse la camisa verde o la roja, yo lo ayudo a decidir.

Después le hablo de la señorita Gosk. Le digo que, si no llamara a Max «hijo mío» de vez en cuando, sería una maestra perfecta, pero que aun así es perfecta.

No hablo de la señorita Patterson. Temo que si lo hago le entre miedo y se niegue a ayudarme mañana.

Oswald no me hace ninguna pregunta. Me ha dado la sensación de que se quedaba dormido en un par de ocasiones. Pero en cuanto dejo de hablar, levanta la cabeza, me mira y dice:

—¿Qué?

—¿Sabes lo que más me gusta de Max? —le pregunto.

—No. No conozco a Max.

—Lo que más me gusta es lo valiente que es.

—¿Qué ha hecho de valiente?

—No es solo una cosa. Es todo. Max no se parece a ninguna otra persona del mundo. Los niños se burlan de él porque es diferente. Su madre quiere convertirlo en un niño distinto y su padre lo trata como si no fuera como es. Incluso los maestros lo tratan de un modo especial, y no siempre muy bien. Incluida la señorita Gosk. Es la maestra perfecta pero lo trata de un modo especial. Nadie trata a Max como si fuera un niño normal, pero todo el mundo quiere que sea normal, nadie quiere que sea como es. Y, pese a todo, Max se levanta de la cama cada mañana para ir al colegio y al parque, e incluso a la parada del autocar.

—¿Y eso es ser valiente? —pregunta Oswald.

—¡Supervaliente! Que yo sepa, yo soy el más inteligente y el que más tiempo ha vivido de todos los amigos imaginarios que conozco. Para mí es fácil salir de casa y conocer a otros amigos imaginarios, porque todos me respetan. Me preguntan cosas y quieren ser como yo. Bueno, aunque los hay que también me pegan.

Miro a Oswald con una sonrisa.

Él no me la devuelve.

—Pero para salir de casa cada día y ser tú mismo cuando a nadie le gusta como eres hay que ser supervaliente. Yo nunca podría ser tan valiente como Max.

—Ojalá yo tuviera un amigo como Max —dice Oswald—. John nunca me ha dicho ni una palabra.

—Quizá algún día…

—Sí, quizá —dice él, pero no parece muy convencido.

—Ahora vamos a dormir un rato, ¿vale? —le digo.

—Vale —responde Oswald y ya no vuelve a abrir la boca. Se duerme casi al instante.

Yo me quedo sentado observándolo desde mi silla mientras duerme. Intento imaginar cómo nos irá mañana. Hago una lista de todo lo que debo hacer si quiero salvar a Max. Procuro anticipar todo lo que podría salir mal. Pienso en qué le diré a Max cuando llegue el momento.

Esa es la parte más importante. Yo solo no puedo salvar a Max. Necesito la ayuda de Oswald, sí, pero sobre todo, la de Max.

No puedo salvarlo sin haberlo convencido antes de que tiene que salvarse.

Capítulo 51

La señorita Gosk nos contó una vez un cuento en clase sobre un niño que se llamaba Pinocho. Cuando dijo que iba a contar ese cuento, sus alumnos se echaron a reír. Decían que era para bebés.

Nunca es buena idea reírse de la señorita Gosk.

En cuanto empezó a leer, todos se dieron cuenta enseguida de lo equivocados que estaban. La historia les encantaba. No querían que dejara de leer. Querían saberlo todo. Pero cada día la señorita Gosk interrumpía el cuento justo en el momento de más suspense, para que los niños se quedaran con las ganas de saber cómo seguía. Ellos le suplicaban que siguiera leyendo, pero la maestra decía: «¡En esta clase mandaréis cuando los cerdos vuelen!». Y todos se enfadaban. Max incluido. También él estaba entusiasmado con aquella historia. Yo creo que la señorita Gosk interrumpía el cuento a propósito, como castigo por haberse reído de ella.

Con la señorita Gosk no te puedes andar con tonterías.

Pinocho era una marioneta que un señor llamado Gepetto había construido con un trozo mágico de madera. Pero, aunque Pinocho era una marioneta, tenía vida. Se movía, hablaba y, cuando decía mentiras, le crecía la nariz. Pero Pinocho pasaba mucho tiempo deseando convertirse en un niño normal.

Yo odiaba a Pinocho. Creo que era el único de la clase que lo odiaba. Pinocho tenía vida, pero eso no le bastaba. Podía andar, hablar y tocar las cosas del mundo real, pero él se pasaba el cuento entero queriendo más.

Pinocho no sabía la suerte que tenía.

Esta noche me ha dado por pensar en Pinocho por lo que decía antes Oswald de los amigos imaginarios y los fantasmas. Creo que tiene razón. Sería mejor ser un fantasma. Al menos los fantasmas han estado vivos en algún momento. Los amigos imaginarios nunca viven en el mundo real.

Cuando eres un fantasma, no dejas de existir solamente porque alguien deje de creer en ti. O porque se olvide de ti. O porque encuentre a alguien mejor para sustituirte.

Si yo pudiera ser un fantasma, viviría para siempre.

Había olvidado que por la mañana tendría que ver cómo me lo montaba para sacar a Oswald de casa. Primer fallo del día. No es muy buena señal cometer un fallo antes de salir de casa siquiera.

Pero creo que aún estamos a tiempo de solucionarlo. La madre de Max hace footing casi todas las mañanas, y su padre sale a trabajar antes de que llegue el autocar del cole. Y a veces sale un momento al jardín para recoger el periódico. Hay días que lo recoge de camino al trabajo, pero a veces sale antes a por él para poder echarle un vistazo mientras desayuna.

Basta con que uno de los dos abra un momento la puerta de la calle para que Oswald pueda salir de casa.

La mamá de Max baja a la cocina a las 7.30. Sin hacer ruido. Viene en albornoz. Acaba de levantarse, pero parece cansada todavía. Pone el café y se toma una tostada con mermelada. Ya sé que no es mi madre, pero es lo más parecido a una madre que voy a tener en mi vida, y no soporto verla tan encogida, cansada y triste. Procuro imaginármela dando saltos de alegría cuando vea a Max esta noche. Intento borrar su imagen de ahora, con ese agotamiento y esa tristeza, y reemplazarla por la imagen futura. Yo haré que se ponga contenta. Salvando a Max, la salvaré a ella.

El padre de Max abre por fin la puerta principal de la casa a las 7.48 por lo que puedo leer en el reloj del microondas que está en la cocina. Ha salido con chándal. No creo que piense ir así a trabajar. Parece cansado. Anoche los dos se estaban abrazando, pero noto que algo no va bien entre ellos. El padre de Max no le ha hablado. Le ha dicho «Buenos días» y ya está. Y ella no ha contestado. Es como si hubiera un muro invisible entre los dos.

Ellos siempre se han peleado por cosas relacionadas con Max, pero creo que también les daba una razón para quererse. Lo malo es que ahora están perdiendo la esperanza. Empiezan a pensar que no volverán a ver a su hijo nunca más. Y si Max no vuelve, no habrá nada que los una. Es casi como si Max siguiera aquí, pero ahora ya solo como un recuerdo de lo que han perdido.

Tengo muchas cosas que salvar hoy.

El autocar escolar suele parar delante de la casa de Max a las 7.55, pero hoy se saltará la parada. Tenemos que ir hasta la casa de los Savoy, y eso significa que habrá que darse prisa. No podemos perder el autocar, porque no creo que yo pudiera encontrar el camino del colegio solo. Quizá sí, pero cuando vamos en coche no presto mucha atención a la carretera. Podría perderme.

En cuanto salimos a la calle, Oswald empieza con las preguntas.

—¿Qué es esa cajita de ahí delante? —pregunta Oswald.

—El buzón de correos —contesto.

—¿Qué es un buzón de correos?

Me paro y me vuelvo a él.

—Oswald, si no llegamos a tiempo a ese autocar, no podremos salvar a Max. Una vez estemos montados, puedes hacerme todas las preguntas que quieras, pero ahora mismo tenemos que echar a correr con todas nuestras fuerzas. ¿Entendido?

—Entendido —dice Oswald y echa a correr. Es un gigante pero también es rápido. Casi no puedo seguirlo.

El autocar pasa de largo junto a nosotros cuando estamos a dos casas de la parada de los Savoy. Seguro que no llegamos a tiempo. Por otro lado, los Savoy son tres niños, y hay una niña de primero llamada Patty que también sube en esa parada, así que siendo tantos quizá tarden en subir al autocar. Puede que no el tiempo suficiente, pero es una posibilidad.

Y de pronto la veo, la posibilidad que estábamos esperando: Jerry Savoy está a punto de subirse al autocar cuando su hermano mayor, Henry, le tira los libros al suelo de un manotazo y se ríe de él. Los libros caen al suelo, y uno de ellos va a parar bajo las ruedas del autocar. Jerry tiene que agacharse a recogerlos y luego ponerse a cuatro patas para alcanzar el que ha quedado bajo el autocar. Henry Savoy es un grandullón y un chuleta, pero hoy me ha hecho un favor. Él no lo sabe, ni Jerry tampoco, pero puede que acaben de salvar a Max entre los dos. Al final llegamos por los pelos a la parada de los Savoy, justo a tiempo de colarnos en el autocar por detrás de Patty.

Diez segundos más, y se nos habría escapado.

Intento recuperar el aliento y le señalo a Oswald el lugar donde Max y yo nos sentamos normalmente.

—¿Por qué todos estos niños van en autocar? —pregunta Oswald—. ¿Por qué no los llevan sus mamás en coche?

—No lo sé —contesto—. Puede que haya gente que no tiene coche.

—Es la primera vez que monto en un autocar.

—Lo sé —le digo—. ¿Y qué?, ¿qué te parece?

—No es tan divertido como pensaba.

—Gracias por correr tan rápido.

—Quiero salvar a Max —dice Oswald.

—¿De verdad?

—Sí.

—¿Por qué? —pregunto—. Ni siquiera lo conoces.

—Porque es el niño más valiente del mundo. Tú mismo lo has dicho. Se hizo caca en la cabeza de Tommy Swinden y va al colegio todos los días aunque a nadie le guste como es. Tenemos que salvar a Max.

Cuando oigo a Oswald decir eso, siento una cosa muy agradable por dentro. Es lo que debe de pasarle a la señorita Gosk cuando ve a sus alumnos disfrutando con un cuento.

—El problema —dice Oswald— es que no sé cómo vamos a salvarlo. Esa parte no me la has contado todavía.

Decido que ha llegado el momento. Y me paso los diez minutos siguientes contándole a Oswald todo lo que sé sobre la señorita Patterson.

—Tienes razón —dice Oswald cuando termino de hablar—. Es el demonio en persona. Un demonio robaniños.

—Ya —le digo—, pero, ¿sabes qué?, no creo que la señorita Patterson piense que es un demonio. Ella está convencida de que los malos son los padres de Max, de que está haciendo todo esto por el bien de Max. Y aunque siga sin gustarme, eso al menos hace que la odie menos.

—Puede que todos seamos el demonio de alguien —dice Oswald—. Incluso tú y yo.

Mientras le oigo decir eso, de pronto me doy cuenta de que puedo ver las casas y las últimas hojas de brillantes colores pasando fugazmente por la ventanilla.

Los veo a través de Oswald.

Oswald está desapareciendo.

No me lo explico. ¿Quién iba a imaginar que Oswald podría desaparecer precisamente hoy que tanto lo necesito? Precisamente el día que Max lo necesita…

No es justo.

Parece imposible.

Es como esos programas de la tele que no hay quien se los crea de tantas cosas malas como ocurren a la vez.

De pronto caigo en la cuenta de lo que ha pasado: Oswald se está muriendo por mi culpa.

Me dijo que todas las noches, antes de dormirse, hablaba con John. Que le contaba las cosas que había hecho y lo que había visto, y que cuando terminaba de contarle cómo le había ido el día, se quedaba dormido.

Seguramente John seguía creyendo en Oswald gracias a eso. Las historias que le contaba cada noche llegaban de algún modo a sus oídos, o quizá las oía dentro de su cabeza. De su mente. Quizá por eso había inventado a Oswald. John está atrapado en un cuerpo que no puede despertar, y Oswald es sus ojos y sus oídos. Su ventana al mundo.

Yo pensaba que Oswald era capaz de mover las cosas en el mundo real porque era una persona adulta. Nunca había conocido a un amigo imaginario cuyo amigo humano fuera un adulto, y pensaba que era eso lo que hacía de Oswald un ser especial. Que por eso tenía poderes especiales.

Pero quizá es capaz de mover cosas en el mundo real porque John no puede. Quizá John se sentía tan frustrado estando en coma que imaginó a Oswald con la capacidad de mover cosas que él no podía. Quizá Oswald es su ventana al exterior y el único modo de tocar el mundo real.

Pero ahora resulta que yo me he llevado esa ventana. Oswald no pudo hablar con John anoche, y ahora John ha dejado de creer en su amigo imaginario.

Y su amigo imaginario se está muriendo por mi culpa.

Oswald tenía razón. Todos somos un demonio para alguien: yo lo soy para él.

Capítulo 52

Estamos sentados en clase de la señorita Gosk. La maestra está contando una anécdota sobre sus hijas, Stephanie y Chelsea. La noto muy rara. Tiene la mirada triste. No da brincos por el aula como si el suelo ardiera. Aun así, sus alumnos siguen muy atentos la historia que les está contando, sentados en la punta de las sillas. Oswald también. No aparta los ojos de la señorita Gosk. Creo que no se ha dado cuenta de que está desapareciendo solo por eso. Pero se está desvaneciendo rápidamente. Mucho más rápido que Graham. Me preocupa que pueda haberse ido de este mundo antes de que terminen las clases.

Oswald se vuelve hacia mí.

Me preparo para lo peor: Oswald se ha dado cuenta. Sabe que está desapareciendo. Lo presiento.

—Me encanta la señorita Gosk —dice.

Le sonrío.

Oswald devuelve la atención a la señorita Gosk, que ya ha terminado de contar su anécdota sobre Stephanie y Chelsea.

Ahora está hablando de una cosa que se llama predicado. No tengo idea de lo que será eso. Y creo que Oswald tampoco, pero aun así parece poner más interés que nadie en el aula. No aparta la vista de la señorita Gosk.

Sé lo que tengo que hacer. Lo que no sé es cómo, pero tendré que encontrar el modo. Es mi deber.

Teniendo delante a la señorita Gosk, parece imposible que uno no cumpla con su deber.

—Oswald, tenemos que irnos.

—¿Adónde? —pregunta, sin apartar la vista de la señora Gosk.

—Al hospital.

Oswald me mira. Las orugas de su frente se besan de nuevo.

—Y Max, ¿qué? Tenemos que salvarlo.

—Oswald, estás desapareciendo.

—¿Lo has notado?

—No sabía que tú te hubieras dado cuenta —le digo.

—Sí. Ha sido esta mañana al levantarme. Las manos se me transparentaban. Pero, como no has dicho nada, pensaba que era el único que lo había notado.

—No, yo también lo noto, y no es la primera vez que me encuentro en una situación así. Si no conseguimos volver con John, desaparecerás por completo.

—Puede —dice Oswald, pero él no cree que sea solo una posibilidad. Él sabe con toda seguridad que va a desaparecer, igual que lo sé yo.

—No, puede, no —le digo—. Seguro. John cree en ti porque oye tu voz todas las noches. Pero anoche no pudo oírte porque estabas conmigo. Por eso estás desapareciendo. Tenemos que volver con él.

—Pero ¿entonces qué será de Max? —pregunta Oswald. Hay una pizca de enfado en su voz, y me sorprende.

—Max es mi amigo, y sé que no querría que murieras por salvarle. No sería justo.

—Pero es que yo quiero salvar a Max —replica Oswald—. La decisión es mía.

Oswald cierra los puños y me mira desafiante. No puedo dejar de pensar que quizá sea la presencia de la señorita Gosk lo que obliga incluso a Oswald a cumplir con su deber.

—Ya sé que quieres salvarlo —le digo—. Pero no tiene por qué ser hoy. Tienes que volver con John. Ya salvarás a Max mañana.

—Es posible que sea demasiado tarde para volver con John —dice Oswald—. De todos modos, ya no siento su presencia. Creo que es demasiado tarde.

Yo también lo creo así. Recuerdo lo que ocurrió cuando intenté salvar a Graham. Empiezo a creer que una vez que un amigo imaginario empieza a desaparecer, ya no hay nada que hacer. Aun así, no me apetece decirlo en voz alta.

—Si no hacemos algo, morirás —le digo.

—No te preocupes. Lo sé.

—No te transformarás en fantasma, si es eso lo que crees. Desaparecerás para siempre. Como si nunca hubieras estado en este mundo.

—Si consigo salvar a Max, no desapareceré para siempre —replica Oswald—. Si salvo al niño más valiente del mundo, será como seguir aquí para siempre.

—Eso no es verdad. Desaparecerás y nadie se acordará nunca más de ti. Ni siquiera lo hará Max. Será como si nunca hubieras existido.

—¿Sabes por qué fui tan agresivo contigo la primera vez que nos vimos? —pregunta Oswald.

—Porque pensabas que tenías delante un fantasma. Que yo había ido a aquella habitación para llevarme a John.

—Bueno, eso en parte. Pero también porque en realidad para mí estar en aquel hospital era como no existir. Todo el día encerrado en aquella habitación y aquellos pasillos sin nadie con quien hablar y sin poder ver ni hacer nada. Quizá no sea un fantasma, pero vivía como si lo fuera.

—Esto es absurdo —le digo.

Y lo es. Parece como si Oswald y yo hubiéramos intercambiado los papeles. Ahora soy yo el que está enfadado, el que tiene miedo y podría liarse a puñetazos, y él mientras tanto tan tranquilo, como si nada. Está desapareciendo pero le da igual. No está dispuesto a luchar.

Me recuerda a Graham cuando fracasó el plan que ideamos para salvarla. También ella tiró la toalla.

De pronto Oswald hace algo inimaginable: se acerca a mí y me abraza. Me rodea con sus gigantescos brazos y me aprieta. Hasta levantarme del asiento. Es la primera vez que me pone la mano encima sin hacerme daño, y no entiendo nada. El que está desapareciendo es él, y sin embargo me abraza.

—En cuanto me vi las manos esta mañana supe que estaba desapareciendo —dice Oswald, sin dejar de abrazarme—. Al principio tuve miedo, pero también tenía miedo cuando estaba en el hospital. Y luego os conocí a ti y a Chispa. Me monté en un ascensor, en un autocar. He tenido la oportunidad de venir a una clase de la señorita Gosk. Y ahora tengo la oportunidad de salvar a Max. Solo eso ya es mucho más de lo que he conseguido hacer en toda mi vida.

—Pues imagina todo lo que te queda por hacer —le digo.

Oswald me deja en el suelo. Nos miramos a los ojos.

—Si tengo que quedarme para siempre en ese hospital, no habrá nada que hacer. Prefiero vivir una sola aventura de verdad que seguir viviendo allí el resto de mis días.

—Lo justo es que intentemos llegar a tiempo a ese hospital —le digo—. Tengo la sensación de que estamos tirando la toalla.

—Pues yo creo que lo justo es salvar a Max —replica Oswald—. Es el niño más valiente del mundo. Necesita nuestra ayuda.

—Podrás salvarlo cuando hayas podido salvarte a ti mismo.

De pronto Oswald me mira enfadado. Con la misma rabia que vi en sus ojos la primera vez, justo un momento antes de que empezara a lanzarme de un lado a otro de la habitación. Los músculos se le tensan y parece unos centímetros más alto.

De pronto, con la misma rapidez, noto que vuelve a cambiar de expresión. Relaja los puños y los músculos. Su cara se suaviza. Ya no está enfadado. Lo que está es decepcionado.

Soy yo quien le ha decepcionado.

—Calla —me ordena—. Quiero oír lo que dice la señorita Gosk, ¿vale? Lo único que quiero es quedarme aquí sentado escuchando a la señorita Gosk hasta que haya que irse.

—Está bien.

Quisiera decir algo más, pero tengo miedo. No es que tenga miedo de que Oswald esté enfadado conmigo o decepcionado, aunque las dos cosas me duelen más de lo que podía haber imaginado, sino porque necesito a Oswald. Sin su ayuda no puedo salvar a Max. Me alegro de que Oswald prefiera salvar a Max antes que salvar su propia vida, pero por dentro me siento fatal por desear que así sea. Me siento como el peor amigo imaginario que jamás haya existido.

Max es el niño más valiente del mundo, pero Oswald es el amigo imaginario más valiente del mundo.

Capítulo 53

Oswald no se separa de la señorita Gosk en todo el día. La sigue incluso al cuarto de baño. He intentado evitarlo, pero creo que Oswald no me ha entendido cuando le he dicho lo de la intimidad en el cuarto de baño.

Yo también paso gran parte del día con la señorita Gosk. No quiero perder de vista a Oswald. Me preocupa que pueda desaparecer antes de haberme ayudado a salvar a Max. Observo su cuerpo transparente e intento adivinar cuánto tiempo le queda en este mundo. Es imposible saberlo. Me pongo nerviosísimo solo de pensarlo.

Vigilo también a la señorita Patterson. Lo primero que he hecho esta mañana al llegar al colegio ha sido comprobar si había ido a trabajar. Y sí, ha venido. Justo cuando nuestro autocar entraba en el recinto, salía ella de su coche.

Todo está saliendo según lo previsto. Salvo que la persona más importante para llevar adelante mi plan está desapareciendo ante mis propios ojos.

Las clases terminan a las 3.20, pero Oswald y yo salimos del aula de la señorita Gosk a las tres en punto. Oswald tiene que meterse en el coche de la señorita Patterson enseguida que ella abra la puerta, y quiero que esté preparado.

Antes de salir de la clase, Oswald se despide de la señorita Gosk. Va hacia el frente del aula y le dice que es la mejor maestra del mundo. Que ha pasado el mejor día de su vida, allí, escuchándola. Yo no sé si volveré a ver a la señorita Gosk, pero Oswald seguro que no. Viéndolo decirle adiós con la mano antes de salir del aula me hace sentir casi tan triste como el día que Graham desapareció definitivamente. Es casi lo más triste que me ha pasado en la vida. Me despido yo también, pero con la mayor rapidez posible.

No puedo imaginar que no nos veamos nunca más. La quiero tanto...

La señorita Patterson sale por la puerta lateral del colegio cinco minutos antes de que suene la campana que anuncia el fin de las clases. Va cargando con una bolsa de tela muy grande que sostiene con las dos manos. Parece llena. Y lleva el bolso colgado del hombro.

—No te preocupes por mí —le recuerdo a Oswald—. Soy capaz de atravesar las puertas de los coches igual que las de las casas. Pero tú tendrás que meterte en ese coche lo más deprisa posible, en cuanto ella abra la puerta. Sin esperar ni un segundo. Tienes que ser rápido.

La señorita Patterson se para al llegar al coche. Deja la bolsa en el suelo y abre la puerta de atrás. Levanta la bolsa del suelo: parece que pesa. Veo que dentro lleva libros, unas fotos y unas botas para la nieve. Y otras cosas debajo que no se ven. Va a poner la bolsa en el asiento de atrás. Desde donde Oswald está, es imposible entrar en el coche. Se ha colocado entre la puerta y la señorita Patterson, que está abriendo en este momento. Oswald se pone nervioso. Intenta rodear la puerta y a la señorita Patterson a toda prisa para colarse antes de que cierre, pero no lo consigue. Se da un porrazo contra la puerta y aterriza en el suelo, gruñendo y sacudiendo la cabeza.

—¡Levanta! —le digo a gritos.

Oswald obedece y se levanta enseguida.

La señorita Patterson está abriendo ya la puerta de delante, la del asiento del conductor. Desde donde está colocado, Oswald todavía puede saltar dentro. Está unos pasos por detrás de donde le he dicho, pero yo creo que lo bastante cerca aún como para entrar.

—¡Ahora! —exclamo, y Oswald salta rápidamente al interior, más rápido de lo que yo pensaba que era capaz, y avanza reptando hasta el otro asiento delantero justo por delante de la señorita Patterson. No sé qué hubiera ocurrido si ella llega a sentársele encima. A los amigos imaginarios es muy común que nos aparten a empujones, como cuando de pronto el ascensor se pone de bote en bote, pero siempre encuentras un rincón en el que apretujarte. Si la señorita Patterson se hubiera sentado encima de Oswald, el pobre no habría tenido donde meterse.

Me alegro de que no tengamos que descubrir lo que hubiera sucedido.

Entro en el coche atravesando la puerta trasera, salto por encima de la bolsa de tela y me siento detrás de Oswald, que se ha colocado en el asiento del copiloto.

—¿Estás bien? —pregunto.

—Sí —contesta. Pero su voz suena distante. Segundos más tarde, añade—: No parece mala persona. Pensaba que tendría cara de malvada.

—Seguramente por eso nadie imagina que pudiera ser la secuestradora de Max.

—Quizá todos los demonios parecen personas normales —dice Oswald—. Por eso son tan peligrosos.

Estoy preocupado; Oswald suena tan distante que no sé si aguantará el viaje.

—¿Seguro que estás bien?

—Sí —dice él.

—Bien. Enseguida estamos en casa de la señorita Patterson.

Es verdad que no tardaremos en llegar, pero no podremos salvar a Max hasta la noche. Oswald tendrá que seguir vivo unas cuantas horas más, pero no estoy seguro de que pueda.

Intento no tener esos pensamientos y fijarme en el camino mientras dejamos atrás el colegio. Tengo que hacerme un plano en la cabeza si quiero que el plan funcione. Primero, salimos de la glorieta por la izquierda. Vamos hasta el final de la calle y paramos en un semáforo. La luz tarda mucho en cambiar. Durante la espera, la señorita Patterson da golpecitos en el volante. También ella se está impacientando. El semáforo se pone verde por fin y ella gira a la izquierda.

Ha puesto la radio. Un señor está dando las noticias. No dice nada de que haya desaparecido un niño de un colegio.

Dejamos un parque a la izquierda y una iglesia a la derecha. La iglesia tiene un jardín delante lleno de calabazas. Al lado de ese campo anaranjado hay una tienda de campaña blanca. Y un hombre debajo. Creo que está vendiendo calabazas. Cruzamos dos semáforos más. Luego giramos a la derecha en otro semáforo.

—Izquierda, izquierda, tres semáforos y a la derecha —digo en voz alta y lo repito un par de veces más. Intento hacer una especie de canción con las indicaciones porque así lo recordaré mejor.

—¿Qué dices? —pregunta Oswald.

—Son indicaciones. Tengo que aprenderme el camino de vuelta al colegio.

—Viajar en coche tampoco es que sea muy divertido —dice Oswald—, pero un poco más que en autocar sí.

Ojalá pudiera hablar con él, pero no tengo tiempo. Intento memorizar el camino. Aunque me siento mal por no hacerle caso. Oswald está desapareciendo a pasos agigantados. El único amigo imaginario capaz de tocar el mundo real que he conocido en mi vida va a desaparecer para siempre y yo no tengo tiempo de hablar con él.

Bajamos por una calle larga y sombría. No hay parques ni iglesias. Solo casas y carreteras que salen a derecha e izquierda. Cruzamos dos semáforos y luego la señorita Patterson gira a la izquierda y bajamos por una cuesta estrecha, con muchas curvas. Después tuerce otra vez a la izquierda. Es la calle de la señorita Patterson. Enseguida la reconozco. El estanque está a la derecha. Y su casa un poco más adelante, a la derecha también.

Intento repetir mentalmente el camino que lleva del colegio a casa de la señorita Patterson. Izquierda, izquierda, derecha, izquierda, izquierda. Semáforos en medio. El parque. La iglesia de las calabazas. El estanque.

Me doy cuenta de que no soy muy bueno recordando indicaciones. Al hospital y a la comisaría puedo llegar sin problemas porque hago el camino a pie, y despacio. Los coches van mucho más deprisa. Es difícil tomar nota mentalmente del camino cuando vas en coche. Y este me está costando más memorizarlo porque es mucho más largo.

El coche va más lento, gira a la derecha y entra en el camino de acceso a la casa de la señorita Patterson.

—Ya hemos llegado —le digo a Oswald—. La casa está al final de esta cuesta.

—Vale —dice él.

Subimos hacia la casa. La señorita Patterson pulsa el botón del control remoto y la puerta del garaje se abre. Mete el coche en el garaje y aprieta el botón del control remoto otra vez. La puerta se cierra.

—¿Ha llegado el momento de salvar a Max? —pregunta Oswald.

—Todavía no —le digo—. Tendremos que esperar unas horas. ¿Crees que serás capaz de esperar todo ese tiempo?

—Yo no entiendo de horas. No sé cuánto tiempo es.

—No te preocupes. Primero iré a comprobar cómo sigue Max. Pero tú lo verás dentro de nada.

La señorita Patterson cierra bruscamente la puerta del coche. El portazo me recuerda de pronto que Oswald sigue sentado en el asiento del copiloto y no podrá salir del coche.

Ya he cometido otro error.

Después de seis años atravesando puertas, he olvidado por completo que Oswald no es capaz de hacer eso.

Otra vez.

Capítulo 54

—¿Qué pasa? —pregunta Oswald.

Desde que la señorita Patterson ha dado ese portazo no he dicho ni una palabra.

—Que he metido la pata. He olvidado decirte que salieras del coche.

—Vaya.

—No te preocupes —digo—. Ya se me ocurrirá algo.

Pero en el mismo momento en que le digo a Oswald que no se preocupe, de pronto me lo imagino, imagino al único amigo imaginario capaz de tocar el mundo real desapareciendo dentro de este coche vulgar y corriente en este garaje vulgar y corriente, sin poder cumplir con la última gran misión a la que estaba destinado.

—¿Y si intento abrir la puerta yo mismo? —dice Oswald.

—Imposible —le digo—. Si ya te resultó difícil llamar al timbre de la casa de Max, más te costaría tirar de la manija de la puerta y empujar al mismo tiempo.

Oswald se queda mirando fijamente la manija y la puerta.

—Quizá vuelva al coche a por algo —dice.

Tiene razón. Es posible. La señorita Patterson se ha dejado la bolsa en el asiento trasero y puede que la necesite. Pero Oswald sigue desapareciendo muy deprisa. Si no vuelve pronto, me temo que poca falta va a hacer ya.

—Ven aquí atrás —le digo—. Si vuelve, será a por esta bolsa. Y entrará por esta puerta. Tenemos que estar preparados.

Oswald salta al asiento de atrás. Me sorprende la agilidad con la que se mueve teniendo en cuenta que es un gigante. Se sienta entre la bolsa y yo y nos quedamos allí sentados esperando, en silencio.

—Quizá mejor que entres en la casa y veas cómo está Max —sugiere Oswald. Suena como si estuviera a millones de kilómetros de distancia. Habla con voz bajita y apagada.

Yo también había pensado en ir a ver cómo seguía Max, pero no me atrevo a salir del coche. Temo que Oswald desaparezca mientras estoy fuera. Lo observo detenidamente. Todavía lo veo bien, pero también veo lo que hay detrás de él: la bolsa en el asiento; la puerta del coche; la pala y el rastrillo que cuelgan de la pared del garaje. Y cuando Oswald está quieto, se ven mejor la pala y el rastrillo que él.

—No te preocupes por mí —dice Oswald, como si me hubiera leído el pensamiento—. Ve a ver cómo está Max y luego vuelves.

—Estás desapareciendo.

—Ya lo sé.

—Tengo miedo de que desaparezcas mientras yo estoy ahí dentro.

—¿Crees que voy a desaparecer antes porque tú no estés aquí? —pregunta.

—No. Pero no quiero que mueras solo.

—Oh.

Nos quedamos en silencio otra vez. Tengo la sensación de haber dicho algo que no debía. Intento pensar en el modo de arreglarlo.

—¿Tienes miedo? —le pregunto por fin.

—No —dice Oswald—. Miedo, no. Pero estoy triste.

—¿Triste por qué?

—Porque tú y yo dejaremos de ser amigos. Y porque no volveré a ver a John ni a Chispa nunca más. Y porque ya nunca más me montaré en un ascensor o un autocar. Y no podré hacerme amigo de Max.

Oswald deja escapar un suspiro y baja la cabeza. Intento pensar en algo agradable que decirle, pero él se me adelanta.

—Pero una vez haya desaparecido, ya no estaré triste. No estaré nada de nada. O sea que si estoy triste, será solo ahora.

—¿Cómo es que no tienes miedo?

No es que sea la pregunta más adecuada para Oswald, pero sí lo es para mí porque yo sí tengo miedo, y eso que no estoy desapareciendo. Me siento mal por no saber qué decirle en un momento así, pero no se me ocurre nada.

—¿Miedo de qué?

—De lo que ocurre cuando uno muere.

—¿Y qué ocurre cuando uno muere?

—Tampoco yo lo sé.

—Entonces, ¿por qué tener miedo? —dice Oswald—. Yo creo que no ocurre nada. Y si ocurre algo que es mejor que nada, pues mejor que mejor.

—¿Y si lo que ocurre es peor que nada? —le digo.

—No existe nada peor que nada. Pero si no es nada, no podré saberlo porque yo no seré nada.

Oyéndolo hablar así, siento que Oswald es un genio.

—Pero, y si no existes, ¿qué? —le pregunto—. El mundo entero seguirá viviendo sin ti. Como si nunca hubieras pasado por aquí. Y el día en que todas las personas que has conocido también hayan muerto, será como si nunca, nunca hubieras existido. ¿No te parece una pena que pase eso?

—Si salvo a Max, no. Si lo salvo, existiré para siempre.

Sonrío. No creo en eso que dice, pero sonrío porque me gusta la idea. Ojalá pudiera creer en ella.

—Ve a ver cómo sigue Max —dice Oswald—. Te prometo que no desapareceré.

—No puedo.

—Si veo que estoy empezando a desaparecer para siempre, apretaré el claxon, ¿vale? Eso seguro que puedo hacerlo.

—Está bien —le digo y me vuelvo para salir del coche.

Pero de pronto me quedo quieto.

—Es cierto —le digo—. No había caído en que puedes apretar el claxon.

—¿Y?

—Ven aquí delante otra vez y aprieta el claxon.

—¿Por qué?

—Creo que así conseguiremos sacarte de aquí.

Oswald salta al asiento del conductor. Apoya ambas manos sobre el volante. Apenas se las veo ya. Me preocupa que también sus poderes para actuar en el mundo real estén desapareciendo.

Hace fuerza sobre el volante, y veo que se le tensan los músculos de los brazos. El cuerpo le tiembla. Aunque cada vez se le transparentan más, dos venas del cuello se le hinchan y se ponen moradas. Oswald deja escapar un bufido que suena como si estuviera muy, muy lejos. Un segundo después, se oye un pitido. Suena durante tres segundos.

En cuanto deja de oírse, Oswald se relaja y deja escapar un suspiro.

—Ahora estate preparado —le digo.

—Vale —dice él, resoplando.

Esperamos un rato que se nos hace eterno. Diez minutos. Quizá más. Sin apartar la vista de la puerta que conecta el garaje con la casa. Pero no se abre.

—Tendrás que volver a tocarlo —le digo.

—Vale —asiente Oswald, pero por la cara que pone no estoy convencido de que pueda.

—Espera —digo—. Es posible que la señorita Patterson esté en la habitación del sótano con Max. Desde allí quizá no se pueda oír el claxon. Déjame entrar un momento en la casa y ver dónde está. No quiero que hagas esfuerzos en balde.

—Yo tampoco —dice Oswald.

Encuentro a la señorita Patterson en la cocina. Está fregoteando una sartén con un estropajo, mientras canta otra vez la canción aquella del martilleo. El lavavajillas está abierto. Dentro hay platos, vasos y cubiertos. Puede que haya estado comiendo con Max.

Vuelvo al garaje. Al acercarme al coche, no veo a Oswald. Ha desaparecido. Como me temía, ha dejado de existir mientras yo estaba dentro de la casa.

De pronto lo veo. Es prácticamente invisible ya, pero sigue vivo. En cuanto parpadea, veo sus ojos negros y a continuación la silueta de su gigantesco cuerpo. No podemos esperar a que la señorita Patterson se haya acostado. Hay que salvar a Max inmediatamente.

Entro en el coche otra vez.

—Bueno, pues resulta que la señorita Patterson está en la cocina. Cuando salga a averiguar por qué ha sonado el claxon y abra la puerta del coche, tendrás que salir enseguida y correr a la casa todo lo rápido que puedas. No puedes quedarte encerrado en el garaje.

—Vale —dice Oswald con un hilo de voz. Casi no lo oigo, y eso que estoy sentado a su lado.

Oswald vuelve a apretar con las manos sobre el volante. Esta vez lo hace levantándose un poco del asiento para así hacer más fuerza. Ayudándose con todo el peso del cuerpo. Los músculos de sus ya casi transparentes brazos se tensan de nuevo. Y se le marcan otra vez las venas del cuello. Oswald gruñe y resopla. Le lleva casi un minuto hacer que suene el claxon. El pitido solo suena un segundo, pero es suficiente.

Un momento después, se abre la puerta del garaje que comunica con la casa. La señorita Patterson se queda plantada en el umbral mirando el coche. Arruga el entrecejo. Inclina un poco el cuerpo hacia delante, pero sin moverse del umbral.

La miro fijamente a los ojos. Enseguida me doy cuenta de que no tiene intención de acercarse al coche.

—¡Pita otra vez! —exclamo—. ¡Toca otra vez el claxon! ¡Ahora!

Oswald se vuelve hacia mí. Apenas se le distingue ya, pero le noto en la cara que está muy cansado. No se ve capaz de volver a tocar ese claxon.

—¡Venga! —exclamo—. ¡Hazlo por Max Delaney! Eres su única esperanza. Toca ese claxon. Pronto te irás de este mundo y, si no consigues salir de este coche, habrás vivido en balde. ¡Vamos, Oswald! ¡Toca ese claxon ahora mismo!

Oswald se levanta. Se pone de rodillas en el asiento del conductor y se inclina sobre el volante, descargando todo su peso sobre el claxon. Luego aprieta, gritando al mismo tiempo el nombre de Max. Aunque su voz suena cada vez más distante, el nombre de Max llena el coche. No es un simple grito, es un auténtico rugido lo que le sale de las entrañas. Los músculos de su espalda se alzan con él, sumándose a los de los brazos y los hombros. Me hace pensar otra vez en una de esas máquinas quitanieves. Una quitanieves imparable.

Esta vez el pitido se oye casi de inmediato.

La señorita Patterson iba ya a cerrar la puerta desde dentro, pero al oír el pitido se detiene dando un respingo. Suelta la puerta y esta se abre otra vez. Mira detenidamente el coche. Se rasca la cabeza. De pronto, justo cuando yo pensaba que la señorita Patterson iba a volver dentro y olvidarse del misterioso pitido, baja los tres escalones y entra en el garaje.

—Aquí viene —digo—. En cuanto abra la puerta del coche, sal inmediatamente y corre al interior de la casa.

Oswald asiente. Ya no puede hablar. Respira con dificultad.

La señorita Patterson abre la puerta del coche y se asoma al interior. Mientras alarga el brazo derecho hacia el claxon, Oswald aprovecha para escabullirse y saltar del coche. Pero luego se queda fuera plantado, jadeando.

—¡Venga, corre adentro!

Oswald echa a correr. Al pasar por delante del coche, la señora Patterson prueba el claxon y suena un bocinazo. Oswald, asustado, da un salto, pero sigue su camino. Yo no espero a que ella continúe probando. Atravieso la puerta del coche y sigo a Oswald. Dejo atrás el cuarto de la lavadora, entro en el comedor y observo que está en penumbra. El sol ya se ha puesto. En la calle está oscuro. Hemos pasado demasiado rato metidos en ese coche. En la habitación no hay ninguna luz encendida, y he perdido el rastro de Oswald.

—¿Oswald? —susurro—. ¿Dónde estás?

La señorita Patterson no puede oírme, pero aun así yo hablo en voz baja.

Ver tantas películas te lleva a hacer muchas tonterías.

—Aquí —dice Oswald, agarrándome del brazo.

Está justo a mi lado, pero ya no lo veo. Y apenas si lo oigo. Sin embargo, me coge con fuerza. Eso me da esperanzas de que aún pueda cumplir con su misión.

—Venga, vamos —le digo.

—Sí, mejor será, porque no creo que me quede mucho tiempo.

La puerta que da al sótano está abierta. Después de todo lo que hemos pasado, nos merecemos ese golpe de suerte. Si llegamos a encontrárnosla cerrada, no sé cómo me las habría ingeniado para meter a Oswald en el sótano. Al pasar por la cocina en dirección a las escaleras, echo un vistazo al reloj.

Son las 18.05.

Es más tarde de lo que pensaba, pero aún no es momento para actuar. Faltan muchas horas todavía para que la señorita Patterson esté dormida en su cama. El problema es que Oswald se está quedando sin tiempo. Tengo que encontrar el modo de actuar cuanto antes.

Las luces del sótano están encendidas, pero aun así es casi imposible ver a Oswald. Cuando llegamos a la habitación que está al lado del cuarto secreto de Max, solo consigo verlo porque se está moviendo. Cuando se detiene junto a la mesa verde con la minúscula pista de tenis, desaparece.

—Max está detrás de esa pared —le digo—. Hay una puerta, pero como es secreta no puedo atravesarla. Y Max no puede abrirla.

—¿Quieres que la abra? —pregunta Oswald, con una voz que parece llegar desde el otro extremo del mundo.

—Sí.

—¿Ahora viene cuando salvo a Max? —pregunta Oswald. Parece aliviado. Ha conseguido llegar hasta aquí. Va a cumplir la gran misión de su vida antes de desaparecer.

—Sí, llegó el momento. Eres el único que puede abrir esa puerta. El único en todo el mundo.

Le enseño a Oswald el punto exacto de la estantería donde tiene que hacer presión. Empuja con ambas manos, echa el cuerpo hacia delante y hace presión con todo el cuerpo. Como si fuera una máquina quitanieves. La estantería se mueve casi al instante y la puerta se abre.

—Ha sido chupado —le digo.

—Sí —dice Oswald sorprendido—. A lo mejor me estoy haciendo más fuerte.

No puedo verle la sonrisa en la cara, pero se la noto en la voz.

Entro en la habitación de Max con la esperanza de que esta sea la última vez.

Capítulo 55

Problemas para conseguir que Max vuelva a casa conmigo:

1. Max tiene miedo de la oscuridad.
2. Max tiene miedo de los extraños.
3. Max no habla con desconocidos.
4. Max teme a la señorita Patterson.
5. Max no reconoce que teme a la señorita Patterson.
6. A Max no le gustan los cambios.
7. Max cree en mí.

Capítulo 56

Max cree que quien acaba de entrar en su habitación es la señorita Patterson y no levanta la vista. Está montando un tren con sus piezas de Lego. Las vías están rodeadas por ejércitos de soldaditos de plástico.

—Hola, Max —saludo.

—¡Un trenecito! —exclama Oswald.

Max suelta la pieza de Lego que tenía en la mano y se levanta del suelo.

—¡Budo!

Parece contento de verme. Se le abren mucho los ojos cuando me mira. Enseguida viene hacia mí, pero de pronto se detiene. El tono de voz cambia repentinamente. Me mira con malos ojos. Arruga la frente.

—Me abandonaste.

—Lo sé.

—Me prometiste que no me abandonarías —me dice.

—Lo sé.

—Pídele perdón —me dice Oswald.

Está de pie al lado de Max. Se alza por encima de él como una torre gigantesca, pero no puede apartar la vista de mi amigo. Parece como si se hubiera convertido en un dios también para él.

Miro a Oswald abriendo los ojos como platos y le digo que no con la cabeza. Confío en que entienda lo que intento decirle. No tengo miedo de que Max le oiga, sino que Oswald me distraiga. Me siento como uno de esos policías de las películas que tienen que convencer al loco de turno para que no salte por el puente. No puedo distraerme. Tengo que cumplir con mi parte del plan. Es mi única oportunidad de salvar a Max y no tengo mucho tiempo.

—¿Por qué te fuiste? —me pregunta Max.

—Tuve que hacerlo. Pensé que, si me quedaba aquí, tú tampoco podrías salir de esta habitación.

—Y no he salido —dice Max cada vez más enfadado. Me mira con desconcierto.

—Lo sé —le digo—. Pero tenía miedo de que si me quedaba aquí tú tuvieras que quedarte con la señorita Patterson toda la vida. No deberías estar aquí, Max.

—Claro que sí. Cállate, Budo. Estás diciendo tonterías.

—Max, tienes que salir de aquí.

—No. ¿Eso quién lo dice? —replica él.

Max parece cada vez más disgustado. Las mejillas se le ponen coloradas y habla como si escupiera las palabras. Tengo que ir con cuidado. Necesito que esté disgustado, pero sin pasarme. Si se pone demasiado nervioso, podría bloquearse.

—Sí, Max, tienes que salir de aquí. Este no es sitio para ti.

—La señorita Patterson dice que sí lo es, y que tú también puedes quedarte aquí si quieres.

—La señorita Patterson es mala persona.

—¡No es verdad! —contesta Max gritando—. Cuida muy bien de mí. Me ha dado todos estos Legos y estos soldaditos, y me deja que coma queso por la noche si me da la gana. Le dijo a su madre que yo era un buen chico. No puede ser mala.

—Este no es sitio para ti —insisto.

—Sí que lo es. Calla, Budo. No sé por qué estás diciendo esas tonterías. No te estás portando como un buen amigo. ¿Por qué me dices eso?

—Tienes que salir de aquí, Max. Si no lo haces, nunca más volverás a ver a tus padres, ni a la señorita Gosk ni a nadie.

—A ti sí te veré —replica—. Y la señorita Patterson me ha dicho que podré ver a mis padres dentro de nada.

—Eso es mentira, y tú lo sabes.

Max no contesta. Es buena señal.

—Y si te quedas aquí, a mí tampoco volverás a verme.

—Calla. No dices más que tonterías.

Max aprieta los puñitos. Por un momento, me ha recordado a Oswald.

—Hablo en serio. Nunca volverás a verme, nunca.

—¿Por qué? —pregunta.

Noto que lo pregunta con miedo. Y eso también es buena señal.

—Me voy —le digo—. Y no pienso volver.

—No —dice Max.

No lo ha dicho como si fuera una orden. Me está pidiendo que me quede. Lo suplica casi. Empiezo a tener esperanzas.

—Sí —insisto—. Me voy. Y no volveré nunca.

—Budo, no te vayas, por favor.

—Me voy.

—No. No te vayas, por favor.

—Me voy —repito, con dureza y frialdad—. Puedes venirte conmigo, o quedarte aquí para siempre.

—No puedo irme —dice Max. Hay pánico en su voz—. La señorita Patterson no me deja.

—Otra razón más para escapar, Max.

—No puedo.

—Sí puedes.

—No puedo —dice Max, y parece que va a romper a llorar—. La señorita Patterson no me deja.

—La puerta está abierta —le digo, señalándola.

—¿Abierta? —dice Max, dándose cuenta por fin.

—La señorita Patterson la ha dejado abierta —le digo.

—¡Mentira podrida! —salta Oswald con voz lejana.

Me río por dentro, preguntándome dónde habrá aprendido Oswald a decir eso.

—Escúchame bien, Max. Esta será la última vez que la señorita Patterson se olvide de echar la llave a la puerta. Tienes que irte de aquí ahora mismo.

—Budo, quédate conmigo, por favor. No nos hace falta ir a ningún sitio. Podemos quedarnos jugando con los soldaditos, el Lego y los videojuegos.

—No. No podemos. Yo me voy.

—¿Por qué estás siendo tan duro con él? —me pregunta Oswald.

Su voz suena como un susurro que viniera de muy lejos. Como si fuera polvo. Me gustaría callarme un momento y despedirme de él. Darle las gracias por lo que ha hecho. Me parece que dentro de unos pocos segundos ya habrá desaparecido. Pero no puedo dejar de hablar. Max empieza a dudar. Se lo noto. Tengo que seguir insistiendo hasta que pueda convencerlo.

Le doy la espalda y avanzo tres pasos en dirección a la puerta abierta.

—Budo, por favor...

Ahora hay súplica en su voz. Oigo las lágrimas en sus ojos.

—No. Me voy y nunca más volveré.

—Por favor, Budo... —dice Max.

Se me rompe el corazón de oír el miedo con que lo dice. Es lo que yo estaba buscando, pero no sabía que me iba a ser tan doloroso. Hacer lo que uno debe no siempre es lo más fácil, pero en este momento tengo muy claro lo que debo hacer.

—No me dejes, por favor —suplica Max.

Decido que ha llegado el momento de soltarle toda la verdad. Me dirijo a él no ya con voz fría, sino gélida.

—La señorita Patterson es mala persona, Max. Tienes miedo de reconocerlo, pero lo sabes. Pero todavía es más mala de lo que te imaginas. Su plan es sacarte de esta habitación y de esta casa y llevarte lejos, muy lejos de aquí. No volverás a ver a tus padres nunca más. Ni a mí tampoco. Todo cambiará para siempre si no vienes conmigo. Tienes que salir de aquí ahora mismo.

—Por favor, Budo.

Max se ha echado a llorar.

—Te prometo que, si sales de aquí ahora mismo, no estarás en peligro. Escaparás de la señorita Patterson, volverás a tu casa y estarás con tus padres esta misma noche. ¡Te lo juro! Que me muera aquí mismo si no es verdad. Pero tenemos que salir de aquí muy rápidamente. ¿Te vienes conmigo?

Max está llorando. Las lágrimas le resbalan por las mejillas. Los sollozos no le dejan ni respirar casi. Pero entre sollozo y sollozo, al final hace que sí con la cabeza.

¡Ha dicho que sí!

Esta es nuestra oportunidad.

Capítulo 57

La señorita Patterson ha subido a su dormitorio. Está sacando unas cosas del armario del cuarto de baño y metiéndolas en otra caja. Según el reloj de la cocina, son las 18.42. Ha llegado el momento de salir de aquí.

Vuelvo al sótano. Max está esperándome junto a las escaleras. Justo donde lo había dejado. En la mano lleva la locomotora de Lego. Se aferra a ella como si fuera un salvavidas. Veo también un bulto en el bolsillo de su pantalón. No le pregunto qué es.

Pero ¿y Oswald? ¿Seguirá todavía aquí? Miro alrededor pero no lo veo.

—Estoy aquí —dice, moviendo la mano. El movimiento atrae mi atención. Está de pie detrás de Max, pero parece como si estuviera al otro lado del Gran Cañón del Colorado—. ¿Creías que me habías perdido?

Le sonrío.

—La señorita Patterson está arriba —le digo a Max—. En su dormitorio. Ahora vas a subir por estas escaleras y me seguirás hasta el comedor; intentaremos escapar por la puerta corredera de cristal. Espero que no haga ruido. Se la vi abrir a ella una vez y no oí nada. Cuando estemos fuera, giras a la derecha y echas a correr hacia la arboleda tan rápido como puedas.

—Vale —dice Max. Le tiembla todo el cuerpo. Está muerto de miedo.

—Verás como puedes, Max.

—Vale —dice, pero no me cree.

Subimos por las escaleras y salimos al pasillo. La puerta de entrada a la casa está a la derecha. Se me ocurre que quizá podría decirle a Max que saliera por ahí, pero decido que es mejor por el otro lado. La entrada está al final de las escaleras y la señorita Patterson podría oírla abrirse.

—Por aquí —le digo, y atravesamos juntos la cocina y entramos en el comedor—. La manija está a la derecha. No tienes más que tirar de la puerta.

Max se cambia de mano la pieza de Lego y agarra la manija con la derecha. Tira de la puerta y la puerta se mueve una pizca de nada y se queda clavada en el sitio.

—Oh, no —digo, sintiendo que me invade el pánico—. Max, tenemos que ir a...

Antes de que termine la frase, Max mueve un pestillo.

—Tenía el pestillo echado —me dice, susurrando—. Solo era eso.

Luego tira otra vez de la puerta y el cristal se mueve suave y silenciosamente.

De pronto siento una gran alegría. No solo se ha abierto la puerta, sino que la ha abierto Max. Ha solucionado el problema él solo. Max no soluciona problemas, normalmente lo confunden.

Otra buena señal.

Pero, al abrirse la puerta, tres pitidos resuenan en la casa. No ha saltado la alarma, pero esos pitidos anuncian al dueño de la casa que la alarma funciona pero está apagada. Las puertas de los padres de Max también hacen este ruido. Yo ya ni siquiera oigo los pitidos, porque saltan cada vez que alguien abre la puerta. A todas horas.

Algo me dice que esos tres pitidos no van a pasar inadvertidos.

Justo en ese momento, oigo que algo cae en el suelo de arriba, justo sobre nuestras cabezas. Un segundo más tarde, se oyen unos pasos apresurados.

—¡Viene hacia aquí! —exclamo—. ¡Corre!

Max no se mueve. Se ha quedado plantado muy en el umbral. Al oír que la señorita Patterson salía disparada por el piso de arriba se ha quedado quieto.

—Max, si no sales corriendo ahora mismo, no lograrás escapar.

Me doy cuenta de la gravedad de mis palabras nada más decirlas. He corrido un gran riesgo. Si la señorita Patterson pilla ahora a Max, ya nunca podrá escapar. Esta es mi única oportunidad de devolver a Max a sus padres.

Pero Max está paralizado.

Oigo a la señorita Patterson. Ya está bajando las escaleras.

—Max. Sal corriendo ahora mismo. Me iré contigo o sin ti. No pienso quedarme aquí. No hay tiempo que perder. Tu mamá y tu papá te están esperando. Y la señorita Gosk también. ¡Corre!

Algo de lo que acabo de decir le ha hecho efecto. Ojalá supiera qué ha sido para insistir otra vez. Puede que haya sido que he hablado de su madre.

Max sale al jardín. Fuera está muy oscuro y tengo miedo de que se paralice otra vez, pero no. Max tiene miedo de la oscuridad pero mucho más de la señorita Patterson. Él mismo lo ha reconocido, y esa es buena señal. Ha atravesado la terraza, baja por los peldaños y ya está en el jardín. Mira hacia el estanque. La luna está suspendida justo sobre la arboleda que hay al otro lado. Sobre las tranquilas aguas tiembla una luz blanquecina.

«La pálida luz de la luna», pienso. Max está bailando con el diablo bajo la pálida luz de la luna, pero esta vez en la realidad.

—¡Gira a la derecha y corre! —grito con todas mis fuerzas. Con toda la furia de la que soy capaz.

Max se vuelve y echa a correr hacia la arboleda.

Giro la cabeza para echar una ojeada a la puerta. La señorita Patterson no ha llegado aún. Seguramente habrá ido a echar un vistazo primero en la entrada.

Oswald se ha quedado plantado en el umbral. Iluminado por la luz de la luna y el resplandor que viene del interior de la casa, su cuerpo tiembla como el aire caliente sobre el asfalto de un aparcamiento. Está desapareciendo. En este preciso instante. Está sucediendo ante mis propios ojos.

—¡Corre, Budo! —dice gritando.

Pero el sonido que sale de su garganta ya no se parece a una voz. Suena más bien como un recuerdo lejano. Como un recuerdo ya casi olvidado, aunque ahora comprendo que Oswald tenía razón: él nunca será olvidado.

—Salva a Max —le oigo decir.

Seguramente me lo habrá dicho a gritos. Con toda la potencia de una orden final. Son sus últimas palabras, las que han terminado con su vida. Y, sin embargo, a mí me llegan como el más suave de los murmullos.

—Aún me queda una cosa que hacer.

No consigo echar a correr. Me siento como Max. Paralizado. Oswald el Gigante, el amigo imaginario de John el Chiflado, el único amigo imaginario capaz de saltar de un mundo a otro, está muriéndose ante mis propios ojos.

Yo he sido el responsable de que muera.

Justo cuando espero verle cerrar los ojos por última vez, Oswald se vuelve y echa un vistazo en el interior de la casa. Espera un segundo, hinca la rodilla en el suelo y pone las manos en alto, con las palmas abiertas delante de él como si fuera un niño enseñándole a su mamá los diez dedos que tiene en las manos. Ya no distingo su silueta del todo, pero no me hace falta verlo para saber que está sacando músculo por última vez. Las venas del cuello palpitan sus últimos latidos. Es Oswald el Gigante de nuevo, una vez más, preparándose para la batalla.

Luego se vuelve a mí, me ve paralizado en el jardín, con la pálida luz de la luna detrás, y se despide:

—Adiós, Budo. —Ya no oigo sus palabras, pero de alguna manera consiguen abrirse camino hasta mi mente—. Gracias —añade luego.

En ese momento, aparece la señorita Patterson. Viene corriendo desde la cocina, entra en el comedor y va hacia la puerta abierta. Corre más rápido de lo que imaginaba, y al verla caigo en la cuenta de que la huida de Max no va a terminar con su desaparición en la arboleda.

La huida no ha hecho más que empezar.

Oswald tenía razón. Todos somos el demonio de alguien, y la señorita Patterson es el demonio de Max.

Y el mío.

Pero de pronto caigo en otra cosa.

Oswald es el demonio de la señorita Patterson. Ahora el diablo bajo la pálida luz de la luna es Oswald el Gigante.

Un instante después, la señorita Patterson se lanza a la carrera hacia la puerta abierta de la terraza y tropieza contra la difusa figura de Oswald, agachado en el suelo ya moribundo. La rodilla derecha de ella choca contra la mano derecha de Oswald, y salta disparada por encima de él y cae de bruces en la terraza con un golpe sordo y seco. El trompazo la lleva hasta el borde de la terraza y luego cae rodando por los peldaños y aterriza en el césped, a escasos centímetros de mis pies.

Levanto los ojos. Miro hacia el umbral de la puerta, buscando a mi valiente amigo moribundo, aunque ya sé que ya no está ahí.

—Has salvado a Max —le digo, pero ya nadie me puede oír.

Entonces oigo a Max gritar:

—¡Budo!

La señorita Patterson levanta la cabeza del césped. Se incorpora apoyándose en un brazo. Mira en dirección a la voz de Max. Un segundo más tarde, ya está en pie otra vez.

Me vuelvo y echo a correr.

La huida de Max no ha hecho más que empezar.

Capítulo 58

Max se ha escondido detrás de un árbol. Abrazado a su locomotora de Lego como si fuera un oso de peluche. Se le han perdido algunas piezas, pero no creo que Max se haya dado cuenta. Tiembla como un flan. Fuera hace frío y no lleva puesto el abrigo, pero no creo que su temblor sea por el frío.

—No puedes quedarte aquí. Tienes que correr —le digo.

—Párala —susurra Max.

—No puedo. Tienes que correr.

Aguzo el oído. Imagino que voy a oír a la señorita Patterson abriéndose paso entre árboles y arbustos a toda prisa, pero no. Seguramente se estará acercando despacio. Intentando no hacer ruido. Querrá llegar sigilosamente hasta Max para pillarlo desprevenido.

—Max, tienes que salir corriendo —le digo de nuevo.

—No puedo.

—Tienes que hacerlo.

En ese momento una luz se cuela entre los árboles. Vuelvo la vista hacia la casa de la señorita Patterson. Un punto de luz destella al final de la arboleda.

Es una linterna.

La señorita Patterson ha vuelto a la casa para coger una linterna.

—Max, si te encuentra, te llevará lejos de aquí para siempre y estarás solo toda tu vida.

—Te tendré a ti —dice Max.

—No, a mí tampoco.

—Sí. Dices que me vas a abandonar, pero no es verdad. Lo sé.

Max tiene razón. Sería incapaz de abandonarlo. Pero este no es momento de verdades. Tengo que mentirle como nunca lo había hecho antes. Como nunca nunca imaginé que lo haría.

—Max —le digo, mirándolo a los ojos—. No soy un ser real. Soy imaginario.

—No es verdad. Calla.

—Sí es verdad. Budo es un ser imaginario. Estás solo, Max. Sé que me ves, pero en realidad no estoy aquí. Porque soy imaginario. Yo no puedo ayudarte, Max. Tienes que ayudarte a ti mismo.

La luz atraviesa los árboles a la izquierda. En la dirección del estanque. La señorita Patterson va cuesta abajo, apartándose un poco de Max, pero entre el estanque y él no hay un gran trecho. Aunque vaya en dirección contraria, no tardará en verlo. La luna ilumina todo el bosque y ella lleva una linterna.

Un segundo después oímos que cruje una rama en el suelo. Se está acercando.

Max da un respingo sobresaltado y la locomotora casi se le cae de la mano.

—¿Hacia dónde? —pregunta—. ¿Hacia dónde tengo que correr?

—No lo sé —contesto—. Soy imaginario. Eres tú quien tiene que decidirlo.

Se oye el crujido de otra rama, esta vez está mucho más cerca. Max se vuelve y echa a correr hacia la derecha, cuesta arriba, alejándose del estanque y de la señorita Patterson. Pero con demasiadas prisas y demasiado ruido. La luz de la linterna se desvía de golpe hacia él y le ilumina la espalda.

—¡Max! —exclama la señorita Patterson—. ¡Espera!

En cuanto oye su voz, Max aprieta el paso, y yo con él.

Entra deprisa y corriendo en un tupido pinar y de pronto le pierdo la pista. Al menos sé que va en buena dirección. A este lado de la calle hay otras cinco casas más hasta llegar al final, y Max va camino de la casa del vecino que está más cerca de la señorita Patterson. Veo las luces encendidas de la casa a través de los árboles. Pero, no sé cómo, le he perdido la pista a Max. Iba unos veinte o treinta pasos por delante de mí y ya no está.

Dejo de correr. Mejor que ande, así podré estar más atento. La señorita Patterson también ha dejado de correr. Viene andando no muy lejos de mí, por mi izquierda, también muy atenta.

Los dos estamos buscando a Max.

—¡Budo!

Max me llama, pero esta vez susurrando. Oigo la voz a mi derecha y me vuelvo en esa dirección. Veo árboles, rocas, hojas y el resplandor de las farolas en lo alto de la colina, donde termina la arboleda y empieza la carretera, pero no veo a Max.

—¡Budo! —lo oigo susurrar de nuevo, y temo por él.

Max susurra para no hacer ruido, pero no sabe lo cerca que tiene ya a la señorita Patterson. No debería arriesgarse a llamarme.

De pronto lo veo.

Veo un peñasco y un árbol, y, entre los dos, un montón de hojas, probablemente arrastradas por el viento. Max se ha sepultado entre las hojas. Veo su manita por debajo de la pila haciéndome señas.

Me pongo a cuatro patas y voy hasta él, pegado al otro lado del peñasco.

—Max, ¿qué haces aquí? —susurro tan flojito como puedo, para que él me copie y no levante la voz.

—Esperar —responde.

—¿Cómo?

—Es lo que hacen los francotiradores —susurra—. Dejan que los soldados enemigos les pasen por delante antes de atacar.

—Pero tú no puedes atacar a la señorita Patterson.

—No. Esperaré hasta que...

Max oye unas pisadas en la hojarasca acercándose y calla. Un segundo después la linterna pasa sobre el peñasco donde estoy sentado y junto al que Max se esconde, debajo de las hojas.

Levanto la vista. Es la señorita Patterson. Veo su silueta iluminada por la luz de la luna. Se acerca. Está a cincuenta pasos. Luego a treinta. A veinte. Camina a paso rápido como si supiera exactamente dónde está escondido Max. Si no cambia de dirección, puede que se tope con él.

—Max, no te muevas —le digo—. Viene hacia aquí.

Mientras espero, suponiendo que dentro de un momento lo va a pillar, pienso en la decisión de Max de esconderse bajo esas hojas. «Es lo que hacen los francotiradores», ha dicho.

Lo habrá leído en algún libro. Max ha leído millones de libros sobre guerras, y ahora está aplicando lo aprendido para salvarse. En un bosque desconocido. De noche. Con alguien siguiéndole los pasos de cerca. Y mientras su mejor amigo se empeña en decirle que no es real.

Y sin bloquearse.

Es increíble.

La señorita Patterson está ya a diez pasos de Max. A cinco. Apunta con la linterna en línea recta. No al suelo, sino hacia delante. Si llega a hacer eso un par de pasos atrás, habría descubierto a Max, pero se está desviando a la izquierda y se va cuesta arriba hacia la carretera. Es normal que se haya desviado. Si no, habría tenido que escalar el peñasco o abrirse paso apretándose entre este y el árbol. El caso es que nos hemos librado por los pelos. Si hubiera enfocado el montículo de hojas con la linterna, estoy seguro de que habría visto el bulto de Max.

—¿Cuánto tiempo piensas quedarte ahí esperando? —le pregunto en cuanto dejo de oír pisadas, suponiendo que la señorita Patterson ya no podrá oírnos.

—Los francotiradores a veces se pasan días enteros esperando —susurra.

—¿Días?

—No es que yo vaya hacerlo, pero es lo que hacen los francotiradores. No lo sé. Esperaré un rato.

—Está bien.

No sé si será buena idea, pero ha tomado una decisión. Está solucionando el problema por sí solo. Está escapando solo.

—Budo —susurra—. ¿Eres real? Dime la verdad.

Pienso un momento antes de contestar. Me gustaría decirle que sí, porque es verdad, y porque así no corro yo peligro. Si le digo que sí, seguiré existiendo. Pero también Max está en peligro, y él no puede arriesgarse a creer en mí porque yo no podré salvarlo. Tiene que creer en sí mismo. Hace demasiado tiempo que depende de mí. Ahora tiene que depender de sí mismo. Yo no puedo llevarlo de vuelta a casa.

No se trata de decidir entre sopa de pollo con fideos o sopa de ternera con verduras. Entre azul o verde. No estamos en Educación Especial, ni en el patio de recreo, ni en el autocar, ni siquiera ante Tommy Swinden. Estamos ante el mismísimo diablo bajo la mismísima pálida luz de la luna.

Max tiene que volver a casa por su cuenta.

—No —contesto finalmente—. Soy imaginario. Que me muera aquí mismo si es mentira. Imaginas que existo porque así las cosas se te hacen más fáciles. Porque así tienes un amigo.

—¿De verdad? —pregunta.

—De verdad.

—Eres un buen amigo, Budo.

Es la primera vez que Max me dice eso. Quisiera existir para siempre jamás, pero, si tuviera que abandonar este mundo ahora mismo, al menos me iría feliz. Más feliz de lo que he sido nunca.

—Gracias —digo—. Pero no soy más que lo que tú imaginas. Si soy un buen amigo es porque tú has querido que lo fuera.

—Es hora de irse —dice Max.

Lo dice tan deprisa que no sé si me habrá estado escuchando.

Se levanta pero con la espalda encorvada. Enfila cuesta arriba, pero no por donde ha tomado la señorita Patterson, sino más a la izquierda.

Le sigo.

Al pasar junto al montículo de hojas donde Max estaba escondido hace unos segundos, veo la locomotora de Lego junto al peñasco. Se la ha dejado olvidada.

Un minuto después llegamos al jardín del vecino. Un camino de gravilla para los coches parte en dos la gran zona de césped. Al otro lado del césped hay también una arboleda. Esta no es tan grande, a primera vista. Las luces de la casa siguiente no parecen muy lejanas. Despuntan entre la hilera de árboles.

—Deberías ir a la casa del vecino y llamar a la puerta. Ellos te ayudarán.

Max no contesta.

—No temas, Max, no te harán daño.

Pero Max no contesta.

Ya suponía yo que Max no pediría ayuda a los vecinos de la señorita Patterson ni a nadie. Creo que antes preferiría quemar todos los Legos, soldaditos y videojuegos del mundo y verlos transformados en plástico derretido que hablar con un extraño. Llamar a la puerta de un desconocido sería como llamar a la puerta de una nave espacial alienígena.

Max mira a derecha e izquierda, y luego de frente, al otro lado del jardín. Parece como si se estuviera preparando para cruzar la calle, aunque Max no ha cruzado una calle solo en toda su vida. De pronto salta de su escondite entre los árboles y atraviesa el césped a la carrera. La luz de la luna lo ilumina, pero, a menos que la señorita Patterson esté vigilando en algún sitio, podrá llegar al otro lado sin que nadie lo vea.

Cuando llega al camino de gravilla, se encienden unos focos en la casa. Iluminan el jardín de delante como rayos de sol.

Son luces de esas que se activan cuando notan un movimiento. Los padres de Max también las tienen, en el jardín de atrás, y a veces se encienden cuando pasa algún gato callejero o algún ciervo.

Max se queda muy quieto bajo la luz de los focos. Mira detrás de él. Yo me he quedado junto a la arboleda. Mirándolo de lejos, maravillado ante ese niño que no hace mucho necesitaba ayuda para escoger qué calcetines ponerse.

Max se vuelve hacia la pequeña arboleda al otro lado del jardín y echa a correr otra vez, pero justo en ese momento la señorita Patterson sale repentinamente de entre los árboles a mi derecha y atraviesa el jardín como una flecha. Max no la ha visto.

—¡Max! ¡Cuidado! ¡La tienes detrás!

Max se vuelve, pero sin dejar de correr.

Yo también me lanzo a la carrera. Me saco de encima el asombro, de pronto lleno de miedo. Corro detrás de la señorita Patterson, que cada vez está más cerca de Max. Es más rápida que él. Más rápida de lo que debiera.

Es el diablo en persona.

Max llega a la arboleda del otro extremo. Se cuela entre los árboles y luego veo que da un salto sobre un viejo muro de piedra. Pero se le engancha un pie, cae al otro lado del muro y lo pierdo de vista. Un segundo después, se levanta como un resorte y se pone a correr otra vez.

La señorita Patterson llega a la arboleda unos diez segundos después. También salta el muro, pero sin tropezar, se planta rápidamente al otro lado y echa a correr, dándose impulso con los brazos. Aún lleva la linterna encendida, pero ya no apunta hacia Max. No le hace falta porque ve por dónde va.

Está a punto de pillarle. La luz de la linterna se mueve a bandazos entre los árboles.

—¡Corre, Max! —grito al saltar el muro.

Estoy a pocos segundos de la señorita Patterson, pero no puedo hacer nada. No sé cómo ayudar. Me siento inútil.

—¡Corre! —grito de nuevo.

Max llega hasta el jardín de delante de la siguiente casa. No es tan grande como el primero, y el camino de acceso para los coches no es de gravilla sino de un material como el de la carretera, pero por lo demás es igual. Max atraviesa el césped como una flecha, sin que esta vez se encienda ningún foco, y desaparece entre la espesura al otro lado.

Sigue a través de casas y jardines. Dos casas más y no tendrá más remedio que cruzar la calle. Una calle que nunca ha sido capaz de cruzar solo. De ahí pasará a un vecindario con casas, aceras, farolas y señales de stop. Un vecindario donde no habrá montículos de hojas, ni muros de piedra ni frondosas arboledas. Donde no habrá penumbras ni lugares donde esconderse. Si no quiere que lo pillen, tendrá que pedir auxilio a alguien.

Pero como su secuestradora lo pueda pillar antes, nada de eso tendrá ninguna importancia, y por lo que parece eso es lo que va a pasar.

La señorita Patterson llega a la hilera de árboles pocos segundos después que Max. Yo estoy a unos veinte pasos por detrás de ella cuando veo una gruesa rama sin hojas que sale de la penumbra y se estrella contra la cara de la señorita Patterson. Ella da un grito y entonces se cae al suelo desplomada. Un segundo después puedo ver a Max. Cambia de dirección. Ha girado a la derecha. Ahora corre entre los árboles en dirección a la carretera en lugar de cruzar por la arboleda hacia la siguiente casa.

Hago un alto al llegar junto a la señorita Patterson, tumbada en el suelo. Le sangra la nariz. Se aprieta el ojo izquierdo con las dos manos. Está gimiendo.

Max ha bailado con el diablo bajo la pálida luz de la luna y ha sido el ganador.

Echo a correr hacia Max, sin molestarme en ocultarme entre los árboles. Iré más rápido a través del césped. Cuando llego a la calle, paro y miro a derecha e izquierda.

No veo a Max.

Giro a la izquierda, en dirección a la carretera principal, y echo a correr, confiando en que Max haya tomado el mismo camino. Unos segundos después le oigo llamarme.

—¡Aquí! —susurra.

Está escondido al otro lado de la calle, junto a unos árboles, escondido detrás de otro muro de piedra.

Tardo un momento en reaccionar: Max ha cruzado la calle solo.

—¿Qué has hecho? —le pregunto, saltando el muro—. La señorita Patterson está herida.

—Le tendí una trampa —contesta entre resoplidos, temblores y sudores, pero con expresión feliz. No sonriendo, pero casi.

—¿Qué?

—Tiré hacia atrás de una rama y esperé a que ella se acercara para soltarla.

Me quedo pasmado mirándole.

—Lo aprendí de Rambo. En la película *Acorralado*. ¿No te acuerdas?

Me acuerdo. El padre de Max lo llevó al cine a ver la película y le hizo prometer que no se lo diría a su madre.

Y se lo contó en cuanto llegó a casa, porque Max no sabe mentir. Aquella noche su padre durmió en la habitación de invitados.

—Le has hecho mucho daño —le digo—. Está sangrando.

—No ha sido una trampa como la de Rambo exactamente. En la suya eran estacas que se clavaban en las piernas de la policía. Pero yo no tenía cuerdas ni navajas a mano y, aunque las hubiera tenido, no podría haberme entretenido con esas cosas. Pero la idea sí se la he copiado.

—Vale —le digo. No sé qué otra cosa decir.

—Vale —repite Max. Luego se pone en pie y avanza pegado al muro, con la espalda encorvada, en dirección a la carretera.

No espera a que yo le señale el camino, ni siquiera me pregunta por dónde hay que ir. Va a su aire.

Se está salvando él solo.

Capítulo 59

Max llega al final de la calle de la señorita Patterson y se detiene. Hasta ahora ha ido escondiéndose entre los árboles del otro lado de la calle, avanzando lenta y silenciosamente, pero cuando deje atrás esta calle, ya no habrá arboledas donde pueda esconderse. Ni casas con largos caminos de acceso para los coches o enormes extensiones de terreno a orillas de un estanque. Se encontrará en una calle con entradas más cortas para los coches, con casas pegadas unas a otras, con farolas y aceras.

Si la señorita Patterson todavía está persiguiendo a Max, no le será difícil verlo.

—¡Ve hacia la derecha! —le indico gritando.

Max se ha quedado en la esquina. Con el cuerpo apoyado contra un árbol. Parece que no tiene muy claro qué camino tiene que tomar.

—El colegio queda a la derecha —le digo.

—Vale —dice, pero, en lugar de salir de su escondite detrás del árbol, Max se da la vuelta y se mete en el jardín que hay detrás de la primera casa de la calle.

—¿Adónde vas? —le pregunto.

—No puedo ir por la acera —contesta Max—. Me vería.

—¿Por dónde vas a ir entonces?

—Por detrás de las casas.

Y eso hace. Avanzamos así durante casi treinta minutos, atravesando un jardín tras otro. Cuando no hay vallas entre las casas, ni árboles, garajes o coches, Max corre. Agachado, pero a toda velocidad. Si el jardín está vallado, lo rodea por fuera, entre arbustos y maleza. Los arbustos le arañan la cara, y las manos y los pies se le empapan en los charcos y el barro, pero él sigue adelante. A su paso se encienden los focos de otras seis casas, pero sin que ninguno de sus ocupantes se dé cuenta.

Max no es como ese Rambo de la película. Él no puede atravesar tan campante minas abandonadas, entrar por la fuerza en comisarías de policía o escalar montañas, pero eso porque aquí no hay minas, comisarías ni montañas. Lo que él tiene delante son casas, jardines, vallas, árboles y rosales, pero se enfrenta a ellos como si fuera Rambo.

Cuando llegamos al siguiente cruce, Max reconoce la zona.

—El parque está al otro lado de la calle —dice—. Por ahí.

Apunta hacia la izquierda. El colegio está detrás del parque. Sin embargo, en lugar de torcer a la izquierda, tuerce a la derecha.

—¿Adónde vas? —le pregunto.

Max ha salido ya andando, pegado a una valla por detrás de otra casa.

—No podemos cruzar la calle por ahí —me dice en un susurro—. Es justo donde la señorita Patterson imaginará que voy a cruzar.

Max atraviesa la calle dos manzanas más abajo, pero no por un cruce. Espera escondido detrás de un coche aparcado hasta ver que no hay tráfico y luego cruza la calle olvidándose del paso de peatones.

Creo que Max acaba de saltarse su primera norma.

A menos que exista una norma que prohíba hacer caca en la cabeza de alguien.

Al llegar al otro lado de la calle, se lanza otra vez a la carrera. Ahora por la acera en vez de ocultándose tras las casas, a toda la velocidad que le permiten sus piernas. Creo que pretende llegar al parque lo más rápido posible. A mí también me parece un lugar seguro. Los parques son lugares para niños, incluso en plena noche.

Max cruza otra travesía más y luego gira a la derecha y entra en el parque, allí se aparta de los caminos asfaltados y va hacia un campo de fútbol que tiene dos empinadas pendientes a cada lado. Un día el padre de Max quiso que bajara con el trineo por esas pendientes. Normalmente la gente las usa para sentarse a ver los partidos de fútbol, pero también para bajar en trineo por ellas. Siempre que nieva, se llenan de niños. Aquel día, sin embargo, Max no quiso montarse en el trineo; no hacía más que quejarse de que tenía los guantes empapados. Al final volvieron al coche y se fueron a casa; su padre no dijo ni una palabra en todo el camino.

Ahora veo a Max bajar embalado por una de las pendientes, más rápido que un trineo por lo que parece; luego atraviesa el campo de fútbol. Cuando ya está cerca de la portería, gira a la derecha en dirección al campo de béisbol, pero no pasa por los senderos asfaltados y corre campo a través, se mete entre los árboles o bordea los caminos. Una vez deja atrás el campo de béisbol, gira a la derecha, bordeando el patio del colegio y va hacia la arboleda.

Entre el colegio y el parque hay un pequeño bosque, con senderos cubiertos con virutas de madera por los que a veces los maestros llevan a sus alumnos a pasear en otoño y primavera. La señorita Gosk llevó a su clase a hacer una caminata por allí hace unas semanas para que los niños se inspiraran y escribieran un poema sobre la naturaleza. Max se sentó en el tocón de un árbol e hizo una lista de las palabras que rimaban con «madera».

Encontró ciento dos palabras. No era un poema, pero aun así dejó impresionada a la señorita Gosk.

Max va hacia el bosquecillo. Corre a orillas de un pequeño estanque que hay junto a los árboles y se arriesga a tomar el sendero un momento antes de entrar en el bosque y desaparecer en la espesura.

Un cuarto de hora más tarde, tras perderse un par de veces por los caminos, llegamos al otro lado del bosque. Entre el colegio y nosotros hay un campo. El mismo campo donde muchas veces Max no ha querido correr, saltar y jugar a la pelota. La luna se ve mucho más alta que cuando salimos de casa de la señorita Patterson. Está suspendida sobre el colegio como un gigantesco ojo ciego.

Quisiera felicitar a Max, decirle que lo ha conseguido. Decirle que se quede escondido entre los arbustos que bordean el bosque y espere a que se haga de día. Que cuando los autocares empiecen a llegar a la glorieta que hay delante del colegio, no tendrá más que atravesar el campo y entrar por la puerta del cole como cualquier día de clase normal y corriente. Hasta puede acercarse al aula de la señorita Gosk si quiere. Cuando haya entrado en el colegio, estará a salvo.

Pero en vez de decirle todo eso, pregunto:

—¿Y ahora qué?

Le digo eso porque yo ya no soy quien manda. No creo que pudiera ni aunque quisiera.

—Quiero irme a casa. Quiero ver a mi mamá y a mi papá.

—¿Sabes llegar?

—Sí.

—¿De verdad?

—Sí —vuelve a decir—. Claro.

—Ah.

—¿Cuándo quieres ir? —le pregunto, queriendo que me diga que esperaremos a que se haga de día. A que la señorita Gosk o la señora Palmer nos lleven a casa.

—Ahora —responde y se da la vuelta inmediatamente y echa a andar por la orilla del campo—. Quiero irme a mi casa.

Capítulo 60

No sé el rato que llevaremos andando, pero acabamos de pasar por delante de la casa de los Savoy. La luna ha cambiado de sitio pero sigue en el cielo, sobre nuestras cabezas. Max no ha hablado mucho por el camino. Pero él es así. Quizá se haya transformado en Rambo de la noche a la mañana, pero sigue siendo Max.

Hemos hecho la larga caminata escondiéndonos detrás de casas, arbustos y árboles siempre que podíamos. No me he separado de él en todo el rato, y no lo he oído quejarse ni una vez.

Me cuesta creer que Max va a estar de vuelta en casa dentro de unos minutos. Ya no necesito imaginar la cara que pondrán sus padres cuando abran la puerta y se lo encuentren allí delante, porque va a ser real dentro de nada. Nunca pensé que llegaría este momento.

Me paro un momento, justo antes de llegar al camino de acceso al garaje, y me quedo mirando a Max. Por primera vez en la vida, entiendo lo que significa sentirse orgulloso de alguien. No soy su madre ni su padre, pero sí su amigo, y me siento orgullosísimo de él.

Pero de pronto veo algo.

Es el autobús de la señorita Patterson. Ese autobús con una habitación en la parte de atrás preparada especialmente para Max.

Max está a punto de entrar en el jardín de delante de su casa y dar los últimos pasos hasta la puerta de entrada, pero no sabe que la señorita Patterson está esperándole. No sabe que su autobús está aparcado en la misma calle, un poco más adelante, en el espacio que queda oscuro entre dos farolas.

Ni siquiera sabe que la señorita Patterson tiene un autobús.

Abro la boca para avisarle a gritos, pero llego tarde. Max ha avanzado ya cuatro o cinco pasos por el camino que lleva al garaje de su casa cuando la señorita Patterson sale de su escondrijo detrás del roble gigante, donde Max y yo esperamos al autocar cada día desde que Max entró en preescolar. El mismo roble donde Max se apoya hasta que llega el autocar del colegio.

Max oye las pisadas de la señorita Patterson antes que mi voz, pero ambos llegan a sus oídos demasiado tarde. En cuanto la ve yendo hacia él, corre disparado hacia la entrada, pero la señorita Patterson le echa el brazo encima e intenta agarrarlo por la espalda. Max se tambalea al recibir el golpe, tropieza y cae al suelo, pero por un instante queda libre. Avanza gateando hacia la entrada, pero la señorita Patterson le da alcance muy rápido; se agacha, lo agarra por el brazo y lo levanta del suelo como si fuera un muñeco.

—¡Mamá! ¡Papá! ¡Socorro!

Ella le tapa la boca con la mano libre. De todos modos, no creo que sus padres lo oyeran. Duermen en el piso de arriba y su habitación da al jardín de atrás. Además, es tarde y supongo que estarán durmiendo. Pero eso ella no lo sabe. Quiere que no haga ruido para huir con él para siempre jamás.

Yo consigo por fin moverme, echo a correr y me quedo paralizado delante de Max. Está luchando con la señorita Patterson, intentando soltarse. Tiene los ojos abiertos como platos. Quiere gritar, pero como la señorita Patterson le tiene tapada la boca, no se oye más que un murmullo. Max le está dando patadas en la espinilla, pero ella ni se inmuta.

Me quedo plantado como un tonto. Estoy a un paso de él, viendo cómo pelea por su vida, y no puedo hacer nada. Max me mira a los ojos. Está suplicándome que lo ayude, pero no puedo hacer nada. Aparte de quedarme mirando cómo se lo llevan a rastras de aquí para siempre jamás.

—¡Pelea! —le digo a voces—. ¡Muérdele la mano!

Y Max se la muerde. Veo cómo abre la mandíbula y se la hinca. La señorita Patterson hace una mueca de dolor, pero no lo suelta.

Max mueve mucho los brazos. No deja de dar patadas. Agarra la mano que le tapa la boca e intenta soltársela. Hace un último esfuerzo, con los ojos casi saliéndosele de las órbitas, pero no consigue quitársela de encima. Golpea en ella con el puño. Y de pronto veo que le cambia la expresión. Por un instante, el pánico desaparece de sus ojos. Lleva la mano al bolsillo y saca un objeto que ha tenido ahí dentro escondido toda la noche. Es la hucha que estaba en su habitación. Aquel viejo cerdito repleto de monedas.

Cuando antes dije que Max se había saltado su primera norma al cruzar por mitad de la calle y no usar el paso de peatones, me equivoqué: era la segunda vez que se saltaba una norma.

Antes había robado.

Max agarra el cerdito con la mano derecha y lo deja caer con fuerza sobre el brazo de la señorita Patterson. Las patitas de metal del cerdo se le clavan en la piel. Hace una mueca, grita de dolor esta vez, pero no lo suelta.

No piensa dejarlo escapar. Por muchos mordiscos, puñetazos y patadas que le dé, la señorita Patterson sabe que basta con que consiga arrastrar a Max hasta el autobús para estar a salvo de nuevo. Y a eso se dispone en este momento. Mientras Max sigue aporreándola con la hucha, ella tira de él por el camino de acceso al garaje en dirección al roble y al autobús que espera aparcado en la calle.

Ojalá pudiera ponerme a gritar y pedir auxilio. Despertar a los padres de Max. Hacerle saber al mundo entero que mi amigo ha conseguido llegar hasta el mismísimo portal de su casa y que ya solo necesita un empujoncito de nada para finalizar con éxito su huida. Ha hecho el viaje solo y ahora solo necesita que alguien intervenga y le dé ese último empujón para salvarse.

De pronto se me ocurre una idea.

—¡Tommy Swinden! —le grito a Max.

Y, sin dejar de aporrear el brazo de la señorita Patterson con la hucha e intentar zafarse de ella, Max arruga la frente y me mira sin comprender.

—No, no digo que te hagas caca encima de ella —aclaro—. Acuérdate de lo que te hizo Tommy Swinden el día de Halloween. ¡Rompe una ventana, Max!

Max levanta el brazo, dispuesto a descargar una vez más la hucha sobre el brazo de la señorita Patterson, pero en el último momento se detiene. Veo en sus ojos que ha comprendido. Podrá hacer un solo lanzamiento, pero ha comprendido.

Max levanta la mirada hacia su casa. La señorita Patterson ya está saliendo del jardín con él a rastras. Max sabe que, si no lanza esa hucha ahora mismo, luego estará demasiado lejos. En la sala de estar hay un ventanal. Es bastante grande. Está justo en el centro de la fachada. Aun así, no va a ser fácil. Ya se encuentran bastante lejos, y los pies de Max apenas si tocan el suelo.

Además, tiene mala puntería.

—Dale un mordisco primero —le digo—. Híncale bien los dientes. Con todas tus fuerzas.

Max me dice que sí con la cabeza. Aunque se lo están llevando a rastras y las probabilidades de volver a ver a sus padres se esfuman de nuevo, Max me dice que sí.

Y muerde.

El mordisco debe de haber sido más fuerte esta vez, porque la señorita Patterson deja escapar un grito, aparta la mano y la sacude como si la hubieran quemado. Pero, lo más importante, ya no arrastra a Max por el suelo. Aún lo tiene sujeto por un brazo, pero Max ha apoyado los pies en el suelo. Es el momento de intentarlo.

—¡Date impulso! —exclamo—. ¡Lánzala con todo el cuerpo! ¡A por todas!

—Vale —dice Max, resollando. Echa hacia atrás el brazo y lanza la hucha con todas sus fuerzas a la oscuridad.

La señorita Patterson ve la hucha que sale de la mano de Max y sigue con ojos estupefactos el vuelo del cerdito con el morro en alto en dirección al ventanal.

«Cuando los cerdos vuelen», pienso.

Por un instante, parece como si el mundo se hubiera detenido. Hasta el ojo ciego de la luna se vuelve para seguir el vuelo de aquel cerdito metálico.

La hucha se estrella en mitad del ventanal. El lanzamiento habría llenado de orgullo al padre de Max para siempre. Ni Tommy Swinden habría soñado con semejante puntería. El cristal estalla en mil pedazos y, segundos más tarde, la alarma se dispara.

La señorita Patterson alarga la mano que tiene libre, sangrando ahora por el mordisco que le ha dado, y agarra a Max por el cuello. Luego lo levanta del suelo y sale disparada con aquel niño que no deja de retorcerse y dar gritos entre sus brazos. Está atravesando el jardín a la carrera en dirección a su autobús.

Max acaba de hacer el lanzamiento de su vida. El ventanal se ha roto. Ha saltado la alarma. La policía viene en camino. Pero la señorita Patterson está escapando con Max. En cuestión de segundos, habrá escapado para siempre.

De pronto veo una masa borrosa que pasa volando frente a mí y se abalanza sobre la señorita Patterson como un tren fuera de control: es el padre de Max. Ella da un grito y, antes de caerse al suelo bajo el peso de aquel hombre, suelta a Max para frenar la caída con los brazos. Max cae hacia delante y sale rodando, entre resuellos y jadeos, llevándose las manos al cuello, intentando recuperar el aliento.

La señorita Patterson lo estaba asfixiando.

Su secuestradora se estrella en el suelo, con el padre de Max todavía encima, sujetándola con unos brazos que parecen cables de acero. El hombre está en calzoncillos y camiseta, y los brazos le sangran llenos de heridas. Tiene los brazos y los hombros cubiertos de cortes. La espalda de la camiseta, desgarrada y empapada de sangre. Sin comprender qué ha pasado, vuelvo la vista hacia la casa y veo que la puerta de la entrada está cerrada. El padre de Max ha saltado por el ventanal roto. Se ha cortado con los cristales al atravesarlo.

—¡Max! ¡Dios santo! ¿Estás bien? —pregunta el padre de Max, sin soltar a la señorita Patterson. La ha inmovilizado en el suelo, pero sigue sentado sobre ella empujando con todo su peso—. ¡Dios santo! ¿Max, estás bien?

—Sí —responde Max.

Tiene la voz ronca y entrecortada, pero dice la verdad: está bien.

—¡Max!

Quien grita es la madre de Max. Está asomada al ventanal, viendo la escena que tiene ante sí en el jardín: su marido ensangrentado; la secuestradora de su hijo; y Max, sentado junto a su padre, frotándose el cuello.

—¡Max! ¡Dios mío! ¡Max!

Desaparece del ventanal de inmediato. Segundos más tarde, las luces se encienden, iluminando el jardín delantero. La puerta de entrada se abre de golpe y la madre de Max sale corriendo por ella, salta los peldaños y va hacia su hijo. Lleva puesta una bata blanca y parece como si resplandeciera bajo la luz de la luna. Cae de rodillas al suelo y cubre los últimos pasos que la separan de Max deslizándose por el césped, envuelve a su hijo entre los brazos y lo besa en la frente un millón de veces. Noto que a Max no le hace mucha gracia, pero por una vez no protesta. Su madre llora y besa a Max una y otra vez, pero él no tuerce el gesto siquiera.

Miro hacia el padre de Max, con la señorita Patterson todavía inmovilizada bajo su peso. La secuestradora no intenta escabullirse, pero el padre de Max ha visto demasiadas películas de detectives como para soltarla ahora. Sabe perfectamente que, justo cuando uno piensa que el malo ha desaparecido o ha muerto, puede asomar en cualquier momento por detrás de un roble y lanzarse sobre ti.

Aun así, está sonriente.

Oigo sirenas a lo lejos. La policía viene en camino.

La madre de Max, sin soltar a su hijo, se acerca rápidamente al padre de Max y se abraza a él. Está llorando a lágrima viva.

Max me mira. Sonríe. No es una mueca. Está sonriendo.

Yo también sonrío. Y lloro también. Es la primera vez en mi vida que lloro de alegría. Miro a Max y levanto el pulgar, felicitándolo.

A través de mi pulgar, que ya empieza a desvanecerse, veo a Max besar a su madre en la mejilla empapada de lágrimas.

Capítulo 61

—¿Sabes que estás…?

—Ya lo sé —digo—. Hace dos días que empecé a desaparecer.

Chispa suspira. Se queda un momento callada, mirándome sin más. Estamos solos en la sala de recreo del hospital. Al llegar había otros amigos imaginarios dentro, pero, cuando me ha visto, Chispa les ha dicho que se fueran.

Está visto que a las hadas todo el mundo las obedece.

—¿Sientes…? —me pregunta.

—No siento nada —le digo—. Si fuera ciego, ni siquiera me habría dado cuenta de que estoy desapareciendo.

Aunque eso no es del todo cierto. Max ya no me habla. No es que esté enfadado conmigo, es que ya no se da cuenta de que estoy a su lado, eso es todo. Si me planto delante de él y le hablo, entonces sí me ve y me contesta. Pero si no le hablo, él tampoco me habla a mí.

Han sido unos días muy tristes.

—¿Dónde está Oswald? —pregunta Chispa.

Pero Chispa baja la vista, y veo que ya lo sabe.

—Desapareció —le digo.

—¿Y adónde fue?

—Buena pregunta —le digo—. No lo sé. Al mismo sitio que voy a ir yo. Quizá a ninguna parte.

Le cuento a Chispa la historia de la huida de Max y cómo Oswald el Gigante consiguió entrar en la prisión del sótano y tocó el mundo real por última vez, cortándole el paso a la señorita Patterson y haciéndole tropezar para que Max tuviera tiempo de escapar. También nuestra huida por el bosque y la trampa que Max le puso a la señorita Patterson, y la pelea final en el jardín de su casa. Y que el padre de Max tuvo inmovilizada a la señorita Patterson hasta que llegó la policía, y luego alardeó ante los agentes de que su hijo «había podido con aquella bruja».

También le cuento que Oswald sabía que se moría, y que intenté traerlo otra vez al hospital para salvarle la vida.

—Pero no quiso —le digo—. Se sacrificó para poder salvar a Max. Es un héroe.

—Y tú también —dice Chispa, sonriendo entre lágrimas.

—Pero no como Oswald —replico—. Yo lo único que hice fue animar a Max para que corriera y se escondiera. Yo no puedo tocar el mundo real como hizo Oswald.

—Tú fuiste quien le dijo a Max que lanzara aquella hucha por la ventana. Y también le dijiste que eras imaginario solo para que pudiera salvarse a sí mismo. También tú te sacrificaste.

—Sí —digo, de pronto con rabia por dentro—. Y gracias a eso ahora dejaré de existir. Max está sano y salvo, pero yo me estoy muriendo. Y cuando yo ya no esté, ni siquiera se acordará de mí. Me convertiré en una simple historia que su madre le contará algún día. La historia de cuando tuvo un amigo imaginario llamado Budo.

—Pues yo creo que Max se acordará de ti siempre —dice Chispa—. Lo que no recordará es que fueras real. Pero yo sí.

Pero Chispa también morirá algún día. Quizá dentro de poco. La personita que la creó solo tiene cuatro años. Dentro de un año como mucho, lo más probable es que Chispa ya haya desaparecido. En cuanto salga de preescolar, como la mayoría de amigos imaginarios. Y cuando ella muera, se acabó: no quedará ningún recuerdo del paso de Budo por este mundo. Todo lo que he hecho o dicho en vida habrá desaparecido para siempre.

Las alas de Chispa se agitan. Se levanta del sofá y se queda planeando en medio de la habitación.

—Y yo se lo contaré a los demás —añade, como si me hubiera leído el pensamiento—. A todos los amigos imaginarios que llegue a conocer, para que ellos lo puedan contar también a todos los amigos imaginarios que conozcan. Y que la historia siga pasando de unos a otros, para que el mundo no olvide nunca lo que Oswald el Gigante y Budo el Magnífico hicieron por Max Delaney, el niño más valiente del mundo.

—Eres muy buena, Chispa —le digo—. Muchas gracias.

No tengo valor para decirle que no por eso me va a resultar más fácil morir. Ni que tampoco confío en que todos los amigos imaginarios del mundo transmitan nuestra historia. Hay demasiados que son como Chucho, Chomp o Cuchara.

Y pocos como Chispa, Oswald, Summer o Graham.

Muy pocos.

—¿Cómo está Max? —pregunta Chispa, posándose de nuevo a mi lado en el sofá. Quiere cambiar de tema, y yo me alegro.

—Bien —contesto—. Yo pensaba que, después de todo lo ocurrido, cambiaría. Pero no, quizá haya cambiado un poco, pero no mucho.

—¿Qué quieres decir?

—Max reaccionó muy bien en el bosque y también al final, en el jardín de su casa, porque se encontraba en su salsa. Lleva toda la vida leyendo sobre guerras, armas y francotiradores. Ha planeado mil y una batallas con sus soldaditos. En aquella arboleda no había nadie que le incordiara. Nadie que le hablara ni buscara su mirada. Que intentara estrecharle la mano, le diera un puñetazo en la nariz o le subiera la cremallera del abrigo. Estaba huyendo de alguien, que al fin y al cabo es lo que hace siempre, huir de la gente. Reaccionó muy bien, sí, pero casi porque se sentía cómodo en aquel papel.

—¿Y ahora cómo está? —pregunta Chispa.

—Ayer volvió al colegio y lo pasó mal. Todos querían hablar con él. Se le echaron todos encima nada más entrar y casi se bloquea. Menos mal que la señorita Gosk se dio cuenta y les dijo a todos, maestras, niños mayores, e incluso psicólogos, que lo dejaran en paz. Max sigue siendo Max. Quizá ahora un poco más valiente y un poco más capaz de cuidar de sí mismo, pero sigue siendo Max. Angustiado todavía por las cacas de propina y por Tommy Swinden.

Chispa arruga de pronto el punto de la frente en el que se encontrarían sus dos cejas si las tuviera: no entiende a qué me refiero.

—Es una larga historia —le digo.

—¿Cuánto crees que tardarás en…?
—No sé —le digo—. Igual mañana.
Chispa sonríe, pero es una sonrisa triste.
—Te echaré de menos, Budo.
—Y yo a ti —le digo—. A ti y a todo.

Capítulo 62

Tenía yo razón. Va a ser hoy, ya está sucediendo. Cuando Max ha encendido la luz esta mañana, casi no he podido verme el cuerpo. Le he dicho hola y no me ha contestado. Ni siquiera ha mirado en mi dirección.

Y desde hace un rato me siento raro. Estoy sentado en clase de la señorita Gosk. Max está sentado en la alfombra con los demás niños. La señorita Gosk les está leyendo *El valiente Desperaux*, un cuento que trata de un ratón. Yo pensaba que sería una tontería, porque el protagonista es un ratoncito, pero qué va. Es una historia preciosa. Es el libro más bonito del mundo. Trata de un ratón enamorado de la luz que sabe leer y tiene que salvar a la princesa Guisante.

La señorita Gosk va solo por la mitad del libro. Nunca me enteraré de cómo termina la historia. No sabré lo que le pasa a Desperaux.

Desperaux se parece un poco a mí. Yo nunca sabré qué suerte ha corrido Desperaux y nadie sabrá nunca la mía. Dejaré de existir, de persistir, hoy mismo, sin que nadie lo sepa excepto yo. Moriré en silencio, sin que nadie se entere, en el fondo de la clase, escuchando un cuento sobre un ratoncito cuya suerte nunca llegaré a conocer.

Max, la señorita Gosk y todos los demás continuarán con su vida como si nada hubiera ocurrido. Seguirán a Desperaux hasta el final de su aventura.

Yo, no.

Siento como si tuviera un globo suave y pegajoso dentro de la barriga. Uno de esos globos que flotan solos. No duele. Solo siento como si tiraran de mí hacia arriba, aunque siga sentado en esta silla. Me miro las manos, pero solo consigo verlas si las llevo a la altura de los ojos y las muevo.

Me alegro de poder morir en clase de la señorita Gosk. Max y la señorita Gosk son los dos seres de este mundo a los que más quiero. Es bonito pensar que serán el último recuerdo que me lleve de aquí.

Solo que no voy a tener recuerdos. Será bonito morir junto a Max y la señorita Gosk solo hasta el momento en que me muera. Entonces, ya nada tendrá ninguna importancia. A partir de ese instante nada tendrá nunca más sentido ninguno para mí. Y no solo hablo de lo que pase después de que yo muera, sino también a lo de antes. Cuando yo muera, todo morirá conmigo.

Qué desperdicio de vida.

Miro a Max, sentado a los pies de la señorita Gosk. A él también le encanta este cuento. Está sonriendo. Ahora ya sonríe. Esa es la única diferencia entre el Max que creía en Budo y el que ya no cree. Este sonríe. No mucho, pero de vez en cuando.

La señorita Gosk también está risueña. Sonríe porque Max ha vuelto, pero también porque le encanta la historia de ese ratoncito tanto como a sus alumnos. Acaban de lanzar a Desperaux a las mazmorras con las ratas, porque es distinto a los demás ratones, y en cierto modo Max es como Desperaux. Es distinto a todos, y también él estuvo encerrado en un sótano. Y me parece que, al igual que Max, Desperaux logrará escapar de esa oscura mazmorra y salvarse.

El globo crece en mi barriga. Siento un calorcito muy agradable por dentro.

Me acerco a la señorita Gosk y me siento a sus pies con los demás. Justo al lado de Max.

Pienso en todos los amigos que he perdido en estas dos últimas semanas. En Graham, Summer, Oswald, Dee. Me los imagino a todos pasando por delante de mí. En su mejor momento.

A Graham sentada junto a Grace el día de su desaparición.

A Summer cuando me hizo prometer que salvaría a Max.

A Oswald de rodillas ante la puerta de la terraza, parando con las palmas de la manos a la señorita Patterson.

A Dee dándole voces a Sally porque lo quería como a un hermano.

A todos los quise.

A todos los echo de menos.

Miro a la señorita Gosk, que está de pie delante de mí. Cuando me vaya de este mundo, será ella quien tendrá que proteger a Max. Tendrá que ayudarle con sus cacas de propina, con Tommy Swinden y con todas las pequeñas cosas que él no puede hacer porque vive gran parte de su vida dentro de sí mismo. Ese dentro tan especial y maravilloso que me creó a mí.

Sé que lo protegerá. Oswald el Gigante fue un héroe, y quizá yo también un poquito. Pero la señorita Gosk es una heroína todos los días, a todas horas, aunque solo los niños que son como Max se den cuenta. Y seguirá siendo una heroína mucho tiempo después de que yo me haya ido de este mundo, porque lo ha sido siempre.

Miro a Max. Mi amigo. El niño que me creó. Quisiera enfadarme con él por haberse olvidado de mí, pero no puedo. Lo quiero. Cuando yo deje de existir, nada tendrá importancia, pero creo que en cierta manera seguiré queriendo a Max.

Ya no temo morir. Pero es triste. Nunca más volveré a ver a Max. Lo echaré de menos todos y cada uno de los miles de días que le queden por vivir, cuando crezca y se haga un hombre y tenga a un pequeño Max a su vez. Creo que si pudiera quedarme sentado en algún sitio, quieto y sin hacer ruido, y ver crecer a este niño que tanto quiero a lo largo de su vida, sería feliz.

Ya no necesito seguir existiendo por mi propio bien. Lo único que deseo es seguir existiendo por él. Para saber lo que pasa en su vida.

Siento mis lágrimas calientes. Mi cuerpo caliente. No me veo a mí mismo, pero sí a Max. Su preciosa carita está levantada hacia esa maestra que adora, hacia la única maestra que ha querido en su vida, y sé que será feliz. Que estará a salvo. Que será un buen chico.

No veré el resto de la vida de Max, pero sé que será larga, feliz y buena.

Cierro los ojos. Las lágrimas resbalan por mis mejillas y de pronto desaparecen. Esos surcos húmedos y calientes han desaparecido. El pegajoso globo que crece dentro de mí se hincha llenando todos y cada uno de los rincones de mi ser, y de pronto siento que me elevo.

Ya no tengo cuerpo. Ya no soy yo.

Me elevo.

Retengo mentalmente la imagen de la cara de Max todo el tiempo que puedo. Hasta que dejo de existir.

—Te quiero, Max —susurro, mientras la cara de mi amigo y el resto del mundo se funden en blanco.

Epílogo

Abro los ojos. Me encuentro con otros ojos. Los he visto antes. Son oscuros y cálidos. Me conocen.

No acierto a saber de quién son. De pronto los recuerdo.

No lo entiendo.

La llamo por su nombre.

—¿Dee?

Y entonces comprendo.

Agradecimientos

Stephen King sugiere escribir el primer borrador de una novela a puerta cerrada.

Sospecho que el señor King, por quien siento un enorme respeto, en su juventud no perdió el tiempo en los lóbregos rincones de una sala de juegos recreativos ni sentado ante una pantalla de televisión agarrado al mando de una Atari 5200. Los adictos a los videojuegos desarrollan dependencia de las reacciones inmediatas del otro y las requieren de continuo. Aunque yo tenga ya superada mi adicción y ahora juegue solo muy de vez en cuando, esa necesidad inmediata de la reacción del otro no me ha abandonado.

Por consiguiente, escribo siempre con la puerta abierta. Durante el proceso de redacción de esta novela, invité a un puñado de amigos y familiares a que fueran leyéndola a medida que la escribía. Aquellas constructivas sugerencias, generosas alabanzas y consejos personales fueron fundamentales para su consecución, pero lo más importante para mí fue saber que había un lector esperando ansiosamente la llegada del siguiente capítulo.

Y les estaré eternamente agradecido por ello.

Entre esos primeros lectores debo destacar, ahora y siempre, a mi esposa, Elysha Dicks, la persona a quien va dirigida cada palabra que escribo. Escribir para mí viene a ser poco más que un continuo e interminable empeño por impresionar a esa chica bonita de la que estoy enamorado. Tengo la suerte de que a Elysha le guste por lo general casi todo lo que escribo y de que ponga a mi disposición el tiempo y el apoyo necesarios para que realice mis propósitos. A ella debo el deseo de escribir bien, así como el tiempo necesario para acometer la tarea de conseguirlo.

Gracias en especial a Lindsay Heyer por sugerirme que aquel amigo imaginario que tuve en mi infancia pudiera servirme de inspiración para una novela. En los últimos cuatro años he tenido la fortuna de disfrutar ampliamente de su compañía, y si ella no se hubiera mostrado tan dispuesta a escucharme y a ser mi confidente y amiga, este libro nunca habría podido ver la luz.

Gracias también a mis suegros, Barbara y Gerry Green, por su apoyo y su afecto en todo momento. Aunque a veces resulten abrumadores y sus perros suelan sacarnos de quicio tanto a mi esposa como a mí, su presencia ha sido una bendición en mi vida. Gracias a ellos he logrado comprender y experimentar el orgullo que unos padres pueden sentir por su hijo. Soy un hombre afortunado por haber gozado de ese obsequio tan tarde en la vida.

Gracias a la auténtica señorita Gosk, que apenas difiere de su homóloga en la ficción. Tuve la inmensa suerte de contar con Donna como mentora en los inicios de mi carrera docente catorce años atrás, y hemos sido almas gemelas y grandes amigos desde el primer día. Donna es una de las mejores profesoras que he conocido, y a lo largo de los años he sido testigo de cómo les cambiaba la vida a infinidad de niños. Mi deseo era que Max y Budo contaran con la mejor maestra posible, y enseguida comprendí que la realidad había puesto a mi disposición un personaje más extraordinario que cualquier producto de mi imaginación.

Debo también mi agradecimiento a Celia Levett, correctora de este libro. En mi opinión, el nombre de los profesionales que editan un libro debería figurar en su cubierta, a modo de reconocimiento por todo el trabajo realizado para que una historia llegue a su meta. Gracias a la experta labor editorial de Celia Levett me he ahorrado innumerables bochornos lingüísticos. Su invisible pero indispensable impronta, a la manera de una amiga imaginaria, se oculta tras cada página de este libro.

Debo también eterno agradecimiento a Daniel Mallory, a quien aún no he conocido personalmente, pero con quien siento una enorme afinidad, aun cuando nuestra relación se fundamente en unas pocas llamadas telefónicas y una plétora de correos electrónicos. Sospecho que si Daniel residiera más cerca, trabaríamos amistad de inmediato, pero, con un océano de por medio, de momento debo conformarme con sus sabios y preciados consejos. La fortuna quiso que pudiera contar con su experta colaboración para poder dar vida a Budo.

Y por último, mi eterno reconocimiento a Taryn Fagerness, mi agente y amiga, que creyó en mi capacidad para escribir esta historia pese a mis dudas. Sin su apremio, Budo y sus amigos se habrían sumado al montón de ideas olvidadas que plagan mi disco duro. Taryn es la amiga invisible de mi carrera literaria desde hace mucho tiempo. Gracias a ella, todo golpe resulta un poco menos duro, todo éxito un poco más gozoso y toda frase que llevo al papel un poco menos desafortunada. Ella es la Chispa de mi vida. Mi ángel de la guarda.

Esta obra se terminó de imprimir
en el mes de marzo de 2025,
en los talleres de Impresora Tauro, S.A. de C.V.
Ciudad de México.